W0215896

Oliver Susami

HEIMSUCHUNG

Copyright: Oliver Susami © 2017

Kein Teil dieses Werkes darf in irgendeiner Form ohne schriftliche Genehmigung des Autors reproduziert, vervielfältigt oder verbreitet werden.

Covergestaltung und Titelbild:
Oliver Susami © 2017

Kontakt: oliversusami@aol.com
www.oliversusami.de

Ich bin kein böser Mensch. Warum ... warum passiert das alles ausgerechnet mir?

Ein Gedanke

Ich will mir die Ohren zuhalten, habe aber keine Hände. An meinen Handgelenken hängen große schlaffe Hautlappen.

Ein Albtraum

Aber mein Junge, ich habe dich doch von ganzem Herzen lieb. Weißt du das denn nicht?

Eine Stimme

Vorwort

Rund fünf Jahre ist es nun her, dass ich meinen Erstling „S3“ veröffentlichte, diese eher knappe, ein wenig eigenwillige Schilderung unheimlicher Ereignisse im Untergeschoss eines mittlerweile abgerissenen Bibliothekstraktes.

Eigentlich schrieb ich S3 nur, um ein wenig Abwechslung zu meiner wissenschaftlichen Arbeit zu haben, eine Veröffentlichung hatte ich ursprünglich nicht im Sinn. Aber es kam anders, S3 fand seine Leser und wurde zum Beginn einer Laufbahn als Schriftsteller und Selbstverleger. Mittlerweile habe ich fünf Romane sowie zwei Bände mit Kurzgeschichten herausgebracht.

Zwei dieser fünf Romane – „S3“ und „Vierter Stock Herbsthaus“ – beruhen auf wahren Begebenheiten. Und diese zwei Romane sind es auch, zu denen ich die meisten Zuschriften erhielt und weiterhin erhalte.

Viele derer, die mir in den letzten Jahren schrieben, lobten einfach meine Bücher, bedankten sich für ein paar Stunden Unterhaltung und fragten, was denn als nächstes herauskomme.

Dann gab es noch diejenigen, die konstruktive Kritik äußerten und auf Fehler hinwiesen – vielen Dank an dieser Stelle!

Und schließlich schilderten mir immer wieder Leser eigene unerklärliche Erlebnisse, Begegnungen mit dem Unheimlichen, Verstörendes und Faszinierendes. Ich schreibe dieses Vorwort mit Blick auf einen grünen, schon ein wenig aus der Form geratenen Leitz-Ordner, der insgesamt 72 solcher Berichte enthält, einige sind nur ein, zwei Zeilen lang, der ausführlichste aber füllt acht A4-Seiten. Auch das Buch, das Sie gerade lesen, geht auf eine solche Zuschrift zurück, aber dazu gleich mehr.

Neben diesen Leser-Berichten erhielt ich immer wieder

auch Anfragen von „Geisterjägern“ bzw. mehr oder weniger seriösen Experten für Paranormales: Wo genau denn das „Herbsthaus“ stehe und in welcher Universitätsbibliothek denn der Buchbereich S3 sei? Ob ich denn an einer gemeinsamen Begehung dieses oder jenes Gebäudes interessiert wäre?

Meist reagierte ich ablehnend auf diese Anfragen: Nein, S3 existiert nicht mehr, nein, ein Besuch des Herbsthauses ist leider nicht möglich, auch den Standort könne ich nicht verraten.

Die einzigen „Begehungen“ angeblich heimgesuchter Orte unternahm ich Anfang 2013 und Mitte 2014. Und ja, der erste Ort, ein rund 120 Jahre altes Wohnhaus, stellte sich tatsächlich als gefährlich heraus – allerdings nur aufgrund seines fortgeschrittenen Verfalls. Auf dem Weg in den ersten Stock brach ich mit dem rechten Bein durch eine morsche Treppenstufe, zerriss mir die Hose und verletzte mich am Unterschenkel. Ich verließ das Gebäude auf eine abgebrochene Vorhangstange gestützt und ließ im nächsten Krankenhaus mein Bein röntgen. Der alten Frau und dem kleinen Mädchen, die angeblich in dem verlassenen Wohnhaus umgehen sollten, begegnete ich nicht.

Aber zumindest für eine Sache war der Besuch gut: Der Unfall inspirierte mich zu einer der Erzählungen, die in „Geschichten aus einer brennenden Geisterbahn“ erschienen.

Das zweite Gebäude – eine aufgegebene, nach Kot und ranzigem Fett stinkende Molkerei – besuchte ich zusammen mit einem holländischen und einem österreichischen Geisterjäger. Wir verbrachten eine ganze Nacht in dem Gebäude, begegneten allerdings nur Ratten, Mäusen und einem mumifizierten, in einem Metallgitter feststeckenden Waschbären. Keine Stimmen und keine Berührungen aus dem Nichts, nur Kälte, zwei kiffende, dabei Unmengen Coca-Cola trinkende Geisterjäger und der stärker und stärker werdende Gedanke: Was zum Teufel mache ich hier?

Wer sich mit Übernatürlichem beschäftigt, wer im Grusel-Genre schreibt, dem begegnet Faszinierendes und Unheimliches ebenso wie völliger Bullshit. Und als ich zum ersten Mal von den Geschehnissen hörte, von denen „Heimsuchung“ handelt, war ich geneigt, auch diese in die Kategorie „Bullshit“ fallen zu lassen.

Inhalt der kurzen Email, die mir eine Leserin Anfang 2016 schrieb: Die Freundin einer Freundin habe zusammen mit ihrem Lebensgefährten ein altes Hotel gekauft und sei mit ihm sowie ihrem Sohn dort eingezogen. Dann seien „sehr bald schreckliche Sachen“ passiert und letztlich hätten die drei das Hotel schließen müssen.

Mir erschien diese Geschichte ein wenig zu „klassisch“: Leute ziehen in ein altes Haus und dann passieren schreckliche Dinge – alles schon hundertmal in Filmen und Büchern durchgespielt. Auch mein Roman „Vierter Stock Herbsthaus“ behandelt letztlich dieses Thema.

Trotzdem fragte ich die Verfasserin der Email, ob sie vielleicht den Kontakt zu ihrer Freundin herstellen könne. Ja, sie konnte, und so lernte ich die Frau kennen, die ich in diesem Buch „Amy“nenne.

Von Amy wiederum erfuhr ich, dass die Geschichte, die sie erlebt hatte, keineswegs so „klassisch“ wie befürchtet war. Zunächst einmal habe man kein Hotel gekauft, sondern ein altes Verwaltungsgebäude gepachtet und darin ein Hotel eröffnet. Dann seien auch nicht „sehr schnell“ unheimliche Dinge passiert, vielmehr habe man das Hotel schon rund ein Jahr geführt, bis es zu unerklärlichen Ereignissen kam. Und außerdem, so Amy in ihrer Email, müsse ich mich darüber mit ihrem Lebensgefährten unterhalten, der sei nämlich „viel stärker involviert“ gewesen.

Das Dumme an der Sache: Dieser Lebensgefährte, der Mann, aus dessen Perspektive dieses Buch geschrieben ist, wollte zunächst partout nicht mit mir reden. Die Angelegenheit sei für ihn erledigt, schrieb er mir, er wolle auch nicht, dass sein Name in irgendeinem Roman auftauche.

Nachdem ich ihm Anonymität zugesichert hatte, kam es doch zu zwei Telefonaten, in denen mir Robert Bieler – diesen Allerweltsnamen habe ich ihm gegeben – mehrere sehr eindrucksvolle Ereignisse schilderte. Nun war ich mir vollends sicher: Bei dem, was sich da zögerlich vor mir entfaltete, handelte es sich eben nicht um eine klassische „Familie zieht in ein altes Haus und dann passieren unheimliche Dinge“-Geschichte, bei der letztlich herauskommt, dass sich in ebendiesem alten Haus irgendwelche Verbrechen ereignet haben. Die Sache war komplexer.

Im Anschluss an die beiden Telefonate schickte mir Herr Bieler einen Stapel Papier. Er hatte kurz nach der Eröffnung des Hotels damit begonnen, eine Art "Hoteltagebuch" zu führen, in dem er seinen Alltag als Hotelier beschrieb. Als dann erste unerklärliche Ereignisse eintraten, notierte er auch diese und im Laufe der folgenden Wochen wurde aus dem Hoteltagebuch mehr und mehr das Protokoll einer Begegnung mit dem Paranormalen.

Neben diesem 562 Seiten langen Tagebuch hatte ich beim Schreiben dieses Buches einen alten, handgezeichneten Gebäudeplan, auf dem Bieler die Zimmernummern notiert hatte, mehrere Fotografien sowie Gedächtnisprotokolle einiger Telefongespräche zur Verfügung. Über die Einrichtung und Architektur des Haupthauses (Sie ahnen es sicher schon, auch der Name des Hotels wurde geändert) informierte ich mich mithilfe einer veralteten Hotel-Homepage, die Fotos der Räumlichkeiten sowie Fakten zur bewegten Geschichte des Hauses enthielt.

Trotz dieser Fülle an Material fiel es mir nicht leicht, dieses Buch zu schreiben. Die Aufzeichnungen im Tagebuch waren teils stichwortartig und Robert Bieler antwortete nur zögerlich auf weitergehende Fragen – etwa zu seinem beruflichen Werdegang oder der Beziehung zu dem Jungen, den ich in diesem Buch „Oscar" genannt habe.

Hinzu kam, dass mich, umso tiefer ich in den „Fall" vordrang, Zweifel am Wahrheitsgehalt der Schilderungen befielen. Zu krass erschienen mir einige der Ereignisse.

Meine Zweifel wurden erst zerstreut, als Robert Bieler Mitte 2016 den Kontakt zu dem Mann herstellte, den ich in meinem Buch „Rainer Erdmann" genannt habe. Erdmann bestätigte mir einen Großteil der in Bielers Tagebuch enthaltenen Schilderungen, auch schrieb er mir mehrere lange Emails, in denen er seine Sicht auf den Fall darstellt.

Trotz aller Zweifel, trotz aller offen gebliebenen Fragen (etwa zur genauen Rolle dieses seltsamen Videospiels), sind Robert Bielers Aufzeichnungen eines der ausdrücklichsten Zeugnisse einer „Heimsuchung", die ich kenne.

Ich hoffe, mein Roman wird seinem Fall gerecht.

Der Schrei

Dienstag, 15. November

Es ist zehn vor zwei – ich drehe den Radiowecker zu mir und sehe auf die Anzeige –, als ich mich im Bett aufsetze. Mir ist, als habe jemand laut gehustet, nahe an meinem rechten Ohr. Ich sehe mich im Raum um, kann allerdings im Halbdunkel nur die Umrisse der großen Möbel erkennen. Außer uns ist niemand im Zimmer.

„Schatz?"

Ich lehne mich zu Amy. Sie liegt auf dem Bauch, das Kopfkissen hat sie auf den Boden geworfen. Einen Moment betrachte ich ihr dunkles, sich über die Matratze auf meine Seite des Bettes ergießendes Haar ... dann diesen schmalen Streifen ihres Nackens – milchweiße, von zartem Flaum bedeckte Haut. Den linken Arm hat sie angewinkelt und ihre Schulter berührt fast den Hinterkopf.

„Schatz ... ist alles ..."

Warum spreche ich sie überhaupt an? Warum will ich sie wecken? Ich weiß doch, dass dieses Husten nicht von ihrer Seite kam. Es kam von rechts, von dort, wo meine Hausschuhe stehen, wo das Bett zu Ende ist, wo der Holzfußboden knackt, wenn man auf ihn tritt. Aber wenn man gerade erst aufgewacht ist, wenn man noch nicht richtig bei Sinnen ist, dann ...

„Amy, wach auf. Ist alles okay?"

Ich bin zu ihr durchgedrungen. Kurz setzt ihr Atem aus, nur zwei, drei Sekunden. Dann ein leises Schmatzen. Aber weder rührt sie sich, noch murmelt sie eine Antwort. Also lasse ich sie schlafen, lege mich auf den Rücken und starre zur hohen Decke hinauf. Mit pochendem Herzen, gespannter Nackenmuskulatur und weit aufgerissenen Augen liege ich in unserem ausgekühlten Schlafzimmer, im Erdgeschoss unseres steinernen Lebenstraums, und starre ins Halbdunkel.

Und dann, als ich gerade die Augen geschlossen habe, als ich mich gerade ein wenig beruhige, ist plötzlich dieser Schrei da. Er schwillt nicht an, er ändert nicht seine Tonlage. Er ist einfach da, ist im Zimmer, ist in mir, lässt mich zusammenfahren, die Fäuste ballen und hart die Zähne aufeinander beißen.

Schon sitze ich aufrecht, stoße mit einem heiseren Stöhnen Luft aus. So plötzlich ist mein Oberkörper emporgeschnellt, dass mir schwarz vor Augen wird; das Fußende des Bettes löst sich auf, der Kleiderschrank tanzt und die Wände zerbröckeln. Nur langsam gewinnt der Raum, gewinnen die Möbel wieder an Kontur.

„Amy!“

Ich spreche ihren Namen aus, als würde ich um Hilfe rufen. Sie rührt sich nicht, liegt da wie tot. Mein Herz klopft so hart, dass ich sie nicht atmen hören kann.

„Amy, wach auf!“

Keine Reaktion. Wie kann sie schlafen? Sie muss es doch gehört haben, dieses viehische, infernalische Gebrüll. Rund zwei Sekunden hielt dieser grauenhafte Laut an. Oder war er nur in meinem …

Durch die Decke hindurch berühre ich ihre Schulter. Keine Reaktion. Einen winzigen Moment bilde ich mir ein, ihr Haar würde sich bewegen, würde sich auf dem Laken schlängeln.

Und da kommt wieder die Angst. Ich beuge mich über ihren Körper, lausche auf ihren Atem, nähere meine Wange ihrem Mund und spüre den sanften, warmen Luftzug, der Leben bedeutet. Gott sei Dank! Gott sei Dank! Gott sei …

Ich beruhige mich und zwinge mich zum Nachdenken. Nein, sie kann ihn nicht gehört haben, diesen Schrei … und sie hat auch nicht selbst … nein, Unsinn, sie könnte keinen solchen Ton zustande bringen. Niemand könnte das.

Leise steige ich aus dem Bett, das Holz knackt und mit den Füßen ertaste ich meine Hausschuhe. Ich greife meinen Bademantel und tapse durchs Halbdunkel in Richtung Tür. Ein weiterer Blick auf Amy, ganz friedlich liegt sie da. Noch habe ich nicht den geringsten Zweifel daran, tatsächlich etwas gehört zu haben.

—

Die Zweifel überfallen mich erst, als ich auf dem Flur stehe. Es ist völlig still auf dem hallenartigen, rund vier Meter breiten und fast ebenso hohen Gang, nicht das kleinste Geräusch. Das Licht der im Abstand von drei Metern angebrachten Deckenlampen färbt die Wände gelb, die grünen Fliesen wirken schmutzig braun, wie mit einem dünnen schlammigen Film überzogen.

Ich wickle mich in den Bademantel, schnappe nach Luft und haste Richtung Wohnungstür, Richtung Hotel. Ich muss nach den Gästen sehen, muss nachsehen, ob jemand Hilfe braucht. Aber eigentlich will ich mir beweisen, dass ich mir diesen abscheulichen Laut nicht eingebildet habe.

Als ich am Ende des Ganges bin, als ich schon den Schlüssel im Schloss habe, fällt mir Oscar ein.

Also zurück, fast zwanzig Meter sind es bis zu seinem Zimmer. Alles viel zu groß für uns drei, ich könnte rennen, könnte Fahrrad fahren auf diesem Gang. Ohne anzuklopfen reiße ich die Tür auf, blinzle ins Licht. Der Junge sitzt mit dem Rücken zur Wand auf seinem Bett, die Decke spannt über seinen Knien. Er sieht mich an.

„Oscar, ist alles okay bei dir?“

Er zögert. Dann nickt er. Oscar hat den Teint seiner Mutter, seine blasse Haut steht in starkem Kontrast zu seinem dunklen, dichten Haar.

Ich frage ihn, ob er etwas gehört hat.

„Jemand hat …“ Er beendet den Satz nicht. Ich mache einen Schritt ins Zimmer und sehe mich um.

„Jemand hat geschrien“, sage ich.

Er nickt.

„Gut, dann … dann hast du es auch gehört. Weißt du, wo das war?“

„Ich weiß nicht“, sagt er leise, fast flüsternd. „Irgendwo hier vielleicht.“ Dann starrt er mich wieder nur an.

…

„Okay, Oscar, ich muss nach den Gästen sehen. Kann ich dich allein lassen?“

„Ja.“

Ich nicke ihm zu, drehe mich um und spüre die Kälte, die ins geheizte Zimmer kriecht. Gut, denke ich, das ist schon einmal gut, ich bin nicht bescheuert, ich habe mir nichts eingebildet.

„Mach bitte die Tür zu“, ruft mir Oscar nach, als ich bereits zurück auf dem hohen, breiten Gang bin. Die Worte kommen viel zu dicht, verhaken sich ineinander. Der Junge hat Angst.

—

Wenn ich jetzt darüber nachdenke, jetzt, während ich hier sitze und mir meine Notizen mache, war die enorme Lautstärke nicht das Erschreckendste an diesem Schrei in tiefster Nacht … ebenso wenig die Tatsache, dass er mir seltsam körperlos erschien, dass er weder anschwoll noch verebbte, dass er ganz plötzlich da und ganz plötzlich wieder verschwunden war, wie etwas, das mit hoher Geschwindigkeit an einem Fenster vorbeifällt.

Das Erschreckendste war, dass sechs verschiedene

Menschen auf fünf verschiedenen Zimmern diesen etwa zwei Sekunden andauernden Laut zugleich hörten ... und dass jeder dieser sechs meinte, er sei ganz nahe gewesen, dieser Schrei, nur für ihn bestimmt.

—

Madame und Monsieur Froneville, ein Ehepaar aus der Nähe von Marseille, das seine in der Stadt studierende Tochter besucht, sind die ersten an der Treppe. Der Schrei hat sie aus dem Schlaf gerissen und sie sind Hals über Kopf – sie im hellblauen Nachthemd, er in Feinripp-Unterwäsche – aus ihrem Zimmer im zweiten Stock geflüchtet.

„Hallo? Hallo?"

Ich höre Monsieur Froneville, bevor ich ihn sehe. Ich laufe zwischen Tischen und Stühlen hindurch, an dem - „Moment! Ich komme!" – düster und schwer daliegenden Rezeptionstresen vorbei, halte mich mit beiden Händen am Treppengeländer und schaue nach oben. Monsieur Fronevilles Gesicht ist rund vier Meter über mir und scheint nur aus zwei weit aufgerissenen Augen zu bestehen.

„Herr Bieler!" Er spricht meinen Nachnamen Bie-Lär. „So wie ganz nahe!" Und bevor ich etwas sagen kann: „So wie ganz nahe bei Bett. Laut, sehr laut! Wie ganz nahe bei Bett, mein Frau hat gehört auch! Sag ihm!"

Aber Madame Froneville, eine magere, auf eigene Art überaus hübsche Person, sieht mich nicht einmal an. Zitternd klammert sie sich an den rechten Arm ihres Mannes. Als drohe ihr, sollte sie ihn loslassen, ein Sturz in schwärzeste Tiefen. Ganz dicht ist ihr kleiner, spitzer Mund an seinem Ohr, sie flüstert und flüstert. Und er gibt an mich weiter, ruft mit seiner tiefen, sich überschlagenden Stimme: „Ganz nah, wie neben Bett. Meine Frau auch gehört, sehr erschrocken. Wir beide gehört!“ Und dann: „Police, Police, rufen! Wie jemand tot! Mein Frau sagt: Wie jemand tot! La Police!“

Ich will etwas Vernünftiges sagen, will die Lage beruhigen, stehe aber selbst noch ganz unter dem Eindruck dieses Schreis und rufe Unsinn nach oben: „Es ist alles in Ordnung! Es ist nichts passiert! Wir kümmern uns darum!“

Aber Monsieur Froneville besteht weiter darauf, dass ich die Polizei rufe, wird wütend, sagt sehr laut etwas auf Französisch, das ich nicht verstehe und das wie hochgezogen und hingerotzt klingt. Als ich für einen Moment die Beherrschung verliere und ihm sage, dass er verdammt noch mal ruhig sein soll, sieht er mich mit einem Blick an, der vor Verachtung trieft. Einen Moment befürchte ich, er wolle mir von oben ins Gesicht spucken.

„Herr Froneville, bitte …“ Gut, alles ist gut, ich habe mich schon wieder im Griff, ich kann vernünftig bleiben. „Bitte geben Sie mir etwas Zeit. Ich werde nachsehen, was los ist. Beruhigen Sie sich, Herr Froneville, kümmern Sie sich bitte um Ihre Frau. Geben Sie mir einen Moment.“

„Na gut!“, fährt er mich an. „Dann sehen Sie!“

Als ich die 26 Stufen zum ersten Stock genommen habe, öffnet sich vor mir die Tür von Zimmer 4: Benecke, einer unserer Stammgäste, ein im Außendienst eines süddeutschen Maschinenbaukonzerns tätiger Ingenieur, schiebt seinen massigen Leib in den Flur. Mit ausholenden Bewegungen winkt er mich heran.

„Herr Bieler! Isch was passiert?“, fragt er in seinem badischen Singsang. „Isch denn wer verletzt?“

„Nein, ich denke nicht, ich …“

Er unterbricht mich, quasselt aufgeregt drauflos. Auf „dem Topf“ sei er gewesen, als er es gehört habe, fast sei er runter gefallen. Als ob in seinem Zimmer „einer abgestochen" werde, habe sich das angehört. Ganz nah, wie direkt hinter der Tür.

Schräg hinter mir plärrt Monsieur Froneville nach der Polizei, redet abwechselnd auf mich und auf seine Gattin ein.

Ich frage Benecke, ob denn eine Frau oder ein Mann geschrien habe … und er druckst herum, schaut mich irritiert an, schüttelt wild den Kopf und sagt: „Mann, Frau, ein Schrei einfach! Ein elendig lauter Schrei! Wie wenn einer draufgeht!" Dann fügt er, dabei immer lauter und immer schneller werdend, hinzu: „Herr im Himmel. So etwas Grausiges hab ich vorher und nachher nicht gehört! Seien Sie mir nicht böse, Herr Bieler, aber mich sehen Sie hier nicht wieder! Herr im Himmel!"

„Gut, das ist …"

Ich beende den Satz nicht, lasse Benecke stehen und haste an den Fronevilles vorbei. Monsieur sieht lächerlich aus in seiner Unterwäsche, unförmig, gar nicht wie ein Mensch. Während ich die Treppen zum zweiten Stock nehme, höre ich das Ehepaar auf Französisch diskutieren.

—

Die sechste Person, die den Schrei gehört hat, ist eine ältere Dame aus Potsdam, Erna Sirkowski ihr Name. Sie hat für fünf Nächte eine der drei Suiten im zweiten Stock gebucht, eines der ehemaligen Vorstandsbüros. Zusammen mit ihrem stets akkurat gekleideten, stets sauber rasierten, und außerdem schwer dementen Mann, den sie – so drückte es Amy aus, sie neigt zu drastischen Formulierungen – „wie einen dressierten Affen herumführt", unternimmt sie Ausflüge in die Stadt, besucht Museen, Kirchen und sonstige Sehenswürdigkeiten …

spult – dabei immer ihren mit Trippelschritten gehenden, leise vor sich hin murmelnden Gatten im Schlepptau – das Kulturprogramm ab.

„Hallo? Bitte ... Sie sind doch vom Hotel, nicht?"

Fast zwanzig Meter bis zu ihrer Tür. Ich beeile mich, laufe aber nicht, binde im Gehen den Bademantel enger. Frau Sirkowski wagt sich nicht auf den Gang, hält lediglich die schwere Zimmertür auf und blinzelt – bibbernd vor Kälte, ohne ihre Perücke und ohne ihre Zahnprothesen – durch den dreifingerbreiten Spalt.

„Ja, ich bin vom Hotel. Robert Bieler mein Name."

Die alte Frau atmet laut aus und wieder ein, schließt für einen Moment die Augen und legt sich eine Hand aufs Brustbein. Ob sie denn etwas gehört habe, frage ich.

„Ja-ja, sehr laut. Wie ein Schrei", flüstert sie. „Wie ein Todesschrei. Und Sie? Sie auch? Es war unheimlich laut, nicht?"

Sie öffnet die Tür ein wenig weiter, streckt mir ihren fürchterlich dünnen Arm entgegen. Ohne darüber nachzudenken greife ich nach ihrer kleinen, eiskalten Hand.

„Ja, ich habe es auch gehört. Ich ... ich muss nachsehen, ob es allen gut geht. Ist alles in Ordnung bei Ihnen und Ihrem Mann?"

Sie knetet meine Hand, nickt dabei, drückt ihren Daumen zwischen meine Knöchel.

„Direkt hier", flüstert sie. „Direkt hier muss es passiert sein. Wie ein Schrei von einem sterbenden Menschen."

Merkwürdig sieht Frau Sirkowski aus, ohne ihre Zähne, seltsam geschrumpft wirkt ihr Kopf.

„Direkt hier", wiederholt sie mit bebender Stimme. Die feuchten Augen der Frau wandern in den Höhlen. „Jemand ist gekommen und hat laut geschrien. Und wissen Sie, was ganz unglaublich ist?"

Ich schüttle den Kopf. Frau Sirkowski hat Tränen in den

Augen.

„Mein Heinz, der … der hat überhaupt nichts gehört, ganz ruhig ist er geblieben … als ob überhaupt nichts passiert ist. Aber er hätte das doch hören müssen, er ist ja nur schwach im Kopf, aber doch nicht taub! Warum hat er sich denn nicht erschrocken?"

„Vielleicht hat er geschlafen", sage ich.

„Nein-nein, das nicht!" Sie reibt mit ihrem Daumen über meinen Handrücken. „Er war wach, ganz sicher. Ich hab ja gehört, wie er wieder mit sich selbst spricht. Und dann hat es so geschrien."

Sie öffnet die Tür noch ein wenig weiter, nickt mir zu und zieht mich sachte zu sich heran. In Unterhemd, Shorts und langen Socken sitzt Heinz Sirkowski, eine schlaffe, weiße Gestalt, auf dem Doppelbett. In seinem Gesicht: ein Ausdruck vollkommener Gleichgültigkeit.

„Warum hat er es denn nicht gehört?", fragt mich seine Frau.

„Frau Sirkowski, einen Moment bitte". Ich will mich losmachen, drehe mich halb von ihr weg. „Ich komme gleich wieder zu Ihnen. Ich muss nur schnell nach den anderen Gästen sehen."

Sie hält mich fest.

„Aber es war hier, wenn ich es Ihnen doch sage! Es war genau hier! Bleiben Sie!"

„Bitte, einen Moment, ich bin gleich wieder da." Idiotisch tätschle ich ihre magere Hand. „Ich muss nur kurz zu den anderen Gästen."

„Aber wenn ich Ihnen doch-"

„Nur einen kleinen Moment, ich bin gleich zurück."

Sie sieht mich an, scheint in meinem Gesicht lesen zu wollen. Dann lässt sie mich los.

„Ja, in Ordnung. Aber ich lasse die Tür auf, ich warte auf Sie. Sie haben versprochen, dass Sie wiederkommen."

In der Nacht vom 14. auf den 15. November hatten wir acht Gäste, insgesamt waren elf Personen im Haus. Sechs Personen hörten diesen extrem lauten, seltsam körperlosen Schrei. Fünf, darunter auch Amy, hörten ihn nicht.

Den Rest der Nacht blieb es still.

Donnerstag, 17. November

Die letzten beiden Nächte verliefen ruhig. Keine Geräusche und keine Beschwerden verstörter Gäste.

Das Ehepaar Froneville sowie Herr Benecke sind vorzeitig abgereist, ich denke nicht, dass wir sie wiedersehen werden. Frau Sirkowski ist geblieben, möchte allerdings nicht über die Nacht vom 14. auf den 15. November sprechen. Mehrmals habe ich das Gespräch mit ihr gesucht, habe ihr regelrecht aufgelauert. Aber sie entschuldigt sich damit, dass ihr Heinz dies und jenes muss – auf die Toilette, ins Bett, seine Tabletten nehmen, was auch immer. Ich werde die Frau – was für einen gewaltigen Unterschied doch Gebiss und Perücke machen – nicht länger behelligen.

Natürlich habe ich Amy von dem Schrei erzählt ... und von dem blanken Entsetzen, das ich empfand. Auch dieses Husten habe ich erwähnt, rechts neben mir, kurz vor dem Schrei. Und sie – ganz Rationalistin, immer nur praktisch, praktisch, praktisch – meinte, ich solle mich mit Freunden treffen, ausspannen, Fußball schauen, wahrscheinlich habe ich „nur Ausgleich" nötig, müsse „ein wenig vom Hotel und von den Sorgen wegkommen."

Pah! Ausgleich. Ich wurde wütend und protestierte: „Und was ist mit Oscar? Der hat es auch gehört, frag ihn! Und vier der Gäste haben es gehört ... deshalb sind doch die Fronevilles abgereist, das hast du doch alles mitbekommen. Und der Benecke, den haben wir als Stammgast verloren. Der meinte, er-"

„Alte Gebäude machen Lärm", unterbrach mich Amy. Sie war gerade auf dem Weg nach oben, in der Hand eine Packung Staubsaugerbeutel. Sie habe, so erklärte sie mir, in fünf verschiedenen Hotels gearbeitet und in jedem einzelnen habe es Beschwerden über nächtlichen Lärm gegeben. Mal hätten sich die Geräusche der Aufzüge auf die Lüftungsrohre übertragen und das habe sich dann wie das Miauen von Katzen angehört, mal sei Luft durch die Rohre gewandert und die Gäste hätten gemeint, jemand klopfe nachts an die Badezimmerwände.

„Wirklich Schatz, dieses Haus ist alt, es stand Jahre leer. Da wäre es ein Wunder, wenn nicht …" Sie redete auf mich ein und ich hörte schon nicht mehr zu. Schließlich berührte sie meine Wange, sah mir in die Augen und sagte: „Du denkst zu viel nach, Robert."

Aha, ich dachte also zu viel nach. Beinahe hätte ich sie gefragt, was zur Hölle das sollte, dieses blöde „Du denkst zu viel nach". Stattdessen versuchte ich, ihr den Schrei zu beschreiben … und scheiterte. Körperlos und trotzdem extrem laut … wie etwas, das aus dem Nichts erscheint. Ein Laut, der keine Quelle hat, keinen Ursprung, den kein lebender, atmender Körper hervorbringt, der selbst keine Ausdehnung hat und trotzdem, der trotzdem das gesamte Zimmer …

Aussichtslos. Völlig aussichtslos. Welche Worte ich auch in den Mund nahm, sie schmeckten falsch und fad. Also wiederholte ich, was die Gäste gesagt hatten. „Als ob einer auf den Knopf drückt und dann geht der Lautsprecher an", mit diesen Worten hatte Benecke seinen Eindruck beschrieben. „Wie von leere Luft", hatte Monsieur Froneville gesagt. Und Frau Sirkowski, als ich sie am nächsten Morgen auf das Geräusch ansprach: „Fürchterlich, wie aus dem Grab."

Frau Sirkowski sagte es und ich fragte weiter und sie wollte nicht mehr über die Sache sprechen. Angeblich hatte Heinz seinen Mittagsschlaf nötig.

Es ist lächerlich, ich stehe um vier Uhr nachts in meinem Arbeitszimmer, habe die Heizung hochgedreht und alle Lampen eingeschaltet. Wie ein alleingelassenes Kind komme ich mir vor, wie ein kleiner Junge, der ängstlich durchs Haus schleicht und seinen zitternden Arm nach den Lichtschaltern streckt.

Ein lautes Knarzen, als ich mich in meinen Sessel setze. Ich falte die Hände und lasse den Blick wandern. Zwei Meter neben mir ragen zugeschraubte Rohre aus der Wand, dünne, gelbliche Fäden hängen aus den Enden der Verschlüsse. Als das Haupthaus noch einer europaweit tätigen Firma als Verwaltungsgebäude diente – vierzig Jahre ist das nun her –, war der Raum, in dem ich sitze, eine Art Kaffeeküche. Er ist schmaler als seine Nachbarn und in der Zimmerecke liegen die zertrümmerten Reste eines Hängeschranks.

Kurz überlege ich – zum wievielten Mal eigentlich? –, die Bretter und Glasscheiben endlich in den Keller zu schaffen. Aber ich lasse es bleiben und lehne mich in dem weichen Chefsessel zurück, eine Feder quietscht und wieder knarzt das rissig gewordene Leder. Einige Minuten sitze ich so da, höre nicht das geringste Geräusch, nicht einmal Verkehrslärm dringt durch das Doppelfenster. Mit geschlossenen Augen und vor der Brust verschränkten Armen throne ich hinter diesem fast schon lächerlich großen Schreibtisch und sehe meinem Verstand bei der Arbeit zu.

Nein, er ist nicht schlecht in dem, was er da tut. Wie ein fleißiger Gärtner, der den Blick auf eine besonders hässliche Stelle mit Rosenspalieren und Zierbüschen verstellt, hegt er das Geschehene ein und umstellt es – das Haupthaus ist alt, flüstert er – mit plausiblen Erklärungen. Tatsächlich schafft er es – die Rohre sind alt, die Elektrik, einfach alles ist alt und morsch –, dass ich mich – hast du denn nicht gehört, was Amy gesagt hat? Weiß sie denn nicht viel besser als du, welche Geräusche in großen alten Gebäuden entstehen? – langsam, ganz langsam beruhige.

Kann reibendes Metall nicht ähnliche Laute erzeugen? Will ich wirklich glauben, dass dieser Schrei menschlichen Ursprungs war? Will ich nicht lieber „Laut“ statt „Schrei“ sagen? Ein Laut ist etwas, das irgendwie entsteht, ein Laut muss keinen Verursacher haben. Ein Schrei hingegen …

Und selbst wenn! Wenn dieser Laut der Schmerzens- oder Angstschrei eines Menschen gewesen sein sollte … die anderen haben ihn auch gehört! Oscar … und die Gäste. Dieser Laut war nicht für mich bestimmt, er hat nichts mit mir zu tun!

Obwohl ich bereits überlege, zurück ins Schlafzimmer zu gehen, Amys blasse Wange zu küssen und mich in meine Decke zu wickeln, bleibt ein inneres Zittern, die Erschütterung wirkt nach, auch nach Tagen noch.

Kann das denn stimmen, was Amy gesagt hat? Schlug ich wirklich nach ihr, als sie letzte Nacht einen Hustenanfall hatte? Sie behauptet, ich habe ihr hart zwischen die Schulterblätter geschlagen. Ich hingegen bin der Ansicht, ich hätte im Halbschlaf nach der Nachttischlampe getastet … nur eben auf der falschen Seite des Bettes. Nur getastet, nicht geschlagen … höchstens den Arm fallen lassen.

Egal, wo war ich? Ach ja … ich und mein Verstand. Dieser Laut galt nicht mir, er war nicht für mich bestimmt. Aber was war das mit dem Husten? Bevor mich der Schrei traf– doch, ich sage Schrei dazu! –, hörte ich dieses Husten. Und das haben die anderen nicht gehört, weder Oscar noch …

Schon ist mein mentaler Gärtner wieder zur Stelle: Aber hast du es wirklich gehört? Oder war dieser Laut nicht vielleicht doch Teil eines Traums? Ein Geräusch, das dein melatoningetränktes Hirn nur als Husten interpretierte. Es gibt sie doch, diese Vermischungen und Verschiebungen: Ein Geräusch, eine Berührung, etwas, das von außen kommt, es dringt in einen Traum ein, vermischt sich mit den inneren Welten und ändert ganz wundersam seine Gestalt: Die Hand, die ein vertrauter Mensch auf deine Schulter legt, sie wird zur feuchten Berührung einer Hundeschnauze ... oder zum bunten Vogel, der sich singend auf deinem Kopf niederlässt. Erinnerst du dich nicht? Du hast doch als Kind schon immer diese seltsamen Dinge geträumt!

Sicher hast du nur – so versucht mein Verstand mir einzureden – das Bellen eines Hundes gehört, die Fehlzündungen eines Motorrades auf der nahen Kreuzung ... oder das Klopfen in den alten Wasserrohren. Und dein Gehirn hat daraus dieses seltsame Husten gemacht.

Oh ja, er ist hartnäckig. Er will das Geschehene in Rationalität ertränken, es erklären oder zumindest rational deuten. Eine völlig natürliche Reaktion, die Erde dreht sich weiter, das Leben geht seinen Gang und die Fremdkörper, ob nun physischer oder psychischer Natur, werden eingekapselt. Eine ganz natürliche und sinnvolle und gesunde Sache!

—

Schon fast fünf Uhr. Irgendwo im Haus wird eine Klospülung betätigt, ich öffne die Augen und blinzle in den hell erleuchteten Raum. Erst betrachte ich die vor mir liegende Wand, studiere den dünnen Riss, der sich vom Boden bis auf Hüfthöhe zieht. Dann lege ich den Kopf zurück und starre die rund drei Meter über mir schwebende Zimmerdecke an. Dorthin verschwindet die Wärme, für die wir bezahlen, denke ich. Sie steigt in die oberen Hälften der hohen Räume und die Gäste beschweren sich über kalte Füße. Es war ein gewaltiger Fehler, in diesem alten Haus …

Nein! Nicht das schon wieder! Das Hotel wirft einen kleinen aber stabilen Gewinn ab, wir machen uns einen Namen. Professoren für Architektur und ganze Seminare hatten wir schon hier, unsere Gäste kommen nicht, weil es bei uns so wohlig warm und gemütlich ist, sie kommen wegen der architektonischen Details, wegen der hundert Jahre alten Einrichtung. Allein die mit dunklem Holz beschlagenen Treppengeländer, das hat mir vor einigen Wochen ein Kunsthistoriker erklärt, sind mehrere zehntausend Euro wert. Schade, denke ich, dass sie nicht uns gehören. Was gehört überhaupt …

Nein, keine verdammten Zukunftssorgen. Leckt mich am Arsch, Zukunftssorgen. Dann lieber beim Schrei bleiben … und meinem Verstand beim Scheitern zusehen. Ich kann und will und werde mich nicht mit lächerlichen Erklärungen beruhigen. Was ich gehört habe, habe ich gehört. Und nein, dieser Schrei hatte keinen natürlichen Ursprung, das kann mir weder Amy noch sonst jemand erzählen. Soll sie mich doch für verrückt halten …

Obwohl, nein, lieber doch nicht.

Freitag, 18. November.

Als Oscar kurz nach drei Uhr nachmittags von der Schule kommt, fange ich ihn vorne im Frühstücksbereich ab. Endlich habe ich Gelegenheit, ausführlich mit ihm zu reden, er war ja kaum zu Hause in den letzten Tagen, ständig bei irgendwelchen Freunden, ständig am Computerspielen. Wäre er mein Sohn, ich würde wissen wollen, wo er sich herumtreibt und was genau er macht. Aber Amy ist diesbezüglich schmerzfrei. Sie selbst wuchs fast ohne jegliche Kontrolle auf, ihre Hausaufgaben machte sie, so hat sie mir erzählt, „nachts um eins hinterm Kneipentresen."

Oscar mault herum, sagt, er sei müde. Aber dann beschreibt er mir den Schrei in etwa so, wie auch ich ihn wahrgenommen habe: Ein rund zwei Sekunden andauernder, nicht anschwellender und nicht verebbender Laut. Er sei „einfach so da gewesen, also nicht gekommen oder so".

Wir setzen uns an einen der Frühstückstische und ich frage ihn, ob er von dem Schrei geweckt worden sei. Oscar druckst herum: Nein, doch, vielleicht, das wisse er nicht mehr.

Dann will ich von ihm wissen, was nach dem Schrei gewesen sei, ob er sich wieder hingelegt und geschlafen habe. Nein, antwortet Oscar, schlafen habe er sowieso nicht mehr können. „War es das jetzt?"

Nein, das war es nicht. Und danach? Fernsehen? Computerspiele? Erst widerwillig, dann mit einem Hauch von Verbrecherstolz in der Stimme, gibt der Junge zu, dass er mir gefolgt ist … hinaus in die Lobby, ins Hotel. Er wiederholt, dabei ungeschickt dessen Tonfall nachahmend, was Monsieur Froneville gesagt hat: „Police, Police, rufen! Wie jemand tot!"

Während ich versuchte, die Gäste zu beruhigen, stand Oscar zwischen Rezeption und Frühstücksbereich und „wenn du richtig geschaut hättest, dann hättest du mich sehen können". Als ich rund eine halbe Stunde später in meinem Bademantel zurück zu dem Bereich des Hauses lief, der uns als Wohnung dient, habe er sich zwischen den Tischen versteckt.

„Und warum?", frage ich. „Warum dachtest du, dass du dich vor mir verstecken musst?"

Er zuckt mit den Schultern, hebt die Hände und grinst mich an. Ich bitte ihn, mir zu antworten.

„Weiß nicht, keine Ahnung. Wollte einfach … wollte vielleicht ausprobieren, ob du was merkst. War's das?"

Wir sehen uns an. Nach ein paar Sekunden senkt Oscar den Blick, fährt sich durchs Haar und tritt rhythmisch gegen das Tischbein. Dazu trommelt er mit den Zeigefingern auf der Tischplatte.

„Oscar."

…

„Oscar!"

„Was?" Er sieht zu mir auf. Zwei letzte Schläge.

„Bist du fertig mit dem Quatsch? Ich will wissen, was in dieser Nacht los war. Wir haben Gäste verloren wegen der Sache. Glaubst du, dass dieser Schrei von einem Menschen stammte?"

Er lehnt sich im Stuhl zurück.

„Klar. Von einer Frau, würde ich sagen."

„Bis du dir sicher?"

„Nein, aber … also von einem Menschen auf jeden Fall. War's das jetzt?"

Ja, das war es. Ich lasse den Jungen in Ruhe und gehe zurück zur Rezeption. Wieder ist mir bewusst geworden, wie wenig ich mit dem Sohn meiner Lebensgefährtin in all den Monaten gesprochen habe. Unser Verhältnis ist kaum mehr als ein gegenseitiges Sich-Tolerieren. Seltsamerweise scheint sich Amy nicht an unserer oberflächlichen Beziehung zu stören. Ab und zu denke ich, sie müsste traurig deswegen sein, sie müsste sich ein wie auch immer geartetes „Mehr“ wünschen. Aber anscheinend ist sie zufrieden und ... nun ja, mir ist es recht so, ich muss für Oscar nicht den Vater spielen.

—

Am späten Nachmittag, nachdem die Betten gemacht, die Handtücher getauscht und die Mülleimer geleert sind, beginnen wir mit den Vorbereitungen für unsere kleine Jubiläumsfeier. Amy ist bester Stimmung, sie singt und lacht und flirtet mit mir. Immer wieder stoßen wir mit teurem Sekt auf das Hotel an und kurz nach fünf fühle ich mich bereits leicht betrunken. Mutig und falsch improvisiere ich die Hits meiner 90er-Jahre-Jugend, singe „Mr. Boombastic, telly-fantastic“ und mache mich wunderbar lächerlich. Amy filmt mich, wie ich vornübergebeugt auf einem der Frühstückstische stehe, mit den Hüften und Armen wackele und so tue, als würde ich surfen. Als wir Schritte auf der Treppe hören, springe ich vom Tisch und sprinte zur Rezeption. Ganz manierlich, wie zwei Wachsoldaten, stehen Amy und ich hinter dem Tresen. Während sie einen Stadtplan aushändigt, versuche ich, nicht zu kichern.

Und ja verdammt, trotz aller Sorgen, trotz aller Ungewissheit, wir haben Grund zum Feiern! Allen Unkenrufen, allen pessimistisch-besserwisserischen Prognosen und gut gemeinter Warnungen zum Trotz, hat unser kleines Unternehmen sein erstes Jahr überstanden. Hotel Haupthaus, 25 geräumige Zimmer, jahrzehntealte (aber hochsolide!) Einrichtung, Geräusche in den Rohren und

Wände dick wie Kühlschränke. Im Sommer ist das Gebäude angenehm kühl … und im Winter kaum zu heizen, ein Öl saufendes und Gas atmendes Monstrum, eine – so drückte es einer der Gutachter aus, mit denen wir uns das Haus ansahen – „verflixte Geldvernichtungsmaschine". Aber wir haben uns für dieses Gebäude entschieden, haben Zeit, Kraft und Geld investiert und machen – Halleluja! – tatsächlich Gewinn.

Als unser Gast mit seinem Stadtplan nach draußen verschwunden ist, dick eingewickelt gegen die Winterkälte, sieht Amy mich an und sagt, sie habe mich seit Wochen nicht so glücklich gesehen.

„Warum sollte ich unglücklich sein?", frage ich. Und dann erkläre ich ihr ungeschickt, dass ich gerade die beste Zeit meines Lebens habe, dass sie ja gerade erst beginne, diese beste aller Zeiten, dass ich so glücklich und dankbar bin, sie zu haben und mit ihr etwas aufzubauen! Mein Gerede hört sich theatralisch an, fast schon schmierig, wie aus einer grottenschlechten Seifenoper. Aber Amy sieht mir milde lächelnd in die Augen und bedankt sich bei mir.

Dann sagt sie, ich dürfe nichts mehr trinken.

—

Als es fast dunkel ist, ziehe ich meine Jacke an und verlasse das Haus. Mit den Händen in den Taschen gehe ich die fünf Stufen hinunter, überquere den schmalen Bürgersteig und trete auf den welligen, hundertfach geflickten Straßenbelag. Zertretenes, erfrorenes Unkraut verfault in den Rissen und an einigen Stellen fehlen große Asphaltklumpen. Den Boden der Schlaglöcher bildet altehrwürdiges Kopfsteinpflaster.

Links, rechts, links – wie als Kind gelernt. Ich laufe grinsend über die einspurige, kaum befahrene Straße und trete auf den schmalen Bürgersteig. Gegenüber des Haupthauses liegt eine eingezäunte Brache, „Betreten strengstens verboten" steht auf einem schon ganz ausgebleichten Schild.

Ein paar Sekunden stehe ich nur da, atme die kalte Luft und betrachte durch den Maschendraht das brusthoch wuchernde Unkraut. Jemand hat ein Kinderfahrrad über den Zaun geworfen, vor ein paar Tagen lag es noch nicht da.

Langsam drehe mich zum Haus um, fast sechzehn Meter ragt das Gebäude vor mir empor.

Das „Haupthaus" – dieses stolze, vielleicht ein wenig grobschlächtige Wort steht in goldenen Lettern über der breiten, von einem Bogen aus langen Backsteinen gerahmten Eingangstür – wurde 1903 als eines von zwei Verwaltungsgebäuden einer großen, damals hochrentablen Kabelfabrik erbaut. Mit einer seiner kürzeren Seiten schließt das dreistöckige, rund 36 Meter lange und 18 Meter breite Gebäude an die fast 2900 Quadratmeter große Fabrikhalle an. Im Erdgeschoss besteht ein Übergang zwischen beiden Gebäuden und mehrmals habe ich die gewaltige Halle durchlaufen. Viel ist nicht mehr übrig von der damaligen Einrichtung: Verstreute Maschinenteile, zerschlagene Waschbecken, Lumpen, Ölkannen, die verfaulten Reste hölzerner Kabeltrommeln, dutzende wie durch Explosionen zerfetzte Blecheimer und ein Stapel harter, einen ätzenden Geruch ausdünstende Gummimatten. Ich habe mich nie lange in dieser Halle aufgehalten, es stinkt nach Verfall und der Boden ist voller Glasscherben.

Ende 1903 war das Haupthaus fertiggestellt, im Frühling

1904 fand die pompöse, von allerlei längst vergessener Prominenz besuchte Einweihung statt. Die Bosse bezogen die Vorstandsbüros im zweiten Stock, die anderen Räume teilten sich jeweils zwei bis drei Angestellte. In den 60ern wurde der Backsteinklotz dann saniert, man schlug größere Fenster in die Mauern, verlegte neue Stromkabel und installierte in mehreren der Räume Waschgelegenheiten.

Als die Kabelfabrik in den 70ern Konkurs machte – so weit ich weiß, gab es ein Gerichtsverfahren, der Enkel des Firmengründers saß eine Gefängnisstrafe von zwei Jahren ab –, ging das Gebäude an die Stadt und diente rund zwei Jahre als provisorisches Übergangswohnheim für Aussiedler aus Osteuropa. In einem der kleineren Kellerräume stehen noch drei hellbraune Lederkoffer, ich vermute, dass sie aus dieser Zeit stammen. Zwei sind mit altmodischer Kleidung und Bettlaken vollgestopft. Im dritten liegen vergilbte Formulare und ein paar handschriftliche Briefe, die ich nicht entziffern konnte.

Ab Ende der 70er stand das Haupthaus leer, bis sich 1989 eine Künstlerkolonie in den großen, steinernen Räumen einnistete. Im Keller entstanden mit Eierkartons ausgekleidete Proberäume, weiter oben Ateliers und provisorischer Wohnraum.

Anfang der Neunziger fanden mehrere größere Ausstellungen im Haupthaus statt, von denen einige sogar in der überregionalen Presse erwähnt wurden. In einem der Vorstandszimmer – einem fast 40 Quadratmeter großen Eckbüro im zweiten Stock, das wir zur Suite umgebaut haben – schichtete eine Künstlerin ausgemusterte Bundeswehr- und NVA-Uniformen zu einem meterhohen, graugrünen Berg, in den sie dann Metallstäbe rammte. Einer der städtischen Mitarbeiter, mit denen wir über Mietkonditionen und Zuschüsse verhandelten, zeigte uns vergilbte Zeitungsausschnitte. Ich schätze Kunst sehr, habe mich aber nie ausführlich mit den verschiedenen Epochen und Strömungen befasst. Mit dem Uniformen-Berg konnte ich nur wenig anfangen.

Die Künstlerkolonie, die das Haupthaus erst besetzte, dann ordentlich von der Stadt mietete, löste sich Mitte der Neunziger im Streit auf. Es wurde still im Haupthaus, das ehemals stolze Verwaltungsgebäude war nur noch ein mit Graffiti beschmiertes Zeugnis untergegangenen Industriestolzes.

Weil den städtischen Verantwortlichen nichts Besseres einfiel, vermieteten sie die großen Kellerräume als billige Lagerfläche, durch ein eingeworfenes Fenster flogen Tauben ein und aus, bauten Nester und schissen die Chefetage voll. Bevor das zerbrochene Fenster ausgetauscht werden konnte, war zwei Tage lang ein Trupp in Schutzanzügen und mit Hochdruckreinigern zu Gange. Im zweiten Stock sind mehrere der grünen Wandfliesen gebrochen, andere sehen seltsam stumpf aus, als wären sie mit Schmirgelpapier und Säure behandelt worden. Ich vermute, dass die Beschädigungen von dieser Reinigungs-Aktion herrühren.

Rund fünfzehn Jahre später – zwischenzeitlich war angedacht, das Gebäude zum gehobenen Wohnhaus umzubauen, es waren sogar neue Wände eingezogen worden – kamen dann wir: Amy Parson und Robert Bieler, ein Mann auf der Suche nach einer sinnvollen Beschäftigung und eine optimistische, vor Tatkraft strotzende Frau mit Hotel- und Gastronomieerfahrung.

Hotel Haupthaus! Treten Sie ein! Schlechte Gegend aber besonderes Flair, ein Wagnis, eine, wie Amy es ausdrückte, „entweder saublöde oder verdammt gute Idee“. Würden wir nicht von der Stadt bezuschusst – unser Hotel soll, so hat man uns erklärt, zur Aufwertung des Areals beitragen –, nie hätte ich diesen Vertrag unterschrieben.

Als es ans Unterzeichnen ging, in diesem engen lauten Büro, vor Bergen unerledigten Papierkrams, zitterten meine Hände. Die linke drückte ich in die Hosentasche, die rechte presste ich so hart auf den Schreibtisch des städtischen Beamten, dass das Holz knackte.

Eine Unterschrift und ich war Hotelier.

Ein Geschenk

Samstag, 19. November

Kurz nach fünf bin ich wach, höre mein Herz klopfen und muss ein Kichern unterdrücken. Ganz leise schlüpfe ich in meine Klamotten und laufe, nur zwei Minuten später und mit verklebten Augen, über die breiten Gänge.

Ich bin so glücklich wie lange nicht, schreien und tanzen möchte ich! Wie ein Grundbesitzer, der stolz seine Landgüter in Augenschein nimmt, gehe ich das gesamte Haus ab, komme mir schon albern vor mit meinem Stolz, setze mich schließlich in einem der leeren Zimmer auf das gemachte Bett, lege mein Gesicht in die Hände und horche in die Stille.

Nichts. Keine Schritte, kein rauschendes Wasser, nicht der kleinste Laut. Und keine nächtlichen Schreie … wenn das vor zwei Tagen überhaupt ein Schrei war. Ich lasse meinen Oberkörper nach hinten fallen und wie aus einem Blasebalg entweicht die Luft aus der zwei Meter langen Winterdecke. Würde ich an Gott glauben, würde ich ihm jetzt danken. Stattdessen lache ich einfach, lache aus vollem Herzen.

Als ich mich beruhigt habe, liege ich still da und überlege. Waren es 800, 900 oder über tausend Nächte, die ich in Hotels und Pensionen verbracht habe? Ich bleibe an der Frage hängen, rechne nach, gebe aber nach weniger als einer Minute auf. Es waren zu viele, einfach viel zu viele. Und es waren zu viele schlechte dabei. Grob geschätzt hatte ich es 50 Mal mit zu kurzen Betten, zehnmal mit verstopften Toiletten, 40 Mal mit nicht funktionierenden Heizungen und fünfmal – nur hier bin ich mir sicher – mit Bettwanzen zu tun. Manche Zimmer waren schlichtweg beleidigend, als würde man einem Gast, der für Steak bezahlt hat, eine Schüssel Knorpel und Sehnen vorsetzen.

Vor meinem Sprung in die Hotelbranche war ich einer von drei – allein dieses Wort! – Suchtpräventionsbeauftragten eines Verbands von Glücksspielunternehmen. Meine Aufgabe: Ich fuhr in einem geleasten Audi A4 im Westen und Süden Deutschlands herum, um Inhabern von Spielhallen etwas über … eben, Suchtprävention zu erzählen. Außerdem vermittelte ich Spielsüchtige an Beratungsstellen und Therapeuten, informierte mich und meine Vorgesetzten über die Gesetzeslage und machte Pressearbeit.

Mein direkter Chef, die Person, der ich Rechenschaft schuldete, die mit mir vierteljährlich über meine – pah – Leistungen sprach: Ein gertenschlanker, geradezu lächerlich durchtrainierter, von Koffeintabletten und Motivationsseminaren aufrechterhaltener Mittfünfziger in einem viel zu engen Anzug. Der Kerl schaffte es, jeden zweiten Satz mit einem gebellten „JA!" zu beginnen: „JA! Herr Bieler, jetzt mal Fuß aufs Gas! Ihr Termin hat gerade angerufen!", „JA! Wir haben zu arbeiten, Leute! Keine Müdigkeit vorschützen!", „JA! Auf Wiedersehen, bis morgen in alter Frische, die Herrschaften!" Vor ihm wurde gebuckelt und hinter seinem Rücken wurde über ihn gelacht. Im Grunde war er ein Würstchen, dieser Mann, ein lächerlich lautes Würstchen. Durch alle Aggressivität, alles Imponiergehabe, durch all die inszenierte Dynamik schien immer nur fade, traurige Wurstigkeit durch.

Ein Glück, dass ich nur selten im Büro war. Stattdessen: Ein Leben zwischen Mittelklassehotels, Tankstellen und Spielhallen, zwischen nicht zu teuren und nicht zu billigen Restaurants, Waschsalons und meiner kalten, kargen Mietwohnung. Meine Güte, allein die Zeit, die ich neben Zapfsäulen gestanden und Dieseldämpfe eingeatmet habe! Und dann alle die Stunden, die ich in irgendwelchen Hotelzimmern mit dem Bügeln meiner Hemden verbracht habe! Ich hätte ein Instrument oder eine Fremdsprache lernen können, ich hätte einen Roman schreiben können. Kaum zu glauben, dass ich diesen Job tatsächlich einmal gern hatte.

Und dann – verdammte Scheiße! Es läuft mir kalt den Rücken herunter, wenn ich nur daran denke – diese Gespräche mit den Betreibern der Spielhallen. Wie hieß noch gleich der Mann, der sich vor den Zug warf? Genau, Heinze hieß die arme Sau, ein unauffälliger, über zwanzig Jahre verheirateter Mann, Vater zweier Kinder und Besitzer eines Reihenhauses, keine Vorstrafen und keine nennenswerte kriminelle Energie. Als ich ihn das erste Mal traf, zitterte er am ganzen Leib, der Mann war dabei, völlig vor die Hunde zu gehen.

Rund zwei Wochen bevor mich Heinzes Frau anrief, um mir abwechselnd weinend und schreiend die Schuld am Selbstmord ihres Mannes zu geben, sprach ich mit dem Betreiber der Spielhalle, in der Heinze Stammkunde war:

„Okay, also ich habe mich jetzt zweimal mit Herrn Heinze getroffen. Das Beste wird es sein, in gegenseitigem Einvernehmen ein Hausverbot zu erteilen. Wir können das gleich fertigmachen, wenn Sie einen Moment Zeit haben."

Darauf der Betreiber der Spielhalle, in ruhigem, lauerndem Tonfall:

„Aber Herr Heinze ist guter Kunde."

„Ja … natürlich. Aber der Mann steht kurz vor dem Bankrott, seine Frau denkt daran, ihn zu verlassen. Wir können das Hausverbot ja vorerst auf ein Jahr beschränken. Ich habe ihn bereits an eine Suchtberatungsstelle weitervermittelt. Wir wollten das möglichst bald-"

„Was? Das heißt, der kommt dann nicht mehr? Warum gleich Hausverbot? Ich geh einfach hin zum Kollegen und sag: So, jetzt ist genug, jetzt geh heim. Ihr wollt immer gleich Hausverbot, aber Herr Heinze ist guter Kunde!"

Und ich, bereits ungeduldig:

„Okay … hören Sie, der Herr Heinze hat ein ernsthaftes Suchtproblem, er erfüllt alle Kriterien, wir sind verpflichtet-“

„Was verpflichtet? Was redest du?“

„Hören Sie, es ist in Ihrem eigenen Interesse, Kunden zu haben, die ihr Spiel unter Kontrolle haben. Suchtkranke machen überproportional häufig Ärger, pöbeln andere Gäste an, trinken zu viel Alkohol-“

„Herr Heinze macht nie Ärger! Sitzt immer nur da und spielt! Wie soll ich meinen Laden betreiben, wenn ich Kunden rausschmeiße? Wenn ich dem Hausverbot gebe, dann geht der doch woanders hin!“

„Okay, wie auch immer … wenn Herr Heinze woanders hingeht, dann ist das nicht Ihre Angelegenheit. Aber solange er bei Ihnen spielt, haben Sie Verantwortung. Sie kennen die Vorschriften, Sie haben eingewill-“

„Was Vorschriften? Immer Vorschriften, Vorschriften, Vorschriften! Das ist nämlich das Problem hier in Deutschland, immer nur Vorschriften. Deshalb machen uns die Türken platt. Weiß du, wie viele Hallen hier im Umkreis noch uns Deutschen gehören?“

„Nein, darum geht es jetzt ja auch nicht.“

„Zwei, noch zwei! Und überall sonst hocken Türken und Araber drauf. Die interessieren sich einen Scheiß für Vorschriften und deshalb haben die Erfolg, die Türken. Das ist nämlich das Problem mit uns Deutschen, dass wir uns immer an Vorschriften halten. Die ficken uns und unsere Vorschriften, die Türken.“

Ich erinnere mich noch gut an dieses lauter und lauter werdende Gespräch. Und ich erinnere mich an das Gefühl tiefer Erschöpfung, die ich empfand. An einem besseren Tag hätte ich dem Mann Sinn und Zweck unserer Regeln zum Umgang mit Spielsüchtigen erläutert, hätte ihm erzählt, dass ich gerade erst bei einem türkischen Geschäftsinhaber gewesen sei und der sich überaus kooperativ verhalten habe. An schlechten Tagen aber – und diese häuften sich gegen Ende meiner Laufbahn zu einem gewaltigen, kalte Trostlosigkeit verströmenden Berg– packte ich meine Unterlagen zusammen und ging meiner Wege.

—

Und dann kam der schlechteste aller Tage, der Tag meines Zusammenbruchs. Ich erinnere mich genau.

Es war ein schwüler Donnerstag im August und ich hatte einen Vortrag vor dreißig schwitzenden, schlecht gelaunten Spielhallenbetreibern zu halten. Thema: Früherkennung von Suchtproblematiken.

Als ich beim Punkt „Ansprache des Kunden" war, krampfte mein Magen und fast ging ich in die Knie. Aber ich machte mich gerade, fraß mich durch all die sinnlosen Sätze, Wörter, Buchstaben, spulte mein Programm ab, fixierte die Tür am Ende des Saals und vermied es, in all die breiten und schmalen, hellen und dunklen, glatten und bärtigen Gesichter zu sehen.

Und dann, als ich mich unter Schmerzen dem Endspurt näherte, traf mich wie der Schlag mit einem Vorschlaghammer diese Erkenntnis: Es war alles nur ein Witz, ein großer, dreckiger Witz. Was ich da gerade tat, war ein Witz. Mein Leben war ein Witz, die ganze Welt war ein Witz!

Der Schmerz war verflogen und ich musste gegen das Lachen ankämpfen. Wie ich da schon stand, in meinem blöden Anzug, an diesem blöden Stehpult, vor diesem Mikrofon, in dessen Drahtgeflecht irgendein hart gewordener Rotz klebte. Ich glaubte, schreien zu müssen, tanzen zu müssen, ich wollte mich von der Bühne ins Publikum werfen.

Mit all der Selbstbeherrschung, die ich aufbringen konnte, schaffte ich es, meinen Vortrag abzuschließen, wobei ich allerdings so schnell und leise sprach, dass meine Ausführungen kaum mehr zu verstehen waren. Nur halb bekam ich das anschwellende Getuschel und Gemurmel mit, jemand plärrte „lauter" und aus dem Augenwinkel sah ich, dass eine große, dunkle Gestalt zu mir auf die Bühne getreten war. Wieder ein „Lauter"-Ruf, diesmal fast wütend. Was ich sagte, das interessierte diese Arschgeigen nicht, aber sie wollten doch, dass ich es richtig sagte, gut verständlich, sauber ar-ti-ku-liert, dass ich verdammt noch mal arbeitete für meine Kohle. Ich zischte ein Dankeschön und floh aus dem Saal.

Als ich in meinem Firmenwagen saß, brach es endlich aus mir heraus, fast fünf Minuten muss ich gekichert und gelacht haben. Dann starrte ich erschrocken in den Rückspiegel und sah einen Menschen, der dabei war, den Verstand zu verlieren. Meine Augen waren voller Angst, die untere Hälfte meines Gesichts zu einer grotesken Grimasse verzerrt.

Allmählich beruhigte ich mich, schnallte mich an und startete den Motor. Sehr langsam, mit starr nach vorne gerichtetem Blick und beiden Händen am Lenkrad, steuerte ich den Wagen aus dem Gewerbegebiet.

—

Nachdem ich in einem chinesischen Restaurant gegessen hatte, fuhr ich zurück zum Tagungshotel. Und als ich die Rezeptionistin nach meinem Zimmer fragte, stellte sich heraus – ein Witz! Ein verdammter Witz auf meine Kosten! –, dass die Sekretärin es versäumt hatte, mir eines zu reservieren. Ich stand in dieser hässlich-praktischen Lobby, vor mir eine zentimeterdick geschminkte Frau mit grundfalschem Lächeln im Gesicht, fast halb so alt wie ich, fast noch ein Kind, mit künstlichen Augenbrauen und umwabert von süßem Parfümduft. Und neben mir: dieser hässlichste aller Rollkoffer, dieses Scheißding mit den abgewetzten, kleiner und kleiner werdenden Gummirollen. Verdammt! Ich wollte duschen! Schlafen! Meine Ruhe! Aspirin! Aber ich musste auf Zimmersuche gehen und landete, eine halbe Stunde später, in einer kleinen, über einem französischen Lokal gelegenen Pension.

Heute kann ich darüber lachen, damals hätte ich fast geheult. Das Zimmer war eine Sauerei. Nicht nur, dass es intensiv nach Muschelsuppe stank – die Lüftung teilte sich die Pension mit dem französischen Restaurant –, es war außerdem klein, viel zu heiß und in einem widerlichen Lachsrosa gestrichen. Und dann die Einrichtung: Das Bett für Zwerge gemacht, die Matratze durchgelegen, das Kissen eine mit Watte gefüllte Stoffwurst, um die ein dünnes Leintuch gewickelt war. Die Decke: klumpig und getränkt vom Schweiß ehemaliger Leidensgenossen. Vor mir, schräg an der Wand, hing der kleinste Röhrenfernseher, den ich je gesehen habe, die Fernbedienung war dermaßen schmutzig, dass ich sie mir an die Stirn hätte kleben können. Auf dem Laken waren rotbraune Schamhaare. Aus dem Nebenzimmer hörte ich Röcheln und Husten … als würde dort jemand mit dem Tod kämpfen. Und über allem dieser süßsaure Suppengestank, es war eine Katastrophe. Müdigkeit und dumpfe Verzweiflung brachten mich dazu, das Zimmer zu nehmen.

Um vier Uhr nachts erwachte ich schweißgebadet. Hier passt er tatsächlich, dieser Ausdruck, der mir immer übertrieben erscheint, wenn ich ihn lese oder höre. Aber ich war tatsächlich wie in Schweiß gebadet, klebrig von der Stirn bis zu den Zehenspitzen. Dazu Schüttelfrost, Magenkrämpfe und aufsteigende Todesangst. Nachdem ich mir das Laken von der Haut gezogen und einige Minuten schwer atmend in dem heißen, nach Küchendunst stinkenden Zimmer gelegen hatte, rollte ich mich vom Bett. Ich stolperte ins Badezimmer und erbrach mich – kaum hatte ich die Tür aufgerissen – in die Duschwanne.

Im Morgengrauen – nach stundenlangem Würgen kam nicht einmal mehr Magensäure, ich kotzte buchstäblich Luft – schleppte ich mich zum Auto und fuhr zum nächsten Krankenhaus.

Diagnose: Schwere Lebensmittelvergiftung.

Drei Tage verbrachte ich zusammen mit einem schweigsamen, abwechselnd in Autozeitschriften und Baumarkt-Prospekte vertieften Leberpatienten in einem hellblau gestrichenen, lichtdurchfluteten Zimmer, musste isotonisches Zuckerwasser und Gemüsebrühe trinken, legte alle halbe Stunde einen Sprint Richtung Toilette hin und dachte ansonsten über mein Leben nach.

An einem schönen Sommertag, nur wenige Stunden nachdem ich mich von Ärzten und Schwestern verabschiedet und fünf Euro für die Kaffeekasse gespendet hatte, kündigte ich meinen Job.

Niemand schien überrascht.

Als müsse mein Körper Jahre der Entbehrung wettmachen, überfiel mich sofort, wirklich sofort nach meiner Kündigung, ein ebenso faszinierender wie erschreckender Heißhunger. Sechs Croissants zum Frühstück, fingerdick mit Butter und Marmelade bestrichen – her damit! Ich aß gewaltige Portionen Spaghetti Bolognese, solche Mengen hatte ich zuletzt mit 15 oder 16 geschafft, fuhr nachts um zwei die Dönerläden ab, fing sogar an, mir Schokoladen- und Sahnetorten nach alten Rezepten meiner Großmutter zu backen und schaffte es tatsächlich, etwas zu produzieren, das einer Schwarzwälder Kirschtorte ähnelte. Ich aß das Ding mit bloßen Händen allein vor dem Fernseher. Rund zwei Wochen ging das so, ich fraß und fraß und fraß.

Nachdem ich mich erholt (und sieben Kilo zugenommen) hatte, nachdem ich zu Kräften gekommen war, verschaffte ich mir einen Überblick über meine Finanzen. Insgesamt verfügte ich zwei Wochen nach meiner Kündigung über ein Vermögen von exakt 119.804, 53 Euro – zu einem Drittel erarbeitet, zu zwei Drittel ererbt. Die Zahl beruhigte mich, von diesem Geld würde ich mehrere Jahre leben können. Ich schrieb mir die Summe auf einen Bogen Papier, den ich aus einem alten Schul-Zeichenblock riss, und hängte ihn mir ins Wohnzimmer.

Rund zwei Monate nach meinem Krankenhausaufenthalt schaltete ich eine Kontaktanzeige in einer Internet-Partnerbörse:

Größtenteils anständiger Mann, weder Triebtäter, noch Serienmörder, noch sonst wie bedrohlich, sucht eine Frau, die etwas Neues aufbauen will. Ich bin 35 Jahre alt, habe vor kurzem meinen Job gekündigt und weiß noch nicht, was ich mit dem Rest meines Lebens anfangen will. Momentan erhole ich mich noch von den ersten 35 Jahren, in rund zwei Wochen sollte ich wieder vollständig obenauf sein.

Amy war eine der ersten, die sich bei mir meldeten.

—

Eigentlich, das verriet sie mir flüsternd, als wir uns schon rund einen Monat trafen, heiße sie mit erstem Vornamen ja Heike. Heike Amy Parson, geboren im Sommer 1980, aufgewachsen abwechselnd in Los Angeles und Hamburg Wandsbek. Ihr 1997 verstorbener Vater war als GI in Deutschland stationiert gewesen, ihre Mutter, die ebenfalls Heike heißt, hatte bis vor wenigen Jahren eine Hamburger Kneipe unter ihrer Fuchtel. Sie sei, so sagte mir Amy eines Abends, „mit Säufern aufgewachsen". Und diese Säufer seien die nettesten Menschen gewesen, die man sich vorstellen könne. Ein Physikprofessor – langjähriger Stammgast, jeden Abend mindestens fünf Bier und ebenso viele Korn, Pegeltrinker – habe ihr fast jeden Tag bei den Hausaufgaben geholfen.

Gleich in der ersten Mail, die Amy mir schrieb, noch bevor ich überhaupt wusste, wie alt sie war und wie sie aussah, kam sie zur Sache: Sie sei seit einem Jahr geschieden, habe einen elfjährigen Sohn namens Oscar und arbeite momentan halbtags am Empfang eines größeren Hotels. Da sie sich unterfordert fühle und kurz davor sei, „alles hinzuschmeißen und nach Amerika abzuhauen", wolle sie einen Neuanfang wagen. Was ich mir denn unter „etwas Neuem" vorstelle?

Mir gefiel sie sofort, diese handfeste, praktische Art. Ich antwortete, dass meine Vorstellung noch recht verschwommen sei. Ich wisse nur, dass es so nicht weitergehen könne. Knapp berichtete ich von meinem bisherigen Job – in dem ich übrigens nicht schlecht verdient hatte –, von der schweren Lebensmittelvergiftung, die, zusammen mit der Erkenntnis, dass meine Arbeit und mein gesamtes Dasein ein mieser Witz waren, das Fass zum Überlaufen gebracht hatte, und von meiner letzten, traurig gescheiterten Beziehung.

Als ich die Nachricht abgeschickt hatte, sprang mich hinterrücks die Angst an. Würde ich nicht jämmerlich wirken, wie ein frühzeitig verbitterter Langweiler … oder wie einer derer, die mit der Aufzählung ihrer Leiden und Rückschläge um Liebe betteln? Aber Amys Antwort kam noch am selben Tag. Sie fragte mich, ob ich mir vorstellen könne, ein Hotel zu eröffnen. Ich fragte zurück, ob wir uns nicht vielleicht zuerst kennenlernen sollten.

—

Wir trafen uns ohne viel voneinander zu wissen. Es war keine Liebe auf den ersten Blick, auch keine auf den zweiten. Aber Sympathie war da, wir konnten miteinander reden, hatten einen ähnlichen Humor und einen ähnlichen Geschmack. Die Liebe würde kommen, ich war mir ganz sicher.

Und sie kam ja auch.

Als wir uns rund einen Monat kannten – wir hatten einige Male miteinander geschlafen und es war schön gewesen – fragte ich Amy, ob wir nun eigentlich ein Paar seien.

„Klar“, war ihre erstaunte Antwort, „was denn sonst? Immerhin ficken wir.“

Vier Wochen später, nachdem der Beziehungsstatus also geklärt war, setzte sie mich in ihr Auto und fuhr mit mir vierzig Kilometer zu dem steinernen Ungetüm, über dessen Eingang in goldenen Lettern „Haupthaus“ steht. Ich stand da und starrte und kriegte den Mund nicht auf.

„Und? Was sagst du?“

Ich verstand immer noch nicht.

„Zu dem Haus! Was sagst du zu dem Haus? Das wird unser Hotel!“

Breit grinsend sah sie mich an, ihr Gesicht schien von innen heraus zu leuchten. Aufgeregt zupfte sie mich am Ärmel meines Mantels, zog mich zu sich heran, griff nach meiner Hand.

„Los, Robert, jetzt sag schon. Gefällt es dir?"

Beinahe hätte ich nein gesagt. Es braucht eben seine Zeit, bis ich mich verliebe.

—

Es ist kurz nach 19 Uhr. Ich weiß nicht, was mit mir los ist. Amy ist drüben im Wohnzimmer, die ersten Gäste sind schon da.

Vor einer halben Stunde hatte ich einen … nein, das ist der falsche Begriff. Ich hatte keinen Schwächeanfall, mir wurde nur kurz schummrig, schwarz vor Augen. Ich hob einen Kasten Bier aus dem Kofferraum meines Wagens und merkte, wie mir die Beine weich wurden. Ich musste den Kasten abstellen und mich auf den nassen Asphalt setzen. Zum Glück hat mich niemand gesehen.

Jetzt geht es wieder, nur die Hände zittern noch. Aber ich muss wieder an diesen Schrei und dieses Husten neben meinem Bett denken. Ich kriege diesen Scheißdreck, der doch überhaupt nichts zu bedeuten hat, einfach nicht aus meinem Kopf … und bilde mir ein, dass etwas Schlimmes passieren wird. Vielleicht sollten wir, überlege ich, die Gäste wieder nach Hause schicken, alles abblasen und den Abend vor dem Fernseher verbringen.

Nein verdammt! Schluss mit dem Unsinn! Ich werde hinüber gehen und mich amüsieren. Auf keinen Fall werde ich mir und Amy diesen Abend verderben. Wie lange haben wir uns schon gefreut? Vielleicht hilft ja Alkohol, vielleicht muss ich nur ein bisschen was trinken. Locker werden. Das Denken abschalten. Ich stelle mich an wie ein verdammter Hypochonder.

Sonntag, 20. November

Es ist etwas passiert, ich muss … aber eigentlich sollte ich mich ausschlafen. Ich weiß ja, dass ich immer noch betrunken bin, ich schaffe es ja kaum, eine gerade Zeile zu schreiben. Aber es ist etwas passiert und ich habe Angst, dass mir die Details entwischen. Wenn ich bis zum Mittag oder Nachmittag warte, kriege ich die Sache nicht mehr aufs Papier.

Kurz nach 19 Uhr war die Sache mit der Bierkiste und dieser seltsamen Schwäche. Und nachdem ich die Schwäche überwunden hatte, wurde der gestrige Abend zu einem der besten seit langem. Alle waren da. Amys Mutter hatte ihre Kontakte spielen lassen und Hartes organisiert – Whiskey, Wodka, sogar Absinth. Mein Schulfreund Uwe hatte seinen Plattenspieler und stapelweise alte Musik mitgebracht.

Auch zu essen hatten wir reichlich. Der Küchentisch ächzte – er ächzte wirklich, aber eigentlich tut er das ja dauernd – unter dem Gewicht der Teller und Schalen. Und mit dem Kartoffelsalat, den Amys beste Freundin in der größten Salatschüssel, die ich jemals gesehen habe, angeschleppt hatte, hätte man eine Fußballmannschaft füttern können. Dazu Nachos, vegetarische Frühlingsrollen, selbstgemachte Chips, spanische Chorizos, französische Merguez und Nürnberger Rostbratwürste, pappsüße türkische Süßigkeiten und ein großer Käseigel.

Eigentlich hatten wir es klein halten wollen: fünf, sechs Freunde, gemeinsames Knochen und ein paar Flaschen Wein. Dann war Amy auf die Idee gekommen, das einjährige Jubiläum unseres Hotels zusammen mit meinem 36. Geburtstag zu feiern, da könne man es doch ein bisschen größer, ein bisschen aufwändiger …

Die Sache geriet außer Kontrolle und schließlich waren –

passend zum Anlass – exakt 36 Gäste ins Erdgeschoss des Haupthauses gekommen.

Gegen ein Uhr nachts – ja, es war eins, kurz vor eins, ich hatte keinen Filmriss! – bin ich betrunken, allerdings angenehm betrunken, balanciere gutgelaunt auf dem schmalen Grat zwischen „genau richtig" und „schon zu viel", höre mich reden und kleine, dumme Späße machen. Meine Gedanken sind leicht wie Watte, ich komme mir frech und charmant und draufgängerisch vor, als wäre ich wieder zwanzig und unzerstörbar.

Obwohl ich es besser weiß, trinke ich weiter. Und da ich das Trinken nicht mehr gewohnt bin, verschwimmt mir kurz nach zwei die Sicht. Selbstüberschätzung und fruchtiger, seinen Alkoholgehalt verbergender Rotwein – eine heimtückische Kombination.

Um halb drei sehe ich doppelt ... zumindest wenn ich mich nicht konzentriere. Es fällt mir schwer, die Gesichter auseinanderzuhalten und in der Küche lasse ich eine Frühlingsrolle unter den Tisch fallen. Als ich mich nach ihr bücke, verliere ich das Gleichgewicht und schlage mit dem rechten Knie hart auf den steinernen Boden.

„Alles in Ordnung?", fragt mich eines der vielen Gesichter.

„Ja, ich ... ich wollte nur was essen", höre ich mich lallen und konzentriere mich dabei auf die Küchenuhr. Lang und schmal sieht sie von hier unten aus, trotzdem erkenne ich, dass es kurz vor drei ist.

Im nächsten Moment – die Zeit vergeht jetzt sprunghaft, hat deutlich an Geschmeidigkeit verloren – hilft mir jemand hoch. Und jemand anderes sagt etwas anscheinend sehr lustiges, ich verstehe aber nur woh-woh-woh und höre das Lachen irgendwelcher Leute.

Ich muss mich darüber geärgert haben, es dermaßen übertrieben zu haben, das kenne ich von mir. Betrunken bin ich zu leidenschaftlichem Selbsthass fähig. Aber vielleicht war mir auch nur schlecht. Jedenfalls verziehe ich mich ins Wohnzimmer und lasse mich in einen der Ledersessel fallen. Die Party hat sich da schon in Richtung Küche verlagert, die Hälfte der Gäste ist bereits gegangen.

—

Vielleicht wollte ich mich schlafend stellen. Ich weiß es nicht mehr. Jedenfalls schließe ich die Augen und gehe meinen Gedanken nach.

Gegen drei Uhr überlege ich ernsthaft, hinunter in den Keller zu gehen und die stillen, menschenleeren Räume zu inspizieren. Im größten dieser fensterlosen Räume steht ein kompletter, teilzerlegter Kinderspielplatz, in einem etwas kleineren Raum hat jemand ein Miniaturkino eingerichtet: Leinwand, sieben Klappstühle und ein alter, schwergewichtiger Projektor. Wenn sich die Besitzer nicht bald melden, können wir die eingelagerten Gegenstände für wenig Geld übernehmen, das hat uns der städtische Mitarbeiter bei der Vertragsunterzeichnung versprochen.

Wie viel Geld ist „wenig Geld", überlege ich. Und was sollen wir mit einem Kinderspielplatz? Und dann: Wenn ich aufpasse und mich an den Wänden abstütze, wenn ich mich dann am Geländer halte und genau schaue, auf welche Stufe ich trete …

„Schatz, alles gut bei dir?"

Amy ist da! Wie aus dem Boden geschossen steht sie vor mir, wie plötzlich … ich versuche, dieses elend komplizierte Wort auszusprechen, aber es kommt immer nur irgendwas mit „Martha": marthalisiert, marthailjisiert. Amy lächelt ihr schönstes Lächeln und ich greife mit beiden Händen nach ihrem vollen, wunderbaren Gesicht, will es zu mir heranziehen, spitze die Lippen zum Kuss …

Und sie lacht nur, legt meine Hände zurück und streicht mir über die … ja, über die Wange. Sie berührt mich an der Wange, ich bin mir sicher. Und ich sage in feierlichem Tonfall: „Ich befürchte, betrunken zu sein“, muss dazu all meine Selbstbeherrschung aufbringen, will auf keinen Fall lallen und sabbern.

Amy verschwindet und ich rufe ihr etwas hinterher. Dann kommt sie wieder und drückt mir ein großes Glas Mineralwasser in die Hand. Sie sagt mir, ich solle „mal schön“ auf meinem Hintern sitzenbleiben.

Bis halb vier geht es mir gut. Wie ein viktorianischer Buddha throne ich in meinem Chesterfield-Sessel, betaste zärtlich die Köpfe der Messingnägel, die das Leder am Rahmen halten, lasse meinen Blick durch das große, mit einer wilden Mischung aus Alt und Neu eingerichtete Wohnzimmer schweifen und spreche mit denen, die zu mir kommen.

An den Reaktionen meiner Gesprächspartner glaube ich zu erkennen, dass mein Gerede nicht allzu blamabel ist. Immer wieder schaue ich hinüber zur Wanduhr, kneife die Augen zusammen und versuche, die Stellung der Zeiger zu erkennen.

Und dann, es muss gegen vier sein, bin ich allein in dem großen, von den Ausdünstungen der vieler Körper stickigen Zimmer. Die verbliebenen Gäste haben es sich zusammen mit Amy in der Küche bequem gemacht und der Duft von Marihuana kriecht durch die Wohnung. Ich erinnere mich an ein kurzes, albernes Erschrecken: Ihre Mutter ist hier, die habe ich vorhin noch gesehen. Und wenn die mitbekommt, dass ihre Tochter kifft … kurz komme ich mir wie ein Teenager vor, der etwas zu verbergen hat.

Das Teenagergefühl vergeht, ich liege in meinem Sessel und starre schläfrig Richtung Wohnzimmertür.

—

Und dann – ich habe nur für ein, zwei Sekunden die Augen geschlossen – starrt plötzlich jemand zurück. Verschwommen erkenne ich durch die Milchglasscheibe die Umrisse eines Kopfes, darunter ein Leib und lange Beine. Bestimmt fünf Minuten starren wir uns an, ich und dieser schmierig graue Schatten, bevor ich mich aus dem Sessel stemme und zur Tür wanke. Während meines schiefen Wegs durchs Zimmer verharrt die Gestalt hinter dem Glas … aber als ich meine Hand auf die Klinke lege, entfernt sie sich nach rechts, in den Flur, in Richtung der Tür, die zum Hotel führt.

Ich zweifle an meiner Wahrnehmung, halte die Klinke in der Hand, kneife die Augen zusammen und starre auf das Glas. Dann ziehe ich die Tür auf, trete in den Flur und stütze mich an der Wand ab. Die grünen Fliesen fühlen sich ekelhaft kalt an.

„Hallo?"

Ich schüttle kichernd den Kopf. Links geht es zur Küche, von dort kommen vertraute Stimmen und vertrauter Geruch, dort sind Menschen. Rechts den Flur hinunter liegt Oscars Zimmer, dann das Badezimmer, außerdem das Schlafzimmer und die Tür zum Hotel. Ich stoße mich ab, mache einen Schritt nach dem anderen, rufe einige Male zaghaft mein „Hallo?" in den langen Korridor und komme endlich bei der Tür an, die aus unserer Wohnung hinaus und in die Lobby führt. Müsste sie nicht geschlossen sein?

„Hallo?"

…

„Ist da jemand?"

Als ich in die Kühle der breiten, steinernen Halle trete, glaube ich, jemanden auf der Treppe zum ersten Stock zu sehen. Aber es ist düster und spät und ich bin besoffen und ständig verschwimmt mir die Sicht.

„Da ist doch wer!", blaffe ich in die leere Lobby.

Und da, ganz plötzlich, packt mich ein seltsamer, vom Alkohol befeuerter Ehrgeiz. Ich habe jemanden gesehen, ganz sicher! Und jetzt muss ich hinterher, ich, der Herr dieses Hauses, Hotelier Robert Bieler, muss den Eindringling stellen, dingfest machen!

Ich löse mich von der Wand, mache drei Schritte Richtung Treppe und höre im selben Moment jemanden meinen Vornamen sagen. Fast komme ich aus dem Gleichgewicht, als ich herum schnelle, fast stolpere ich über meine eigenen Beine.

Ich erkenne Monika sofort, als sie vor mir auf dem breiten, spärlich beleuchteten Gang steht. Ich erkenne sie an der fahlen Haut, dem dünnen, unscheinbar braunen Haar, den kleinen nichtssagenden Augen. Sie war es, die hinter dem Milchglas stand, die mich beobachtete, ganz sicher bin ich mir, es war ihr großer, unförmiger, mehr männlicher als weiblicher Körper, der diesen Schatten warf.

Und zugleich – trotz des verdammten Alkohols, der mir wieder und wieder die Sicht verwischt, trotz meiner Schläfrigkeit – weiß ich, dass es eigentlich nicht sein kann. Monika sieht aus wie damals, scheint überhaupt nicht gealtert zu sein! Ein knochiges, unattraktives Mädchen in seltsam altmodischer Kleidung.

„Mo-Mo-Mon- …"

Ich bin gleichzeitig aufgeregt und benommen, bringe ihren Namen nicht heraus, frage sie lallend und stotternd, wie es ihr geht.

„Es geht", antwortet sie. „Ja, es geht." Ihre Stimme ist genau wie damals: leise, unsicher, das Gemurmel eines verschüchterten Mädchens. „Ich … ich habe ein … ein Geschenk für dich, Robert."

Während Monika spricht, sieht sie auf ihre großen, altmodischen Schuhe. Und als ich einen Schritt auf sie zu gehe, tritt sie einen Schritt zurück. Rund drei Meter sind zwischen uns.

„Monika, mein Gott, das ist … das ist so lange her. Woher weißt du, dass ich Geburtstag habe?"

Bin ich plötzlich nüchtern geworden? Wieso kann ich sprechen? Wieder starrt sie auf ihre Schuhe, auf diese mattschwarzen, formlosen Klumpen. Mehrere Sekunden vergehen.

„Das habe ich doch immer gewusst, Robert."

Monika dreht sich um und geht den Flur hinab, vorbei an unserem Schlafzimmer. Ich folge ihr und bringe ein „Wie lange ist es denn schon her?" zustande, auf das sie aber nicht reagiert. Abrupt bleibt sie stehen und dreht sich um. Mit einem schmalen Lächeln hält sie mir ein Päckchen hin. Das bunte Geschenkpapier ist an einer Seite eingerissen.

„Das ist für dich, Robert."

„Monika, ich …"

Sie streckt ihre Arme aus, lehnt sich leicht nach vorne. Ich soll das Päckchen nehmen.

„Danke, aber …" Ich nehme mein Geschenk, ganz leicht berühren sich unsere Hände und ein Schauer rast durch meinen Leib. „Ich … ich weiß nicht, was ich sagen soll. Wie geht es dir denn?"

Als hätte sie sich vor mir erschrocken, tritt Monika einen Schritt zurück. Die Züge ihres Gesichts verschwimmen.

„Das hast du eben schon gefragt, Robert. Es … es geht

mir jetzt gut. Ich hoffe, es geht dir auch gut."

Magensäure schwappt mir in die Kehle, ich huste und schlucke. Was ist nur los? Warum kann ich ihr Gesicht nicht mehr erkennen? Ich kneife die Augen zusammen, will etwas zu ihr sagen, will freundlich zu ihr sein. Fünf, sechs Sekunden vergehen, ohne dass ich etwas herausbekomme. Und Monika entfernt sich immer weiter von mir, wird undeutlich, verschwimmt.

„Alles Gute zu deinem Geburtstag, Robert."

Ich stolpere ihr hinterher, will ihr erklären, dass ich betrunken bin und dass sie stehenbleiben muss, weil ich sie doch sonst nicht sehen kann! Aber ich bringe nichts heraus und schließlich ist sie es, die spricht.

„Ich habe dich sehr lieb, Robert."

Und da, als sei ein Bann gebrochen, kommen die Worte. Ich stolpere vorwärts und rede auf sie ein.

„Monika, warte bitte. Bleib stehen! Willst du etwas essen? Wir haben ... Oder etwas trinken? Ich hätte nicht gedacht, dass du kommst ... bitte entschuldige, ich bin nur so überrascht. Das ist be- bestimmt zwanzig Jahre her, dass wir uns gesehen haben. Wo-wo lebst du denn jetzt, Monika? Ich ... lass uns doch reden, wir haben uns ja so lange nicht ..."

Wieder kommt es mir fast hoch, ich bleibe stehen, kneife die Augen zusammen und schüttle den Kopf. Meine Finger krampfen sich um das Päckchen, das Monika mir gegeben hat, zerdrücken den Karton und stoßen auf etwas Hartes. Hier stimmt doch etwas nicht, denke ich, es muss doch irgendwie möglich sein, ihr Gesicht zu erkennen. Warum erkenne ich ihr Gesicht nicht?

„Alles Gute zu deinem Geburtstag, Robert ... ich muss jetzt gehen."

Ich schlucke Speichel und setze mich in Bewegung. Wieder brechen Worte aus mir heraus.

„Danke, Monika, vielen Dank für das Geschenk. Ich habe eigentlich erst in zwei Wochen Geburtstag, weißt du, wir feiern nur vor, weil … wegen dem Hotel, wir … wir haben das Hotel hier aufgemacht, das weißt du überhaupt nicht, das hier ist unser Hotel, ein Jahr ist das … deshalb … “

Sie hat sich von mir abgewandt, schlurft den Flur hinunter, verschwimmt zu einer grauen, pulsierenden Masse.

„Warte doch, Monika!“ Und zugleich dieser Gedanke: Ist das noch Monika? Löst sie sich nicht gerade auf? „Warte! Da geht es nicht raus, der Ausgang ist hier drüben. Warte doch bitte!“

Ich bin mir nicht sicher, ob Monika die Tür zu Oscars Zimmer öffnet, oder ob die Tür einfach von allein aufgeht.

„BLEIB STEHEN!“, brülle ich aus Leibeskräften ins Halbdunkel des langen Flurs. „Das ist Oscars Zimmer. Da darf keiner rein!“

Aber das verschwommene graue Etwas schiebt sich in das Zimmer. Und wieder brülle ich aus Leibeskräften. Doch diesmal dringt nur ein unartikulierter Schrei aus meiner Kehle.

Langsam schließt sich die schwere Tür.

Die nächsten Sekunden fehlen. Ich finde mich zitternd und nach Luft schnappend in Oscars Zimmer wieder, klammere mich mit der linken Hand am Türrahmen und schlage mit der rechten auf die Wand ein, will den Lichtschalter treffen.

Jemand berührt mich von hinten an der Schulter.

„Robert …“

Ich schlage weiter. Er muss doch hier irgendwo …

„Robert, beruhige dich. Was ist denn los?“

Ich treffe den Schalter, das Licht geht an und wieder aus. Beim zweiten Versuch bleibt das Licht an. Dann stolpere ich in das leere, unaufgeräumte Zimmer und drehe mich einmal im Kreis. Zerknüllte Wäsche liegt auf dem Boden, ein offener Rucksack, einer der beiden Bettkästen ist herausgezogen. Oscar ist nicht da, das weiß ich, das muss mir keiner sagen, da brauche ich mich nicht zu wundern, der übernachtet bei einem Schulfreund.

„Monika!", lalle ich. „Monika!"

Wieder diese Stimme. Amys Stimme. Sie hat gerade eben schon etwas gesagt. Aber jetzt spricht sie zu jemand anderem, ich verstehe die Worte „warte" und „betrunken".

Noch einmal drehe ich mich um die eigene Achse. Es muss doch hier irgendwo sein, dieses Mädchen, mit dem ich zur Schule gegangen bin, mit dem ich aufgewachsen bin. Fünfmal, sechsmal rufe ich laut nach Monika, verfalle dabei in einen herrischen Befehlston. Als könne ich sie zwingen, zu erscheinen, als könne ich sie zwingen, aus den Schatten zu treten.

„Du hast schlecht geträumt", sagt Amy. Sie sieht mich an, als sei ich krank oder verrückt oder was weiß ich denn.

„Nein, Quatsch! Ich ... ich hab doch überhaupt nicht geschlafen!" Meine Stimme kommt wütend und gehetzt. „Sie ist hier hinein gegangen, hier in dieses Zimmer! Sie muss irgendwo sein! Monika, Monika Menke."

„Schatz, hier ist ..."

Und da fällt mir das Päckchen ein. Wo zum Teufel ist das Päckchen? Habe ich es abgestellt? Es fallenlassen?

„Warte! Warte einen Moment! Monika hat mir was zum Geburtstag geschenkt, ich hab's nur ... ich hab's nur verloren. Warte! Bleib hier stehen!"

Zurück in den Flur. Kopfschüttelnd. An Sorgenmienen vorbei. Es muss und muss und muss da sein, ich hatte es doch eben noch ...

„Kleiner als ein Schuhkarton", sage ich zu Amy, während ich gebückt den Boden absuche, zusammengeknüllte Jacken von der Garderobe wische und dabei eine Handtasche umwerfe. „Es ist in rotes Geschenkpapier gewickelt, auf dem Eulen oder Gesichter oder so was drauf sind. Es … es muss hier irgendwo sein. So ein ganz unordentliches Päckchen, gar nicht schön ein- eingepackt."

Aber da ist nichts. Und als ich mich aufrichte, sehe ich, dass Amys Mutter nur zwei Meter entfernt steht, diese kleine Frau mit ihrem Alkoholikergesicht unter dem rot gefärbten Bubikopf. Neben ihr mein Schulfreund Uwe und hinter ihm Sabrina, eine ehemalige Arbeitskollegin von Amy. Die drei starren mich an und ich denke: Okay, so wird man also angestarrt, wenn man nicht mehr dazugehört, wenn sie einen für verrückt halten.

„Uwe!" Ich reiße mich von meinen Gedanken los und stürze auf ihn zu. „Du erinnerst dich doch an dieses Mädchen aus unserer Klasse? Sie …"

Ich will ihm sagen, dass Monika Menke da gewesen ist, die kennt er doch noch, die Monika aus dem Gymnasium, die, mit der keiner reden wollte, die irgendwann auf die Realschule wechselte. Aber Amy packt mich von hinten am Arm und sagt, ich sei betrunken und müsse ins Bett.

Es ist verrückt, es ist einfach verrückt. Ich lasse mich abführen wie ein armer Irrer.

Montag, 21. November

Amy besteht darauf, ich sei betrunken gewesen und hätte einfach schlecht geträumt. Gut, soll sie es glauben, so ist es am einfachsten für uns. Ich würde es auch gerne glauben.

Aber ich kann mir doch nicht selbst etwas vormachen. Ich bin mir zu hundert Prozent sicher, wach gewesen zu sein … und ich ertappe mich dabei, dass ich, während ich mit den Gästen spreche und Erledigungen mache, nach diesem Päckchen suche. Ich bilde mir ein, es müsse plötzlich irgendwo auftauchen: auf einem der Tische, auf einem der Regale im Vorratsraum, auf einer der Treppenstufen, hinter der Rezeption. Mehrmals habe ich mir schon eingebildet, es aus dem Augenwinkel gesehen zu haben, einen kleinen roten Störpunkt in all dem Vertrauten.

Ich versuche, mir nichts anmerken zu lassen, mache meine Arbeit und halte den Mund.

Auch Amy ist stiller als sonst. Sie behandelt mich vorsichtig und zuvorkommend, nimmt mir Aufgaben ab und fragt mich immer wieder, ob ich etwas brauche. Sie sorgt sich um mich … und ich weiß gar nicht, ob ich das will.

—

Kurz vor Mitternacht: Kann mich überhaupt nicht konzentrieren. Bin die Finanzen durchgegangen und habe ständig den Faden verloren. War kurz davor, den Ordner gegen die Wand zu werfen.

Dann wollte ich Hotelbedarf nachbestellen, Handtücher, Klobürsten, Besteck, kam aber dermaßen mit den Mengen durcheinander, dass ich es schließlich bleiben ließ. Es ist wie verhext, ich bin nicht ich selbst.

Am späten Nachmittag hat sich Uwe gemeldet und wollte wissen, wie es mir geht. Ich habe ihm gesagt, dass ich zu viel getrunken und dann schlecht geträumt habe … langsam fange ich an, es selbst zu glauben.

Uwe hat mir angeboten, einige Tage bei ihm zu wohnen, falls ich „mal Abstand vom Hotel“ brauche. Ich habe dankend abgelehnt.

Dienstag, 22. November

Es geht mir etwas besser, ich kann mich wieder konzentrieren. Vielleicht vertrage ich einfach keinen Alkohol mehr.

Ansonsten Beschäftigung mit Hotelkram: Amy vermutet, dass einige der Putzmittel, die wir verwenden, in den Drogeriemärkten günstiger als beim Großhändler sind. Wenn ich Zeit übrig hätte – und ja, ich habe welche übrig. Und nein, ich muss nicht geschont werden –, solle ich doch bitte bei den Märkten der Umgebung anrufen und mich nach den Preisen erkundigen. Obwohl mir die Fragerei nach dem günstigsten Preis peinlich ist, rufe ich vier Märkte an. Und ja, einige der Mittel sind wirklich günstiger als beim Großmarkt, allerdings nicht in dem Maße, dass sich eine Extrafahrt lohnen würde. Zehn nach neun habe ich alle nötigen Einkäufe aufgelistet und online Handtücher und Klobürsten bestellt. Gut so, ich funktioniere wieder.

Gegen halb zehn spricht mich eine ältere, allein reisende Dame an. Sie kommt vom Frühstückstisch an die Rezeption, verharrt einige Sekunden, macht dann einen weiteren Schritt und fragt mich, ob sie mich kurz stören könne.

„Sie stören mich überhaupt nicht. Was kann ich für Sie tun?"

Sie lächelt mich an. In der einen Hand hält sie ihre Kaffeetasse und in der anderen eine kleine gelbe Blume, die sie aus der Tischdekoration gezupft hat.

„Ich wollte nur sehen, wie es Ihnen geht", sagt sie leise. „Ich habe mir schon Sorgen um Sie gemacht."

…

„Wie bitte?"

Sie lehnt sich zu mir, nickt mir lächelnd zu und legt behutsam die Blume auf den Tresen.

„Für Sie, Herr Bieler, eine kleine Aufmunterung. Sie sahen gestern ganz verhärmt aus, ganz unglücklich. Da dachte ich schon, Sie sind vielleicht krank."

Ich bin gerührt, stecke mir die Blume in die Hemdtasche und nuschle ein verlegenes „Danke". Dann erkläre ich der Dame, dass wir am Wochenende unser einjähriges Jubiläum gefeiert haben, und da-

„Und da haben Sie es übertrieben, Herr Bieler. Ja, das muss auch mal sein", lacht sie. Dann hebt sie den Zeigefinger. „Aber man sollte natürlich die eigenen Grenzen kennen."

„Ja", sage ich mit gespielter Zerknirschung, dabei bedeutungsschwer nickend. „Das sollte man."

Flirten wir gerade?

Wieder lacht sie. Die Frau besitzt diese spezielle Art von Schönheit, der das Alter nichts anhaben kann. Wir unterhalten uns ein paar Minuten über die Tücken des Hotelbetriebs und sie erzählt mir, dass ihre Eltern früher eine Pension in der Heidelberger Innenstadt hatten, die sei ja „eine wahre Goldgrube" gewesen. Dann wird sie ernst und meint, sie hätte da noch eine „klitzekleine" Beschwerde.

„Ja bitte?"

„Wissen Sie, es ist nichts Schlimmes, aber … nun, letzte Nacht hat es ganz fürchterlich gestunken … in meinem Zimmer. Ich musste ein Fenster öffnen. Und das bei dieser Kälte!"

Ich frage die Dame, wo genau und nach was es denn gestunken habe, bekomme aber keine brauchbare Antwort. Erst meint sie, der Gestank sei aus dem Badezimmer gekommen, dann ist sie sich auf einmal nicht mehr sicher. Erst beschreibt sie den Gestank als „muffig" und „wie von alten Büchern", dann sagt sie, er habe etwas „sehr blumiges und faulendes" gehabt.

Nach ein wenig hin und her gehe ich mit der Dame in den ersten Stock. Wir inspizieren das Bad, dann das Zimmer. Mit ihrer Erlaubnis öffne ich den Schrank und die Schubladen, sehe sogar auf dem Fenstersims nach, ob dort vielleicht ein toter Vogel liegt. Nichts, nur ein paar heraufgewehte Blätter und verschmierte Asche. Mit einem Taschentuch wische ich den Unrat hinunter in den Hof.

„Dann weiß ich auch nicht", sagt sie. „Aber Sie müssen mir glauben, letzte Nacht war es ganz schlimm. Ich bin sogar aufgewacht von diesem Geruch! Das wusste ich überhaupt nicht, dass man von Gestank aufwachen kann!"

Nein, das wusste ich auch nicht. Hauptsache, sagt sie, er ist weg. Ja, bestätige ich, das sei die Hauptsache.

Nach dem Mittagessen gehe ich durch die nicht belegten Zimmer und schraube die Aufsätze von den Wasserhähnen. Ich werde sie über Nacht in Essigwasser legen, das sollte sie vom Kalk befreien. Üble Gerüche kann ich nicht feststellen.

Merkwürdig.

Das Spiel

Mittwoch, 23. November

Habe überaus lebhaft geträumt. Ich weiß nicht, wann ich zuletzt einen dermaßen realen Traum hatte.

Ich befinde mich in einer weiten, kargen, seltsam unfertig und mangelhaft wirkenden Landschaft, wie ein nicht zu Ende gemaltes Bild kommt sie mir vor. Deutlich höre ich das Meer rauschen, sehe es aber nicht. Strand und Wasser müssen sich – ich bin mir sicher – unter der hellbraunen, von milchweißen Grasbüscheln gesprenkelten Erdkruste befinden, nur knapp unter dem knochentrockenen Grund, deutlich höre ich die Wellen anbranden.

Szenenwechsel. Angestrengt versuche ich, den Strand hervorzuholen, grabe in der harten Erde. Aber es gelingt mir nicht, meine Hände verwachsen zu teigigen Klumpen und entsetzt gebe ich meine Bemühungen auf.

Mühsam, als würde ich durch Schlick waten, bewege ich mich durch die karge Landschaft und erreiche einen halb zerfallenen Gebäudekomplex, den ich als meine alte Grundschule erkenne. Da ist das rautenförmige Klettergerüst mit den schwarzen, von roten und gelben Einschlüssen gesprenkelten Gummimatten, dort die niedrige, durch einen überdachten Weg mit dem Hauptgebäude verbundene Halle, in dem sich das kurze, nur einen Meter tiefe Schwimmbecken befindet. Nicht vom Rand springen, nicht rennen, bloß nicht schubsen, das predigte man uns. Irgendwann – zu viele ausgeschlagene Milchzähne, zu viele Elternbeschwerden – wurde das winzige Schwimmbad geschlossen und der Schwimmunterricht abgeschafft. Seltsamerweise weiß ich genau, dass ich träume, weiß genau, dass dieses Gebäude längst nicht mehr existiert.

Plötzlich bin ich der Überzeugung, dass mich etwas belauert, deutlich höre ich einen fremden Herzschlag. Ich muss mich in die Lüfte erheben, hoch über dem vertrauten

Schulkomplex schweben. Nur dort oben bin ich sicher … vor was auch immer. Hinauf muss ich schnell hinauf! Und ich weiß ja, dass ich fliegen kann, versuche es auch. Aber es geht nicht, meine Füße sind in einer unsichtbaren Masse gefangen.

Ich gebe nicht auf, mache weitere Versuche. Jetzt mit Schwung! Und noch einmal! Nein, völlig unmöglich, sich loszureißen! Und da, als ich es wieder und wieder versuche, höre ich Kinderlachen.

Die Schulklasse, die über den Hof läuft, ist meine Klasse: 4A, Heinrich-Heine-Grundschule, 14 Mädchen und 13 Jungen. Ich kenne kein einziges dieser Gesichter, auch tragen alle Schüler blaue Overalls. Und doch bin ich mir absolut sicher: meine Klasse, die 4A, Zimmer 5 im ersten Stock, Herr Schrepp und Frau Haubrich die Klassenlehrer. Und ich bin unter ihnen, eines dieser lachenden Kinder. Aber zugleich stehe ich abseits, mit den Füßen im unsichtbaren Morast, stehe da und glotze.

Als die Kinder vorbeigezogen sind, versuche ich erneut, mich in die Lüfte zu schwingen. Keine Chance! Ich weiß genau, dass ich träume, habe aber keine Kontrolle über diesen Bastard von Traum. Ich bleibe, wo ich bin, drehe mich schließlich um und stapfe unter Aufbietung all meiner Kräfte Richtung Schwimmbad. Ein Meter, zwei Meter, vier, fünf, sechs Meter, die unsichtbare Schicht war zäh wie kalter Honig.

Endlich an der steinernen, von Rissen übersäten Treppe zum Schwimmbad angekommen, sehe ich Monikas Geschenk, dieses schlampig in rotes Papier gewickelte Päckchen, das ich so verwirrt gesucht habe. Mitten auf der obersten Stufe liegt es, wie für mich platziert.

Ich ziehe meine Füße aus dem Morast, stapfe die fünf Stufen nach oben, greife nach dem Päckchen und zerreiße das Papier. Darin ist ein Stapel Briefe sowie eine klobige

Videospiel-Kassette, wenig Elektronik in reichlich Hartplastik. Ich betrachte die Kassette und …

… bin wach, muss schlucken und zittere am ganzen Leib, taste nach Amy und ziehe, als ich sie gefunden habe, schnell wieder die Hand zurück.

Die Erinnerung und das schlechte Gewissen treffen mich mit voller Wucht: Hunderte Nachmittage verbrachten ich und Monika zusammen, saßen nebeneinander auf dieser durchgesessenen Couch und spielten – ihre Mutter erlaubte es fast immer, manchmal schaute sie uns auch zu – Videospiele. Das gemeinsame Spielen hörte auf, als ich vierzehn wurde und nichts mehr mit Monika zu tun haben wollte.

Samstag, 26. November

Nach meiner nächtlichen Begegnung und diesem seltsamen Traum, denke ich oft an Monika, mal mitleidig, mal mit einer Mischung aus Angst und diffusem Unbehagen.

Ständig erwarte ich, irgendwo in unserer Wohnung, vielleicht auch in einem der Kellerräume oder in einem der Zimmer, dieses verdammte Geschenk zu finden … vielleicht sogar hinter irgendeiner Tür oder irgendeiner Ecke auf Monika selbst zu stoßen. Es ist einfach bescheuert, ich schleiche herum wie ein ängstliches Kind. Und wenn ich nicht durch das Haupthaus laufe, dann sitze ich vor dem Computer und suche im Internet nach ihr. Aber Monika hat nicht die geringsten Spuren hinterlassen. Vielleicht hat sie geheiratet, überlege ich, und den Namen ihres Mannes angenommen. Vielleicht lebt sie nicht mehr.

Es ist lächerlich, einfach nur lächerlich, ich möchte mir selbst ins Gesicht schlagen. Einerseits erwarte ich ernsthaft, dieses Geschenk zu finden oder gar Monika zu begegnen. Andererseits versuche ich, meine ängstliche Erwartung als idiotisch abzutun: Vielleicht habe ich ja wirklich nur geträumt, vielleicht bin ich schlafgewandelt. Als Kind, das weiß ich noch, als Kind ist mir das einige Male passiert, da habe ich nachts den Kühlschrank ausgeräumt und alles auf dem Küchentisch gestapelt. Ein anderes Mal habe ich – warum auch immer – in der Badewanne ein Handtuch eingeweicht und es meinen Eltern ins Bett gelegt.

Was ist nur los mit mir?

—

Amy merkt natürlich, dass ich nervös und niedergeschlagen bin, geduldig hört sie sich mein Gerede an, meine

Spekulationen, meine Ausflüge in die Vergangenheit. Wenn ich mit ihr allein bin, erzähle ich ihr von Monika, von meinem früheren Verhältnis zu diesem Mädchen, der Tochter unserer ehemaligen Haushälterin. Ich erzähle ihr, wie wir uns über Monika lustig machten, wie es mir, als ich ins Teenageralter kam, peinlich wurde, mit ihr gesehen zu werden ... wie ich immer mehr auf Abstand ging und sie im Stich ließ.

Amys Diagnose:: Schlechtes Gewissen.

„Aber von schlechtem Gewissen bekommt man keine Halluzinationen“, protestiere ich.

„Aber man träumt seltsame Dinge. Und du träumst sowieso oft wirres Zeug, Robert. Ich weiß nicht, wie oft ich dich schon nachts reden gehört habe.“

„Das war etwas anderes“, sage ich dann. „Das war etwas völlig anderes. Und ich habe seit Jahren nicht mehr an Monika gedacht.“

Immer wieder mache ich Anläufe, finde mich selbst schon unerträglich, immer wieder erzähle ich Amy von der nächtlichen Begegnung, schildere ihr ausführlich meinen Traum, spreche auch das nächtliche Husten und den Schrei wieder und wieder an.

Und merke, dass ich ihr auf die Nerven damit gehe. Auch wenn sie mir geduldig zuhört, ich merke es.

Und lasse es schließlich bleiben. Dreimal haben wir heute schon über Monika gesprochen, gestern sogar viermal ... und genug ist genug.

So fechte ich meine Kämpfe allein aus, bin körperlich anwesend, mache meine Arbeit, kümmere mich um das Hotel und die Wünsche der Gäste, entwerfe sogar einen neuen Webauftritt und sehe mich in den Jobbörsen nach einem zweiten Zimmermädchen um. Gedanklich aber krieche ich tiefer und tiefer in meine Vergangenheit hinein ... und muss mir schließlich eingestehen, dass alles noch da ist, all das, was ich glaubte, hinter mir gelassen zu haben: Das schlechte Gewissen gegenüber Monika und die Gedanken an Emmi, ihre Mutter und unsere Haushälterin, diese so herzliche Frau, die zeitweise eine Art Ersatzmutter für mich war.

Meine Eltern – beide berufstätig und gut verdienend. Meine Mutter Gymnasiallehrerin, mein Vater Vermögensberater – hatten Emmi Menke noch vor meiner Geburt eingestellt. Sie besorgte den Haushalt, kochte für uns und nahm die Pakete entgegen, die meine Mutter bei Otto und Quelle und sonst wo bestellte. Bis zu ihrem zu frühen Tod war sie eine große Bestellerin, meine Mutter. Mein Vater nahm noch Pakete für sie entgegen, als sie schon unter der Erde war.

In meiner Erinnerung ist Emmi immer da – wie der Himmel und der gefüllte Kühlschrank und der Garten hinter dem Haus. Sie gehörte einfach dazu, war Teil der Familie. Kurz vor meinem zwölften Geburtstag entließen meine Eltern sie, von einem Tag auf den anderen.

Über die Gründe für den Rauswurf habe ich nie ausführlich mit meinen Eltern gesprochen. Wenn ich fragte, hieß es nur: Wir brauchen die Frau Menke nicht mehr.

Zum Schluss nannten sie Emmi nur noch „Die Frau Menke“ … als wäre sie über Nacht zu einer Fremden geworden. Es musste, ich war mir schon damals ganz sicher, etwas vorgefallen sein.

Wenn ich an Emmis Tochter denke – und ich denke viel zu oft an sie –, dann immer an das zu große, seltsam knochige Teenagermädchen in der altmodischen Kleidung. Dabei bin ich die ersten zehn, elf Jahre meines Lebens mit ihr zusammen aufgewachsen, wir spielten zusammen im Sandkasten hinterm Haus und wurden auf demselben Tisch gewickelt. Zwar gingen Monika und ich in verschiedene Kindergärten, ich in einen anthroposophischen, Monika in einen städtischen, dann aber vier Jahre auf dieselbe Grundschule. Monika ist nur rund drei Wochen älter als ich, unsere Mütter waren zeitgleich schwanger … aber während sich meine Mutter auf dem Sofa ausruhte, erledigte Emmi den Haushalt.

Als nach der vierten Klasse der Übergang auf die weiterführende Schule anstand, bekam ich eine Gymnasialempfehlung, Monika sollte nach dem Willen der Lehrer die Realschule besuchen.

Aber Emmi war dagegen, mit Zähnen und Klauen kämpfte diese einfache, kaum des Lesens und Schreibens mächtige Frau dafür, dass ihr Kind aufs Gymnasium durfte. So absolvierte Monika Rechen- und Sprachtests, musste Gespräche mit Ärzten und Schulpsychologen führen, bekam nach viel hin und her tatsächlich die Gymnasialempfehlung … und hatte von Anfang an massive Probleme in der neuen Schule.

Gut erinnere ich mich an eine Szene in der sechsten Klasse: Monika, die bei jeder Gelegenheit von ihren Klassenkameraden – ich könnte auch einfach sagen: von uns – schikaniert wurde, brach in der großen Pause zusammen, krümmte sich schluchzend inmitten des Pausenhofs, machte sich in die Hose. Damals half ich ihr noch, später ging ich – um meinen eigenen Ruf, meine eigene Stellung unter den Gleichaltrigen besorgt – mehr und mehr auf Abstand zu ihr. Als sei Unbeliebtheit ansteckend.

Aber nicht nur in der Schule war ich ständig mit Monika zusammen. Meine Eltern erlaubten Emmi – sie lebte mit ihrer Tochter auf 30 Quadratmetern in einem der großen, rund einen halben Kilometer von unserem Haus entfernten Wohnblocks. Monikas Vater hatte sich kurz vor ihrer

Geburt abgesetzt –, ihre Tochter mit zu uns zu bringen. So hatte ich ein anderes Kind, mit dem ich spielen konnte, und Emmi musste keine Babysitter organisieren. Es gibt alte, rotstichige Fotos von uns beiden: zwei lachende, pausbäckige Babys auf einer hellbraunen, mit gelben Küken bedruckten Wolldecke, ich im himmelblauen, Monika im rosa Strampelanzug. Wenn man es nicht besser weiß, dann meint man, wir seien Geschwister, vielleicht sogar Zwillinge.

Und tatsächlich wuchsen wir wie Bruder und Schwester auf … nur, dass Emmi sich den anthroposophischen Kindergarten nicht leisten konnte, nicht von dem mageren Gehalt, das meine Eltern ihr zweimal im Monat bar auf die Hand zahlten. Nur, dass ich die besseren Spielsachen hatte, das schnellere Fahrrad, neue Schuhe statt getragene aus dem Second Hand-Laden … einen teuren Schulranzen, ein Haustier, ein Zimmer nur für mich …

Was war es eigentlich, das Monika zur Außenseiterin machte? Ein Mangel an „Stallgeruch"? Sie passte nicht zu uns, verhielt sich nicht so, war nicht cool, nicht redegewandt, trug ärmliche, längst aus der Mode gekommene Klamotten, roch immer wieder nach Schweiß und Küchendunst, hatte keine Frisur. „Was ist hässlich und stinkt nach Suppe?", „Habt ihr Asis keinen Spiegel zu Hause?" „Was hat man vergessen, abzutreiben?" Deutlich erinnere ich mich an die Beleidigungen, die Monika zu ertragen hatte und gegen die sie sich anfangs noch ungeschickt und halbherzig wehrte.

Monika wurde ängstlicher und ängstlicher, bis sie schließlich erstarrte, still und mit gesenktem Blick jede noch so widerwärtige Demütigung über sich ergehen ließ. Von einigen Mitschülern wurde sie sogar – oder bilde ich mir das ein? – geschlagen, einfach so, im Vorbeigehen. Ja, es stimmt, ich erinnere mich. Es kam tatsächlich vor, dass

Mitschüler – Jungen wie Mädchen – ihr mit der Faust gegen den Kopf schlugen.

Aber es gab eine Sache, aus der dieses ungeschickte, unansehnliche Mädchen so etwas wie Stolz zog. Wenn ich daran denke, dann muss ich unwillkürlich grinsen. Monika war die Meisterin der Videospiele, knackte die Highscores, schaffte die Endgegner im ersten Anlauf.

Meine Eltern konnten sie nicht ausstehen, diese, wie sie es nannten „Idiotenspiele", Emmi aber ließ Monika und mich in Ruhe, wenn wir zockten. Kaum waren meine Eltern fort, holte Monika die Konsole aus ihrem fleckigen, formlosen Nylonrucksack. Sie schloss sie an unseren großen Röhrenfernseher an und es konnte losgehen.

Wenn ich bei Monika zu Hause war, dann spielten wir vier, fünf Stunden am Stück, bis Emmi irgendwann meinte, es sei genug, wir würden noch „viereckige Augen" bekommen. Wenn wir protestierten, beugte Emmi sich zu uns, sah uns aufmerksam in die Gesichter und meinte, sie wären schon ein klein wenig viereckig, die Augen. Höchste Zeit, etwas anderes zu machen.

Es ist erstaunlich. Umso häufiger ich an Monika und Emmi denke, umso deutlicher tauchen bestimmte Szenen aus meiner Vergangenheit vor meinem inneren Auge auf: Das Zubinden der Schuhe, bevor es in den Kindergarten geht. Ich sage: „Zu eng, zu eng" und Emmi macht sie wieder auf. Dann die Waschmaschine. Eine Zeit lang, ich muss fünf, sechs Jahre alt gewesen sein, fand ich es faszinierend, der Wäsche beim Schleudern zuzusehen. Emmi trägt zwei Kinderstühle in den Keller und legt Decken auf den Boden – damit wir keine kalten Füße bekommen und uns nicht erkälten. Das war eine ihrer größten Sorgen: Die

Kinder könnten krank werden.

An anderes erinnere ich mich nicht mehr oder nur bruchstückhaft. Ich weiß nicht mehr, wie alt ich war, als ich das erste Mal die Wohnung betrat, in der Emmi mit ihrer Tochter lebte. Neun oder zehn Jahre?

Jedenfalls konnte ich mich schon darüber wundern, dass man so leben kann … auf so wenig Raum, ohne Garten und ohne Badewanne. Aus der Nachbarwohnung dröhnte Fernsehen in einer fremden, ein wenig unheimlichen Sprache, in der Küche lösten sich die Tapeten von den Wänden, und wenn man auf dem Klo gewesen war, dann musste man einen Eimer Wasser nachkippen. Warum lebten Emmi und Monika so? Wieso hatten sie kein richtiges Haus? Immerhin hatten sie Videospiele.

An eine Szene erinnere ich mich besonders deutlich. Es war auf einer meiner Geburtstagsfeiern und meine Eltern hatten darauf bestanden, ich müsse auch Monika einladen. Damals wollte ich schon nichts mehr mit ihr zu tun haben.

Monika saß allein vor dem Fernseher und zockte eines meiner Spiele, vermutlich „Megaman". Sie spielte das Ding in einem Zug durch, ohne ein einziges Leben zu verlieren. Mit der Zeit versammelten sich ein paar Kinder um sie und sahen zu, wie sie jedem Projektil und jedem Gegner mit schier unglaublicher Geschicklichkeit auswich.

Vielleicht war dies das einzige Mal, dass Monika den Respekt der Gleichaltrigen genoss. Sie spielte ohne ein Wort, ließ sich nicht anmerken, dass sie stolz und … vielleicht, ja vielleicht sogar glücklich war. Nach meinem damaligen Empfinden tat sie genau das Richtige. Sie durfte nicht stolz und glücklich sein, das war nicht ihre Rolle. Mit Sicherheit hätte sie jemand daran erinnert, wer sie war und wie sie sich zu benehmen hatte. Und diesen Schmerz ersparte sie sich.

Sonntag, 27. November

Während des Frühstücks haben sich Gäste über nächtlichen Gestank beschwert – Zimmer fünf und Zimmer zwölf im ersten Stock, die Räume liegen sich gegenüber.

Als wir abgeräumt haben, bittet Amy mich, nach oben zu gehen und nach dem Rechten zu sehen. Sie vermutet, der Geruch komme entweder aus den Waschbecken oder aus dem Abfluss der Dusche, ich solle doch „mal ordentlich Rohrreiniger" hinein kippen und dann nachspülen.

Okay, wird gemacht.

Kurz vor zehn schließe ich Zimmer fünf auf, gehe direkt ins Bad und halte meine Nase jeweils mehrere Sekunden über die Abflüsse. Ich rieche rein gar nichts, auch das Wasser läuft problemlos ab. Dann kontrolliere ich die Toilettenspülung – alles in Ordnung – und schließlich den Filter im Abzug. Er ist fast staubfrei und nur ganz leicht angegraut. Dasselbe in Zimmer zwölf, das Wasser fließt problemlos ab und ich kann keinen speziellen Geruch feststellen.

Ich gehe zum Fenster und sehe hinaus auf die Straße. Warum zur Hölle sollte es gerade nachts stinken? Weil nachts weniger Wasser durch die alten Rohre fließt? Oder steckt irgendwo in den Eingeweiden des Haupthauses der verwesende Rest einer Ratte fest? Haben wir vielleicht doch Ungeziefer? Ich habe zwar noch keines gesehen, nicht einmal unten im Keller, aber nun ja, in so einem großen Gebäude …

Ich finde keine schlüssige Erklärung für den Gestank. Zur Vorsicht kippe ich doch noch Rohrreiniger in die Abflüsse. Dann zurück ins Erdgeschoss.

Den späten Vormittag verbringe ich vor dem Rechner. Wir brauchen schnellstmöglich ein zweites Zimmermädchen, außerdem muss ich unseren neuen Web-Auftritt fertigstellen, darf mich nicht ständig in unnützen Details und Designkapriolen verlieren. Anständige Bilder und aussagekräftiger Text, mehr braucht es nicht.

Amy hat auf meinem Schreibtisch einen kurzen Artikel aus einer psychologischen … na ja, eher einer trivialpsychologischen Zeitschrift liegenlassen. Okay, verstanden, eine „Fixierung auf die Vergangenheit" resultiert also aus einem „Mangel an Gegenwart". Man sehe dies zum Beispiel bei Rentnern, deren Leben in den immer gleichen Bahnen laufe, die fingen an, sich gedanklich in der Vergangenheit einzurichten … wie schmerzhaft diese auch …

In die Schublade damit. Was zum Teufel soll das? Meint Amy tatsächlich, ich litte unter einem „Mangel an Gegenwart" und beschäftige mich deshalb mit meiner Vergangenheit? Blödsinn, völliger Blödsinn! Ich stecke bis zur Unterlippe in Hotelkram, ich bin in einer Beziehung, die sich immer noch frisch und aufregend anfühlt, ich versuche – ja, ich versuche es wirklich –, Oscar ein halbwegs guter … nun ja, vielleicht kein Ersatzvater, aber doch ein Freund zu sein. Nach meiner kraftraubenden, unbefriedigenden, mir im Nachhinein als komplett lächerlich erscheinenden Laufbahn als reisender Suchtexperte – „Suchtschwätzer" hörte ich einmal einen schwäbischen Spielhallenbetreiber sagen, der „depperte Suchtschwätzer" sei wieder da – ist mir, als sei ein Traum wahr geworden: Etwas Eigenes! Eine schöne und intelligente Frau an meiner Seite! Eine Perspektive!

Nein, völliger Blödsinn, komplett daneben, Amy. Ein „Mangel an Gegenwart" quält mich nicht. Was mich umtreibt ist Verwirrung, Ratlosigkeit, Angst sogar. Stur und verzweifelt versuche ich, meine Erfahrungen zu rationalisieren. Das Husten: ein Traum! Der Schrei: Ein Geräusch, das irgendeine natürliche Ursache hatte und durch die Rohre des alten Hauses in unterschiedliche Zimmer übertragen wurde. Die Begegnung mit Monika: Alkohol und Übermüdung und ... okay, vielleicht hat Amy in dieser Beziehung Recht: unterdrückte Schuldgefühle.

Kurz nach 13 Uhr, nach dem gemeinsamen Mittagessen setze ich mich wieder an den Rechner. Ich habe Amy nicht auf diesen „Mangel an Gegenwart"-Artikel angesprochen, und auch sie hat nichts gesagt. Gut so.

Nachdem ich eine Runde Solitär gespielt (verloren) habe und nur ein einziges Mal den Namen „Monika Menke" in die Google-Suche eingegeben habe, mache ich mich wieder an den Web-Auftritt.

Ich darf meine Zeit nicht mit Spinnereien verschwenden, muss mich verdammt noch mal um das Haupthaus kümmern. Das Büchlein, in das ich schreibe, sollte eigentlich eine Art Hoteltagebuch werden, stattdessen schmiere ich stundenlang irgendwelchen Unsinn hinein.

Mittwoch, 30. November

Die Insel der Rationalität, auf die ich mich in den letzten Tagen zu retten versucht habe, entpuppt sich als eine zum Untergang verdammte Attrappe, ein lächerlicher Haufen Pappmaché.

Letzte Nacht überraschte ich Oscar auf dem Dachboden: Es ist kurz nach 23 Uhr. Amy liegt schon im Bett, schläft mit eingeschalteter Nachttischlampe und ihre rechte Hand ruht auf dem Roman, mit dem sie seit zwei Monaten kämpft. Sie hat sich vorgenommen, die Klassiker zu lesen – Krieg und Frieden, Die Buddenbrooks, Berlin Alexanderplatz … aber ihr Ehrgeiz übersteigt ihr Durchhaltevermögen.

Behutsam nehme ich Amy das dicke, von ihrer Handcreme ganz fettige Buch weg, schalte das Licht aus und gehe hinüber ins Badezimmer. Wie viel Glück ich doch habe … nie hätte ich gedacht, eine Frau wie Amy zu finden.

Als ich mir die Zähne geputzt und mit diesem Pfefferminzzeug gegurgelt habe, das sie mir gekauft hat, als ich zurück ins Schlafzimmer will, fällt mir auf, dass Oscars Zimmertür einen Spalt offen steht. Das ist ungewöhnlich, normalerweise achtet er strengstens darauf, dass die Tür zu seinem Reich geschlossen ist, oft hängt er sogar eines unserer „Bitte nicht stören"-Schilder an die Klinke.

Leise klopfe ich an und … keine Antwort. Dann drücke ich die schwere Holztür ganz auf und strecke meinen Kopf in das Zimmer.

„Oscar? Bist du da?"

Der Junge ist nicht da. Die Schreibtischlampe brennt und die Bettdecke ist zurückgeschlagen, auf dem Parkettboden liegen Comics und Computerzeitschriften. Ich schließe die Tür, gehe in die Küche und anschließend ins Wohnzimmer. Habe ich etwas nicht mitbekommen? Übernachtet

Oscar bei einem Freund? Ist er abgeholt worden? Aber vorhin habe ich ihn im Bad gehört, ganz sicher … ich habe ihn eindeutig pinkeln hören.

Also hinaus aus der Wohnung und durch die Lobby. In Gedanken gehe ich unsere Gäste durch, ist jemand dabei, der gefährlich gewirkt hat? Oder irgendwie … pervers? Nein, Unsinn, ich muss über mich selbst lachen. Außerdem ist Oscar keine fünf Jahre alt.

Zuerst nehme ich die Treppe Richtung Keller, kontrolliere die schwere Metalltür und finde sie verschlossen. Dann laufe ich von unten nach oben durch jedes Stockwerk, ziehe an den Türen der Abstellkammern und der nicht belegten Zimmer. Alle verschlossen, so, wie es sein muss. Ich verkneife es mir, an den Türen der belegten Zimmern zu lauschen.

Schon bin ich dort, wo sich die breite steinerne Treppe zu einem schmalen Steg verjüngt, sogar der Handlauf wirkt fragiler als in den unteren Stockwerken: kein dickes, von dunklem Hartholz gekröntes Messing, stattdessen braun lackierter, mit einer Art faserigem Linoleum umwickelter Stahl. Deutlich sieht man dem Inneren des Haupthauses seine ehemalige Repräsentationsfunktion an: Protz und Prunk für die Chefs und Besucher, Sparsamkeit dort, wo sich das niedere Personal aufhielt.

Oben angekommen sehe ich durch die Ritzen der hundert Jahre alten, grob gezimmerten Holztür. Warmes Glühlampenlicht brennt auf dem Dachboden.

„Oscar, bist du hier?“

Behutsam drücke ich die Tür auf, trete über die Schwelle und auf dicke, staubige Dielen. Im Laufe der Jahrzehnte ist das Holz grau geworden, es besitzt überhaupt keine Farbe mehr.

„Oscar?“

Eine schmale Gestalt hockt auf dem Boden, zusammengefaltet und mit rundem Rücken, etwa in der Mitte des großen, sich über die gesamte Länge des Gebäudes erstreckenden Raumes. Oscar ist groß für sein Alter, dabei aber schmächtig. Um ihn herum liegen Bücher verstreut, aus einem aufgerissenen Müllsack quillt alte, nutzlos gewordene Kleidung, und vor ihm ragt ein Berg schlecht gestapelter Umzugskartons auf. Der Dachboden ist angefüllt mit Krempel, der zum Großteil nicht einmal von uns stammt.

Fast eine Minute stehe ich da und beobachte den Jungen. Kann es sein, dass er mich nicht gehört hat? Ignoriert er mich? Anscheinend – ich erkenne es am Winkel seines rechten Armes – hält er etwas der Hand und betrachtet es. Mir kommt der Gedanke, einfach wieder zu gehen … ihn in Ruhe zu lassen. Er wirkt so konzentriert, so versunken.

Aber: Oscar hat hier oben nichts zu suchen, ausdrücklich hat Amy ihm verboten, nachts allein im Hotel herumzuwandern.

Als ich auf drei Meter heran bin, trete ich auf eine lose Diele. Holz schlägt auf Holz und mit einem Ruck dreht der Junge seinen Oberkörper. Mit geöffnetem Mund starrt er mich an, seine Haare hängen ihm schlaff in die Stirn.

„Oscar, ich bin's. Tut mir leid, ich wollte dich nicht erschrecken. Wie bist du hier hereingekommen?"

Ich bin mir sicher, die Tür zum Dachboden abgeschlossen zu haben. Seit Wochen waren wir nicht mehr hier oben.

„Es war offen, ich habe nichts gemacht." Der Junge wirkt aufgeregt, spricht schnell, als habe er etwas zu verbergen, als habe ich ihn bei etwas Peinlichem erwischt.

Habe ich?

Was schaut er sich da an?

„Sorry, Oscar, ich will dich nicht nerven. Aber du weißt, dass du nachts nicht im Hotel herumlaufen sollst. Deine Mutter und ich, wie wollen das nicht. Hier sind Gäste im

Hotel und wir wissen nicht, was das für Menschen sind."

Schweigen. Ich sehe mich um. Rechts von mir, auf einer ungeöffneten Packung Dalli-Waschmittel, liegt ein winziger, vollständig skelettierter Vogel. Um das Skelett herum ist die Pappe bräunlich verfärbt.

„Also, Oscar, warum zum Teufel-"

„Ich bin ja nur hier nach oben gegangen … ich war überhaupt nicht bei den Zimmern", verteidigt sich der Junge „Ich hab nicht schlafen können … wegen dem Lärm, weil Leute sich total laut und bescheuert gestritten haben."

Ich reibe die Hände, es ist kalt hier oben. Auch kommt es mir so vor, als würde ein leichter, ständiger Luftzug gehen.

„Das ist Quatsch. Über deinem Zimmer sind keine Gäste."

„Aber es … es kommt durch die Heizung. Man hört ja alles durch die Heizung."

„Ich habe noch nie etwas durch die Heizung gehört."

Oscar öffnet den Mund, will etwas sagen. Aber ich komme ihm zuvor.

„Und was machst du ausgerechnet hier oben?"

Keine Antwort. Stattdessen stellt mir Oscar eine Frage, die mir einen Moment den Atem verschlägt.

„Hast du früher mal eine Tochter gehabt?"

Er dreht sich zu mir um und jetzt erkenne ich das Büchlein, das er die ganze Zeit in Händen gehalten hat. Ein rosafarbener Einband, eine kleine, mit Tesafilm befestigte Schleife darauf, vier Fotoecken, aber kein Bild.

„Leg es weg, das geht dich nichts an" Meine Stimme klingt kalt, drohend. „Leg das weg, Oscar, sofort."

„Tut mir leid, ich will ja nur wissen, ob du-"

„Du hast doch den Namen gesehen, oder?"

Er sieht mich nur an.

„Und du hast die Todesanzeige gesehen."

„Ja … schon."

„Warum fragst du dann so blöd? Geh jetzt runter in dein Zimmer. Ich schließe hier ab und komme dann nach."

Er macht keine Anstalten aufzustehen. Der Junge will sich mit mir anlegen.

„Du hättest ja mal was von ihr erzählen können."

Ich sehe ihn von oben herab an, er schweigt einen Moment und spricht dann weiter.

„Hättest du wirklich mal. Ich meine, du weißt ja auch fast alles von uns."

„Oscar, geh zurück in dein Zimmer. Ich diskutiere nicht mit dir, nicht nachts um zwölf."

Jetzt steht er doch auf. Absichtlich langsam. Ich strecke die Hand aus, ich will, dass er mir das Buch gibt. Aber er lässt es auf den staubigen Boden fallen.

„Was soll diese Scheiße?", frage ich.

Wortlos geht er an mir vorbei Richtung Tür. Zwei, drei Jahre noch, dann wird er so groß sein wie ich, Amy überragt er bereits. Nur in der Breite fehlt es noch gewaltig.

„Warte!"

Oscar dreht sich nicht um, verlangsamt nur seine Schritte.

„Ist noch was?"

„Was hast du da in der Hand?"

„In welcher Hand denn?"

„In der *linken* Hand. Verarsch mich nicht, Oscar, ich habe gesehen, dass du etwas vor mir versteckst. Hältst du mich für blind?"

Laut stöhnt er auf. Eines dieser „Nerv mich nicht"-Geräusche, die in letzter Zeit immer häufiger vorkommen. Beginnende Pubertät, ein Vorgeschmack auf Schlimmeres.

„Hab ich gefunden." Er hält ein graues Stück Plastik hoch und ich erkenne sofort, was es ist. „Kann ich jetzt gehen?"

...

„Kann ich jetzt gehen?", wiederholt er.

„Nein, du ... wo hast du das her? Ist das aus einem der Kartons?"

„Ist auf dem Fußboden gelegen. Und was willst du jetzt von mir?"

„Gib das her. Ich muss mir das ansehen."

Er rührt sich nicht.

„Gib mir das verdammte Spiel, Oscar"

„Und warum?" Plötzlich liegt Aggressivität in seiner Stimme. „Das brauchst du doch überhaupt nicht. Das ist hier oben auf dem Boden gelegen, das liegt bestimmt schon seit Jahren hier. Das gehört dir doch überhaupt nicht."

Nein, das stimmt nicht! Ich bin mir sicher, dass dieses Ding keineswegs „seit Jahren" hier herumliegt. Mein Herz schlägt bis zum Hals.

„Du kriegst es wieder", sage ich leise. Ich versuche, versöhnlich zu klingen, nett, wie ein guter Freund. „Ich sehe es mir an und morgen kriegst du es wieder ... versprochen."

Mit hochgezogenen Augenbrauen macht Oscar zwei Schritte auf mich zu, streckt mir das Spiel hin. Ich muss mich beherrschen, es ihm nicht aus der Hand zu reißen.

„Danke ... ich ... du kriegst es wieder."

Während Oscar Richtung Tür geht, starre ich diese alte Videospiel-Kassette an. Das Etikett ist abgerissen, ich kann nicht erkennen, um welches Spiel es sich handelt. Das Plastik hat fast dieselbe Farbe wie der Dielenboden.

—

Wie im Bauch eines umgedrehten Segelschiffes, so hat Amy es einmal formuliert, kommt man sich hier oben vor.

Oder wie in einem gewaltigen Sarg, einem Sarg mit Auslauf, tief in der Erde, abgeschottet von den Geräuschen der Lebenden.

Was habe ich Oscar vorhin gesagt? Wollte ich nicht gleich nachkommen?

Aber ich stehe hier oben, atme kalte, abgestandene Luft ein und gebe mich verworrenen, endlos mäandernden Überlegungen hin. Ich habe von diesem Plastikding geträumt, da bin ich mir sicher, ich habe es auf den Stufen zum alten Schwimmbad gefunden und an mich genommen. Und es war in dem Päckchen, zusammen mit einem Stapel Briefe … und das Päckchen sah exakt so aus, wie das, das Monika mir …

Was passiert mit mir?

Drehe ich durch?

Nein, Robert, nein, nein, nein. Keine Panik, kühl und vernünftig bleiben! Das Päckchen sah so aus wie das, das Monika mir gegeben hat. Aber Oscar hat gesagt, die Kassette habe auf dem Boden gelegen, er hat keine Verpackung erwähnt. Aber …

Ein Zittern packt mich und ich drücke die Arme an den Körper. Diese verdammte Kälte hier oben!

… aber lange kann sie hier noch nicht liegen, überlege ich weiter, hier ist doch alles von Staub bedeckt, von so einer zähen, öligen Schicht. Die ist wie festgebacken, die ist überall … auf diesen schweren alten Schreibmaschinen, auf den niedrigen Aktenschränken … auf den kaputten Schreibtischlampen. Alles ist staubig, schmutzig, klebrig.

Aber wir haben das Spiel nicht mitgebracht, daran würde ich mich doch erinnern! Ich hatte als Kind bestimmt zwanzig Videospiele. Aber hatte ich eine Kassette ohne Etikett?

Vielleicht hat Oscar es saubergemacht. Aber womit? Ich gehe zu einem der Aktenschränke und wische mit dem

Ärmel meines Pullovers über das Metall, verändere den Charakter der Schmutzschicht allerdings nur von ölig-rau zu schmierig. Nein, er muss es so gefunden haben, wie ich es nun in Händen halte: sauber und trocken und … verdammt noch mal, sogar die elektrischen Kontakte sehen blank und intakt aus! Als hätte es eben noch in der Verpackung gesteckt. Nur das Etikett ist abgerissen.

Vorsichtig lege ich das Spiel auf den Boden. Dann setze ich mich dorthin, wo Oscar saß, hole tief Luft und greife nach dem schmalen, in rosafarbenes Seidenpapier geschlagenen Büchlein, das ich und meine Ex-Frau – ich habe Jahre nicht mehr mit ihr telefoniert, wir haben uns nichts zu sagen – für unsere Tochter angelegt haben.

Ich will es aufschlagen, es ist nur Papier und ein wenig …

Aber ich schaffe es nicht.

Und ich sage mir, dass ich es überhaupt nicht aufschlagen muss. Ich weiß doch, was darin ist: Eine Haarlocke, Fotografien, zwei Briefe aus dem Krankenhaus, ein vertrocknetes Stück Nabelschnur. Ist es wirklich schon sieben Jahre her?

Und dann, als mein Daumen mit der Schleife spielt, fällt mir wieder dieses Wort ein: Ventrikelseptumdefekt. Ein beschissenes Wort für eine beschissene Sache.

—

Vielleicht, aber nur vielleicht, dazu könne er lediglich eine Einschätzung abgeben, das müsse man eben beobachten, vielleicht würden sie von allein zuwachsen, die Löcher im Herzen unserer Tochter. Vielleicht sei eine Operation überhaupt nicht notwendig.

Das sagte uns der Arzt, der die Löcher festgestellt hatte.

Aber wir holten andere Meinungen ein, wollten sichergehen. Als wir uns zur Operation entschieden, stand es fünfzig-fünfzig, zwei Ärzte waren für den Eingriff, zwei dagegen. Aber die Dafür-Fraktion hatte den Chefarzt auf ihrer Seite und so stimmten wir der Operation zu.

Der Eingriff – nie zuvor in meinem Leben war ich so nervös, ich dachte, ich müsse schreiend zerspringen, rannte fast über die Flure, schaffte es nicht, den Süßigkeitenautomaten zu bedienen – verlief erfolgreich, die Löcher konnten geschlossen werden und Sophie ging es mit jedem Tag besser.

Vier Monate nach der Operation starb sie. Sie lag in ihrem Bettchen, noch den Zipfel ihrer kleinen gelben Decke in der Hand, und war nicht mehr da. Fünf Uhr Nachmittag, ein sonniger Montag.

Wir konnten es nicht glauben, schüttelten und massierten den winzigen Körper, versuchten es mit Mund-zu-Mund-Beatmung und Herzdruckmassage, brachen zwei Rippen. Und dachten die ganze Zeit, sie würde, sie müsse, sie müsse einfach nach Luft schnappen, schreien, irgendeinen verdammten Laut von sich geben!

Aber Sophie war schon fast eine Stunde tot, als wir sie fanden, so erklärten uns die Ärzte, alles umsonst, alles vergebens. Sie erzählten uns etwas von „plötzlichem Kindstod", dass so etwas vorkomme, dass es da keine eindeutige Erklärung gebe, dass Sophies Tod – „Nein, wirklich, da besteht überhaupt kein Zusammenhang!" – nicht das Geringste mit der Operation zu tun habe.

Aber meine Frau glaubte ihnen nicht. Die Wochen vergingen und in ihr festigte sich die Idee, Sophie könne noch am Leben sein, hätten wir sie bloß nicht operieren lassen.

Sie gab uns die Schuld. Sie konnte nicht anders.

Fast ein halbes Jahr hielten wir es noch zusammen aus. Wir strampelten uns ab in einem Chaos aus Tränen und Geschrei, Selbstvorwürfen, Beschwichtigungen und Anschuldigungen, brutalen Streitereien und sentimental-albernen Versöhnungen.

Als sie mir schließlich sagte, es gehe nicht mehr, war ich erleichtert. Ein paar Tage noch, dann hätte ich es gesagt.

Donnerstag, 1. Dezember

Als ich das schmale, in einer Hofeinfahrt versteckte Geschäft betrete, ist mir, als habe ich einen Sprung in die Vergangenheit gemacht. Es riecht nach Kunststoff hier drin, und säuerlich nach alten Pappkartons. Eine mannshohe Super Mario-Figur – genau so eine stand in dem Spielwarenladen, in dem ich mich als Kind herumtrieb – thront direkt hinter dem Eingang auf einem Podest aus alten Zeitschriften, hinter der Theke hängt ein großes Street Fighter II-Poster und eine der nachtblauen Wände ist mit einem großen Pacman-Labyrinth bemalt.

Ich gehe durch den Laden und sehe mir das Angebot an: Spiele, alte Zeitschriften, Konsolen. An einem Metallgitter hängen Rucksäcke, die mit Szenen aus historischen Videospielen bedruckt sind, 49 bis 89 Euro, je nach Größe. Auf einem niedrigen Tisch sind Joypads und Joysticks aufgereiht, sie kosten zwischen 10 und 120 Euro, nur wenige davon kommen mir bekannt vor.

„Kann ich helfen?", fragt mich eine junge, ganz in Schwarz und Violett gekleidete Frau. Erwartet hatte ich einen dicken Vierzigjährigen im Superman-Shirt, mit Pickeln um den Mund und dünnem Haarrest auf dem blassen Schädel. Ich gehe zur Theke und erkläre, dass ich ein altes Spiel gefunden habe, leider ohne Etikett, dass ich dieses Spiel gerne ausprobieren würde.

„Zeigen Sie mal."

Ich ziehe die Kassette aus meiner Umhängetasche.

„Achtziger", sagt die junge Frau. „Nintendo Entertainment System"

„Ja, ich weiß. Hatte selbst mal so ein Ding."

Sie lächelt mich an und ich lächle zurück. Zwei Meter neben uns lächelt Super Mario.

„Falls Sie wieder eines haben möchten, können Sie eines

bei uns kaufen. 89 Euro, mit allen Kabeln und zwei Controllern, komplett überholt. Sie können sich dazu zwei Spiele aussuchen."

„Danke für das Angebot, aber ..." Ich lege die Kassette auf die Theke. „Nun ja, eigentlich geht es mir nur um dieses eine Spiel. Ich kann Ihnen natürlich auch was zahlen ... also für die Zeit, die Sie ..."

„Ach Quatsch, geben Sie mal her."

Sie nimmt mir die Kassette aus der Hand und bückt sich unter die Theke. Dann ein vertrautes, lange nicht gehörtes Geräusch: das Einrasten der Kassette im Schacht der Konsole. Die Frau kommt wieder zum Vorschein, schaltet den grauen, mit Stickern beklebten Röhrenfernseher ein, der auf der Theke steht, und dann warten wir.

Nichts geschieht, der Schirm bleibt schwarz.

„Wahrscheinlich kaputt", sagt sie leise.

„Ja, wahrscheinlich."

Plötzlich ein sattes Dunkelrot. Dazu ein schmerzhaft lautes Rauschen. Sie dreht den Ton runter und wir schauen uns an. „Autsch", flüstert sie.

Jetzt wieder Schwärze. Das Rauschen geht in ein helles Pfeifen über.

Wir warten.

Nach etwa zehn Sekunden erscheint etwas auf dem Bildschirm, das wie eine Landschaft aus der Vogelperspektive aussieht. Ich glaube, ein Gebäude und über die Fläche verteilte Bäume zu erkennen, alles in grober 8 Bit-Grafik.

Die Landschaft ist weniger als eine Sekunde auf dem Schirm, dann wird die obere Hälfte des Bildschirms schwarz und in der unteren zittert ein Balken aus roten und grünen Strichen.

„Die ist Müll", sagt die Verkäuferin. „Wahrscheinlich sind die Kontakte hinüber."

Wir starren weiter auf den Schirm. Als sich das Bild rund

zehn Sekunden nicht verändert hat, frage ich die junge Frau, ob sie auch eine Landschaft gesehen habe.

„Ja“, antwortet sie, „glaub schon. So eine typische Rollenspiel-Landschaft ... also von oben, mit Bäumen und Wegen und so.“

„Und kam Ihnen etwas bekannt vor? Kennen Sie das Spiel?“

„Nie gesehen“, murmelt sie.

Abrupt ändert sich das Bild. Eine Ansammlung brauner Zacken, davor ein Gestöber aus weißen und gelben Strichen.

„Wie eine Bergkette, vor der es schneit“, sage ich.

„Kann sein“, flüstert die junge Frau.

Wieder dieses helle Pfeifen. Der Bildschirm leuchtet gelb auf und für einen Moment meine ich, die Umrisse eines Armes samt Hand zu erkennen. Dann nur noch Pixelgestöber und penetrant lautes, gleichförmiges Rauschen.

„Hm“, macht die junge Frau, deren Kopf weniger als eine Unterarmlänge von meinem entfernt ist. „Ich glaube, da kommt jetzt nichts mehr. Ich mach mal-“

„Haben Sie den Arm gesehen?“

„Welchen Arm?“

„Da war doch etwas ... wie ein Arm und eine Hand in dem Gelb. Gerade eben.“

„Hab ich nicht gesehen, sorry.“

Ich bitte sie, noch einen Moment zu warten. Vielleicht kommt ja doch noch etwas. Aber als wir fast eine Minute auf den Bildschirm gestarrt haben, zieht sie die Kassette aus dem Gerät und gibt sie mir zurück.

„Wir könnten versuchen, die Kontakte zu reinigen. Wenn Sie das Spiel hier lassen-“

Ich unterbreche sie.

„Eine Frage: Wenn ein Spiel kaputt ist, sieht das dann immer so aus ... und kommen dann immer solche Geräusche und solche Muster?"

Sie überlegt.

„Puh, also das ist immer ... also das ist unterschiedlich. Meistens sieht man überhaupt nichts ... oder nur eine bestimmte Farbe. Aber ich kenne mich da echt zu wenig aus. Sie können warten, bis der Chef wieder da ist, der macht auch die Reparaturen und das alles. Wollen Sie das Spiel hier lassen?"

Nein, das will ich nicht. Auch auf den Chef will ich nicht warten. Stattdessen kaufe ich für 89 Euro eine alte Nintendo-Konsole und fahre zurück zum Hotel.

Nach einer halben Stunde Abendessen und zwei Stunden Papierkram – trotz meines Abschlusses in Betriebswirtschaft erledigt Amy den Großteil der Verwaltung. Sie ist die Hotelfachfrau, ich nur der Geldgeber und Kofferträger, Brötchenholer und Glühbirneneindreher – verabschiede ich mich in mein Arbeitszimmer. Ich setze mich in einen der übriggebliebenen, bei jeder Bewegung leise knarrenden Chefsessel und starre die alte, im Vergleich zu heutigen Geräten grotesk große, grotesk eckige Videospiel-Konsole an. Das Ding ist blitzsauber, riecht noch nach Putzmittel, sieht aber nicht neu aus. Der Kunststoff hat im Laufe der Jahrzehnte eine gelbliche Farbe angenommen und die dunkelgraue Unterseite ist beschädigt. Klebstoff ist aus dem Riss gequollen und hat eine Kette winziger, bernsteinfarbener Perlen gebildet.

Als es an der Tür klopft, lasse ich beinahe die Konsole fallen.

„Ja?"

Es ist Amy. Müde lächelnd sieht sie auf mich hinunter.

„Was ist?"

„Gräbst du deine alten Spielsachen aus?“, fragt sie in halb spöttischem, halb zärtlichem Ton zurück. „Hast du Sehnsucht nach deiner Kindheit?“

„Ich habe das Ding heute erst gekauft. Ich will etwas ausprobieren.“

Sie nimmt mir die Konsole aus der Hand und betrachtet sie von allen Seiten. Dazu gähnt sie.

„Das geheimnisvolle Geschenk, von dem du geträumt hast?“

Sie sieht mich an, wartet auf meine Antwort.

„Ja … nein, also Oscar, der hat oben auf dem Dachboden ein altes Spiel gefunden, ich … ich weiß nicht, was es ist.“ Ich zeige ihr die Kassette. „Da müsste eigentlich ein Etikett drauf sein, ist abgerissen. Ich will nur wissen, was das für ein Spiel ist.“

Sie stellt die Konsole – ein wenig zu hart – auf meinem Schreibtisch ab.

„Und deshalb kaufst du extra so ein Ding, nur weil du ein altes Spiel ausprobieren willst? Lüg mich nicht an, Robert, du meinst, das hier ist das Spiel aus deinem Traum … du denkst, das war in diesem Päckchen, das du gesucht hast, von dieser Monika. Dir geht die Sache immer noch nach, das spüre ich doch. Außerdem benimmst du dich, als hätte ich dich bei irgendetwas ertappt.“

Ich sage ihr, dass ich die Begegnung mit Monika nicht geträumt habe. Dass ich absolut sicher bin, wach gewesen zu sein.

„Aber du warst betrunken.“

„Trotzdem! Monika war da. Ich verstehe es ja auch nicht.“

„Ich habe dich noch nie so betrunken erlebt.“

„Ist ja gut, ich weiß selbst, dass ich besoffen war. Aber ich war längst nicht so besoffen, wie du es darstellst. Ich hatte keinen Filmriss, Amy, ich kann mich an alles genau erinnern. Und was zum Teufel willst du jetzt eigentlich von mir?"

Sie unterdrückt ein Gähnen.

„Da draußen ist wieder irgendwas los. Kann sein, dass wir die Polizei rufen müssen."

„Haben sich Gäste beschwert?"

„Nein, das nicht. Komm mal bitte mit. Ist wahrscheinlich sowieso schon vorbei."

Ich stehe auf und folge Amy in die Küche. „Lass das Licht aus", flüstert sie. „Komm ans Fenster."

Etwa zwanzig Meter vom Haupthaus entfernt stehen sechs junge Männer zusammen. Sie beobachten einen anderen, deutlich älteren und offensichtlich verwirrten Mann, der breitbeinig, kaum fähig, das Gleichgewicht zu halten, über eines der unbebauten Grundstücke stapft. Der Mann ist von der Hüfte aufwärts nackt, seine dünnen grauen Haare gehen ihm bis zu den Brustwarzen.

„Der war schon einmal hier", sagt Amy leise. „Vor ein paar Tagen, als du unterwegs warst. Aber da ist er nur herumgestanden und hat Richtung Hotel geglotzt."

„War er da auch halb nackt?"

„Nein. Aber ich denke, der ist krank. Vielleicht braucht der Hilfe."

Der Mann stapft in unsere Richtung, seine dürren Arme fuchteln in der Luft. Durch die Doppelverglasung ist nicht zu verstehen, was er ruft.

„Haben die Typen ihm was getan?", frage ich Amy. „Dreht er deshalb durch?"

„Nein, ich glaube nicht. Die genießen nur die Show. Das geht bestimmt schon zehn, fünfzehn Minuten so."

Ich sehe mir die jungen Männer genauer an. Alle sechs haben schwarze Haare und tragen billige, nicht zueinander passende Kleidung: Trainingshosen, ausgebeulte Lederjacken, Badelatschen. Ich bin mir sicher, dass sie in dem Flüchtlingsheim leben, das nur rund fünfzig Meter vom Hotel entfernt steht. Wie das Haupthaus war es Teil der Kabelfabrik, bis auf wenige Details ist es sogar eine exakte Kopie des Haupthauses.

„Die sind garantiert von drüben aus dem Heim", sage ich zu Amy.

„Ja, klar, weiß ich … ich hab die schon gesehen. Die stehen immer zusammen und rauchen und schauen den Autos zu. Man müsste denen Arbeit geben."

„Was für Arbeit denn?"

„Irgendwelche Arbeit, ganz egal … damit die beschäftigt sind. Die warten doch nur den ganzen Tag darauf, dass mal was passiert, die langweilen sich doch zu Tode. Oh Mist, was macht er denn jetzt?"

Brüllend, dabei spastisch den Kopf schüttelnd, wuchtet der halbnackte Mann ein großes Stück Stahlbeton vom mit Müll und Bauschutt bedeckten Boden hoch. Rostige Stäbe ragen aus dem kantigen Brocken.

Ich spüre Amys warme Hand an meinem Oberarm. „Der spießt sich auf", flüstert sie. „Wir müssen die Polizei rufen."

Mit einem gellenden Schrei schleudert er den Brocken zu Boden, direkt vor seine in … was zum …? Einen kurzen Moment denke ich, seine Füße seien eingegipst. Aber der Mann trägt Skischuhe, dicke, glänzende Skischuhe.

„Die hat er bestimmt irgendwo gefunden", sagt Amy. Als könnte sie meine Gedanken lesen, denke ich. „Darum läuft er auch so komisch."

Ein tiefer Schrei. Ein Schwall Beschimpfungen. Der halbnackte Mann bückt sich, packt die Metallstäbe, zerrt den Brocken ein paar Meter über den Boden, wuchtet ihn hoch und schleudert ihn erneut von sich. Die Männer glotzen nur, ihre Zigaretten glimmen im Halbdunkel.

„Okay, das reicht. Ich ruf die Polizei", sage ich. Der

Mann hat sich offensichtlich verletzt, die rostigen Stahlstäbe haben ein unregelmäßiges Muster tiefer Kratzer auf seinem Oberkörper hinterlassen.

„Warte noch“, flüstert Amy. „Bleib bei mir.“

Schwer atmend steht sie da, diese ausgemergelte Gestalt mit dem zerfurchten Gesicht, starrt in unsere Richtung. Unter dem eingesunkenen, blutverschmierten Bauch beult sich eine zu große, von einem viel zu langen Gürtel gehaltene Jeans. Das Ende des braunen Riemens hängt dem Mann fast bis zu den Knien.

Und darunter: Skischuhe, grau und schwarz und mit Neonstreifen.

Ein heiseres Brüllen, ein Kampfschrei. Wieder reißt er den Brocken vom Boden, stolpert mit seiner Last voran, wankt auf eine Reihe parkende Autos zu. Und da sehe ich aus dem Augenwinkel wie eine kleine, dickliche Frau heran rauscht. Ihre übereinander geschichteten Röcke flattern, sie verliert ihre zu großen Pantoffeln und läuft auf rosafarbenen Wollsocken über den Schutt.

„Die kenne ich“, sagt Amy. „Die wohnt auch in dem Heim.“

Bu-bu-bu-bu-bu! Die Frau schimpft in einer Sprache, die ich weder verstehe noch erkenne, hält auf den alten, halbnackten Mann zu … und kommt zu spät. Er hat den Brocken – wo zur Hölle nimmt dieser ausgezehrte Körper die Kraft her? Das Ding wiegt mindestens dreißig Kilogramm – über den Kopf gehoben, schwankt einen Augenblick, fängt sich wieder … und wirft ihn mitten durch die Windschutzscheibe eines abgestellten Wagens.

„Oh!“, macht Amy.

„Scheiße“, sage ich.

Jetzt ist die Frau bei dem Verrückten, packt ihn am Arm, zerrt ihn von dem Wagen weg. Dabei schimpft sie ununterbrochen … allerdings nicht in seine Richtung. Die Reaktionen der anwesenden Männer: gesenkte Köpfe, Blicke ins Nirgendwo, wohin nur mit den Händen? Ich kann mir denken, was die Frau zu den Männern sagt: Warum tut ihr denn nichts? Warum steht ihr herum und glotzt?

Als die wütende kleine Frau den blutenden Mann von dem brachliegenden Grundstück geführt hat, dreht er sich mit einem Ruck um, bringt sich und seine Führerin aus dem Gleichgewicht, geht in die Knie und stützt sich mit dem rechten Arm ab. Sein linker Arm schnellt in unsere Richtung.

„ICH HAB DICH GESEHEN DA OBEN MIT DEINER FRAU! MIT DIR STIMMT DOCH WAS NICHT!"

Er brüllt so laut, dass ich trotz des geschlossenen Fensters jedes Wort verstehe.

—

Wir haben nicht die Polizei gerufen. Den alten Audi, auf dessen Fahrersitz nun ein Brocken Stahlbeton in einem Haufen Glassplitter liegt, hat Wer-auch-immer längst aufgegeben. Der Wagen hat platte Reifen und keine Nummernschilder, große Platscher Vogelkot haben sich in den stumpfen Lack gefressen und einer der Seitenspiegel baumelt an dünnen Kabeln. In einer besseren Gegend hätte das Ordnungsamt diesen Schrotthaufen längst abschleppen lassen.

Aber das Haupthaus liegt nicht in einer der „besseren" Gegenden, es liegt inmitten toter Industrie, in Nachbarschaft eines Asylbewerberheimes, eines Aldi-Supermarktes und einer großen, auf Punk und Heavy Metal spezialisierten Konzerthalle namens „Die Fabrik". Hier kann man Junkies beim Verrecken zuschauen, so der Kommentar meines Vaters, als er zum ersten und bisher einzigen Mal unser Hotel besuchte.

Aber die Tendenz zählt. Und es geht eindeutig aufwärts mit unserer Gegend. Nur hundert Meter vom Hotel entfernt hat die Stadt einen schmalen, von Durchgangsstraßen bedrängten Park angelegt, der sich trotz des Lärms bereits einer gewissen Beliebtheit bei jungen Familien erfreut. In mehreren der ausgeräumten Fabrikhallen haben sich Ateliers und experimentelle Theater angesiedelt, hippe Cafés und ein veganes Sushi-Restaurant sind in den letzten Monaten eröffnet worden ... und natürlich steigen die Mieten. Schon sieht man auf den Bürgersteigen vereinzelt Ü30-Mütter mit sündteuren Kinderwägen ihren Nachwuchs lüften ... und an den Straßenrändern parken große Volvos mit Atomkraft nein Danke-Buttons. Sogar das erste Yoga-Studio hat schon eröffnet.

Es geht aufwärts mit der Gegend, sie wird schick, für manche Geschmäcker schon zu schick. Und unser Hotel ist Teil dieses Aufwärtstrends.

Nachdem ich einen letzten Rundgang durchs Haus gemacht, mich mit zwei Gästen über die frühere Funktion des Gebäudes unterhalten, eine Glühbirne getauscht und eine Klospülung repariert habe, setze ich mich müde in mein Arbeitszimmer. Amy ist schon im Bett und kämpft stur mit einem ihrer Klassiker, Oscar ist auf seinem Zimmer.

Mehrere Minuten betrachte ich stumm die alte Konsole, dann trage ich sie ins Wohnzimmer und schließe sie an unseren großen Fernseher an. Als ich die Kassette einstecke, erscheint sofort ein rosafarbenes Bild auf dem Schirm. Darin vibrieren grüne Striche.

„Komm schon", flüstere ich. „Zeig mir was."

Ich setze mich direkt vor den Schirm und starre in das Gezitter. Nach etwa drei Minuten setzt ein leises, dumpfes Rauschen ein und das Bild teilt sich in zwei Bereiche: unten ein gelber, etwa zwei Drittel des Schirms bedeckender

Balken, oben ein waberndes Chaos aus verschiedenfarbigen Punkten und horizontalen Linien. Während ich mit klopfendem Herzen und brennenden Augen auf den Schirm starre, schwillt das Rauschen unangenehm an, nur um plötzlich zu verstummen.

Nach einigen Minuten verschwindet auch das Bild. War es das?

Und dann, als ich mich nach vorne beuge, um die Konsole neu zu starten, trifft mich ein grässlich lautes Geräusch. Eine Mischung aus Rauschen und menschlichem Gebrüll. Mein Oberkörper schnellt zurück, ich rolle auf den Rücken und presse mir die Hände auf die Ohren. Dann fallen mir Amy und Oscar ein, ich grapsche nach der Fernbedienung, lasse sie fallen, greife wieder zu und drücke die Mute-Taste.

Mit zitternden Händen und kaltem Schweiß auf der Stirn hocke ich auf dem Fußboden, vor mir der große, schwarze Bildschirm. Was zum Teufel ist hier los? Was zum Teufel ist mit *mir* los? Es ist kurz nach 23 Uhr und ich fürchte mich vor einem kaputten Videospiel. Es ist einfach lächerlich, ich sitze im Dunkeln und …

Amy ist da.

„Was machst du für Lärm? Oscar schläft schon."

Als sie meinen Gesichtsausdruck sieht, ändert sich ihr Ton.

„Alles okay mit dir, Robert? Was war das für ein Geräusch?"

Ich stehe vom Boden auf, mache den Fernseher aus und lasse die Bedienung auf das Sofa fallen. Über uns, im ersten Stock, rennt jemand den Flur entlang, dumpf höre ich die vom Teppich gedämpften Schritte.

„Ja, es ist alles in Ordnung." Ich gehe zu ihr, nehme ihre Hand. „Ich habe mich nur erschrocken. Ich wollte dieses alte Videospiel ausprobieren und … tja, ich hätte vorher einfach den Ton abstellen sollen. Anscheinend ist das Spiel hinüber."

„Dann wirf es weg", sagt Amy. Sie zeigt auf die Nintendo-Konsole. „Vielleicht kannst du die ja noch zurückgeben."

—

Kurz nach eins halte ich es nicht mehr aus. Vorsichtig steige ich aus dem Bett, dann schleiche ich mich ins Wohnzimmer. Als ich in das dunkle Zimmer trete, erwarte ich tatsächlich, etwas auf dem Schirm zu sehen ... rosa Balken, grüne Striche, ein Arm und eine Hand ... vielleicht sogar die Landschaft, die wir in diesem Retro-Laden gesehen haben.

Aber da ist nichts. Alles so, wie ich es verlassen habe. Ich trenne die Kabel vom Fernseher, trage Konsole und Spiel – warum verdammt bewege ich mich so zaghaft? Das Ding ist keine tickende Bombe – in mein Arbeitszimmer, verstaue beides in meinem Schreibtisch und gehe zurück ins Bett.

„Wo warst du?", flüstert Amy. Aber als ich ihr antworten will, ist sie schon wieder eingeschlafen.

Die Zeit vergeht, Minuten, eine Viertelstunde ... Rauschen aus den Wänden, Muster auf der Zimmerdecke. Und wenn ich nur ein wenig den Kopf drehe, zu dem großen alten Kleiderschrank, dann erkenne ich in der Maserung des Holzes Vogel- und Insektenköpfe, Schnäbel, Augen, Fühler und Stechrüssel. Ich liege neben der Frau, mit der ich den Rest meines Lebens verbringen will, und denke über den Abend nach, dann über die letzten Tage ... und schon bin ich wieder beim Schrei, bei der Begegnung mit Monika, bei diesem Spiel.

Gluckern und Pochen in den Heizungsrohren, fast wie

Morsezeichen hört sich das an, fast, als wolle mir jemand etwas sagen.

Ich habe dich gesehen da oben … mit dir stimmt doch was nicht.

Montag, 5. Dezember

Gestern war mein 36. Geburtstag – nicht der Rede wert. Amy hat Kuchen gebacken und ein paar Leute haben angerufen. Ich bin froh, dass wir vorgefeiert haben.

In den letzten vier Tagen hatte ich mehrere Gespräche mit Oscar. Ich weiß, dass ich dem Jungen auf die Nerven gehe, aber ich muss wissen, wo und wie er das Spiel gefunden hat … nicht vielleicht doch in einem der Kartons? Aber Oscar bleibt dabei: Auf den Dielen des Dachbodens, inmitten des großen, schmutzigen Raumes. Und warum war das Spiel dann nicht staubig? Keine Ahnung, sagt er, das war es eben nicht.

Wenn ich meine immer gleichen Fragen gestellt und die immer gleichen Antworten bekommen habe, geht Oscar in die Offensive. Ob er das Spiel jetzt endlich zurückhaben könne, will er wissen.

„Nein."

„Und warum nicht? Du hast es versprochen!"

„Es ist sowieso kaputt … ich habe es ausprobiert."

„Aber wenn es kaputt ist, dann brauchst du es ja nicht mehr, dann kannst du es mir doch geben."

„Du könntest nichts damit anfangen."

„Gib es mir doch einfach, ich habe es ja auch gefunden."

„Ich will erst wissen, was da drauf ist. Akzeptiere es einfach. Und jetzt Ende der Diskussion!"

Warum nur besteht Oscar dermaßen penetrant auf der Rückgabe dieses alten, für ihn nutzlosen Spiels? Er hat keine Möglichkeit, es auszuprobieren. Gut, ich habe ihm versprochen, es zurückzugeben, damals auf dem Dachboden … aber ich werde den Teufel tun, mein Versprechen zu halten! Es stimmt etwas nicht mit diesem Ding, es ist … es ist eindeutig das, das ich von Monika bekommen habe.

Vielleicht werde ich auch einfach nur verrückt. Die Gäste

sehen mich so komisch an … die Gäste und manchmal auch Amy.

—

Samstagnachmittag, als ich an unserer Homepage bastelte, fragte mich Zuzanna, ob sie nach Hause könne, sie fühle sich nicht gut. Es war erst ihr zweiter Tag bei uns, die junge Polin arbeitete bei uns zur Probe.

Zuzanna war käsebleich, als sie mich ansprach, ihr rot gefärbtes Haar klebte ihr an der Stirn und sie sprach so leise, dass ich sie kaum verstand. Es war offensichtlich, dass es der Frau nicht gut ging, ich bot ihr sogar an, einen Arzt zu rufen. Ihre Antwort: „Nein-nein, nicht nötig, nur nach Hause. Kein Arzt bitte".

Ich war zu überrascht, um weiter nachzufragen, wünschte gute Besserung und sagte ihr, sie solle sich doch einfach melden, wenn es ihr wieder-

„Ja-ja, danke, ich mich melden. Nur nach Hause. Dankeschön."

Eine Stunde nachdem Zuzanna das Hotel verlassen hatte, rief mich ihr Ehemann an. Er erklärte, Zuzanna werde nicht mehr kommen, sie fühle sich nicht sicher bei uns. Warum nicht sicher? War etwas passiert? Ich fragte ihn, ob es an der Gegend liege, ob Zuzanna vielleicht von einem der Gäste beleidigt worden sei, ob sie jemand belästigt habe. Aber der Mann verneinte, wiederholte in gebrochenem Deutsch nur immer wieder, seine Frau fühle sich nicht sicher bei uns und werde nicht mehr kommen.

Mit einer Mischung aus Verwirrung und Verärgerung berichtete ich Amy von dem seltsamen Anruf. Sie regte sich auf, nannte die Polin eine „blöde Kuh" und sagte mir, ich solle mich schnellstmöglich, am besten noch heute, um Ersatz kümmern.

Stattdessen wartete ich eine halbe Stunde und rief dann auf Zuzannas Mobilnummer an. Tatsächlich hatte ich sie am Apparat, ich erkannte ihre Stimme. Aber als ich meinen Namen sagte, da murmelte sie nur „Entschuldigung" und gab das Telefon an ihren Mann weiter.

„Ja?"

„Hallo, bitte entschuldigen Sie, hier Robert Bieler vom Hotel Haupthaus, wir haben vorhin schon-"

Er unterbrach mich.

„Zuzanna kommt nicht mehr, habe ich Ihnen schon gesagt. Entschuldigung. Tut mir leid wenn deswegen Schwierigkeiten."

„Hören Sie, wenn irgendetwas vorgefallen ist, dann können wir das doch klären. Ich muss nur wissen, was passiert ist. Sollte ein Gast-"

„Nein, bitte, ist nichts passiert, habe ich Ihnen schon gesagt. Zuzanna sagt, fühlt sich nicht gut bei Ihnen. Bitte, auf Wiedersehen. Tut ihr leid, sagt Zuzanna. Jetzt nicht mehr anrufen, fertig."

Bevor ich noch etwas sagen konnte, legte er auf.

—

An dem Samstag, an dem Zuzanna uns verließ, hatten wir 23 Gäste. Zwischen 17.30 und 19 Uhr beschwerten sich vier von ihnen über Lärm. Jemand trample über die Flure, schlage an die Türen und rüttle an den Klinken.

Ich ging jedes Stockwerk ab, stellte mich auf die Treppenabsätze und hoffte, der Unruhestifter würde sich zeigen.

Aber es war völlig ruhig im Haus. Und die Gäste, die ich fragte, ob sie etwas gehört hätten, verneinten meine Frage. Nein, nichts, alles in Ordnung, ob denn etwas passiert sei?

Gestern Abend fragte ich Amy – es war kurz nach acht, sie war genervt, saß immer noch am Papierkram – ob wir uns unterhalten könnten. Schon an ihrem Blick hätte ich erkennen müssen, dass mein Vorhaben eine ausgewachsene Scheißidee war.

Aber ich wollte es unbedingt, verhielt mich wie ein quengelndes Kind, das jetzt und auf der Stelle und unbedingt etwa will, musste ihr erklären, dass etwas nicht stimmte, dass merkwürdige Dinge geschahen. Und sie sah mich an, als habe ich ihr gerade erzählt, ich sei von Außerirdischen entführt und vergewaltigt worden.

Systematisch, eines nach dem anderen, zählte ich ihr die Ereignisse der vergangenen Wochen auf: Das Husten und den Schrei, die nächtliche Begegnung mit Monika, das Spiel, das plötzlich auf dem Dachboden lag, die Beschwerden der Gäste … und dann, als sie sich alles geduldig angehört hatte, sagte sie mir, sie wolle „all diesen Unsinn" nicht hören, sie habe andere Probleme als meine „Spinnereien", müsse sich um „das verdammte Hotel" kümmern. Sie fragte mich sogar, ob ich sie jetzt im Stich lassen wolle, jetzt, da es endlich, endlich besser lief mit dem Haupthaus.

Ich ließ nicht locker, holte das Spiel, holte Oscar dazu, ließ ihn bestätigen, dass er das Spiel auf dem Dachboden gefunden hatte. Aber für Amy war ich nur ein Trottel, der mit einem Stück Elektronikschrott herumfuchtelte, der nicht zwischen Traum und Wirklichkeit unterscheiden konnte, der im Suff Gespenster sah.

Als Oscar im Bett war, hatten wir einen langen, ebenso nutzlosen wie hässlichen Streit: Ich in der „Du nimmst mich nicht ernst"-Rolle, Amy mit dem „Stell dich nicht so an!"-Part. Aber ich stellte mich an. Und ich war wütend wie lange nicht. Wie konnte sie das Vorgefallene einfach ignorieren? Wie konnte sie sich nicht meinen „Scheiß", so hatte sie es nämlich gesagt, wie konnte sie sich nicht meinen Scheiß anhören?

Nachdem ich zwei Stunden auf der Wohnzimmercouch verbracht hatte, ging ich gegen 1 Uhr ins Schlafzimmer, zog mich aus und kroch zu ihr ins Bett.

„Hast du dich beruhigt?“, flüsterte sie.

„Lass uns morgen reden“, flüsterte ich zurück. Dann drehte ich mich von ihr weg und studierte die Maserung des Schlafzimmerschrankes: Vögel- und Insektenköpfe, es sind hunderte.

Dienstag, 6. Dezember

Vier Uhr nachts. Es ist dunkel, kalt und totenstill, als ich die Augen aufschlage. Nur Amys gleichmäßiges, langsames Atmen.

Ich stelle die Füße auf den Bettvorleger, schlage die Decke zurück und betrachte eine Weile meine großen, grauen Hände. Als ich sicher bin, nicht zu träumen, stehe ich auf, schleiche ins Badezimmer, patsche mir Wasser ins Gesicht und starre in den Spiegel.

Schlafen werde ich nicht mehr können, dessen bin ich mir sicher. Soll ich mich rasieren? Mich vor den Fernseher setzen? An den Rechner gehen und ein paar Runden Solitär spielen?

Als ich so dastehe, die Hände auf das grüne Waschbecken gestützt und mit einer Mischung aus Amüsement und Verwunderung mein zerknautschtes Gesicht betrachtend, höre ich Schritte aus dem Flur.

„Amy?"

…

„Bist du das, Amy?"

Die Schritte werden leiser, entfernen sich. Und sie werden schneller. Ich öffne die Badezimmertür, strecke meinen Kopf in den Flur und sehe, dass milchig blaues Licht auf die Wand gegenüber der Wohnzimmertür fällt.

„Oscar?"

Keine Antwort. Ich gehe diesen viel zu breiten, viel zu hohen Flur entlang, die Tür zum Wohnzimmer steht offen.

„Oscar?" Der Fernseher ist eingeschaltet, helles mattes Blau füllt den Schirm. „Bist du hier, Oscar?"

Hinein in das große Zimmer, Licht an und Fernseher aus. Dann zurück in den Flur. Keine Antwort, als ich vorsichtig an Oscars Tür klopfe … und noch ein Versuch, diesmal energischer. Ich drücke die Klinke hinunter.

Fast muss ich lachen, als ich Oscar sehe. Er liegt in seinem Bett, den Kopf hat er von mir weggedreht. Die Decke ist zerknautscht und die Nachttischlampe brennt.

„Schläfst du mit Licht?"

Keine Antwort.

„Ich weiß, dass du wach bist."

„Und?"

Immer noch hat er den Kopf von mir weggedreht. So tief hat er das Gesicht im Kissen vergraben, dass ich mich frage, wie er Luft bekommt.

„Was wolltest du im Wohnzimmer?"

Oscar setzt sich auf, er trägt seinen Schlafanzug. „Hast du das Spiel gesucht?"

„Welches Spiel denn?"

Ich atme aus und wieder ein. Ruhig bleiben, immer schön ruhig bleiben.

„Wenn du an meinem Schreibtisch warst, dann merke ich das sowieso."

Wir sehen uns in die Augen.

„Du hast es mir versprochen", sagt er. Seine Worte kommen gepresst, bockig. Und ja verdammt, er hat ja Recht.

„Ich weiß. Und jetzt heraus mit der Sprache, hast du versucht, das Spiel zu starten?"

Er nickt.

„Okay, und … hat es funktioniert? War etwas auf dem Schirm?"

Er schüttelt den Kopf und ich denke: Iss Junge, iss ordentlich. Mir fällt auf, wie dünn sein Hals ist, wie schmal die Schultern … und dann seine Oberarme: kaum dicker als meine Handgelenke.

„Dann glaubst du mir jetzt endlich, dass es kaputt ist?"

Oscar sieht auf den Boden und kaut auf seiner Unterlippe. Nach einer Weile frage ich ihn, wo die Videospiel-Konsole ist.

„Im Wohnzimmer“, sagt er leise. „Hinter dem Sofa.“

Wieder Schweigen.

„Okay, Oscar, schlaf gut. Bis morgen.“

Er nickt nur. Aber als ich die Tür zuziehe, sagt er doch noch etwas:

„Aber heute Nachmittag war es nicht kaputt.“

—

Nachdem ich wieder ins Zimmer getreten bin, die Tür geschlossen und mich auf seinen alten Schreibtischstuhl gesetzt habe, sage ich dem Jungen, wir müssten uns – ernsthaft, in aller Ruhe, von Mann zu Mann – über das Spiel unterhalten.

Oscar hat es, so gesteht er mir, am Vortag ausprobiert, kurz nach 17 Uhr, als ich im Hotel unterwegs und Amy beim Einkaufen war. Der Junge hat Nerven.

Und ja, so Oscar weiter, er habe es spielen können, fast zehn Minuten lang. Der Name des Spiels? Nein, den habe er nicht gesehen, es sei nämlich direkt losgegangen, kein Titel und kein Intro, einfach direkt los.

Ich bitte Oscar, mir das Spiel möglichst genau zu beschreiben. Meine Stimme zittert vor Anspannung und bevor er zu sprechen anfängt, sieht mich der Junge mit einem Blick an, der „Alles in Ordnung mit dir?“ zu fragen scheint. Ich muss mich zusammenreißen.

„Okay …“, beginnt Oscar. „Also man ist ein Kind mit einem Rucksack und man sieht sich von oben. Zuerst ist man allein auf einer Wiese und … also wenn man nach rechts geht, dann kommt eine Mauer und dann sind da ziemlich viele Bäume, da kann man nicht weiter. Aber links ist ein großes Haus, in das man reingehen kann. Dort ist es so horrormäßig, da sind lange Gänge und ganz viele kleine Zimmer, in denen man sich verstecken muss. Also wie ein Hotel irgendwie. Und wenn man nicht in den Zimmern ist, dann kann es sein, dass einen der tote Mann erwischt, der läuft nämlich durch das Haus und sucht einen."

„Warum sucht er einen?"

„Keine Ahnung. So geht einfach das Spiel."

„Aber warum ist der Mann tot? Er läuft doch herum."

„Zombies laufen ja auch herum."

„Okay ... und in die Zimmer, da kommt der tote Mann nicht hinein?"

„Nein, die sind sicher. Der tote Mann klopft nur an die Türen und versucht reinzukommen, aber ... aber er kann ja nicht, sonst wäre das auch unfair. Und wenn er weg ist, dann muss man aus den Zimmern raus und über den Flur laufen. Ich glaube, es gibt einen zweiten Ausgang, da muss man hin, dann kommt man wahrscheinlich ins nächste Level. Aber bis da habe ich es noch nicht geschafft."

„Und wenn man aus dem Zimmer herausgeht, dann verfolgt er einen, der tote Mann?"

„Ja, aber nur manchmal, es kann ja sein, dass er ganz weit weg ist ... also am anderen Ende vom Haus. Und es gibt einen Trick: Wenn der Mann in der Nähe ist, dann ist der Boden nass und man weiß, dass man aufpassen muss. Das sieht man, das ist dann so blau und glänzt. Und wenn er ganz nahe ist, dann klopft er ja an die Türen, das hört man, dann weiß man auch, dass er da ist."

„Und warum ist der Boden nass?"

„Weil der Mann ertrunken ist. Der Mann ist nass ... und wenn er irgendwo entlang geht ..."

Ich atme durch. Dann frage ich ihn, woher er wisse, dass der Mann ertrunken sei. Aber Oscar zuckt nur die Schultern.

„Und wie sieht er aus, der tote Mann?"

„So blau eben … und weiß. Und er ist ziemlich groß, viel größer als man selbst. Aber ich habe ihn nur einmal gesehen und dann war ich schon tot. Ich hab mich total erschrocken, der ist auch schnell … also, also nicht wie ein Zombie, sondern mehr wie ein Geist."

„Er hat dich also erwischt?"

„Ja, ich bin aus einem der Zimmer raus und da stand er direkt vor mir. Und dann war das Spiel aus und hat nicht mehr funktioniert. Ich wollte gleich noch mal spielen, aber es ging nicht mehr."

Oscar schweigt. Die Jalousien zerschneiden das Licht eines vorbeifahrenden Wagens. Ich stehe auf und gehe zum Fenster. Schlechte Luft hier drin.

„Okay, Oscar, eines verstehe ich nicht. Das ist ein Spiel mit völlig veralteter Grafik, das sieht doch total bescheuert aus. Warum wolltest du es noch mal spielen? Du hast doch deine Playstation."

Keine Antwort. Ich drehe mich zu ihm um.

„Ich meine … was ist so besonders an dem Spiel?"

„Ich weiß nicht. Es ist irgendwie … echt. Ich glaube, man hat mehr Angst als bei anderen Spielen."

„Warum Angst?"

„Weil es sich echt anfühlt. Ich weiß auch nicht. Es ist irgendwie … interessant."

„Gib es überhaupt Musik in dem Spiel?"

Er schüttelt den Kopf.

„Aber man hört das Klopfen an der Tür, oder?"

„Ja."

„Und wenn du in den Zimmern warst, dann hat dieser ertrunkene Mann an die Türen geklopft?"

„Ja, klar … aber warum willst du das alles wissen? Du kannst es doch selbst spielen."

„Bitte, Oscar, beantworte meine Frage."

„Nein, er hat nicht immer geklopft. Aber manchmal

schon. Er hat von draußen an die Tür geschlagen und an dem Griff gerüttelt, das hat man auch gehört. Aber er kann nicht rein, die waren irgendwie … irgendwie abgeschlossen … von jemand anderem, als ob … als ob mich jemand beschützen will. Keine Ahnung. Aber ich selbst hab die aufmachen können."

„Okay, Oscar, ich muss jetzt ganz genau wissen, wann du gespielt hast. Du sagtest vorhin etwas von fünf Uhr nachmittags, bist du dir sicher?"

„Ja, so fünf oder halb sechs … vielleicht mehr so halb sechs, weiß ich nicht. Warum ist das so wichtig?"

„Es … es ist eigentlich gar nicht wichtig. Ich muss in Ruhe über alles nachdenken, dann reden wir wieder."

„Ist was nicht in Ordnung?"

„Doch, alles okay. Wir reden morgen oder übermorgen. Alles okay, wirklich."

Dass Oscar unzufrieden mit meiner Antwort ist, das sehe ich ihm an. Und als ich hinter mir die Tür schließe, habe ich fast ein schlechtes Gewissen dem Jungen gegenüber.

Aber hätte ich ihm von den Beschwerden der Gäste erzählen sollen? Jemand klopft an die Türen und rüttelt an den Klinken. Hätte ich ihm von der zeitlichen Übereinstimmung erzählen sollen? Bestimmt hätte er mich für irre gehalten, sage ich mir, es war besser, dass ich ihm …

Aber nein, das stimmt nicht. Oscar hätte mir zugehört, er hätte mir sogar geglaubt, endlich hätte ich jemanden zum Reden gehabt. Aber er ist erst zwölf, manchmal ist er furchtbar unvernünftig, ich kann ihn nicht wie einen Erwachsenen behandeln.

Raus aus dem Haupthaus und rechts herum – sieht mich jemand? – über den Parkplatz. Ich verstaue die Spielkonsole im Kofferraum meines Wagens. Das Spiel lege ich in die Schublade unter dem Fahrersitz und bedecke es mit der Warnweste.

Noch zwei Stunden Schlaf – immerhin. Nach einem frühen gemeinsamen Frühstück fahre ich Brötchen und Croissants holen, frage dann – zurück im Haupthaus – die uns verlassenden Gäste, ob alles in Ordnung gewesen sei. Kein Lärm? Keine Störungen? Nein? Sehr gut, auf Wiedersehen, beehren Sie uns bald wieder.

Mir fällt das Lächeln schwer.

Am späten Vormittag verbringe ich fast eine Stunde mit dem Versuch, poröse Gummidichtungen zurück in die alten Fensterrahmen oben im zweiten Stock zu drücken. Ein, zwei Jahre müssen die Fenster noch halten, dann wird die Stadt sie austauschen. Ich hoffe inständig, dass die uns gemachten Versprechungen tatsächlich etwas wert sind.

Nach einem hastigen Mittagessen schaffe ich es, dem Hotelbetrieb eine Dreiviertelstunde Siesta abzutrotzen – Amy hält die Stellung, Oscar ist noch in der Schule.

Ich lege mich auf das Größere der beiden Wohnzimmersofas, strecke die Beine und schließe die Augen. Ich will Schlaf nachholen, wieder zu Kräften kommen … aber Phasen buddhistischen Gleichmuts wechseln mit plötzlichen Angstattacken. Ein paar Minuten lang ist alles in wunderbarer Ordnung, mein Geist wie in Watte gepackt, dann wieder rotieren große, kreischende Zahnräder und ich meine, verrückt zu werden. Ich spüre, wie mein Atem sich beschleunigt, balle die Fäuste, drücke die Fersen in das Polster … und spreche in Gedanken mit mir selbst, rede auf mich ein wie auf ein verängstigtes Kind: Nein, verrückt wirst du nicht! Ganz bestimmt nicht! Die Gäste haben sich beschwert, die haben das Klopfen gehört. Und Oscar hat das Spiel gefunden und die Frau in dem Computerladen, die hat es auch ausprobiert und …

Aber erscheint nicht jedem Verrückten seine Verrücktheit völlig rational? Hat nicht jeder Irre seine guten, hundert- und tausendfach durchdachten Argumente parat? Es hat in meiner Familie Fälle von Geisteskrankheit gegeben, das weiß ich aus den Erzählungen meiner Großeltern. Meine Urgroßmutter, die hat sich jahrelang eingebildet, der Briefträger streiche Gift auf ihre Post. Sie hat darauf bestanden, die an sie adressierten Briefe mehrere Tage auf dem Balkon liegen zu lassen, dann würde sich nämlich das Gift zersetzen. Und einer meiner Großonkel, er war Mathematiklehrer, hat sich mit 68 im Schlafzimmerschrank erhängt. Sein Abschiedsbrief: eine zwanzigseitige Ansammlung sinnloser Wortkombinationen und Zahlenreihen. Unter das Chaos hatte er Anweisungen gekritzelt, wann und wo „dieses überaus bedeutsame Weltenwerk" zu veröffentlichen sei. Vielleicht liegt er ja doch in der Familie, der Irrsinn. Andererseits: Hat nicht jede Familie ihre Verrückten?

Am späten Nachmittag, nachdem ich endlich eine Stellenanzeige für ein neues Zimmermädchen aufgegeben habe, rufe ich meinen Freund Uwe an. Ich brauche jemanden zum Reden.

„Stress mit Amy?", fragt er

„Nein, alles okay zwischen uns. Es ist was anderes. Ich kann das schlecht am Telefon erklären. Bin gerade irgendwie nicht … nicht ganz bei mir, also … ich weiß auch nicht, kannst du einfach-"

„Mensch, Robert, du hörst dich richtig kaputt an."

„Ja … vielleicht. Kommst du vorbei?"

„Heute ist es eher schlecht, war den ganzen Tag unterwegs und …"

…

„Dir geht's echt nicht gut, oder? Okay, so kurz nach acht fahr ich los, dann ist die Kleine im Bett. Soll ich Bier mitbringen?“

„Ja, egal, bring Bier mit.“

„Noch was anderes? Willst du was rauchen? Bisschen runterkommen?“

„Nein, lieber nicht. Sag mal, kam ich dir in letzter Zeit komisch vor, habe ich mich merkwürdig verhalten?“

„Was meinst du mit ‚in letzter Zeit‘?“

„Wochen … Monate.“

„Na ja … bis auf die Nummer bei eurem Jubiläum eigentlich nicht. Warum fragst du das, Alter? Bist du irgendwie krank?“

„Nein, ich denke nicht. Ich erkläre dir alles, wenn du da bist.“

—

Uwe, Uwe, Uwe … wie lang kennen wir uns schon? Zwanzig Jahre? Als ich ihn das erste Mal außerhalb der Schule traf – er ist ein halbes Jahr älter als ich. Er musste die neunte Klasse wiederholen, damals landete er bei uns –, zündete er grinsend Michaels Schnürsenkel an.

Es war drei Uhr nachts, Michael hatte im elterlichen Partykeller seinen 18. Geburtstag gefeiert und rund drei Liter Jägermeister Bull intus. Uwe war später dazugekommen und noch nüchtern genug, ein Feuerzeug zu bedienen.

Als Michael vom Gestank seiner schmorenden Turnschuhe erwachte (vielleicht war es auch die Hitze, die ihn weckte, vielleicht auch beides. Außerdem waren diese Schuhe sehr, sehr teuer.), war ich der Erste, den er sah. Scheiße, dachte ich nur, Scheiße, Scheiße, Scheiße.

Der Hundertkilobrocken stürzte sich brüllend auf mich und landete zwei, drei harte Treffer. Während ich versuchte, mein Gesicht zu schützen, schrie ich ihn an: „Das war ich nicht! Geh runter von mir! Geh runter!“

Als Michael – heute Kundenberater bei der Deutschen Bank und noch mal dreißig Kilo schwerer, ein Ochse im Anzug– von mir abließ, sah ich Uwe. Er war eingeschlafen, hockte mit hängendem Kopf auf der Eckbank. Er war tatsächlich eingeschlafen, während ich seinetwegen zusammengeschlagen wurde! Und weil er sich einen schwarzen Streifen in die Haare gefärbt hatte, und weil er außerdem eine große Sonnenbrille auf dem Hinterkopf trug, sah es so aus, als grinse mich ein verdammter Außerirdischer an: Die Brille: die Augen. Der schwarze Streifen: der Mund.

Das gab mir den Rest. Ich war betrunken, hatte Blut im Mund und jetzt glotzte mich dieses Alien an. Ich wollte nur noch nach Hause, mir war kotzübel und ich war von Idioten umgeben.

Als ich meinem späteren besten Freund zum zweiten Mal außerhalb der Schule begegnete, etwa zwei Wochen nach Michaels 18. Geburtstag, da schlich er sich von hinten an mich heran, holte sein Ding raus und legte es mir auf die Schulter. Eine seiner Nummern, eine von vielen. Die anderen am Tisch lachten und ich begriff nicht, was los war. Durch meine Lederjacke spürte ich seinen Penis ja nicht.

Die Szene ereignete sich in einer Kneipe namens „Lindwurm", einer schmalen, vom Tageslicht weitgehend unbehelligten Spelunke, in die wir als Schüler gerne gingen, weil Kaffee und Bier billig waren. Der Wirt – wir nannten ihn Nazi-Rolf, wahrscheinlich weil er Schäferhunde züchtete und in Armee-Hosen herumlief – warf Uwe raus und brüllte ihm hinterher, er solle seine Sauereien woanders veranstalten. Er war ein begeisterter Rausschmeißer, unser Nazi-Rolf, manchmal warf er Leute raus, deren Frisur ihm nicht passte.

Warum ich mich dann doch mit Uwe anfreundete? Vielleicht war es die Tatsache, dass er handelte, ohne die Konsequenzen zu bedenken, die mir so imponierte, dass er – zumindest dachte ich das damals – der mutigste Mensch war, den ich bis dahin getroffen hatte. Uwe war der Kerl, der auf eine Gruppe kahlgeschorener englischer Fußballfans zuging, sich mit dem Hintern zu ihnen stellte, und krachend einen fahren ließ. Er war der Spinner, der einen wütenden Polizisten fragte, warum dieser eigentlich „nichts Anständiges“ gelernt habe.

Fast zwei Jahrzehnte später – er war damals schon Vater und hatte sein erstes Café eröffnet – sagte mir Uwe, er habe immer nur verzweifelt nach Aufmerksamkeit gesucht. Nur deshalb all die Provokationen, all der Stress, all die eingesteckten Schläge. Schon seine Eltern hätten sich, so Uwe, nur um ihn gekümmert „wenn ich mal Scheiße baute“.

„Ist das wirklich so?“, fragte ich.

Und er grinste mich an. „Nee, Quatsch, ich verarsch dich doch nur, Alter.“

„Wie läuft der Laden?“

„Geht.“

Wir sind unterwegs in den Keller. Uwe hat bereits die erste Flasche Bier geöffnet.

„Hat euch ja zuerst keiner zugetraut, dass ihr aus dem alten Scheißding was macht. Ich dachte ja, ihr würdet euch ruinieren.“

„Manchmal habe ich selbst nicht daran geglaubt. Jetzt muss nur noch die Gegend drumherum besser werden.“

Sofort Uwes Protest: „Ach Quatsch, bloß nicht! Die Leute, die zu euch kommen, die wollen das Abgewrackte, die finden das schick. Und kommt bloß nicht auf die Idee, irgendwas am Haus zu verändern! Lasst alles genauso, wie es ist, bloß nichts Neues anschaffen!"

Ich schließe die schwere Metalltür auf. Man muss Kraft aufwenden, um den Schlüssel zu drehen, immer habe ich Angst, ihn abzubrechen.

„Wenn wir was Größeres verändern wollen, dann müssten wir das sowieso erst mit der Stadt abklären. Und dann können wir erst mal drei Monate warten ... bis irgendein Sachbearbeiter aus dem Urlaub zurück ist."

Ich ziehe die Tür auf. Es ist trocken und kühl hier unten, allerdings nicht so eiskalt wie auf dem Dachboden.

„Spielplatz?", fragt mich Uwe.

„Spielplatz."

Als ich den Lichtschalter drücke, ist zunächst nur ein tiefes Brummen zu hören. Dann geht eine der drei großen Leuchtstoffröhren an ... und nach einigen Sekunden wieder aus. Ich muss viermal auf den Schalter drücken bis zumindest zwei der Röhren brennen. „Was für ein Schrott", murmele ich.

„Bierchen?"

„Danke nein ... später vielleicht."

Er zuckt mit den Schultern. „Gut, dann nicht."

Wir betreten den größten der Kellerräume. Links der Tür sind mehrere Kartons mit Fernsehern der Marke Bang & Olufsen gestapelt, vor Jahrzehnten waren diese Geräte der feuchte Traum jedes Technikfetischisten, heute sind sie nur noch Elektroschrott. Auch einige alte iMacs stehen herum und rechts der Tür thront auf einem Stapel grauer Filzdecken ein kirschroter, torpedoförmiger 50er-Jahre-Staubsauger.

Den meisten Raum nimmt aber der teilzerlegte Kinderspielplatz ein, der vor Jahrzehnten hier eingelagert wurde. Ein deutlicher Gummigeruch in dem großen, fensterlosen Raum – die Ausdünstungen der beiden zusammengefalteten Hüpfinseln.

„Hier unten könnte man einen Horrorfilm drehen", sagt Uwe und stößt grinsend eine der Schaukeln an. „Irgendwas mit Kindern, die im Keller gefangen gehalten werden und da unten ihren eigenen Spielplatz haben. Und jede Woche kommt einer und nimmt eines von den Kindern mit." Die alten Ketten quietschen und der rote Kunststoffsitz wirft seinen Schatten abwechselnd an die eine und die andere Wand. „Alles okay? Warum schaust du so komisch?"

Ich setze mich auf einen der Hüpfinsel-Fladen.

„Weil ich mir gerade vorkomme wie in einem Horrorfilm. Dauernd denke ich: Mit mir stimmt doch was nicht."

Und da, als ich es gesagt habe, noch bevor Uwe den Mund aufmacht, fällt mir der alte Mann mit dem nackten, blutverschmierten Oberkörper ein. Genau das hat er zu mir hinauf geschrien: „Mit dir stimmt doch was nicht!"

Fast zwei Stunden reden wir. Zwischendurch kommt Amy hinunter und fragt, ob wir noch am Leben seien. Uwe fragt zurück, ob sie zur Tankstelle fahren und Bier holen könne, aber sie zeigt ihm nur den Mittelfinger.

„Sag mal, Robert, warum verkauft ihr eigentlich keinen Alkohol?", fragt er mich, als Amy gegangen ist. „Macht doch im Erdgeschoss mal ne anständige Hotelbar auf! Ich sag dir, das lohnt sich, ihr habt das passende Ambiente, da kommen auch Leute von außerhalb, ich kann dir da-"

„Direkt vor unserer Wohnung? Außerdem bräuchten wir wieder tausend Genehmigungen."

Uwe klopft mir auf die Schulter.

„Siehst du, mein Freund, und deshalb glaube ich auch nicht, dass du verrückt wirst ... deine komische Urgroßmutter hin oder her. Du bist einer der vernünftigsten Menschen, die ich jemals kennengelernt habe, du bist so vernünftig, dass du, sei mir nicht böse, schon fast ein bisschen langweilig bist. Denk doch mal nach, Robert. Was war das mit Monika? Als du die gesehen hast, da warst du hundert pro im Suff und außerdem übermüdet! Was denkst du, was ich schon alles gesehen habe? Und dieses komische Spiel, das hat der Junge in einem der alten Kartons gefunden, das ist eines von deinen, von früher. Und dann hat er sich nicht getraut, dir zu sagen, dass er in deinen Sachen gewühlt hat. Wahrscheinlich hat er nach Pornoheften gesucht, langsam kommt er in das Alter."

Ich schüttle den Kopf, studiere die Risse auf dem Betonboden.

„Alter, das ist eins von deinen Spielen. Das haben dir deine Eltern vor nem Vierteljahrhundert untern Weihnachtsbaum gelegt."

„Nein, sorry, das wüsste ich. So ein Spiel habe ich nie gehabt. Außerdem war es exakt dasselbe, das Monika mir gegeben hat. Weißt du wirklich nicht, was aus der geworden ist?"

Er schüttelt den Kopf.

„Wie soll ich das wissen? Wenn das einer weiß, dann du."

Schweigend sitzen wir uns gegenüber. Eine der Leuchtstoffröhren flackert, macht toc-toc-toc ... geht aus und gleich wieder an.

„Das Spiel ist exakt dasselbe, das Monika mir gegeben hat", sage ich leise. „Warum sollte mir Monika dieses Spiel geben ... was ist der Sinn dahinter?"

Hart lacht Uwe auf.

„Fragst du dich das wirklich? Ist das dein Ernst? Ach, Robert, komm schon! Du bildest dir was ein. Da war keine Monika! Das war alles nur in deinem Kopf! Du warst besoffen und müde und dann hast du halt was gesehen. Ist doch überhaupt keine große Sache. Und das mit dem Klopfen an den Türen … mein Gott, haben sich irgendwelche Kinder einen Spaß gemacht … und wenn jemand kam, dann sind sie weggerannt. Du hast doch früher auch Klingelstreiche gemacht, oder nicht?"

„Es waren keine Kinder im Hotel."

„Scheiße, Robert, willst du unbedingt glauben, dass … dass du durchdrehst?"

„Nein, das nicht. Aber was ich glaube … also was ich wirklich glaube ist …" Mir fehlen die Worte. „Es … es stimmt etwas nicht. Als würden plötzlich Personen und Ereignisse aus meiner Vergangenheit in der Gegenwart auftauchen. Erst Monika und dann dieses Spiel und … und erinnerst du dich an den Obdachlosen in der Unterführung?"

Uwe stöhnt auf, fährt sich durchs lichter werdende Haar, stellt hart seine Bierflasche ab.

„Mensch, Robert, das ist zwanzig Jahre her. Außerdem …"

Ich unterbreche ihn.

„Oscar hat von einem ertrunkenen Mann gesprochen. Und dieser Obdachlose damals, der ist doch ertrunken. Und wenn wir dem geholfen hätten … oder wenn wir die Polizei gerufen hätten …"

Uwe steht auf. Er ist groß, reicht fast bis zur Decke.

„Sag bloß, du hast wegen dieser alten Geschichte noch immer ein schlechtes Gewissen?"

„Nein, ich …"

„Dann lass mich mit dem Scheiß in Ruhe! Wir haben uns nichts vorzuwerfen. Wie hätten wir wissen können, dass der da reinfällt?"

Jetzt stehe auch ich auf.

„Natürlich hätten wir es wissen können", sage ich. „Das

ist doch …" Plötzlich meine ich, lachen zu müssen. „Das ist doch totaler Müll, den wir hier reden, Uwe, merkst du das denn nicht? Wir wollten doch, dass der reinfällt, wir sind stehen geblieben und haben zugeschaut wie der da hin und her schwankt. Wir waren so beschissen krass drauf an dem Abend, wir wollten, dass mal was passiert, wir haben nur darauf gewartet, dass der-"

„Hör auf damit", zischt mich Uwe an. „Die Sache ist zwanzig Jahre her und keiner von uns ist stolz darauf. Das kannst du mir glauben, Alter! Wenn du unbedingt in der Vergangenheit wühlen willst, dann …" Er schüttelt den Kopf, reibt sich das Gesicht. „Ach, fick dich doch! Ich will deinen Kram nicht hören. Glaubst du, dass ich keine anderen Sorgen habe? Glaubst du, bei mir läuft alles so toll? Ich wach morgens auf und mach mir Sorgen um meinen Laden! Und weißt du was, Robert? Das sind die Probleme, das sind die richtigen Probleme … zu wissen, wie man über die Runden kommt, wie man seine Angestellten bezahlt. Und nicht der Mist, den man sich einbildet, weil man noch irgendwie … irgendwie in der beschissenen Vergangenheit feststeckt."

Einen Moment sehe ich ihn nur an.

„Warum so feige, Uwe?"

„Fick dich, Robert! Ich hab nicht den Nerv für deinen Scheiß! Und vorzuwerfen hab ich mir auch nichts!"

Nach diesen Worten verlässt er den Keller, lässt mich zwischen den alten, verstaubten Spielgeräten zurück. So hart wirft er die Tür zu, dass ich durch den Beton die Erschütterung spüre.

„Doch, das hast du", sage ich. Dann setze ich mich auf das untere Ende der kleinen metallenen Kinderrutschbahn, lege meinen Kopf in die Handflächen und starre den unregelmäßig grauen Boden an.

Nach ein paar Minuten stehe ich auf und gehe ziellos

umher, will gegen einen der vergessenen iMacs treten, hole schon aus, beherrsche mich aber im allerletzten Moment.

Bald zwei Jahrzehnte ist diese Sache nun her, eine Zeitspanne, die ich mir als Jugendlicher kaum vorzustellen vermochte. Wie alt waren wir? 17, 18? Nicht jeder von uns hatte schon den Führerschein, da bin ich mir sicher. Vier Teenager an einem Samstagabend auf der Suche nach Spaß. Und außerdem frustriert. Das Konzert, zu dem wir fast 250 Kilometer in einem schrottreifen, nach Döner und verbranntem Öl stinkenden Fiat Panda gefahren waren: abgesagt. Laut Zettel an der Tür der Veranstaltungshalle war einem der Musiker die Einreise verweigert worden. In die Ausweichdisko wiederum waren wir – vier angetrunkene Jungs in HipHop- und Grunge-Klamotten – nicht hineingekommen. So kauften wir uns an einer Tankstelle Wodka und streunten durch ein heruntergekommenes Gewerbegebiet. Keiner hatte eine Ahnung, was die Nacht in der fremden Stadt bringen würde.

Irgendwann, es muss gegen Mitternacht gewesen sein, gelangten wir an einen kleinen, in eine Betonrinne gezwängten Wasserlauf. Diesem folgten wir und wechselten von einer breiten, in schmierig-gelbes Laternenlicht getauchten Straße auf einen schmalen, düsteren Weg, der direkt neben dem Fluss unter einer Brücke hindurchführte. „Bei Hochwasser nicht betreten! Lebensgefahr!“, stand auf einem kleinen, rot umrandeten Schild. Ich erinnere mich deswegen so gut an dieses Schild, weil ich erfolglos versuchte, es abzureißen. Dabei klemmte ich mir die Hand ein, am Tag darauf löste sich der Nagel meines rechten Zeigefingers ab.

Als wir die enge, faulig stinkende Unterführung betraten, sahen wir eine dunkle Gestalt, die am Rand des Weges hockte und ein Stück Stoff in das vorbeiströmende

Wasser hielt – eine kleine Tischdecke oder den Bezug eines Kopfkissens, ich bin mir nicht sicher, jedenfalls kein Kleidungsstück. Die Gestalt führte lallend Selbstgespräche, schwankte vor und zurück, neigte sich einmal in Richtung des Weges, dann wieder dem schwarzen Wasser entgegen. Der Mann schien diesen Lappen waschen zu wollen, tunkte ihn ins Wasser und rieb dann mit fahrigen, groben Bewegungen an dem dünnen Stoff herum.

Wie gingen näher heran und er drehte seinen Kopf in unsere Richtung. Kurzgeschorenes Haar, eines seiner Augen war zugeschwollen und seine Unterlippe war dick wie eine Bockwurst. Wie ein Boxer nach einem verlorenen Kampf sah er aus.

„Alles klar?“, rief Uwe dem Mann zu. Und der begann mit tiefer, schlingernder Stimme einen alten Schlager zu singen: Ich hab noch Sand in den Schuhen von Hawaii …

Ich erinnere mich daran, Beifall geklatscht zu haben, dann rief ich „Zugabe“. Aber keiner meiner Freunde klatschte mit, eine aggressive, lauernde Stille entstand, während der verwahrloste Mann – er trug einen braunen oder lilafarbenen, an mehreren Stellen zerrissenen Anorak, auf seiner Hose sah man trotz des schummrigen Lichts große dunkle Flecken – wieder und wieder diesen Stofffetzen ins Wasser tunkte. Neben mir flüsterte Uwe: „Jemand muss ihm in den Arsch treten … damit er endlich reinfällt.“

Ein paar Minuten standen wir so da, warteten darauf, dass der Mann ins Wasser stürzte. Dann drängten wir uns lachend und pöbelnd an ihm vorbei, folgten diesem schmalen, völlig unspektakulären Kanal, und hofften, er würde uns Richtung Stadt führen. Der Abend war noch jung, wir hatten noch Geld in den Taschen.

Zehn, fünfzehn Minuten nach unserer Begegnung mit dem Obdachlosen hockte sich Uwe zum Kacken in die Büsche, ich stand zwei Meter entfernt und starrte auf das Wasser. Plötzlich trieb mit erstaunlicher Geschwindigkeit ein weißes Stück Stoff vorbei, flach lag es auf dem Wasser, ein fast perfektes Viereck. Er war nicht tief und nicht breit, dieser in Beton eingezwängte Wasserlauf, aber er floss sehr schnell.

Ich bin mir fast sicher, dass es Sven – ein eher stiller Junge aus der Parallelklasse – war, der dafür plädierte, nach dem Mann zu sehen. Man könne, erklärte er uns, auch in einem Fluss ertrinken, der nur einen halben Meter tief sei, das habe es alles schon gegeben, es seien sogar schon Leute in Pfützen ertrunken. Und der Typ sei doch ganz klar besoffen oder unter Drogen gewesen.

Aber Sven setzte sich nicht durch, das tat er nie. Wahrscheinlich war er der Schlaueste von uns, aber ihm fehlte die Vehemenz. Als Sven zwei Jahre später mit seinem Motorrad gegen einen Baum fuhr, da meinte Uwe nur, das habe er dem Sven gar nicht zugetraut, so richtig gegen nen Baum, mit über hundert Sachen ... Er sagte dies bei Svens Beerdigung und ich konnte ihn kaum verstehen bei all dem Geheule.

Sven hielt den Mund, wir tranken den Wodka leer und folgten dem Kanal. Nach zehn, vielleicht fünfzehn Minuten fanden wir einen Laden namens „Muschel", der sich als Puff herausstellte, und tranken Bier für acht Mark die Flasche. Nach rund einer Stunde sagte uns ein menschlicher Wandschrank, wir könnten „entweder vögeln oder uns verpissen." Also verpissten wir uns.

Zwei Wochen nach unserem Ausflug zeigte mir Sven den Zeitungsbericht: Leiche angeschwemmt. Obdachloser ertrinkt im Sundstätter Entlastungskanal.

Spaziergänger hatten den teilverwesten Leichnam des 69-jährigen Bruno Lichtegger am Rand einer Schleuse gefunden, er war von Treibgut bedeckt gewesen. Die Leiche musste rund eine Woche im Wasser gelegen haben.

Lichtegger war – auch das stand in dem Artikel, ich habe keine Ahnung, wo Sven ihn her hatte – gelernter Schriftsetzer und hatte nach einem längeren Psychiatrieaufenthalt acht Jahre abwechselnd auf der Straße und in einer von Freunden bereitgestellten Gartenlaube gelebt. Das Gesicht des Ertrunkenen zeige Spuren von Gewalt, so der Artikel, es werde nach Zeugen gesucht.

Diese Spuren hatten wir gesehen. Und wir hatten gesehen, dass der Mann jeden Moment ins Wasser zu fallen drohte. Und wir hatten nur wenige Minuten später das Tuch vorbeitreiben gesehen. Und wir Idioten waren trotzdem nicht zurückgegangen.

Zur Polizei, beschwor uns Sven, wir müssen zur Polizei. Sonst würde jemand unschuldig verurteilt werden … vielleicht sogar wegen Mordes, der Typ, mit dem sich Lichtegger geprügelt hatte. Aber wir gingen nicht zur Polizei, zu groß war die Angst, man könne uns wegen unterlassener Hilfeleistung dran kriegen. Vielleicht würden sie sogar glauben, wir hätten den Mann aus purer Langeweile in den Fluss geworfen und ihm beim Ertrinken zugesehen.

Nein, keine Polizei. Die Sache blieb unter uns und geriet in Vergessenheit.

Begegnungen

Donnerstag, 8. Dezember

Zwei Tage sind vergangen, seit Uwe aus dem Keller trampelte und die schwere Brandschutztür zuwarf. Feige habe ich ihn genannt … und er hat mir empfohlen, mich selbst zu ficken. Aber deswegen wütend sein? Nein, über solchen Kinderkram ist unsere Freundschaft längst hinaus. Ich werde ein paar Tage warten und ihn dann anrufen.

Kurz nach zehn, als ich, mit Toilettenpapier und Sonderangebots-Kaffee bepackt, vom Einkaufen komme, spricht mich ein älterer Hotelgast an. Er habe, so erklärt er mir mit unüberhörbarem Stolz in der Stimme, im Baudezernat der Stadt Düsseldorf gearbeitet und beschäftige sich nun, im Ruhestand, mit Baugeschichte und Industriekultur. Ob wir uns ein wenig über das Haupthaus unterhalten könnten, das sei ja ein „wirklich bemerkenswerter Bau", wenn auch als Hotel „natürlich gänzlich ungeeignet".

Nach diesem „gänzlich ungeeignet" habe ich wenig Lust auf eine Unterhaltung. Ich müsse die Einkäufe verstauen, sage ich ihm, aber wenn er warten würde …

Blöderweise wartet er tatsächlich, lässt sich in einen der schweren Sessel fallen, die wir in der Empfangshalle aufgestellt haben, streckt den Bauch raus und raschelt mit der FAZ. Als ich mich zu ihm setze, faltet er umständlich die Zeitung und stopft sie zwischen sich und die Armlehne.

Das Gespräch verläuft zunächst alles andere als ungewöhnlich, ich beantworte Fragen, die ich schon hundertmal beantwortet hatte: Wann denn das Haus gebaut worden sei? 1903 bis1904. Ob die Einrichtung original sei? Ja, größtenteils. Ob die angrenzende Fabrikhalle leer stehe? Ja. Ob die Räume noch die ursprüngliche Größe hätten? Nein, nicht alle. Ob das zweite Verwaltungsgebäude dieselbe Aufteilung wie das Haupthaus habe? Nein, aber ähnlich. Was denn dort drin sei? Ein Asylantenheim. Ob es denn häufig Ärger mit den Asylanten gebe? Nein, eigentlich nicht. Wer denn der Architekt des Gebäudekomplexes sei? Puh …

So weit, so gewöhnlich. Aber als ich geduldig seine Fragen beantwortet habe, lächelt mich der Mann verschwörerisch an. Ob ich ihm denn etwas zu den „Tricks" erzählen könne.

„Welche Tricks denn?", frage ich zurück.

Na zu den „architektonischen Tricks", zu der „Sache mit den Fenstern" zum Beispiel.

Ich habe nicht die geringste Ahnung, wovon er spricht. Was denn mit den Fenstern sei, will ich wissen. Daraufhin holt der Mann tief Luft, lehnt sich zurück und berichtet mir ausführlich von seinen Jahrzehnte zurückreichenden Schlafproblemen. Letzte Nacht zum Beispiel – endlich nähert er sich dem Hier und Jetzt –, habe er bis 3 Uhr neben seiner schnarchenden Frau gelegen und es schließlich nicht mehr ertragen können. So habe er dann „aus beruflichem Interesse heraus" beschlossen, „dieses wirklich bemerkenswerte Gebäude zu erkunden". Dabei sei ihm aufgefallen, dass jedes Stockwerk auf den Längsseiten des Gebäudes jeweils acht Fenster habe. Er sieht mich an, wartet auf Bestätigung.

„Genau", sage ich. „Acht Fenster. Auf jeder Etage-"

„So weit, so gut", unterbricht er mich mit erhobenem Zeigefinger. Allerdings, fährt er fort, gebe es auf den beiden oberen Stockwerken ja jeweils 18 Zimmer, einige der Zimmer müssten also ohne Fenster auskommen, was von außen-

Ich widerspreche. Es gibt keine Zimmer ohne Fenster, ganz sicher nicht. Aber der Mann lässt sich nicht beirren. Er habe nämlich, so erklärt er mir in schulmeisterlichem Ton, in der vorigen Nacht das gesamte Haus durchwandert und die Zimmertüren gezählt.

Erneut widerspreche ich ihm. Im ersten Stock gibt es 14 Zimmer, im zweiten nur elf, er müsse also falsch gezählt haben. „… und wenn Sie einmal auf die Flucht- und Rettungspläne schauen würden, da ist alles genau eingezeichnet. Wir können gerne zusammen …"

„Nein-nein, ganz sicher nicht!", protestiert er. „Ich und falsch gezählt? Lachhaft!" In dem Beruf, den er vier Jahrzehnte ausgeübt habe, erklärt er mir, da käme es auf Exaktheit an! Auf Exaktheit! Da müsse alles „auf den Millimeter genau" stimmen. Und dann sei da ja noch die Sache mit der Länge des Gebäudes „… da wissen Sie doch sicher Bescheid, oder?"

Aufstehen und gehen, denke ich, einfach aufstehen und gehen.

„Ich weiß nicht, was Sie meinen. Tut mir leid."

Er zieht einen schwarzen Kasten aus der Seitentasche seines großkarierten Sakkos. Das Ding sieht aus wie ein Wegwerf-Handy, wie eines dieser Geräte, die man in Drogeriemärkten kaufen kann.

„Jetzt passen Sie mal auf, junger Mann!"

Ich lehne mich zu ihm und er drückt ein paar Knöpfe.

„Was ist das?", frage ich. Es fällt mir schwer, meine Gereiztheit zu verbergen.

„Ein Dis … ein Dis … tanz … mess … gerät." Er braucht fast zehn Sekunden für diese zwei Worte. „Haben Sie … haben Sie etwas Geduld, junger Mann, ich bin gleich so weit."

Schon hat er sich im Menü verheddert. Als ich bereits Hilfe anbieten will, ruft er laut und deutlich: „Hier!"

Dann zeigt er mir freudestrahlend zwei Zahlen: 3653,58 und 3645,04.

„Würden Sie mir erklären …"

„Die Länge!", ruft er begeistert. Zwei Gäste, die mit Amy an der Rezeption stehen, sehen in unsere Richtung. „Die

Länge des Hauses. Ich habe nachgemessen. Schauen Sie!" Er tippt wild auf dem Gerät herum. „4 Uhr 36, da war ich draußen vor dem Haus … 3645 Zentimeter. Und hier … warten Sie … 4 Uhr 42, das ist die Innenlänge. 3653 Zentimeter im ersten Stockwerk."

„Und was woll-"

Er fällt mir ins Wort.

„Die Flure dieses Hauses sind länger als das Haus selbst! Was natürlich nach den Gesetzen der Natur und des gesunden Menschenverstandes nicht sein kann."

„Sie haben die Zahlen verwechselt", sage ich.

„Wollen Sie mich beleidigen?" Er gestikuliert vor meinem Gesicht, dabei rutschen die Manschetten seines blassrosa Hemdes aus den Sakkoärmeln. „Denken Sie, ich bin dement? Ich weiß genau, was ich gemessen habe! Und ich hätte gedacht, dass Sie mit Ihrem Haus ein wenig vertrauter sind, junger Mann. Das Gebäude, in dem wir uns befinden, scheint innen länger als außen zu sein, was beispielsweise mit einer Krümmung der Flure zu erklären wäre … die ich jedoch nicht feststellen konnte! Es muss somit einen architektonischen Kniff geben, der mir bislang unbekannt geblieben ist, und ich hatte gehofft, dass Sie mir …"

Er spricht und spricht und spricht, wird lauter und lauter, fängt an, sich zu wiederholen, rupft mit der rechten Hand kleine Stücke aus der Zeitung. Ich muss mehrere Anläufe unternehmen, um ihn zum Schweigen zu bringen. Als er mich mit zusammengekniffenen Augen anstarrt, schlage ich vor, die Messungen gemeinsam zu wiederholen.

„Halten Sie mich für schwachsinnig?"

„Nein, keineswegs. Ich halte Sie nicht für schwachsinnig. Ich dachte nur …"

Er winkt ab.

„Ja-ja, ist in Ordnung. Kommen Sie!"

Eine Viertelstunde später scheint der Mann um mindestens zwanzig Zentimeter geschrumpft zu sein, auch hat er mindestens achtzig Prozent seines Stimmvolumens eingebüßt. Fünfmal murmelt er, dass er die Welt nicht mehr verstehe, fummelt dabei an seiner schweren, von einem Gewimmel aus Ziffern und Zeigern bedeckten Armbanduhr herum. Als müsse er sich daran festhalten, denke ich, als sei diese fast schon albern große Uhr sein Anker in der Welt.

Nein, das Gebäude ist innen nicht länger als außen.

Zumindest nicht zum Zeitpunkt der zweiten Messung.

Nein, es gibt keine fensterlosen Zimmer.

Zumindest nicht um diese Uhrzeit.

Fast tut mir der Mann leid. Er sei sich wirklich sicher, korrekt gemessen und gezählt zu haben, sagt er immer wieder. Vielleicht sei ja etwas mit dem Gerät nicht in Ordnung, vielleicht müsse er das einschicken. Schließlich entschuldigt er sich dafür, mir meine Zeit gestohlen zu haben.

—

Den Nachmittag fülle ich mit kleineren Reparaturarbeiten. Dann kehre ich Scherben vom Parkplatz und hebe anschließend mit der Schaufel eine überfahrene Taube vom Asphalt. Ich schiebe das platte Etwas in eine Plastiktüte und entsorge es im Restmüll. Vom Asylantenheim aus beobachten mich drei Kinder, ich erkenne ihre kleinen runden Gesichter hinter einer der Scheiben im zweiten Stock. Als ich in ihre Richtung winke, verschwinden sie.

Am frühen Abend streiche ich nervös durch das große Haus, laufe durch die Flure, sehe in die leeren Zimmer und kontrolliere die Heizanlage im Keller. Ich weiß, was die vielen Zeiger bedeuten und wie sie stehen müssen, habe aber keine Ahnung, was im Fall einer Störung zu tun wäre.

Anschließend sitze ich einige Minuten im größten der Kellerräume, reibe mir die Hände warm und denke über die Zukunft unseres Hauses nach. Hier unten könnten wir Partys veranstalten, überlege ich mir, Hochzeiten, Seminare, die Stadt müsste nur den Keller freiräumen. Wie könnten sogar ein Schwimmbad anlegen, eine Sauna-Landschaft, einen Fitnessraum …

Schon kommen mir meine Gedanken albern vor. Von welchem Geld denn? Außerdem müssten wir wieder monatelange Verhandlungen führen. Und schließlich sind wir kein Wellness-Hotel, unser Alleinstellungsmerkmal – so steht es in dem Business-Plan, über dem Amy und ich Nächte und Nächte gehockt haben – ist das Gebäude selbst, und nicht irgendein Sauna-Quatsch, das Gebäude selbst und die historische Einrichtung.

Meine Gedanken wandern weg vom Haus und – wie könnte es auch anders sein? – zu den Dingen, die geschehen sind. Wieder mache ich mir Sorgen um meinen Verstand, wieder denke ich an meine Urgroßmutter … und sage mir gleichzeitig, dass das, was hier passiert, nicht das Geringste mit meinem Hirnstoffwechsel oder irgendwelchen traumatischen Erfahrungen in meiner Kindheit zu tun hat! Es ist etwas anderes, ich habe nur noch keine Worte dafür. Es ist irgendetwas …

Vielleicht gibt es, überlege ich weiter, in diesem über ein Jahrhundert alten Gebäude ja irgendwelche Ausdünstungen, die Sinnestäuschungen verursachen … bei mir und bei den Gästen. Aber woher sollten die kommen? Aus den Ledermöbeln? Aus dem Granit? Aus den Backsteinen? Vielleicht ist eine Verschwörung gegen mich im Gange, an der neben Amy und Oscar gleich mehrere der Hotelgäste beteiligt sind. Aber warum sollte sich jemand die Mühe machen, eine Verschwörung gegen mich anzuzetteln? Bin ich denn wichtig? Ist das Ganze vielleicht nur ein großer Spaß auf meine Kosten?

Leise lache ich auf. Umso länger man den Blödsinn im Kopf hin und her wendet, umso plausibler erscheint er einem. Wenn ich noch lange über eine mögliche Verschwörung nachdenke, dann werde ich irgendwann daran glauben, ganz bestimmt.

Schluss damit. Ich gehe nach oben und frage Amy, ob ich ihr helfen kann. Sie lässt mich Gurken schneiden und Salat putzen. Dazu belangloses Gerede und blöde Witze. Es tut mir gut, sie zum Lachen zu bringen. Ich bin so albern wie seit Tagen nicht mehr.

Freitag, 9. Dezember

Gestern Abend, kurz nach elf, gerieten wir wieder aneinander. Dabei wollte ich nur ruhig und sachlich auf die Fakten verweisen, wollte ihr das Gespräch mit diesem … was war er gleich? Bauingenieur? Statiker? … wollte ihr dieses Gespräch schildern und sie nach ihrer Meinung fragen.

Dazu habe sie keine Meinung, so Amy. Außer, dass ich nicht „jeden Schwachsinn, den irgendein Trottel erzählt" für bare Münze nehmen solle.

Schon ging es hin und her. Ich sagte ihr, ich wolle ernst genommen werden. Und sie warf mir vor, mir etwas zusammenzureimen, einer „fixen Idee" nachzulaufen. Wo zur Hölle mein Elan geblieben sei, fragte sie mich, ob sie sich in Zukunft ganz allein um das Hotel kümmern solle, wo ich denn mit meinen Gedanken sei?

Darauf ich, zunehmend aggressiv: „Es passiert etwas, ich bin mir sicher, etwas passiert mit mir … als, als würde ich krank werden, als würde mich … mich etwas …" Mir fehlten die Worte, ich geriet ins Stammeln. „Scheiße noch mal! Etwas stimmt nicht! Und du nimmst mich nicht ernst, du verstehst mich nicht!"

Sie wurde laut.

„Wie soll ich dich verstehen, wenn du nicht mit mir sprichst? Stattdessen hockst du in deinem Büro oder unten im Keller und grübelst vor dich hin. Ich habe langsam den Eindruck, du versteckst dich vor mir."

„Was? Ich verstecke mich vor dir? Das ist doch völliger … ich habe mehr als einmal versucht, mit dir zu sprechen, gerade eben erst! Aber du glaubst mir einfach nicht!" Der aggressiv-weinerliche Ton, in dem ich sprach, war mir selbst widerwärtig. „Du hast mir nicht geglaubt, dass Monika da war! Du hast mir das mit diesem verdammten

Spiel nicht geglaubt! Warum zum Teufel nimmst du nicht ernst, was ich dir sage? Warum gibst du mir das Gefühl, ein Schwachsinniger zu sein, der Gespenster sieht? Wir müssen uns Gedanken machen, Amy, irgendetwas stimmt nicht, etwas geht hier vor sich und ich habe Angst! Es ist, also ob ich-"

„Meine Güte, Robert, Monika war nicht da, du warst besoffen und ... und vielleicht solltest du lieber mal Angst um unser Hotel haben, um das, was wir uns mühsam aufgebaut haben. Du hast immer noch kein zweites Zimmermädchen eingestellt, oder? Was ist, wenn Rita krank wird? Ist dir denn scheißegal, was aus unserem Lebenstraum wird? Willst du wieder durch die Gegend fahren und Vorträge halten, für die sich keine Sau interessiert?"

„Nein, das will ich nicht", zischte ich. „Du weißt ganz genau, dass mir das Hotel am Herzen liegt. Und es stimmt auch nicht, dass ich-"

„Hast du bei der Stadt angerufen? Nein, hast du nicht! Die sollen endlich das Schrottauto abschleppen, bei dem dieser Typ die Scheibe eingeschmissen hat. Das steht schon seit Monaten ohne Nummernschilder da. Verdammt noch mal, Robert, ich verlange doch wirklich nicht viel von dir!"

Dieser unfruchtbare, ganz und gar nutzlose Streit dauerte rund eine Stunde. Wir redeten aneinander vorbei und überschütteten uns mit Vorwürfen. Schließlich meinte Amy, wir würden uns „wie irgendwelche Asozialen auf RTL" benehmen und sie werde auf diesem Niveau nicht weiter mit mir diskutieren. Was ich mit der Bettwäsche wolle, fragte sie, auf der Couch schlafen?

„Mensch, Robert, das war nicht unser erster Streit und wird auch nicht unser letzter sein. Stell dich nicht so an!"

Kurz nach eins, nachdem ich mehr als eine Stunde neben ihr gelegen und den vertrauten Wasserfleck an der Schlafzimmerdecke angestarrt habe, packe ich meine Bettwäsche und trage den ganzen Haufen ins Wohnzimmer. Anschließend liege ich dort wach, ärgere mich über meine juckenden Beine und meinen schmerzenden Nacken, drehe mich abwechselnd auf die rechte und die linke Seite, auf den Rücken, auf den Bauch, mache den Fernseher an und wieder aus … und stehe schließlich mühsam von der durchgesessenen Couch auf. Als ich endlich in der Vertikalen bin, wird mir schwarz vor Augen, mit beiden Händen kralle ich mich an die Lehne.

Eins, zwei, drei … besser.

Und dann wird es grotesk. Auf einmal ist mir, als rieche ich Verdorbenes, ein süßlicher, fauler Duft. Und als ich langsam, mich dabei nach allen Seiten umsehend, zur Wohnzimmertür gehe, ist mir, als laufe ich in eine Nebelwolke hinein … mit jedem Schritt scheint die mich umgebende Luft kühler und feuchter zu werden.

Ich starre auf das beschlagene Milchglas, öffne die große Tür und trete schnüffelnd in das Halbdunkel des furchtbar langen, fast das halbe Haupthaus durchschneidenden Flurs. Man könnte Kirchenbänke aufstellen, denke ich, man müsste ihn zuschütten, Wände einziehen, ich hasse diesen Flur, diesen elend kalten, bösartigen … was zum Teufel ist los mit mir? Was sind das für Gedanken? Wie ferngesteuert schlurfe ich in meinen blöden alten Hausschuhen Richtung Küche, nähere mich der Quelle des morbiden, widerwärtigen Geruchs. Verrückt, wie kalt es hier ist, ich zittere unter meinem dicken Bademantel und das Parkett fühlt sich hart und eisig an. Als sei ich weit draußen, als würde ich auf nacktem Fels laufen. Und warum bin ich plötzlich barfuß, wo sind denn jetzt meine Schuhe?

Als ich die schwere Küchentür aufdrücke, ist mir, als laufe ich gegen eine Wand. Der Gestank ist überwältigend, umschließt mich, dringt in mich ein. Ich glaube, mich übergeben zu müssen und versuche, während ich zum Kühlschrank stürze, durch den Stoff meines Ärmels zu atmen. Tränen in den Augen, zu viel Speichel im Mund … und aus dem Augenwinkel heraus sehe ich, dass jemand auf dem Küchentisch liegt.

Ich drehe meinen Kopf und erkenne den Jungen. Bäuchlings liegt Oscar auf dem langen Holztisch, völlig nackt, seine blasse Haut schimmert im Mondlicht. Wie zum Teufel kann er in diesem Gestank und bei dieser Kälte schlafen?

Als ich die Kunststofftür aufreiße und – dauert das immer so lange? – das Licht angeht, rechne ich mit etwas Widerwärtigem, selbst ein abgeschlagener Kopf oder eine Schüssel Gedärm würde mich nicht überraschen. Aber der Inhalt unseres großen Kühlschranks ist exakt derselbe wie am Vorabend: Saft, Joghurt, Gemüse … Amys blöde Buttermilch, Eier, eine Schale Couscous mit Rosinen, Schwarzbrot, zwei Milchtüten … normale Lebensmittel für normale, idiotische … keine Leichenteile, nur Leichengestank, keine Leichenteile, keine Leichenteile, nur Gestank, keine …

Stopp! Ich wische mir die Tränen – Stopp verdammt! – aus den Augen und schüttle den Kopf. Einen Moment stehe ich nur vor den Fächern und drücke mir den Frottee-Stoff ins Gesicht. Dann räume ich einarmig den Kühlschrank aus. Irgendwo muss die Quelle dieses ekelerregenden Geruchs sein! Und ja verdammt, ich weiß auch, wer schuld an diesem Gestank und dieser Verwesung und dieser Sauerei ist: Amy. Sie hat unser Essen verderben lassen, die blöde Sau, sie ist nichts wert, eine dreckige, faule – was ist los mit mir? – Schlampe, genauso asozial wie ihre scheiß Mutter, wie diese schon halbtote Missgeburt, die mich immer so von oben herab anschaut … als sei ich irgendein abgewrackter Säufer in ihrer versifften Hamburger Idiotenkneipe! Jemand sollte dieser heruntergekommenen Nutte – was ist denn …? – die Scheiße aus dem Leib prügeln! Jemand sollte sie irgendwo hin fahren und …

Als ich eine der Milchtüten in die Hand nehme, fühlt diese sich hart und aufgebläht an, als könne sie jeden Moment platzen. Ich stürze schreiend zur Spüle, drehe den Verschluss von der Packung und zischend entweicht Verwesungsdunst. Mit ausgestrecktem Arm drücke ich eine eiterfarbene, klumpige, bestialisch stinkende Masse in den Ausguss. Der Geruch ist so intensiv, dass mein Magen krampft. Ich sehe zu Oscar hinüber.

„WIESO HILFST DU MIR NICHT?“, brülle ich.

Keine Reaktion, der Junge liegt splitternackt in der Kälte und rührt sich nicht.

Dieser … dieser ekelhafte Versager.

Das dumme, kleine Arschloch.

Du beschissene Missgeburt!

Meine Hand geht zur Messerschublade. Ich greife hinein, will nach ihm werfen. Aber sie ist leer, die Schublade ist …

Egal! Jetzt die Eier, auch die sind nämlich verdorben, auch die hat sie vergammeln lassen, diese nutzlose Sau! Während ich die Eier nacheinander auf der Kante des Spülbeckens aufschlage – einige sind innen schwarz wie Pech, andere ausgetrocknet und voller Spinnenfäden. War ich überhaupt am Kühlschrank? –, überlege ich, wie ich sie am besten töten könnte, wie es am meisten, am meisten … Spaß! Spaß! Spaß! machen würde, ihr schmieriges kleines – was ist los mit mir? – Licht auszuknipsen. Ich muss sie loswerden, diese dreckige, geldgierige Hure, die mir das

Leben versaut! Warum habe ich mich überhaupt mit ihr eingelassen? Und was sind das überhaupt für Frauen, die auf Kontaktanzeigen antworten?

Ganz langsam, während ich hasse, hasse, hasse, während ich die Eier zerdrücke und in die Spüle schmettere, schiebt sich eine erst nur winzig kleine, dann stetig anwachsende Frage in mein Bewusstsein:

Warum schläft Oscar nackt auf dem Küchentisch?

Die Frage wird größer und größer, reißt schließlich ein Loch, durch das ihr andere folgen: Wie viele Eier habe ich in die Spüle geschleudert? Dreißig? Vierzig schon? Warum haben wir denn so viele Eier? Und habe ich nicht nur die Milch aus dem Kühlschrank geholt? Und wie, wie kann die Milch verdorben sein? Die war doch gestern noch …

Ich erstarre.

Atme tief durch.

Straffe meinen Körper.

Langsam, als würde ich einen großen Klumpen Lehm beiseite drücken, drehe ich meinen Kopf nach links … und sehe die Milchtüte, die ich ausgeleert habe. Sie ist kolossal, mindestens einen Meter hoch und rund vierzig Zentimeter breit. Statt „Vollmilch“ steht „Ha Ha Ha“ auf der grünen Packung … und auch das Kleingedruckte, die Nährwertangaben, der Text zur Herkunft: „Ha Ha Ha Ha Ha“. Jedes einzelne Wort wurde durch diese beiden Buchstaben ersetzt.

Ich höre ein Knacken und ein Schaben und drehe mich um. Oscar hat sich aufgesetzt, zeigt mit dem Finger auf mich. Erst fast unhörbar, dann lauter und immer lauter, lacht der Junge mich aus. Ich will mir die Ohren zuhalten, habe aber keine Hände. An meinen Handgelenken hängen große schlaffe Hautlappen.

Als ich erwache, zittere ich am ganzen Leib. Kalter

Schweiß klebt mir das Unterhemd an die Brust und meine Kiefermuskulatur schmerzt; ich muss mit aller Kraft die Zähne zusammengebissen haben. Panisch taste ich nach dem Lichtschalter, blicke um mich. Ich bin zurück im Wohnzimmer … immer noch im Wohnzimmer. Sogar dieses mühsame Aufstehen von der Couch … auch das war nur geträumt.

Und dann die Erkenntnis: Ich habe Amy den Tod gewünscht, ich habe tatsächlich überlegt, wie ich sie und Oscar umbringen könnte. Mein Gott, woher dieser Hass? Noch jetzt kann ich die Hände nicht stillhalten, noch jetzt schlägt mein Herz bis zum Hals. Mit einer Mischung aus Entsetzen und Faszination denke ich an diese tiefe, überwältigende Wut, diese ehrliche heiße Abscheu. So müssen sich Menschen fühlen, die aus jahrelang genährtem Hass töten, die nicht aufhören können, auf den längst Toten einzustechen, die so lange auf ein Gesicht einschlagen, bis dieses nicht mehr als Gesicht zu erkennen ist.

Zutiefst erschüttert, zu meinen Füßen die zerknüllte Decke, im Rücken das dicke Kopfkissen, sitze ich in der Mitte unseres Wohnzimmers. Ich starre auf die alten, dunkel glänzenden Möbel, auf die schweren Wollvorhänge, auf den großen, von alten Lautsprechern gerahmten Fernseher … muss große Brocken Realität in mich aufnehmen, muss ein Gegengewicht schaffen zu dem Irrsinn, dem ich gerade entkommen bin. Wäre ich tatsächlich fähig, Amy etwas anzutun? Oder Oscar?

Aber nein! Niemals! Lächerlich!

Als ich mich beruhigt habe, als ich mir endlich sicher bin, dass alles an seinem Platz ist und nichts in den dunklen Ecken des Raumes lauert, will ich Amy sehen. Ich will sie in die Arme schließen und ihr sagen, dass ich sie liebe, dass ich ihr niemals – aber ist das eine gute Idee? – etwas antun würde!

Hoch und zur Tür. Und dann kann ich nicht hinaus, kann einfach nicht den Arm heben und die Klinke drücken. Ich starre auf das Milchglas und mir steigt – ich kann es nicht fassen, schüttle hektisch den Kopf, lache hart und abgehackt auf – dieser Geruch in die Nase … der Geruch aus meinem Traum, klar und deutlich, widerwärtig penetrant.

Okay, Robert … Robert, Robert, Robert. Scheiße, Robert! Reiß dich zusammen! Ich reibe mir die Augen, schnäuze mich in die Hand, schlage mir ins Gesicht, beiße mir auf die Zunge, bis ich Blut schmecke. Kein Zweifel, ich bin wach, wach wie seit Tagen nicht mehr. Und da ist wieder meine Urgroßmutter mit dem Briefträger-Gift, und mein Onkel, der sich …

NEIN! SCHLUSS! Tür auf und mutig in den Flur! Rechts herum zum Schlaf- …

Nein, was ich vor mir sehe erschreckt mich nicht. „Erschrecken" wäre der falsche Ausdruck. Vielmehr starre ich mit einer Mischung aus Unglaube und Überraschung auf den großen, reglos am Boden liegenden Mann. Er befindet sich rund fünf Meter vor mir, direkt vor der Tür, hinter der Amy ist, hinter der sie sein muss. Längs liegt der Körper auf dem Flurboden, der Kopf zeigt in meine Richtung, die Füße in Richtung Lobby.

Ich stehe da und starre. Nicht das geringste Geräusch. Trotz des Halbdunkels – der nächste Lichtschalter ist zwei Meter von mir entfernt, das Licht, das aus dem Wohnzimmer kommt, verliert sich in dem fensterlosen Flur – erkenne ich, dass sich unter dem Oberkörper des Mannes eine rechteckige, mit Wasser gefüllte Vertiefung befindet, etwa von der Größe eines Futtertroges. Der Kopf des Ertrunkenen hängt ins schwarze Nass, sein langes, weißes Haar schwimmt obenauf, steht vom Schädel ab. Ein blasser, schäbiger Strahlenkranz.

Ich bin nicht starr vor Angst. Ich weiß genau, dass ich die zwei Schritte zum Lichtschalter machen könnte. Aber ich betrachte diese Erscheinung, als würde es sich bei ihr um ein scheues, zugleich widerliches und hochinteressantes Insekt handeln. Sie hat nichts Geisterhaftes an sich, diese am Boden liegende Gestalt, ist weder durchscheinend noch fluoreszierend, sie erscheint mir nicht weniger real als die Deckenlampen, als das alte Holzregal mit Amys dicken Büchern, als die Garderobe und die kreuz und quer davor abgestellten Schuhe.

Noch immer regt sich der Mann nicht ... und da kommt mir der Gedanke, zu ihm zu gehen, mich über ihn zu beugen und ihn ganz aus der Nähe zu betrachten, ihn vielleicht sogar mit dem Fuß anzustoßen. Dann wäre ich ja auch bei der Schlafzimmertür, überlege ich, dann könnte ich Amy wecken und ihr den Mann zeigen. Aber was, wenn diese Gestalt plötzlich lebendig wird? Hatte der Ertrunkene nicht an die Türen geklopft?

Ein lautes Schluchzen hinter mir, ruckartig drehe ich mich um. Ich bin nicht im Geringsten überrascht, Monika zu sehen. In gewisser Weise habe ich auf sie gewartet. Sie steht in der offenen Küchentür, ihr großer, knochiger Körper passt kaum in den steinernen Rahmen.

...

Zehn Sekunden perfekte Stille. Dann sage ich leise ihren Namen.

...

Keine Antwort, keine Bewegung. Schlaff und hässlich und nichtssagend hängt ihr das braune Haar in die Stirn. Und ich denke: Vielleicht kann sie nicht, vielleicht ist das da eine Art ... Statue, ein unbelebter Gegenstand. Vielleicht ist das gar nicht Monika.

Langsam nähere ich mich der Erscheinung, wiederhole den Namen des Mädchens, mit dem ich aufgewachsen bin.

Schmale Rinnsale braunen Wassers schlängeln sich die Wände hinab, schon ist der Boden des Flurs mit schmutzigen Schlieren bedeckt – als schwitze das Haus irgendeine Krankheit aus, als entledige es sich dem Dreck der Jahrzehnte. Und ich denke: Das kann ich Amy zeigen, das Wasser ist da, das wird nicht einfach wieder verschwinden, ich werde ihr dieses braune, stinkende Wasser zeigen und sie wird mir glauben müssen.

Als ich zum dritten Mal ihren Namen ausspreche, rührt Monika sich doch. Schweinisch grinsend – mit ihrem Mund stimmt etwas nicht – versteckt sie ihre Hände hinter dem Rücken, ihr schäbiger Pullover spannt – was ist mit ihrem Mund? Und warum ist sie so groß? – über den flachen Brüsten und spitz treten die Schultern hervor.

Ich mache einen Schritt, dann noch einen. Jede Sehne in meinem Körper ist gespannt. „Was willst du hier?", frage ich leise. Und sie neigt ihren seltsam kantigen, viel zu großen Kopf und gafft grinsend auf mich herab. Und da sehe ich es: Ihre Zähne sitzen quer im Oberkiefer, um neunzig Grad verdreht. Ein grotesker Anblick.

Ich gehe rückwärts, weg von ihr, in Richtung Schlafzimmer. Und sie nimmt die Hände nach vorne, hält in der rechten einen kleinen, blau angelaufenen Leib.

—

Ich bin mir nicht sicher. Was genau sorgt dafür, dass mir die Situation so unwirklich, fast lächerlich erscheint? Ist es die Art, wie Monika den toten Säugling hält? Weder liegt er auf ihrem Unterarm, noch stützt sie den Kopf ab, stattdessen hält sie ihn an einem Bein, wie ein Kleinkind, das eine Puppe oder ein Stofftier mitschleift. Sie hält das Kind, als sei es ein Spielzeug.

„Das ist alles Schwachsinn", sage ich leise. Immer noch

gehe ich rückwärts, immer noch grinst sie mit ihren verdrehten Zähnen auf mich hinab.

Und da brülle ich sie an: „DAS IST SCHWACHSINN! DAS IST NICHT MEIN KIND!“

Ich zucke zusammen, erschrecke mich vor meinen eigenen Worten. Natürlich nicht! Natürlich ist das nicht mein Kind, Sophie sah völlig anders aus! Und Monika packt den blassen Leib mit beiden Armen … und ich weiß nicht, was sie tun wird. Ihn zerreißen, zerquetschen, ihn mir entgegenschleudern?

Als ich die Arme nach oben reiße, bin ich allein. Dieses Ding, diese monströse Karikatur ist ebenso verschwunden wie der blau angelaufene Säugling. Durch die offene Küchentür sehe ich den Kühlschrank, höre sein Gluckern, sehe den Herd, die Hängeschränke. Ich drehe mich um und … nichts! Keine rechteckige, mit schwarzem Wasser gefüllte Vertiefung vor der Schlafzimmertür, kein ertrunkener Mann.

Es ist drei Uhr nachts und völlig still im Haus. allein stehe ich in der Kälte und schnappe nach Luft.

—

Mir kommt es vor, als habe ich nach Monikas Verschwinden noch mindestens eine halbe Stunde auf dem Flur gestanden; meine Hände sind so kalt, dass ich die Finger nicht mehr spüre. Aber Amy fragt mich, warum ich so geschrien habe, ganz zerzaust ist sie noch und auf ihrem Gesicht haben die Falten des Kopfkissens weiße und rote Linien hinterlassen. Sie hat das Licht eingeschaltet und schließt mich – als sie meinen Gesichtsausdruck sieht – in die Arme. Es ist okay, flüstert sie mir ins Ohr, warum ich denn solch einen Lärm mache? Ob ich schlecht geträumt habe?

Ich kann nicht gleich antworten, muss erst wieder zu mir kommen. Amys Körper fühlt sich warm und weich an, ich sauge ihre Bettwärme regelrecht auf, löse nur meinen Kopf von ihr und suche nach dem Wasser, das die Wände hinunterlief. Nichts. Dann flüstere ich, ich habe etwas gesehen und wir müssten jetzt sofort nach Oscar schauen, etwas stimme nicht, etwas sei hier gewesen, sei vielleicht noch immer hier, wir müssten jetzt sofort nach Oscar … und sie sagt: „Gut, ist ja gut, dann lass mich los."

Als Amy die Tür öffnet, sitzt der Junge auf seinem Bett. Auch er hat, denke ich, mein Gebrüll gehört. Oder er hat etwas anderes gehört. Oder etwas gesehen.

„Ist alles okay?", fragt Oscar. Er will unbeeindruckt wirken, aber ich merke doch, dass er Angst hat.

„Nein", sage ich. „Komm mit."

„Wohin denn?"

„Komm mit, Oscar, bitte."

Den kurzen Rest der Nacht verbringen wir zu dritt im Schlafzimmer – ich bestehe darauf. Amy sieht mich einige Male so seltsam an, fast lauernd … als frage sie sich, ob von mir Gefahr ausgehe. Der Junge allerdings scheint sich nicht im Geringsten über mein Verhalten zu wundern. Er weiß genau, dass etwas vor sich geht, ich bin mir sicher. Oscar weiß mehr, als er sagt.

—

Am nächsten Morgen, als Oscar in der Schule ist und wir die Frühstücksreste abgeräumt haben, berichte ich Amy ausführlich von meinem Traum … und von den nächtlichen Begegnungen. Nur den brennenden Hass, den ich ihr und dem Jungen gegenüber empfand, verschweige ich. Das soll sie nicht wissen, denke ich, das würde alles nur noch komplizierter machen. Schließlich hat sie mich letzte

Nacht schon so misstrauisch angesehen.

Als mir keine Einzelheiten mehr einfallen, gehe ich weit in die Vergangenheit zurück und berichte Amy zum ersten Mal von dem ertrunkenen Obdachlosen. Anschließend schildere ich ihr mein Verhältnis zu Monika.

„Okay, und diese Monika ist dir letzte Nacht zum zweiten Mal begegnet?"

Etwas an ihrem Tonfall gefällt mir nicht. Aber ich kann es nicht benennen.

„Oder zumindest etwas, das so ähnlich wie Monika aussah", sage ich. „Sie war irgendwie … verzerrt, verunstaltet."

„Aber warum zeigt sie dir dieses tote Kind?"

„Das weiß ich nicht. Es war ein … ein fremdes Kind. Also nicht Sophie. Sophie hatte Haare, sie kam mit dichtem, dunklem Haar zur Welt, der Arzt hat noch Witze darüber gemacht. Und dieses Baby, das mir Monika gezeigt hat, das war wie eine Plastikpuppe, völlig kahl … das, das stimmte einfach nicht, das hat nicht gepasst. Ich glaube, deshalb hatte ich auch keine richtige Angst … weil eben die ganzen Details nicht stimmten. Das ist wichtig, verstehst du? Die Details sind wichtig. Wenn alles nur aus meinem Kopf gekommen wäre, wenn ich mir nur etwas eingebildet hätte, dann hätte Monika wie Monika ausgesehen … aber, aber sie war auch viel zu groß … und dann diese gedrehten Zähne. Verstehst du, was ich sagen will?"

Sie zögert. Dann ein schnelles Nicken.

„Und dasselbe bei dem ertrunkenen Mann!" Ich hebe die Hände, gestikuliere, rutsche auf dem Stuhl hin und her. „Die Details stimmten nicht. Ich habe dir doch erzählt, dass seine Haare auf dem Wasser schwammen, wie so ein Kranz. Aber ich bin mir hundert Prozent sicher, dass der Obdachlose, dem wir damals begegnet sind, dass der ganz kurze Haare hatte, so unregelmäßige, kurze Haare, wie mit der Schere direkt über der Haut abgeschnitten. Und auch seine Jacke war anders, von der Farbe oder der Form, ich bin mir nicht sicher. Es stimmte einfach nicht, das war alles irgendwie verdreht und unecht. Der ist ja auch nicht in irgendeiner Pfütze oder in einem Graben ertrunken, sondern in einem richtigen Kanal. Das war alles irgendwie unecht, irgendwie …"

„Wie eine schlechte Fälschung."

„Ja, genau!", rufe ich begeistert. „Wie eine schlechte Fälschung! Wie ein Film, bei dem man die Fehler sieht, bei dem man sieht, dass alles nur Kulisse ist und dass die Kostüme nichts taugen. Und gleichzeitig war alles völlig echt, ich habe diese Gestalten wirklich gesehen. Verstehst du, was ich sagen will?"

Sie nickt. „Und du bist dir sicher, nicht ein zweites Mal geträumt zu haben?"

„Ja, absolut. Sonst würde ich jetzt immer noch träumen. Als du aus der Tür kamst, da waren Monika und das Kind vielleicht zwei, drei Sekunden verschwunden. Es kam mir länger vor, aber … du hast mich doch rufen gehört, und … "

„Okay, Robert, weißt du vielleicht-"

„Du hast mich einmal etwas rufen hören, oder? Nicht zweimal?"

„Ja, einmal."

Künstliches Husten, jemand drückt auf die Klingel. Wie immer, wenn die Rezeption nicht besetzt ist, haben wir die Wohnungstür offenstehen lassen

„Ich geh schauen", sagt Amy. „Trotz allem müssen wir uns um das Hotel kümmern."

„Ja, natürlich, das musst du mir nicht sagen. Danke, dass du mir zuhörst."

Als Amy wieder da ist, fragt sie mich, ob ich wisse, was aus Monika geworden sei. Ich antworte ihr, dass ich seit über zwanzig Jahren keinen Kontakt mehr zu ihr habe.

„Aber vielleicht hat dein Vater noch die Nummer ihrer Mutter, die war doch Putzfrau bei euch. Wie hieß die noch mal?“

„Emmi Menke. Sie war unsere Haushälterin, sie hat für uns gekocht und gewaschen und unser Zeug weggeräumt. Wenn ich so zurück denke, ich war ein total verwöhntes Kind, ich musste nicht einmal mein Zimmer selbst aufräumen. Aber das alles ist schon ewig her und ich weiß ja nicht mal, ob Emmi noch lebt. Die hatte damals schon gesundheitliche Probleme, Diabetes und irgendwelche Geschichten mit den Nieren. Ich erinnere mich, dass sie sich oft hinlegen musste, weil sie so kaputt war. Sie ist dann immer in eines der Gästezimmer gegangen, sie hatte ihr eigenes Kissen dabei, weil meine Mutter nicht wollte, dass sie unsere benutzt.“

„Ihr hattet mehrere Gästezimmer?“ Amy schaut mich an und zieht die Augenbrauen hoch.

„Ja, zwei. Allerdings hatten wir nie Gäste, mein Vater wollte zu Hause seine Ruhe haben. Das Haus war viel zu groß für uns.“

„Hast du mal im Internet nach dieser Monika gesucht? Du weißt doch ihren Nachnamen, oder?“

„Schon hundertmal habe ich nach ihr gesucht! Und ja, wenn sie nicht geheiratet hat, dann heißt sie immer noch Menke, wie ihre Mutter eben. Monika hatte den Namen ihrer Mutter, das weiß ich.“

Ich lehne mich zurück und atme durch. Leise spreche ich weiter. „Aber eigentlich glaube ich nicht, dass sie geheiratet hat. Ich meine … Monika war im Arsch, als sie damals aus unserer Klasse raus ist, die war psychisch am Ende. Ich glaube nicht, dass sie danach ein normales Leben führen konnte. Irgendwie glaube ich, dass sie tot ist … dass sie sich umgebracht hat.“

Lange sieht mir Amy in die Augen.

„Du denkst, dass sie tot ist und dass dich … dass dich ihr Geist verfolgt?"

Ich weiß nicht, was ich ihr antworten soll. Ein Ja käme mir – trotz allem – albern vor. Ein klares Nein wäre gelogen. Amy spricht weiter.

„Weißt du, Robert, vielleicht lebt Monika irgendwo mit Mann und Kindern … glücklich und zufrieden. Du hast sie ewig nicht gesehen … du weißt nicht, was aus ihr geworden ist, das sind alles nur Spekulationen."

Ich schüttle den Kopf, starre auf die Tischplatte, vergesse das Atmen und schnappe nach Luft.

„Nein, nicht Monika. Das glaube ich einfach nicht. Ich meine, was damals gelaufen ist … das war brutal. Ich habe nie mehr erlebt, dass sich so viele gegen einen einzelnen Menschen stellten."

„Du hast immer noch ein schlechtes Gewissen wegen damals?" Amy lehnt sich zu mir, greift nach meiner Hand.

„Nein, das ist es eben!" Ich ziehe die Hand weg. „Ich hatte das alles völlig vergessen, ich habe da überhaupt nicht mehr dran gedacht. Verstehst du, Amy? Es war weg. Weg, weg,weg. Und jetzt kommt alles wieder, wie aus dem Nichts. Und … und ja, jetzt habe ich natürlich ein schlechtes Gewissen! Ich meine, ich hab dir doch erzählt, wie ich sie damals im Stich gelassen habe, wie ich sie nicht verteidigt habe. Ich meine … das waren nicht irgendwelche Späße unter Jugendlichen, Monika ist geschlagen worden, das war richtig ernsthafte Gewalt. Und ich hab nie was dagegen getan, weil ich selbst Angst hatte, zum Außenseiter zu werden. Und dabei sind wir zusammen aufgewachsen, Monika war doch dauernd bei uns! Und jetzt, wo diese komischen Sachen passieren, kommt alles wieder hoch. Vor ein paar Tagen ist mir eine Szene wieder eingefallen … das war an Monikas 15. Geburtstag, da-"

„Na ja, zumindest hast du sie an ihrem Geburtstag besucht", unterbricht mich Amy.

„Nein, eben nicht! Das ist es ja! Sie hatte mich eingeladen und ich bin nicht hingegangen. Und am frühen Abend, als ich zum Sport will, da steht plötzlich Emmi draußen auf der Straße, die hat dort auf mich gewartet, die durfte ja nicht mehr ins Haus. Sie wollte mich überreden, dass ich zu Monikas Geburtstag komme, ich müsse auch nichts mitbringen. Die hat mich regelrecht angebettelt, zum Geburtstag ihrer Tochter zu kommen."

„Und? Was hast du gesagt?"

„Ach, keine Ahnung, ich … ich habe mich irgendwie herausgeredet und sie dann stehen lassen. Wahrscheinlich wäre ich der Einzige gewesen. Verstehst du? Das Mädchen hatte niemanden … absolut niemanden. Und Emmi wollte, dass zumindest ich zum Geburtstag ihrer Tochter komme, die hat mich richtig angefleht! Die hätte mir wahrscheinlich noch Geld gegeben oder so was."

Amy lehnt sich zurück, zieht ihre Hand weg.

„Okay, Robert, das ist natürlich alles sehr tragisch. Und trotzdem … du kannst nicht davon ausgehen, dass Monikas ganzes Leben beschissen war. Vielleicht hat sie ja doch …"

„Ich glaube, sie ist tot."

Eine Pause entsteht.

„Ja, das glaube ich. Tut mir leid, Schatz, aber es ist einfach so. Weißt du noch, wie ich dir von dem Schrei erzählt habe? Ich glaube, dass Monika in diesem Moment gestorben ist … genau in dem Moment, als ich den Schrei gehört habe. Damit hat alles angefangen. Wahrscheinlich hat sie sich umgebracht … und in diesem Moment ist sie zu mir gekommen. Ich, ich weiß, dass es sich verrückt anhört."

Amy sitzt da und starrt an meinem Kopf vorbei ins Leere. Ihre Augen fixieren keinen bestimmten Punkt.

„Was überlegst du?", frage ich nach einer Weile.

„Ich überlege, an wen wir uns wenden können. Nur einmal angenommen, das stimmt alles, was du mir da erzählst."

„Es stimmt", sage ich nervös. „Ich habe nicht geträumt und ich bin nicht wahnsinnig! Wenn mir vor zwei Monaten jemand prophezeit hätte, ich würde nachts einen ertrunkenen Mann auf unserem Flur sehen, ich hätte den doch auch für bescheuert gehalten! Aber er war da, genau wie Monika, genau wie du jetzt vor mir sitzt, das war alles völlig real. Und als Oscar dieses verdammte Videospiel ausprobiert hat, da wurde an die Türen geklopft und an den Klinken gerüttelt, es haben sich Gäste beschwert."

„Okay, Robert, ich will ..." Sie sucht nach Worten. „Ich will ... ich will davon ausgehen ..." Tief atmet sie ein. „Ich will vorläufig davon ausgehen, dass es stimmt, was du mir erzählst. Aber was wäre nun der nächste Schritt? Was bitte sollen wir jetzt machen? Zu einem Pfarrer gehen und dem erzählen, dass wir von Gespenstern aus deiner Vergangenheit heimgesucht werden? Sollen wir dir einen Exorzisten suchen?"

Ich sehe sie an und spüre, wie der Ärger in mir aufsteigt.

„Tut mir leid, Robert, ich will mich wirklich nicht über dich lustig machen. Ich entschuldige mich, okay? Aber ... aber vielleicht gibt es ja irgendwelche Experten ... es muss doch Menschen geben, die in solchen Fällen Hilfe anbieten."

Wieder rutsche ich auf dem Stuhl hin und her. Ich schaffe es kaum, meine Hände ruhig zu halten.

„Spinner gibt es, haufenweise Spinner. Und Arschlöcher, die einem das Geld aus der Tasche ziehen wollen. Ich habe im Internet geschaut, es ist unglaublich. Irgendein Dreckskerl verkauft Steine, ganz normale Kieselsteine, die er angeblich durch Körperkontakt spirituell aufgeladen hat und die vor bösen Geistern schützen sollen. Der verlangt 400 Euro für irgendwelche Steine, die er sich … keine Ahnung, hoch spirituell in den Arsch geschoben hat."

„Es muss auch andere geben", sagt Amy.

„Ja, natürlich … andere Arschlöcher! Sobald Leute Angst haben, versuchen irgendwelche Typen, daraus ein Geschäft zu machen."

„Okay, Robert, okay. Aber wenn du mal ernsthaft überlegst, vielleicht gibt es ja doch jemanden. Hast du nicht irgendeine Idee, wer in solchen Fällen helfen kann?"

Nein, habe ich nicht. Fast eine Minute schweigen wir uns an.

„Du siehst furchtbar müde aus", sagt Amy schließlich. „Vielleicht solltest du ein paar Tage wegfahren."

Ich stehe auf, gehe in der Küche umher, nehme sinnlos Gegenstände in die Hand und stelle sie wieder ab. Alles kommt mir schmutzig vor, kontaminiert.

„Und wenn etwas passiert, während ich weg bin? Was dann? Ich muss wissen, womit wir es zu tun haben, Amy."

„Denkst du, dass *wir* es mit etwas zu tun haben?", fragt sie nach ein paar Sekunden. Ich sehe sie an und sie senkt den Blick. „Tut mir leid, Robert. Ich stehe zu dir, egal, was passiert. Was willst du als Nächstes tun? Hast du irgendeine Idee?"

„Ich muss herausfinden, ob Monika noch lebt. Dann sehen wir weiter."

—

Den späten Nachmittag verbringe ich in meinem Arbeitszimmer, obwohl ich die Heizung hochgedreht habe, ist mir kalt. Fast drei Stunden sitze ich vor dem Rechner, aber alles, was ich über Monika Menke finde, ist ein altes, unscharfes Klassenfoto auf der Homepage einer Berufsschule. Das Mädchen ist größer als seine Mitschüler, steht etwas abseits und blickt verschämt nach unten. Erschreckend, wie dürr sie damals war.

Zwischen sieben und acht rufe ich die wenigen ehemaligen Klassenkameraden an, mit denen ich noch in Kontakt stehe. Keine der drei Frauen und keiner der beiden Männer, die ich ans Telefon bekomme, weiß etwas vom Verbleib Monikas: „Nein, nie wieder was gehört." „Nein, mit der hatte ich schon damals nichts zu tun." Benjamin Preusker, damals nach Uwe die Zweitbesetzung des Klassenclowns, heute Leiter einer Event-Agentur, meint, er schäme sich für das, was wir damals mit Monika gemacht hätten. Eigentlich hätte sie ja „irgendeine Art von Wiedergutmachung" verdient, wir seien ja damals „richtig miese Arschlöcher" gewesen.

Ja, das waren wir, denke ich. Und du, Benjamin, du warst das größte und dreckigste aller Arschlöcher. Gut erinnere ich mich an eine Szene in der sechsten Klasse: Monika saß in einer der kleinen Pausen an ihrem Platz, mit der linken Hand hielt sie sich an der Seitenkante ihres Tisches. Und Benjamin – skrupelloser als wir anderen, immer noch ein wenig brutaler – schob einen Tisch heran, klemmte ihr die Finger ein. Monika brüllte vor Schmerz, wurde erst ins Krankenzimmer geschickt und dann in die Notaufnahme gefahren. Benjamin kam straffrei davon, ich kann es kaum fassen. Niemand verriet ihn, auch nicht Monika. Lediglich einen wütenden Vortrag des Schuldirektors – Thema: mangelhaftes Sozialverhalten – mussten wir über uns ergehen lassen. Ich weiß noch, dass er uns mit rotem Kopf als „ehrlos" beschimpfte. Mit Leuten wie uns sei „kein Staat zu machen".

Kurz nach acht gebe ich auf, schalte den Computer aus, lehne mich zurück und schließe die Augen. In einem der Zimmer, es muss direkt über mir sein, wird ausgiebig geduscht (Herrje, die Energiekosten!), erst rauscht es, dann klopft es in den alten, sich kreuz und quer durchs Gebäude schlängelnden Rohren. Einer der städtischen Gutachter – ich sprach ihn kurz vor der Eröffnung unseres Hotels auf das Klopfen an – meinte nur, das Haupthaus sei schließlich ein hundert Jahre altes Verwaltungsgebäude und das Rohrsystem nicht für den Hotelbetrieb ausgelegt. Auf meinen Einwand hin, das würde vielleicht mangelnden Wasserdruck und Verstopfungen erklären, nicht aber Klopfgeräusche, meinte er nur: „Stecken Sie sich halt Watte in die Ohren".

Als die Geräusche in ein dunkles Gurgeln übergehen und dann immer leiser werden, rufe ich meinen Vater an. Zehnmal muss ich es klingeln lassen, bevor er endlich den Hörer abnimmt. Seine ruinierten Kniegelenke haben ihn vom begeisterten Tennisspieler zur menschlichen Schnecke gemacht.

„Robert, bist du das?"

„Hallo Papa, ich dachte, du kennst meine Nummer."

„Ich habe ein neues Telefon, Robert!" Umso älter mein Vater wird, umso lauter spricht er. „Das zeigt die Nummer nicht an. Das vorherige hat den Geist aufgegeben, das schwarze, das kennst du doch noch. Man hat nichts mehr gehört ... und das nach nicht einmal zwei Jahren! Ein Skandal, was für einen Schrott sie einem heutzutage verkaufen."

„Die Nummer wird garantiert irgendwo angezeigt. Du musst nur die Bedienungsanleitung-"

„Ja-ja, wahrscheinlich, ich muss Tanja fragen.Was macht das Hotel?"

„Das Hotel läuft, wir kommen über die Runden."

Ich erwarte keinen weiteren Kommentar. Mein Vater ist – zumindest glaube ich das – nach wie vor davon überzeugt, das Haupthaus sei unser Ruin und ich hätte meinen sicheren, wenn auch nicht ganz standesgemäßen Job behalten sollen. Meine Familie, zumindest der männliche Teil davon: Ein Haufen Unternehmer, Rechtsanwälte und Chefärzte. Stolz verkündete mein Vater einmal – es war bei seinem siebzigsten Geburtstag, die ganze Familie war versammelt und teils schon wüst besoffen. Toupets waren verrutscht und erste Streitereien ausgebrochen – er habe seit seinem zwanzigsten Lebensjahr nicht ein einziges Mal „unter achtzig Mark die Stunde" gearbeitet.

Erstaunlicherweise ringt er sich doch einen Kommentar ab.

„Na, das ist doch ... schön!" Das letzte Wort brüllt er fast in den Hörer. „Das ist doch wirklich erfreulich, Robert!" Und nach kurzem Zögern: „Ich bin übrigens der Ansicht, dass ein Mann, Geld hin oder her, etwas Eigenes haben sollte. Da muss er sich nichts sagen lassen."

„Höchstens von den Gästen", merke ich an.

„Ja-ja, von denen schon. Aber die bleiben ja nicht, die wird man ja bald wieder los. Bevor ich es vergesse: Sag schöne Grüße an deine Amy, Robert! Versteht ihr euch denn noch?"

„Ja-ja, alles gut. Grüß du auch Tanja von mir."

Tanja ist seine neue Freundin, rund dreißig Jahre jünger als er. Ein cleveres, rotblondes Miststück, das ihn sehr behutsam ausnimmt.

„Ja-ja, mache ich. Sie ist mit ihren Freundinnen in der Stadt, in diesem, diesem Schuhgeschäft ... na, wenn ich doch auf den Namen kommen würde! Das ist so ein ganz bekanntes Geschäft, von dem auch im Fernsehen berichtet wurde. Da wurden doch diese Sendungen gemacht, nun hilf mir doch mal!"

Ich habe keine Ahnung, wovon er spricht.

„Ach, ich komme nicht darauf, manchmal ist es wie verhext. Kauft deine Amy auch ständig Schuhe?"

„Nein, eigentlich-“

Er spricht einfach weiter.

„Ja, so ist das wohl, Frauen lieben Schuhe! Deine Mutter hatte über hundert Paar, wusstest du das? Und ich habe immer zu ihr gesagt: Die trägst du doch überhaupt nicht, die passen dir auch gar nicht, die können wir doch an die Wohlfahrt spenden!“

„Ja, das weiß ich noch. Hör mal, Papa-“

„Aber sie hat immer neue gekauft, fast jeden Tag kamen diese gottverdammten Pakete!“

„Ja, Papa, ich erinnere mich. Aber was anderes. Weißt du, was aus Emmi und ihrer Tochter geworden ist?“

„Aus wem?“

„Emmi, Emmi Menke, unsere frühere Haushälterin. Hast du noch die Telefonnummer von ihr?“

„Ach, Robert, das ist doch schon eine halbe Ewigkeit her.“

„Ja, natürlich. Aber ich würde gerne wissen, wie es Monika geht. Sie war doch viel bei uns, ich war ja damals auch in einer Klasse mit ihr, auf der Grundschule und eine Zeitlang noch auf dem-“

„Ja-ja, das weiß ich doch! Ihr wart ja wirklich sehr viel zusammen als Kinder, ihr wart ja unzertrennlich. Aber eine Telefonnummer? Nein, also … da müsste ich in meinen Unterlagen nachsehen … aber ob das dann noch dieselbe wie damals ist?“

„Könntest du das bitte machen, Papa? Es wäre wirklich wichtig.“

„Gut, in Ordnung. Jetzt gleich?“

„Ja, bitte. Ich rufe dich in zehn Minuten wieder an.“

Wir verabschieden uns und ich hoffe, dass er tatsächlich nachsieht. Meinem Vater traue ich zu, sich mit einem seinem Cognacschwenker – mundgeblasen, mit eingravierten Initialen – vor den Fernseher zu setzen, auf meinen Anruf zu warten und mir zu sagen, er habe nichts gefunden. Er ist nicht faul, er lehnt es lediglich ab, Dinge zu tun, deren Sinn ihm nicht einleuchtet.

Als er mir bei unserem zweiten Telefonat sagt, er habe keine Nummer gefunden, da frage ich ihn, ob er auch wirklich nachgesehen habe.

„Denkst du, ich lüge meinen eigenen Sohn an?", fragt er mit gespielter Empörung.

Ja, genau das denke ich.

„Nein, natürlich nicht. Entschuldige. Sag mal, warum habt ihr euch damals von Emmi getrennt?"

Eine Pause entsteht, ich höre ihn atmen.

„Solche Dinge hat grundsätzlich deine Mutter entschieden."

„Ja, ich weiß. Aber war denn irgendetwas vorgefallen?"

„Nein, nichts im Speziellen."

„Ich meine nur … weil es so plötzlich war."

„Nein, vorgefallen war nichts. Es war nur so, dass uns Emmi mit der Zeit ein bisschen lästig geworden war. Sie hat sich bisweilen in unsere häuslichen Angelegenheiten eingemischt, wollte Dinge nach eigenem Gusto entscheiden. Außerdem meinte deine Mutter, Monika sei nicht der richtige Umgang für dich."

…

„Nicht der richtige Umgang?"

„Ja, genau das habe ich eben gesagt. Nicht der richtige Umgang."

„Könntest du das etwas … etwas ausführen?"

„Ach, Robert, was soll ich sagen? Monika war bestimmt ein liebes Kind, aber du weißt doch, dass sie ein wenig behindert war, ein wenig zurückgeblieben. Das Mädchen hat doch kaum den Mund aufbekommen. Man hat sie ja gar nicht bemerkt."

Was für ein Unsinn. Zurückgeblieben. Unwillkürlich

schüttle ich den Kopf.

„Papa, Monika war auf dem Gymnasium, die war nicht behindert. Die war nur schüchtern."

„Aber musste sie das Gymnasium denn nicht verlassen?"

„Sie ist gegangen, weil sie von ihren Mitschülern fertiggemacht wurde … und weil die Lehrer meinten, sie wäre auf der Realschule besser aufgehoben. Aber von den Noten her hätte sie bleiben können, die war garantiert nicht behindert."

„Wie dem auch sei, auf mich wirkte das Mädchen zurückgeblieben. Monika hatte keine Kultur, sie konnte sich nicht ausdrücken … und sie war viel zu häufig bei uns, das wollten wir nicht mehr. Du solltest mit Kindern spielen, die zu dir passen."

„Und deswegen habt ihr Emmi entlassen?"

„Wie bereits gesagt, solche Dinge hat deine Mutter entschieden. Und wenn sie noch unter uns wäre, dann könnte sie dir sicher Auskunft über die genauen Gründe für ihre Entscheidung geben. Aber deine Mutter ist leider nicht mehr unter uns … wie du sicher weißt."

„Habe ich dich jetzt wütend gemacht?"

„Ich verstehe bloß nicht, warum du von mir willst, dass ich irgendwelche alten Telefonnummern heraussuche! Warum verschwendest du deine und meine Zeit?"

„Hast du wirklich gesucht?"

„Ja verdammt, ich habe gesucht! Und jetzt muss ich Schluss machen, grüß deine Amy von mir!"

Er will auflegen, findet aber nicht sofort die richtige Taste. Ich höre ein gemurmeltes „Herrgott noch mal", dann ein „Mistding, verdammtes" … und dann, dann ist er weg. Misslungener Abgang, alter Mann.

Ich lege das Telefon hin und setze mich wieder an den Computer.

Samstag, 10. Dezember

Kurz nach ein Uhr nachts spiele (und gewinne) ich noch zwei Runden Solitär, dann schalte ich den Rechner aus. Meine stundenlange Suche nach Monika Menke ist erfolglos geblieben. Entweder hat sie einen neuen Namen angenommen, oder sie ist einfach einer der Menschen, die im Netz keine Spuren hinterlassen. Vielleicht ist sie aber auch tot … vielleicht schon seit Jahren.

Als ich aus meinem Arbeitszimmer in den breiten Flur trete, habe ich keine Angst. Eine gewisse Anspannung, das ja. Aber Angst? Zu skurril, zu verdreht war die Szene, in die ich die Nacht zuvor hineingelaufen bin: Diese monströse, den gesamten Türrahmen ausfüllende Karikatur mit dem glatzköpfigen, puppenartigen Kind … der Ertrunkene in diesem viereckigen Graben, mit seinen auf dem Wasser schwimmenden Haaren. Fast muss ich lachen, wenn ich zurückdenke. Als würde man einen steinalten Film auf einem modernen, hochauflösenden Fernseher schauen: Alles nur Kulisse, alles nicht echt, Fehler, wo man hinsieht.

Weit bedrohlicher erscheint mir dieser erstaunlich realistische Traum. Ich weiß nicht, woher er kam, dieser brennende Hass. Und ich drücke mich vor der Frage, ob ich Amy oder Oscar tatsächlich etwas antun könnte.

Langsam gehe ich den Flur entlang, es ist völlig ruhig im Haupthaus. Keine duschenden Gäste, keine zu laut aufgedrehten Fernseher und keine sich streitenden Paare. Als ich nach Oscar gesehen habe – der Junge liegt friedlich in seinem Bett. Er bestand darauf, wieder in seinem eigenen Zimmer zu schlafen –, gehe ich ins Schlafzimmer und legte mich zu Amy. Das massive Bett aus geöltem Hartholz gibt keinen Ton von sich.

Als ich mich zudecke, streift ein Zipfel der Decke Amys Wange.

„Kommst du ins Bett?“, flüstert sie. Die Worte fließen ineinander, vermischen sich zu einem kaum verständlichen Singsang.

„Bin schon da“, flüstere ich ihr ins Ohr. „Kann ich etwas für dich tun?“

Sie dreht sich zur Seite und nuschelt ein kleines, fast unhörbares Nein in ihr Kissen. Schon ist sie wieder eingeschlafen.

Eine Zeitlang wandert mein Blick noch im halbdunklen Zimmer umher, dann drehe ich mich auf die Seite und schließe die Augen. Obwohl ich nervös bin, kommt der Schlaf. Ich habe den Eindruck, dass er nicht als Freund kommt.

—

Und dann: Dunkles, sattes Blau. Das Eis über mir ist viele Meter dick ... und unter mir nur schwarze Leere. Ich schwebe in einem schmalen tiefblauen Streifen, direkt unter dem Eispanzer, ich bin ein gewaltiges, graues Tier, ein träge dahingleitender Koloss, dessen pulsierender Körperkern von zähem, über Jahrzehnte angefressenem Fett geschützt wird.

Ich weiß, dass ich träume.

Friedlich und still, keines Wesens Feind, gleite ich durch das Blau des Ozeans, als ich zu meiner Linken ein kleines, zerzaustes Etwas sehe. Das Tier ist kaum größer als ein Kaninchen und dies ist ein Ort, an dem es nicht leben kann. Panisch strampelnd dreht es sich im eiskalten Wasser, ein stetig seine Form veränderndes, unter dickem Eis gefangenes Fellknäuel. Ich zwinge meinen alten Leib zur Seite und öffne mein gewaltiges, zahnloses Maul. Schon habe ich das angsterfüllte Wesen verschluckt, in meinem Inneren wird es Wärme und Schutz finden. Stoisch setze ich meinen Weg fort, gleite voran in diesem tiefblauen Streifen zwischen Eis und schwarzer Tiefe.

Und dann, als habe plötzlich die Kamera gewechselt, sehe ich meinen Leib aus der Vogelperspektive. Ich staune über die riesige Schwanzflosse, die tiefen, mehrere Meter langen Furchen in der grauen Haut ... und ich bemerke mit Schrecken, dass etwas an der rechten Seite meines breiten Kopfes haftet, ein dunkel glänzendes, schlangenartiges Etwas, ein Parasit, der an meinem Augapfel frisst.

Erst, als ich gesehen habe, was da an mir haftet, erst da spüre ich das Raspeln und Nagen hunderter scharfer Zähne. Ein dunkles Grollen geht durch meinen Leib, ich drehe mich auf die Seite und versuche, den Parasiten an der Unterseite des Eispanzers zu zerquetschen. Aber es funktioniert nicht, das Tier ist geschmeidig wie ein Oktopus, ein gallertartiges, beliebig seine Form veränderndes Ungeziefer. Und ich habe nichts, mit dem ich nach ihm greifen könnte.

Ich weiß, dass ich träume.

Nichts kann mir passieren.

Und zugleich spüre ich deutlich den an- und abschwellenden Schmerz, nehme ganz deutlich das Nagen an meinem kalten, blassen Auge wahr. Es ist kein quälender, kein unerträglicher Schmerz, eher dumpf und lästig – als würde mir jemand seine Fingernägel in den Handrücken bohren. Dass ich in meinen Träumen Angst empfinde, das kenne ich, dieser Schmerz aber ist völlig neu.

Und trotzdem: mir kann nichts passieren. Ich werde unversehrt aufwachen.

Schnitt. Szenenwechsel. Ich befinde mich im Haupthaus, in unserem Schlafzimmer, vor dem hölzernen Doppelbett, in dem Amy schläft. Und ich beobachte einen großen, struppigen Pinguin, der regungslos auf ihrer Seite des Bettes steht. Das Tier ist so groß wie ein achtjähriges Kind, hat stumpfes graues Fell und einen spitzen weißen Schnabel etwa von der Länge meines Unterarms.

Plötzlich versucht das Tier, aufs Bett zu kommen. Einmal, zweimal, dreimal wirft es seinen kegelförmigen Körper auf den Rand der Matratze und scharrt mit den schwarzen Füßen auf dem Parkett. Ich muss dieses Tier aus dem Zimmer entfernen, muss Amy beschützen, haste um das Bett herum und packe den Pinguin mit beiden Händen am Schnabel. Auf keinen Fall soll er mich stechen. Und als ich versuche, den grässlich schreienden Pinguin Richtung Tür zu zerren, verschiebt sich der dolchartige Schnabel, wandert knirschend mehrere Zentimeter nach rechts, steht nun schräg in dem struppigen Vogelgesicht.

Ich muss, da bin ich mir sicher, ich muss versuchen, den Schnabel wieder gerade zu rücken. Aber ich mache alles nur noch schlimmer. Ein ekelhaftes Knirschen, als ich ihn zurückschieben will, der Schnabel hat sich gelöst, hängt nur noch an dünnen Fleischfäden. Panisch versuche ich, den Schnabel wieder ins Gesicht des Tieres zu drücken – es gelingt mir nicht. Und bei jedem meiner verzweifelten Versuche wird das Fleisch des Tieres weicher, nachgiebiger. Und jedes Mal, wenn ich erschrocken loslasse, sind die Fleischfäden ein wenig dünner. Ich schaffe es nicht, ich mache alles nur noch schlimmer.

—

Als Amy meine Schulter berührt, rolle ich mich blitzschnell zusammen. Ein Schutzreflex.

„Robert, komm zu dir. Du hast nur geträumt."

„Ja", murmele ich. „Ich weiß."

Sie spricht weiter.

„Ich bin aufgewacht und du hast ‚geh weg' gerufen, ich dachte schon, du meinst mich."

„Nein, dich habe ich nicht … aber da war etwas in unserem Zimmer. Es sollte …"

Ich lege mich auf den Rücken, betrachte meine Hände, betaste meine Arme und meine Brust, sehe Amy an.

„Da war nichts, Robert, du hast wieder geträumt. Und jetzt bist du wach, es ist alles in Ordnung. Ich bin es, Amy."

„Ja, ich weiß doch", sage ich schnell und leise. Dann lasse ich die Hände sinken.

Als ich mich beruhigt habe, fragt Amy mich nach meinem Traum. Was denn da Schlimmes gewesen sei, will sie wissen.

„Zuerst ein … ein Fisch, der sich an meinem Auge festgefressen hatte, ein Parasit. Ich war ein Wal … oder ein großer Hai, ich weiß nicht genau. Jedenfalls bin ich unter dickem Eis geschwommen und hatte diesen Parasiten am Auge. Und dann war da plötzlich ein großer Pinguin, der in unser Bett wollte." Hart lache ich auf. „Scheiße, das hört sich alles total bescheuert an, total irre."

„Hast du zu dem Pinguin ‚geh weg' gesagt?"

„Ja", sage ich. Und weiß es doch nicht genau. Dann erkläre ich Amy, dass ich die ganze Zeit wusste, dass ich träumte, dass ich mir völlig sicher war, unversehrt wieder aufzuwachen. Die Angst sei ja erst ganz zum Schluss gekommen, als eben dieser hässliche große Pinguin …

Ich verstumme, komme mir dumm vor, schäme mich. Hat Albträume und faselt von Pinguinen, der Trottel. Sieht Gespenster, will ernst genommen werden und … und faselt von Pinguinen. Ich setze mich auf die Bettkante, will mir mein T-Shirt anziehen und verheddere mich. Slapstick, Idiotie, Jämmerlichkeit. Als ich endlich die Arme in den Ärmeln habe, fragt Amy, wo ich hin wolle. Sie klingt besorgt, man muss sich schon Sorgen machen um mich.

„Nur ein bisschen herumlaufen. Vielleicht geh ich noch

kurz an den Computer. Ich muss den Kopf frei kriegen."

„Soll ich mitkommen?", fragt sie.

„Nein, schon okay." Ich stehe auf. „Tut mir leid, dass ich dich geweckt habe. Ich werde immer mehr zur Lachnummer."

Sie schüttelt den Kopf. „Nein, so denke ich nicht über dich. Wirklich nicht." Ein paar Sekunden sehen wir uns nur an, dann spricht sie weiter. „Hör mal, Robert, ich weiß nicht, ob es eine Rolle spielt, aber ... also Oscar, der hat früher sehr oft Pinguine gemalt, das waren seine Lieblingstiere. Ich weiß nicht, ob es irgendetwas zu bedeuten hat, aber ... also nach der Scheidung, da hat er sich verschiedene imaginäre Freunde zugelegt, unter anderem einen großen Pinguin. Wenn ich ihn abends zugedeckt habe, dann hat Oscar mich immer gefragt, ob der Pinguin mit ins Bett darf. Vielleicht hat er mal darüber gesprochen, vielleicht hast du das ja irgendwie mitbekommen ... und deshalb dann dieser Traum."

„Nein, davon wusste ich nichts. Wie lange ist das her?"

„Vier, fünf Jahre ... vielleicht länger. Oscar war sechs, als ich und Jochen uns scheiden ließen."

Ich greife nach ihrer Hand, spüre ihre Bettwärme.

„Weißt du noch, wie dieser imaginäre Freund hieß?"

„Er hat ihn Oscar genannt."

„Oscar?"

„Ja, ich weiß auch nicht, warum. Vielleicht hat er sich vorgestellt, selbst ein Pinguin zu sein, weit fort von dem ganzen Ärger mit der Scheidung und dem Umzug und dem anderen Mist. Ich habe versucht, den ganzen Dreck von ihm fernzuhalten ... hat aber nicht funktioniert." Sie zieht ihre Hand weg, versteckt sie unter der Decke. „Ach, Robert, ich weiß auch nicht, warum ich dir das erzähle. Oscar hatte dauernd irgendwelche imaginären Freunde: Vampire, unsichtbare Kinder, Dinosaurier. Ich denke, so etwas ist völlig normal in dem Alter. Dieser Pinguin war nur einer von ... ich weiß nicht, zwölf, dreizehn."

„Wäre es dir Recht, wenn ich mit Oscar spreche ... also über diesen imaginären Freund?"

Sie antwortet mir nicht gleich, überlegt hin und her. Ihre Augen wandern in den Höhlen. Schließlich kommt ihre Antwort klar und deutlich.

„Nein. Das will ich nicht. Ich weiß nicht, was mit dir los ist, Robert, aber versuche bitte, Oscar aus der Sache heraus zu halten."

„Ja, natürlich ... aber er hat ja auch dieses Spiel gefunden. Und vielleicht ... also wenn dieser Pinguin in meinem Traum auftaucht, dann ist Oscar vielleicht irgendwie-"

Sie unterbricht mich.

„Robert, hör mir zu. Du hast mir in den letzten Wochen einige wirklich seltsame Dinge erzählt ... und ich glaube dir, dass du diese Dinge erlebt hast. Ich kenne dich und ich halte dich nicht für verrückt. Du hast meine volle Unterstützung ... solange es Oscar gut geht. Falls ich aber merke, dass der Junge irgendeiner Gefahr ... irgendeiner ..." Sie sucht nach Worten, beißt sich auf die Unterlippe. „ ... irgendeiner Beeinträchtigung seiner seelischen Gesundheit ausgesetzt ist, dann weiß ich nicht, ob ich dich weiter unterstützen kann."

„Ich will ebenso wenig wie du, dass es Oscar schlecht geht."

„Ja, das weiß ich. Oscar ist in einem Alter, in dem er cool tut, er fängt langsam an, sich wie ein Teenager zu verhalten und manchmal ist er unverschämt. Aber eigentlich ist er nicht ... also ich glaube einfach nicht, dass er für sein Alter sehr reif ist ... sehr belastbar. Oscar ist kein starker Mensch, er hat es jetzt schon schwer."

„Ich glaube, du unterschätzt ihn. Ich meine, er hat seine

Freunde, er ist viel unterwegs. Und seine Noten sind doch auch in Ordnung. Ich glaube wirklich, du unterschätzt ihn."

„Ja, vielleicht." Jetzt hört sie sich hart an. Sie will nicht mit mir diskutieren. „Aber ich kenne Oscar besser als du. Und ich möchte einfach, dass es ihm gut geht. Und wenn du Dinge tust, die ihm schaden, dann haben wir beide ein Problem, Robert."

„Ich würde ihm nie irgendetwas tun."

Erschrocken sieht sie mich an. Ich wünschte, ich könnte meine Worte zurücknehmen.

„Davon war doch überhaupt nicht die Rede. Wieso sagst du so etwas?"

„Einfach weil …" Ich zögere und Amy runzelt die Stirn. Sie hat Tränen in den Augen. „Weil sich das gerade so angehört hat, als hätte ich was gegen Oscar … als würde ich ihn nicht beschützen wollen."

Aber so einfach komme ich nicht aus der Sache heraus.

„Hast du schon einmal daran gedacht, ihm etwas zu tun?"

„Mein Gott, Amy! Natürlich nicht! Nicht ein einziges Mal habe ich so etwas gedacht! Ich habe mich nur falsch ausgedrückt, verdammt noch mal! Ich würde eher vor ein Auto laufen, als Oscar etwas anzutun. Ich würde eher mein eigenes Leben als das Leben des Jungen gefährden. Ich meine, wenn es nach mir ginge, dann … dann müsste er auch bei uns schlafen … weil ich doch Angst um ihn habe! Weil ich nicht will, dass er allein auf seinem Zimmer ist."

Sie verschränkt die Arme vor der Brust, sieht hinunter auf ihre Bettdecke.

„Was zum Teufel ist los mit uns?", fragt sie sehr leise.

„Ich weiß es doch auch nicht", antworte ich. Und dann, weil mir das zu billig ist: „Es ist nichts mit *uns* los, Amy.

Was immer auch passiert, es kommt von außen, von anderswo her. Aber mit uns ist doch alles in Ordnung!"

„Versprichst du mir, Oscar in Ruhe zu lassen?"

Ich verspreche es. Es ist fünf Uhr morgens.

„Komm ins Bett, Robert. Ich will nicht, dass du draußen herumläufst."

Sonntag, 11. Dezember

Das Wochenende verlief ohne Zwischenfälle. Keine Beschwerden der Gäste, keine Erscheinungen und keine Albträume … zumindest keine, an die ich mich erinnere. Amy und ich, wir verstehen uns gut, haben sogar wieder miteinander geschlafen, das erste Mal seit fast drei Wochen.

Oscar verbringt das Wochenende bei einem Schulfreund, ich habe ihn seit der Nacht von Freitag auf Samstag nicht mehr gesehen. Es beruhigt mich, dass der Junge nicht im Haus ist.

—

Allerdings schlafe ich fürchterlich schlecht, werde wach und schnappe nach Luft. In der Nacht von Samstag auf Sonntag war mir, als würde sich die Zimmerdecke absenken, als wolle das Haus mich einkapseln und verdauen. Am frühen Morgen, noch im Halbschlaf, bildete ich mir ein, giftige Insekten würden aus den Wänden kriechen. Totaler Schwachsinn, natürlich. Aber warum brauche ich vier, fünf Sekunden, bis ich merke, das es totaler Schwachsinn ist?

Zumindest bin ich leise, wenn ich nachts oder am frühen Morgen aufwache. Amy soll sich nicht noch mehr Sorgen um mich machen.

—

Heute Nachmittag bin ich mit der Kamera durchs Haus gegangen und habe Fotos für unsere Homepage gemacht. Amy meint, wir sollten einen Profi engagieren, aber ich bin zu stolz und zu stur, um es nicht zuerst selbst zu versuchen.

Als ich mir das Haupthaus das erste Mal ansah – rund sechzehn Monate ist es nun her. Amy hatte das Haus zuvor dreimal ohne mich besucht –, wirkte es trotz der schweren alten Möbel, trotz der dicken Wände und der langen, düsteren Flure, trotz seiner nach heutigen Maßstäben bedrückenden Architektur und der teuren Materialien, die damals verbaut worden waren, nicht im Geringsten einschüchternd auf mich. Nur, warum schüchtert es mich jetzt ein … jetzt, da ich so vertraut mit ihm bin? Vielleicht, weil ich das Haus an einem warmen Spätsommertag kennenlernte, weil ich mir nicht vorstellen wollte, wie kühl und dunkel das altehrwürdige Gebäude im Winter daliegen würde?

Dabei ist es – ich muss mir das sagen. Ich muss mich immer wieder daran erinnern, damit ich es auch sehe – wunderschön, dieses Haus. Ja verdammt, trotz seiner Schwere, trotz allem durchsichtigen Imponiergehabes, ist es schön! All der bunte Marmor, die grazilen Säulen und Podeste, die die Türen umrahmen, die mal grün, mal in einem hellen Blau bis auf Hüfthöhe gefliesten Wände – nach meinen Berechnungen sind rund 21.000 dieser exakt zehn mal zehn Zentimeter großen Fliesen im Haus verbaut –, die drei Meter breiten Treppen und die Handläufe aus Messing und dunklem Holz. Er ist etwas Besonderes, dieser Koloss, ein steinernes Zeitzeugnis, eine Respekt einflößende Schönheit, zugleich kühl und verspielt.

Die Gäste liebten es von Anfang an, das Flair – Uwe sagte einmal: den Muff – des beginnenden 20. Jahrhunderts. Hundertmal musste ich schon Fragen zum Haus beantworten, ich habe alle Details auf einem Zettel hinter der Rezeptionstheke notiert.

Und wen hatten wir nicht alles schon hier? Architekturstudenten und Professoren natürlich, aber auch Künstler, einmal sogar eine Gruppe Historiker. Und dann natürlich die, wie Amy sie nennt, „Kaiser Wilhelm-Nerds": Zwicker und Backenbärte, große, angelaufene Taschenuhren, historische Spazierstöcke und Tweed-Sakkos. Dreimal waren die vier Jungs – alle noch unter dreißig, wenn ich mich nicht täusche – schon bei uns, jeweils von Freitag bis Montag. Wenn man einem von ihnen in der Lobby oder auf den Treppen begegnete, fühlte man sich tatsächlich hundert Jahre zurückversetzt. Nur der weiße Opel Vectra, mit dem sie anreisten, passte nicht ins Bild: Keine Messingbeschläge an dem Wagen, nicht einmal eine Anlasserkurbel.

Ja, das Haus ist schön, das sage ich mir immer wieder, eine Kostbarkeit, trotz aller Nachteile ein Glücksfall für uns. Aber warum bedrückt es mich dermaßen? Am liebsten würde ich das Dach einreißen, die Zimmerdecken zerschmettern, endlich Licht hereinlassen. Zunehmend bilde ich mir ein, dass mit diesem Haus etwas nicht stimmt, dass etwas Schädliches von ihm ausgeht. Mein Verstand sucht nach einer Ursache für die Dinge, die geschehen sind, er will jemanden oder etwas dafür verantwortlich machen … und ist eifrig dabei, das alte Verwaltungsgebäude zum Spukhaus zu erklären. Und zugleich weiß ich, dass all meine Erklärungen nichts als wackelige Hypothesen sein können. Ich sitze vor einem Puzzle, bei dem einfach nichts zusammenpasst, die Teile sehen aus, als würden sie passen, aber sie … ach, es ist einfach nur beschissen. Ich weiß nicht, was ich tun soll.

Montag, 12. Dezember

Nächtliches Erschrecken. Kurz nach drei Uhr will mich wieder die Zimmerdecke erdrücken … und ist dann doch noch dort, wo sie hingehört. Ich ärgere mich und stehe auf.

Nachdem ich eine halbe Stunde in der Eingangshalle gesessen und in Zeitschriften geblättert habe, stemme ich mich aus dem knarzenden Ledersessel und schlurfe Richtung Treppe. Da ich in meinem Bademantel unterwegs bin, hoffe ich, keinem der Gäste zu begegnen. Eine gewisse Würde will ich mir doch erhalten.

Vollendete Stille, alle brav in ihren Betten. Als ich ein wenig gehorcht habe, setze ich mich auf eine der Stufen, starre ins Leere und esse Salzstangen, die von unserem Jubiläum übrig sind. Die Dinger sind von der Luftfeuchtigkeit und vom Küchendampf aufgeweicht, fast hängen sie durch, wenn ich sie an den Enden halte.

Die Kälte kriecht mir die Beine hoch und ich stehe auf. Ich binde den Mantel enger, steige die beiden Treppen hinauf in den ersten Stock und gehe nach links. Vor mir liegt der längere Teil des von sieben Energiesparlampen erleuchteten Flurs. Würden wir es wirklich ernst meinen mit der Retro-Masche, denke ich, dann müssten hier Glühdrahtbirnen hängen, dicke, wärmende Stromfresser. Aus einem der Zimmer höre ich leises, regelmäßiges Stöhnen, das mich nichts angeht.

Als ich auch dem zweiten Stock einen nervösen Besuch abgestattet habe – eine der Lampen flackert, da muss ich morgen nachsehen – betrete ich eines der leeren, ausgekühlten Zimmer. Ich stelle mich ans Fenster, sehe in die Nacht und halte zwei Finger an die Unterseite des hölzernen Rahmens. Deutlich spüre ich die Kälte und den Luftzug, wir brauchen andere Fenster … oder zumindest neue

Dichtungen. Außerdem müssten die Rahmen gestrichen werden. Etwa sechzig Meter von mir entfernt, in einer der oberen Wohnungen des Asylantenheims, diesem Beinahe-Zwilling des Haupthauses, sitzt jemand am Fenster und raucht eine Zigarette.

Fast fünf Minuten – er raucht sparsam, dieser Jemand – beobachte ich den alle paar Sekunden hinauf und wieder hinab wandernden Punkt, dann erlischt das kleine rote Leuchten und ich erkenne die Umrisse eines gedrungenen, nicht sehr großen Menschen. Ob mich dieser Schattenriss bemerkt hat, das weiß ich nicht. Die kleine Nachttischlampe, die ich eingeschaltet habe, schafft es kaum, die Winkel des rund vier mal fünf Meter großen Hotelzimmers zu erleuchten.

Plötzlich – ich gebe es zu, ich erschrecke mich – winkt mir die Gestalt. Trotz aller Fülle wirkt ihr Leib tailliert. Auch glaube ich, das Wogen eines großen Busens zu erkennen.

Ich trete einen Schritt zurück, gehe dann doch wieder ans Fenster. Langsam schiebe ich die Gardine zur Seite, das Reiben der Schlaufen auf dem Messing hört sich unwirklich laut an. Etwas in mir will sich bemerkbar machen, etwas anderes, gleich daneben, Schulter an Schulter, will einfach nur von diesem Fenster weg. Schließlich winke ich unbeholfen, mit fahrigen, ruckartigen Bewegungen, zurück.

Und da, als die kleine, stämmige Frau weiß, dass ich sie gesehen habe, tritt sie in das Zimmer zurück und macht Licht. Parallel zum Fenster steht ein Etagenbett, zwischen den beiden Liegeflächen hängen verschieden große Poster. Nach einigen Sekunden erscheint die Frau erneut in dem nun gelb erleuchteten Rechteck und winkt mir.

Ich zögere, weiß nicht, was das hier soll. Dann winke ich wieder zurück. Vielleicht, so überlege ich, habe ich es mit einer Schwachsinnigen zu tun, vielleicht könnten wir noch bis zum Morgengrauen so hin und her winken, immer schön abwechselnd. Wahrscheinlich kommt gleich jemand, holt sie vom Fenster weg und …

Aber da streckt sie ihren rechten Arm aus und zeigt Richtung Haupthaus, deutet auf eine Stelle unter mir, im ersten Stock oder im Erdgeschoss.

Gut, wie auch immer, ich spiele das Spiel mit, lege beide Arme an den Körper, spreize die Unterarme ab, drehe die Handflächen nach oben und hebe die Schultern. Ich hoffe, dass diese Geste der Ratlosigkeit internationale Gültigkeit hat.

Jetzt wieder sie. Langsam nimmt sie den Arm hinunter, schüttelt den Kopf und presst, dabei immer noch mit dem Kopf wackelnd, fünf, sechs Sekunden lang beide Handflächen an die Wangen. Dann huscht sie zurück ins Zimmer und schon ist das Licht aus.

Etwa eine halbe Minute starre ich noch auf das gegenüberliegende Gebäude. Aber die Vorstellung ist vorbei, kein Schattenriss am Fenster. Und ich mache mich auf den Weg zu der Stelle, auf die sie gedeutet hat. Unter mir und ein Stück links, Erdgeschoss oder erster Stock.

—

Nachdem ich die Lobby kontrolliert habe – alles still und alles an seinem Platz –, schleiche ich durch den ersten Stock. Würde mich jemand sehen, er würde mich für wahnsinnig halten, für einen modernen Norman Bates, der im Bademantel an den Türen seiner Gäste lauscht.

Ich inspiziere die leeren Zimmer und wirklich jedes Mal, wenn der Generalschlüssel im Schloss knackt, muss ich ein Zittern unterdrücken. Es ist lächerlich, albern, würdelos. Ich bilde mir ein, in exakt dem Moment, in dem ich den

Schlüssel drehe, würde etwas nach mir greifen und mich nach hinten reißen.

Als ich mit dem ersten Stock durch bin, will ich mich am liebsten ins Auto setzen und fortfahren. Etwas ist hier, davon bin ich überzeugt, hier in meinem Haus. So muss es, überlege ich, Opfern von Einbrüchen gehen: Die vertraute Umgebung ist kontaminiert, jemand hat in den Habseligkeiten gewühlt und seine widerlichen Spuren hinterlassen. Und in meinem Fall ist es noch schlimmer: Was auch immer hier eingedrungen ist, es versteckt sich, es wartet nur auf die richtige Gelegenheit, vielleicht ist es gerade jetzt ganz in meiner Nähe.

Ich steige hinunter ins Erdgeschoss.

Gehe durch den halbdunklen Empfangsraum.

Und wieder dieser Gedanke: Monika ist tot, ganz bestimmt. Sie ist wahnsinnig geworden und hat sich umgebracht. Und jetzt ist sie hier.

Als ich an der Rezeption vorbei bin und den Wohnungsschlüssel aus der Tasche fische, höre ich hinter mir ein kleines, eigentlich sehr höfliches Geräusch, eine Mischung aus Husten und Räuspern.

Ich fahre herum und da steht eine schmale Frau in einer Art Trainingsanzug, einem mehrfarbigen Gebilde aus Fallschirmseide, das noch aus den Achtzigern zu stammen scheint. Die etwa 60-jährige Frau ragt etwa vier Meter von mir entfernt zwischen den Frühstückstischen auf.

„Verzeihen Sie bitte …"

Ich starre nur.

„Verzeihen Sie bitte, gehören Sie zum Hotel?"

Ich nicke.

„Es tut mir leid, wenn ich Sie erschreckt haben sollte. Ich kann meinen Mann nicht finden." Und als ich ihr nicht gleich antworte: „Sie sind doch vom Hotel, nicht? Ich suche jemanden vom Hotel."

Die Frau spricht Hochdeutsch mit norddeutscher Färbung, ich habe sie nie zuvor gesehen. Als ich zwei Schritte auf sie zu gehe, weicht sie Richtung Treppe zurück. Und als ich ihre verweinten Augen sehe, da schlägt mein Misstrauen in Mitleid um.

„Ja, Entschuldigung … natürlich, ich gehöre zum Hotel, Robert Bieler mein Name. Bitte entschuldigen Sie meinen Aufzug, ich war schon im Bett und …" Mir fällt nichts mehr ein, ich versuche es mit einem Lächeln. „Sie sagten, Ihr Mann ist verschwunden?"

Heftiges Nicken, mit dem Handrücken wischt sie sich die Augen. Ich frage, wann sie ihren Mann denn zuletzt gesehen habe.

„Wir sind zusammen ins Bett gegangen, etwa um elf, ich habe noch Postkarten geschrieben und dann das Licht ausgemacht … da hat er schon geschlafen. Um elf muss das gewesen sein, ja … um elf."

„Vielleicht ist er nur-"

„Oder später." Sie spricht schnell und leise. Sie ist furchtbar aufgeregt. „Halb zwölf vielleicht."

„Vielleicht ist er nur auf die Toilette gegangen."

Kopfschütteln, ihre Hände huschen vor ihrem Oberkörper herum wie kleine, verschreckte Tiere.

„Haben Sie schon im Bad nachgesehen?", frage ich.

„Ja, natürlich. Im Zimmer ist er nicht."

Ich will mich professionell verhalten, will die Sache vernünftig regeln. Ob ihr Mann denn gesundheitliche Probleme habe, frage ich die Frau, ob er verwirrt sei. Sie verneint erschrocken. Ich frage, ob sie sich mit ihrem Mann gestritten habe.

„Nein, überhaupt nicht! Wirklich nicht!"

„Und er hat auch nicht gesagt, dass er noch irgendwo hin will?"

„Wo sollte er denn nachts hin wollen?"

Ich denke an den Puff drei Straßen weiter, behalte meinen Gedanken aber für mich. Außerdem im Umkreis von einem Kilometer: Diverse, mehr oder weniger versiffte Kneipen, ein Pornokino, eine Schwulensauna namens „Gay Ceasar“ …

„Welches Zimmer haben Sie denn?“

Sie nennt mir ihre Zimmernummer, erster Stock linke Flurseite, eines der Standardzimmer mit Doppelbett und Dusche.

„Gut, immer mit der Ruhe. Hat Ihr Mann denn den Schlüssel mitgenommen?“

„Nein, den habe doch ich. Hier, sehen Sie! Aber man kann ja trotzdem hinaus, nicht?“

Sie hat Recht, die Eingangstür lässt sich von innen öffnen.

„Hat sich Ihr Mann denn angezogen? Oder ist seine Kleidung noch auf dem Zimmer?“

Das weiß sie nicht, da müsse sie nachschauen.

„Sind denn seine Schuhe noch oben?“

Auch das kann sie mir nicht sagen.

„Am besten wir gehen gemeinsam nachsehen. Wenn er sich angezogen hat, dann macht er sicher nur einen Spaziergang. Vielleicht konnte er nicht schlafen und wollte ein bisschen frische Luft schnappen. Kein Grund zur Sorge, Frau …“

Aber sie ist schon unterwegs nach oben, in erstaunlicher Geschwindigkeit nimmt sie die breiten, abgewetzten Stufen.

Ich hatte gehofft, zumindest Schuhe und Jacke würden fehlen. Aber die Kleidung des Mannes ist auf dem Zimmer: Hemden, Hosen und Schuhe, alles komplett. Seine Frau – „Ich packe ja immer seine Sachen, ich weiß doch, was er dabei hat!“ – versichert mir, er müsse im Schlafanzug und auf Socken unterwegs sein, „draußen in der Kälte und in dieser gefährlichen Gegend.“

In einem unbemerkten Augenblick, als sie gerade zwei handbreit zusammengelegte Unterhosen aus dem Schrank räumt, trete ich ans Fenster. Gott sei Dank, kein zerschmetterter Körper auf dem Asphalt, der Mann wäre nicht der erste und nicht der letzte, der sein Dasein mit dem Sprung aus einem Hotelfenster beendet. Andererseits … wie hätte er von außen das Fenster schließen können?

„Okay, Frau …“

„Hinrich.“

Sie spricht ihren Namen fast flehentlich aus.

„In Ordnung, Frau Hinrich, Sie warten hier und ich kontrolliere, ob die unbelegten Zimmer abgeschlossen sind. Vielleicht hat Ihr Mann nur das falsche Zimmer erwischt.“

Hektisches Nicken.

„Bitte warten Sie hier.“

„Ja, selbstverständlich. Ich, ich schaue zum Fenster hinaus, Herr Bieler. Vielleicht ist er ja vor dem Haus, vielleicht wollte er ja wirklich nur frische Luft schnappen … wie Sie gesagt haben. Er wird sich doch nichts angetan haben, nicht?“

„Nein, bestimmt nicht. Ich bin gleich wieder bei Ihnen.“

„Aber bitte beeilen Sie sich. Ich sehe so lange aus dem Fenster.“

Ich lasse Frau Hinrich stehen und gehe der Reihe nach die unbelegten Zimmer ab – alle verschlossen. Dann kontrolliere ich die Kellertür, die Tür zum Dachboden, die zur Fabrikhalle und die zur Küche – alle verschlossen und unbeschädigt. Scheiße verdammt, der Mann ist tatsächlich draußen in der Kälte unterwegs! Oder er hockt mit einem unserer anderen Gäste auf dessen Zimmer, Karten spielend, vor dem Fernseher … vielleicht hat sich Herr Hinrich mit jemandem angefreundet und ist im Schlafanzug …

Und was jetzt? Soll ich Radau machen … die Gäste aus

den Betten holen und nach dem Mann fragen? Stattdessen wecke ich Amy und schildere ihr, noch ganz außer Atem, die Lage.

„Okay, ich gehe hoch zu der Frau. Du ziehst dir was an und schaust draußen nach.“

So machen wir es. Sie kümmert sich um die vor Angst fast verrückte Frau, ich laufe um das Haus, fahre mit dem Rad die Seitenstraßen ab, sehe hinter Mülltonnen und zwischen geparkte Autos, finde aber keinen Mann im Schlafanzug. Als ich zurück bin, ruft Amy die 110 an.

—

Es ist erst das zweite Mal, dass wir die Polizei im Haus haben. Vier Monate zuvor hatten zwei Holländer im Suff auf ihrem Zimmer randaliert, den Fernseher eingetreten und die Möbel mit Rasierschaum beschmiert. Als die Polizei eintraf, hatten sich die beiden in unsere Gardinen gewickelt. Viel Tumult, etliche (Beamten)Beleidigungen, letztlich aber keine große Sache. Nach der Ausnüchterung bezahlten die beiden brav den Schaden, den sie angerichtet hatten.

Diesmal ist die Sache – das wird mir von Minute zu Minute klarer – weit ernster, gerne würde ich den Vermissten gegen ein ganzes Rudel holländische, meinetwegen auch russische Randalierer tauschen. Draußen hat es feuchte null Grad und um die regennassen Gebäude pfeift der Wind. Perfektes Wetter um auszukühlen, einzuschlafen und nicht wieder aufzuwachen. Zumindest ist die Minibar komplett.

Vorsichtshalber, bevor der Streifenwagen eintrifft, sehe ich doch auf dem Dachboden nach, gehe anschließend hinunter in den Keller und stemme sogar die große Brandschutztür zur Fabrik auf.

„HERR HINRICH", brülle ich in die leergeräumte, nach Rost, Schmiermittel und Vogelscheiße riechende Halle, „SIND SIE HIER?". Der Widerhall meines Gebrülls lässt mich den Atem anhalten, über mir ist aufgeregtes Flattern zu hören.

„HERR HINRICH, WIR SUCHEN SIE!"

Ich mache ein paar Schritte in das fußballfeldgroße, von einem fragil wirkenden Eisengerippe getragene Gebäude, drehe mich im Kreis und starre in das Halbdunkel. Die Oberlichter sind verschmiert und größtenteils zugewachsen, die Seitenfenster mit Kunststoffplanen und Pappe verklebt.

„HERR HINRICH!"

Keine Antwort. Ich bin gerade rechtzeitig zurück in der Empfangshalle, um die Beamten hereinzulassen.

—

Die anschließende Suchaktion fällt – so zumindest mein Eindruck – halbherzig aus. Vielleicht liegt es daran, dass Frau Hinrich plötzlich unsicher ist, ob nicht doch Kleidung fehlt. War denn der rote Pullover eingepackt? Hatte der Gatte nun zwei oder drei Jacken dabei? Zumindest bei den Schuhen bleibt sie sich treu: Nein, auf Socken sei er unterwegs, ganz bestimmt! Er habe nämlich nur zwei Paar Winterschuhe und die seien beide hier! Man kann den übermüdet wirkenden Beamten ihre Gereiztheit ansehen.

Nach diesem Gespräch fahren wir – die Polizisten vorne, ich auf der vergitterten Rückbank – etwa eine Stunde die Gegend ab und suchen nach dem Vermissten. Zeitweise kommt es mir so vor, als hielte ich allein Ausschau, während die Beamten Tipps zum Dachbodenausbau und zur Wärmeisolierung ihrer Eigenheime austauschen. Am liebsten würde ich ihnen sagen, sie sollen ihre Augen aufreißen, nicht die Mäuler. Ich bin so nervös, dass ich kaum ruhig sitzen kann.

Als wir ins Hotel zurückkehren, sind bereits die ersten Gäste wach. Das Wasser rauscht und irgendwo klirren Flaschen. Frau Hinrich hat sich – alles gute Zureden konnte sie nicht aufhalten – mittlerweile selbst auf die Suche nach ihrem Mann gemacht. „Zumindest hat sie ihre Schuhe und ihre Jacke an", meint Amy.

Kurz nach acht ist Frau Hinrich wieder da, durchnässt, mit verweinten Augen und verdreckter Kleidung. Amy fragt, was denn passiert sei, bekommt aber keine Antwort. Ihren Mann hat Frau Hinrich nicht gefunden und draußen wartet ein Taxifahrer auf seine Bezahlung.

Auch wir haben nichts erreicht. Mit den anderen Gästen hat Amy vor dem Wiederauftauchen Frau Hinrichs gesprochen, ich habe noch einmal im Keller, auf dem Dachboden und in der Fabrikhalle nachgesehen. Sogar die unbelegten Zimmer, die Wandschränke und die Vorratsräume habe ich kontrolliert … keine Spur von dem Mann.

Unsere dem Dachbodenausbau zugeneigten Freunde und Helfer hatten sich schon Stunden zuvor verabschiedet, Frau Hinrich solle sich, wenn sie denn wieder da sei, auf der Wache melden.

„Und wenn auch sie nicht wieder auftaucht?", hatte Amy müde gefragt.

„Dann melden Sie sich eben, junge Frau. Sie bekommen doch bestimmt noch Geld von der Dame."

Kurz nach elf fahre ich Frau Hinrich ins Krankenhaus. Amy fand sie totenblass und schwer atmend auf dem Treppenabsatz zwischen dem ersten und dem zweiten Stock. Sie hatte sich erbrochen, saß auf dem Boden und hielt sich am Geländer fest. Immer wieder flüsterte die Frau, ihr Mann sei tot, ganz bestimmt, er würde nicht einfach weggehen, etwas sei ihm zugestoßen, so etwas spüre man doch, wenn man vierzig Jahre verheiratet sei.

Als wir ihr hoch helfen, kann Frau Hinrich kaum auf eigenen Beinen stehen, nur mit Mühe schaffen wir sie hinunter. Während Amy und einer unserer Gäste sie stützen, fahre ich den Wagen vor.

—

Den frühen Nachmittag verbringt Amy mit Büroarbeit, ich repariere aus dem Leim gegangene Stühle, pflege unseren Internetauftritt und ärgere mich über einen Dreckskerl, der in einem der großen Bewertungsportale behauptet, in unserem Hotel gäbe es – eine glatte Lüge! – Bettwanzen. Das Haupthaus hat seine Eigenheiten und Probleme, welches Hotel hat die nicht? Aber Ungeziefer? Nein, das nicht.

Den Abend – noch ist Frau Hinrich nicht aus dem Krankenhaus zurück. Amy vermutet, dass sie einen leichten Herzinfarkt hatte – vertrödele ich grübelnd am ruhigsten Ort, den das Haus zu bieten hat: In dem kleinen, provisorischen Kino, das ein lange verschwundener Freund der Erotik in einem der Kellerräume eingerichtet hatte. Neben mir der schwere Projektor, vor mir die fleckige Leinwand, eine paar Stühle um mich herum und auf dem Boden Kartons voller historisch wertvoller Nacktheit. Schon oft habe ich die Filme gegen die Deckenbeleuchtung gehalten und dicke Schenkel, spitze Brüste, Rüschen, Bänder und Strapse gesehen – mindestens ein halbes Jahrhundert alte, nach heutigen Maßstäben rührend harmlose Aufnahmen, selbst in der Fernsehwerbung bekommt man heutzutage mehr zu sehen. Einmal habe ich es sogar geschafft – oben durch und dann ganz nach unten … oder doch nach oben? … dann hier herum und … wird schon passen –, einen der Filme in den Projektor zu fummeln, mich dann aber nicht getraut, das Gerät zu starten. Zu groß war meine Angst, das alte Zelluloid könne sich verhaken und in Flammen aufgehen.

„Robert."

Ich sitze mit dem Rücken zur Tür, habe Oscar nicht kommen hören. Ich drehe mich zu ihm um.

„Ja, was ist?"

„Mama sagt, gleich ist das Essen fertig."

„Okay, danke … hat sie dich zu mir runter geschickt?"

„Nein, sie hat nur gesagt, dass das Essen bald fertig ist. Ich habe gedacht, ich rufe dich."

Fast bin ich gerührt. Aber ich bin auch misstrauisch. Das macht er doch sonst nicht, mich zum Essen rufen.

„Danke, das ist wirklich nett von dir."

Schweigen. Oscar verharrt im Türrahmen. Nach einer Weile fragt er mich, was ich hier unten tue. Dabei versucht er, gelangweilt zu klingen, gleichgültig, schaut Richtung Leinwand. Aber Oscar ist kein guter Schauspieler, ich merke ihm an, dass er nervös ist.

„Nur nachdenken. Es ist angenehm ruhig hier unten."

„Denkst du über die Sachen nach, die im Haus passieren?"

„Unter anderem."

Wieder entsteht eine Pause. Dann fragt er mich, ob „diese Frau"noch im Krankenhaus sei.

„Ja, sie behalten sie dort."

„Hat sie einen Herzinfarkt gehabt?"

Ich frage den Jungen, ob er sich nicht setzen will. Er schüttelt den Kopf.

„Wie du meinst. Also ich denke nicht, dass sie einen Infarkt hatte. Sie hatte keine Schmerzen in der Brust, ihr war nur schlecht und der Kreislauf war am Boden. Wahrscheinlich hat sie sich nur zu sehr aufgeregt."

„Kommt sie dann wieder ins Hotel?"

„Na ja, zumindest muss sie ihre Sachen abholen."

„Hat sie noch viele Sachen hier?"

Fast muss ich lachen.

„Oscar, auf was willst du hinaus?"

„Auf nichts. Aber wisst ihr schon, was mit ihrem Mann passiert ist?"

Ich schüttle den Kopf.

„Nein, wir wissen es nicht", sage ich. „Aber vielleicht hat ihn etwas erschreckt. Etwas hat ihn erschreckt und er ist davongelaufen. Weißt du etwas darüber, Oscar?"

„Nein, ich … keine Ahnung."

„Oder hast du irgendeine Idee, was ihn erschreckt haben könnte?"

Keine Antwort.

„Warum bist du *wirklich* hier unten?", frage ich den Jungen. „Willst du mir irgendetwas sagen?"

Er zieht die Nase hoch, dann räuspert er sich.

„Ich glaube nicht, dass das Spiel böse ist."

Natürlich weiß ich, welches Spiel er meint. Trotzdem frage ich nach.

„Das Spiel mit dem ertrunkenen Mann! Vielleicht ist ja alles wieder in Ordnung, wenn ich es durchspiele! Vielleicht geht es dann weg!"

„Geht was weg?"

„Ich weiß nicht. Das, was den Mann so erschreckt hat."

„War das eine Frage oder eine Feststellung?"

„Ich … ich weiß nicht. Aber das Spiel ist nicht böse."

„Okay, Oscar …" Ich drehe meinen Stuhl zu ihm, die dünnen Beine knirschen auf dem Beton. „Amy will zwar, dass ich dich aus allem heraushalte, aber wenn du mir irgendetwas sagen kannst, wenn du irgendeine Idee hast, was hier vor sich geht, dann um Himmels willen heraus mit der Sprache! Was weißt du?"

Er spricht schnell, verschluckt die Wortenden.

„Ich weiß nur, dass was da ist! Und das weißt du doch auch! Und ich weiß, dass das Spiel irgendwie damit zu tun hat und dass es total wichtig ist, dass es total wichtig ist, dass ich es durchspiele."

„Woher willst du das wissen?"

„Ich weiß es einfach!"

„Und weißt du auch, was das letzte Mal passiert ist, als du es gespielt hast? Da haben sich Gäste darüber beschwert, dass jemand an den Türklinken rüttelt und in die Zimmer will ... hast du das gewusst? Kommt dir das irgendwie bekannt vor? Ich werde verhindern, dass du dieses verdammte Spiel wieder in die Finger bekommst."

Der Junge sieht auf den Boden, steckt die Hände in die Taschen und legt die Stirn in Falten. Die perfekte Verkörperung dessen, der etwas verbrochen hat.

„Verdammt noch mal, Oscar, du warst am Auto! Du warst am Auto und hast das Spiel genommen. Und jetzt hast du Angst, dass ich etwas merke."

„Nein, ich war nicht am Auto! Es war einfach da!"

„Das Spiel und die Konsole, die waren einfach wieder da?"

Er schüttelt den Kopf.

„Oscar, jetzt sprich mit mir! Ich bin nicht wütend auf dich. Erzähl mir einfach, was passiert ist!"

Und da macht der Junge endlich den Mund auf. Er habe von dem Spiel geträumt, insgesamt dreimal. Dann sei es plötzlich auf seinem Computer und einmal auch auf seinem Handy gewesen, ohne dass er irgendetwas – das sagt er mehrmals – installiert habe. Viermal habe er es schon gespielt und sei schon „ziemlich viel" weiter.

„Wie kann es sein, dass es einfach so da ist?", frage ich.

Keine Antwort.

„Aber warum zum Teufel hast du es gespielt?"

„Weil …"

„Ich habe dir gesagt, dass du deine Finger davon lassen sollst! Ich habe es dir ausdrücklich gesagt!"

Er hebt den Kopf, macht sich gerade. Plötzlich ist Angriffslust in seinem Gesicht.

„Du weißt doch überhaupt nichts darüber! Das Spiel ist nicht böse, es ist wie … wie eine Aufgabe, die man lösen muss. Und weil du zu viel Schiss hast, mache ich das jetzt. Das Spiel kommt irgendwie zu mir, weil … weil es wichtig ist! Damit uns nichts passieren kann! Und wenn ich es spiele, dann wird alles wieder gut!"

Ich will etwas sagen, habe schon den Mund auf. Aber er spricht einfach weiter.

„Du hast überhaupt keine Ahnung und verstehst überhaupt nichts und trotzdem glaubst du, dass du weißt, was wir machen müssen. Aber eigentlich hast du überhaupt keine Ahnung, was hier passiert!"

Zumindest mit „Keine Ahnung" liegt er richtig.

„Ich weiß, dass jemand an die Türen geklopft und an den Klinken gerüttelt hat, als du gespielt hast. Und ich weiß, von wem das Spiel stammt."

„Das weißt du überhaupt nicht! Und als ich das zweite Mal gespielt habe, da ist überhaupt nichts passiert. Und beim dritten Mal auch nicht!"

„War das dritte Mal zufällig heute Nacht … so um drei Uhr herum, als dieser Mann verschwunden ist?"

Jetzt schreit er fast.

„Nein, war es nicht! Das Spiel ist an überhaupt nichts schuld, auch wenn du das glaubst. Und du kannst nichts dagegen tun, dass ich es spiele, es taucht immer wieder auf, egal was du machst! Und wenn du nicht da wärst, dann wäre auch dieses Ding nicht da, das dem Mann solche Angst gemacht hat, dass er sich verpisst hat."

„Nimm dich zusammen, Oscar! Du sagst immer nur, dass dieses Spiel wichtig ist … aber du hast nicht ein einziges Argument für deine Behauptung! Warum sollte ich dir glauben?"

„Weil ich es geträumt habe! Jemand hat mir im Traum gesagt, dass es wichtig ist, dass es in Ordnung ist. Ich bin mir total sicher!"

Ich sehe ihn an, sehe in dieses blasse, noch kindliche Gesicht. Oscar hält meinem Blick stand, seine mageren Fäuste zittern zu beiden Seiten seines schmalen Körpers.

„Setz dich, Oscar. Setz dich bitte hin."

„Warum?"

Ich lehne mich zurück und ziehe einen Stuhl heran.

„Du muss mir erzählen, wovon du träumst."

—

Fast vierzig Minuten sitzen wir uns in dem kleinen, staubigen Kellerraum gegenüber. Ich habe Oscar meine Jacke gegeben, der Junge hat ja kaum was auf den Rippen.

Es sind – das stellte sich schnell heraus – keine Klarträume, die Oscar hat, weder ist er sich in seinen Träumen der Tatsache bewusst, dass er träumt, noch kann er in ihnen frei handeln oder gar die Trauminhalte bestimmen. Aber sie sind extrem realistisch, diese Träume, der Junge kann sich an Details erinnern und sogar Gesprochenes Wort für Wort wiedergeben. Was er im Schlaf erlebt, verblasst nicht nach dem Aufwachen, es bleibt ihm im Gedächtnis wie tatsächlich Erlebtes.

Dabei ist das, was Oscar Nacht für Nacht erlebt, nicht spektakulär. Er berichtet davon, durch Wälder und über Felder zu laufen, Flüsse zu überqueren und über blühende Wiesen zu spazieren, er beschreibt mir die Färbung des

Laubes und die Erhebungen der Landschaft, in der er sich bewegte. Es ist, als sei er tatsächlich dort gewesen, sogar die Struktur der Baumstämme und die Formen der Blüten kann er plastisch beschreiben.

Ein paarmal habe er, so Oscar, auch Häuser und Menschen gesehen, sich diesen aber nicht genähert.

„War das schon das Spiel?", will ich wissen.

Er verneint. Das Spiel sei erst später gekommen. Er sei einfach immer weiter geradeaus gegangen … und irgendwann, erst nur als Flüstern, dann immer lauter, habe er dann diese freundliche Stimme gehört.

Mehrmals frage ich ihn, ob er sich da nicht etwas einbilde, aber er besteht darauf: Nein, genau so sei es in seinem Traum gewesen, eine Stimme habe ihm gesagt, dass das Spiel wichtig sei, dass er es spielen solle. Und diese Stimme sei ganz ruhig und freundlich gewesen, überhaupt nicht „fies oder krank oder irgendwie wütend".

Ich will wissen, woher diese Stimme kam.

„Die war einfach in der Luft", sagt er. „Ich laufe immer weiter und dann kommt diese Stimme. Erst verstehe ich nicht, was sie sagt, dann wird sie immer lauter. Und sie sagt, dass ich dieses Spiel spielen soll und dass es in Ordnung ist. Und dann, wenn ich aufwache, dann weiß ich, wo das Spiel ist. Letzte Nacht war es auf meinem Handy … ganz von allein. Es hätte auch woanders sein können. Es … also es ist ja auch auf meinem Computer."

„Und du bist dir sicher, dass du nicht einfach weiter geträumt hast? Könnten wir jetzt zu deinem Computer gehen, ihn einschalten und dieses Spiel starten?"

„Nein … ich, ich weiß nicht. Es geht ja von ganz allein los. Und ob es jetzt gerade da ist, das weiß ich nicht. Man kann es nicht selbst bestimmen. Aber wenn du mir das Spiel gibst, das ich oben auf dem Dachboden gefunden habe …"

Ich atme durch, knete meine Nackenmuskeln. Dann sehe ich den Jungen an.

„In Ordnung, Oscar, ich … ich will nicht, dass du dieses Spiel weiterhin spielst. Wir wissen nicht, was es damit auf sich hat."

„Aber …"

„Warte einen Moment, ich weiß, was du mir sagen willst. Aber auch du hast keine … nein, warte! Auch du hast keine Ahnung, worum es sich bei diesem Spiel handelt. Und ich werde verhindern, dass du es weiterhin spielst. Und wenn ich dir den Computer wegnehmen muss."

Mir ist, als sei es noch ein paar Grad kälter geworden. Gerade waren wir noch so etwas wie Partner, wie Komplizen.

„Das darfst du überhaupt nicht", sagt Oscar leise, „Den hast nicht du gekauft. Außerdem geht es dann einfach woanders hin, das ist kein normales Spiel. Jemand hat gewollt, dass ich es spiele, deshalb habe ich es auf dem Dachboden gefunden." Er macht sich groß, reckt das Kinn und streckt die Brust heraus. „Und du kannst überhaupt nichts machen, das weißt du selbst. Du kannst überhaupt nichts dagegen machen, dass ich es spiele. Und wenn ich es nicht tagsüber spielen kann, dann kommt es eben nachts in meine Träume."

„Mensch, Oscar, woher willst du wissen, dass du uns nicht alle in Gefahr bringst? Was ist, wenn das Verschwinden dieses Mannes mit dem Spiel zusammenhängt?"

Plötzlich ist er wieder ganz Kind, die Worte purzeln nur so aus ihm heraus.

„Aber man kann doch gewinnen! Ich bin doch schon weitergekommen. Ich bin schon nicht mehr in dem großen Haus und der ertrunkene Mann ist auch nicht mehr da! Der ist weg! Wirklich! Und wenn ich gewinne, dann wird alles wieder gut, dann passiert uns nichts."

„Und wenn dieses Spiel eine Falle ist?", frage ich. Und denke: Mein Gott, wenn Amy uns hören könnte, sie würde uns für zwei Irre halten, die sich gegenseitig in ihrem Wahn bestärken.

„Es ist keine Falle! Das Spiel ist in Ordnung! Irgendetwas ist hier und wenn ich das Spiel gewinne, dann geht es wieder weg."

„Hat das die Stimme in deinem Traum gesagt?"

„Nein, das weiß ich einfach!"

Ich lehne mich zu ihm und er weicht zurück, drückt sein schmales Kreuz an die Stuhllehne.

„Du weißt überhaupt nichts, Oscar. Du glaubst nur irgendwas."

„Und du hast noch überhaupt nichts unternommen! Du machst ja nichts!"

Schnell, mit einer geschmeidigen Drehbewegung von mir weg, steht er auf.

„Oscar! Bleib hier!"

Aber er läuft aus dem Raum und wirft die Tür zu. Fünf Minuten sitze ich noch in der Kälte, dann hebe ich meine Jacke auf und laufe nach oben. Wo zum Teufel wir gesteckt haben, fragt mich Amy.

Nach dem gemeinsamen Abendessen, kurz nach acht, gehe ich zum Wagen. Die Konsole und das Spiel sind dort, wo ich sie versteckt habe. Ich glaube nicht, dass Oscar an den Sachen war.

Anschließend kontrolliere ich die beiden oberen Stockwerke, tausche ein defektes Telefon und wechsle die Batterien in einer der Fernbedienungen. Im Laufe der Monate habe ich die Rundgänge durch das um diese Zeit schon ruhige Haus lieb gewonnen: Schnell noch nach dem Rechten sehen, ein paar Kleinigkeiten in Ordnung bringen und dann beruhigt nach unten. „Klar Schiff machen", nennt Amy meine Kontrollgänge, ob ich „klar Schiff gemacht" habe, fragt sie mich, wenn ich mich zu ihr setze.

Aber ich gehe nicht zu ihr. Zurück im Erdgeschoss setze ich mich in einen der Chesterfieldsessel und schaue ins Leere. Zehn Minuten, eine Viertelstunde? Ich weiß es nicht. Ein Paar durchquert die Lobby, eines dieser „Älterer Mann und junge Frau"-Gespanne, bei dem ich immer vermute, dass in irgendeiner Villa irgendeine Gattin sitzt und zumindest etwas ahnt. Die junge Frau fragt mich, ob alles in Ordnung sei. Ja, antworte ich, alles gut ... danke und schönen Abend noch. Sehe ich denn so schlecht aus?

Als die beiden verschwunden sind, stehe ich auf und gehe zur Treppe. Oben im zweiten Stock, da hat mich etwas gestört, das geht mir im Kopf herum. Merkwürdig kam mir der breite Flur vor, irgendwie ... schief, wellig, unordentlich. Und ich fand keine Erklärung für meinen Eindruck, es lag nichts herum, alle Lichter brannten ... nicht einmal Schuhe standen vor den Türen. Es war auch kein Dreck auf dem Teppich, alles in Ordnung, alles sauber und nett. Wie es sein muss.

Ich bin oben, stehe da und blicke den Korridor hinab. Etwas stimmt nicht, etwas ist anders. Ich gehe zum Ende des Flurs, trete näher an die Wand, die der Treppe gegenüber liegt, und betrachte die Reihe der in dunklem Nussbaumholz gerahmten Fotografien, die sich durch den Flur zieht: Historische Aufnahmen der Stadt, Schwarzweißfotos des Haupthauses, Industriekultur ... jeweils zwölf Bilder hängen im ersten und im zweiten Stock, sieben weitere im Erdgeschoss.

Nach ein paar Sekunden bin ich mir sicher: Es sind die Bilder, mit den Bildern stimmt etwas nicht, die sind nicht auf Linie. Einige hängen zu hoch, andere zu tief. Und dabei habe ich selbst die Schrauben in die Wand gedreht. Ich war doch nicht besoffen! Ich habe jedes Loch in exakt 1,75 Meter Höhe gebohrt, zur Vorsicht habe ich sogar zweimal nachgemessen!

Als ich die erste Fotografie – sie zeigt einen Hochofen. Die fröhlich winkenden Arbeiter wirken vor diesem feuerspeienden Monstrum wie Spielzeug – von der Wand nehme, setzt einen Moment mein Denken aus. Ich stehe da, halte den Rahmen, und kann absolut nichts mit dem anfangen, was ich sehe.

Der Kunststoffdübel steckt noch in dem Loch, das ich damals gebohrt habe, an genau der Stelle, an der ich ihn in die Wand gehämmert habe. Die Schraube aber befindet sich zehn Zentimeter weiter rechts und leicht nach unten versetzt, zwischen ihr und dem Bohrloch verläuft ein etwa drei Millimeter breiter Spalt.

Ich stelle das Bild ab, leuchte mit meinem Handy in das Loch, verstehe nicht, wie so etwas zustande kommen kann. Die eine Seite des Dübels ist gerissen, der Kunststoff zerquetscht. Als hätte sich, denke ich, die Schraube durch den Dübel gedrückt, und dann weiter, durch die Wand … bis zu der Stelle, an der sie jetzt sitzt. Aber das ist natürlich völlig …

Ich gehe drei Schritte, hebe die nächste Fotografie von der Wand. Das gleiche Bild: Der Dübel zerquetscht, die Schraube rund zehn Zentimeter vom Bohrloch entfernt. Nur ist sie diesmal in einem Bogen links um das Loch herumgewandert.

Das gleiche beim nächsten Bild.

Und bei allen weiteren. Alle zwölf Schrauben befinden sich nicht mehr dort, wo ich sie ein Jahr zuvor in die Wand, in die Dübel, gedreht habe. Alle sind durch den Putz und die darunterliegenden Ziegel gewandert … und mit ihnen haben sich die Bilder verschoben.

Erst vorsichtig, dann mit mehr und mehr Kraftaufwand, versuche ich, eine der Schrauben zu bewegen. Ich wickle ein Taschentuch um meine Hand, will mich nicht verletzen. Aber es ist aussichtslos, kein Mensch kann eine Metallschraube durch eine massive Wand drücken ... ich schaffe es ja nicht einmal, sie durch den Riss in Richtung des Bohrlochs zu schieben. Als ich die Bilder wieder aufgehängt habe, laufe ich hinunter zu Amy. Ich muss ihr das zeigen!

Und wünsche mir nur Minuten später, ich hätte es nicht getan. Ihre Reaktion erschreckt mich zutiefst. Ich kann mich nicht erinnern, sie jemals so fassungslos erlebt zu haben, weiß überhaupt nicht, wie ich reagieren soll ... nehme sie ungeschickt in den Arm und will sie küssen. Was das sei, fragt sie mich immer wieder, während sie meine Küsse abwehrt, sich in meinen Armen dreht und mich wegschiebt, was das sei ... wie so etwas passieren könne. Aber ich weiß es doch auch nicht, habe keine Erklärung, schaue ihr ins Gesicht und weiß nicht, was ich sagen soll. Als sie mich fragt, ob ich das gewesen sei, schlägt mein Erschrecken in Wut um. Wie zum Teufel ich das denn hätte anstellen sollen, frage ich. Ob das ihr verdammter Ernst sei? Und warum sie so ein Theater mache?

Sie lässt mich stehen und ich laufe ihr hinterher. Und während ich ihr folge, verstehe ich endlich. Ja, Amy hat gesagt, dass sie mich ernst nimmt, dass sie mir glaubt. Sie hat sich geduldig meine Geschichten angehört ... hat sicherlich – ich weiß es nicht einmal – auch mit Oscar gesprochen. Und irgendwie hat sie es geschafft, all den Irrsinn in den engen Rahmen ihrer Rationalität zu pressen. Ich: überarbeitet und psychisch angeschlagen ... Alkohol und Müdigkeit und schlechtes Gewissen. Oscar: ein Kind noch, phantasiebegabt, beeinflussbar. Die Gäste und das

Zimmermädchen: komische Leute eben, Angsthasen, und ein altes Haus macht nun einmal Geräusche, und wenn Angsthasen seltsame Geräusche hören …

Aber das da oben, das ist etwas völlig anderes. Amy hat es mit eigenen Augen gesehen: die zerquetschten Dübel, die Kanäle im Stein … und muss anerkennen, dass hier eine gewaltige, nicht menschliche Kraft gewirkt hat.

„Jetzt brauchen wir Hilfe", sagt Amy leise, als ich sie eingeholt habe. „Wir müssen uns an jemanden wenden, Robert."

Es ist das erste Mal, dass ich sie weinen sehe.

Hilfe

Dienstag, 13. Dezember

Wir haben Oscar bei einem seiner Schulfreunde untergebracht, Amy kümmert sich zusammen mit Rita um das Hotel. Und ich verziehe mich direkt nach dem Frühstück in mein Arbeitszimmer.

Kurz nach zehn habe ich mit zwei parapsychologischen Instituten, zwei Pfarrern und drei selbsternannten Experten für Spukphänomene gesprochen. Zweimal habe ich den Rat bekommen, zunächst einen Psychiater aufzusuchen, einer der beiden Pfarrer glaubte, ich wolle mich über ihn lustig machen und beendete das Gespräch, der andere bot mir einen Seelsorgetermin an.

Das erste Institut, das ich anrief, versprach mir, meinen Fall zu untersuchen, allerdings erst in rund zwei Monaten. Das zweite bestand darauf, ich müsse vorbeikommen und mich neurologischen Tests unterziehen, dann werde man weitersehen. Hilfreich sei auch ein psychiatrisches Gutachten. Und, ach ja, dann besteht ja noch dieses Angebot eines der Spukexperten: Ein zweistündiger telefonischer Exorzismus, 600 Euro Vorkasse, bei Nicht-Erfolg Wiederholung der Prozedur.

Ich bin kurz davor aufzugeben. Und mache doch weiter, arbeite mich durch die Seiten. Mir begegnen Reinigungsgesänge im MP3-Format, 100 Euro für drei Stunden Singsang, moderne Hexen bieten ihre Dienste ebenso an wie Hobby-Schamanen, blasse Satanisten, Heilpraktiker und Hypnotiseure. Schon die Aufmachung der Web-Seiten, auf denen ich lande, verspricht nichts Gutes: Hier wuchert der Kitsch in Form von Seerosen – meine Güte, diese Farben! – und debil lächelnden Engelsgestalten, dort schweben dunkle Schatten im Schein des Vollmondes über Grabkreuzen, die so schief stehen, dass sie längst umgestürzt sein müssten. Und nur zwei Klicks weiter hilft ein pastellfarbener Jesus höchstpersönlich den Heimgesuchten.

Es ist nicht auszuhalten. Es muss etwas Besseres geben als diesen Bullshit. Vielleicht doch eines dieser Institute? Vielleicht sollte ich doch nach Süddeutschland fahren und mich neurologisch untersuchen lassen. Ich sehe mich schon mit Kabeln am rasierten Schädel.

Den Nachmittag verbringe ich damit, eine Liste der Menschen anzulegen, die ich in meinem Leben näher kennengelernt habe. Systematisch suche ich nach jemandem, an den wir uns wenden könnten, telefoniere mit Uwe und zwei weiteren Freunden, schreibe Mails an Menschen, zu denen ich längst den Kontakt verloren habe … hatte die nicht Psychologie studiert? Hatte der nicht einmal gemeint, er glaube an übernatürliche Phänomene? Es ist mir völlig egal, dass ich mich lächerlich mache. Ich rufe und schreibe jeden an, von dem Hilfe kommen könnte, mehr als zehnmal schildere ich meinen Fall … und siebenmal muss ich mir sagen lassen, ich brauche psychologische Hilfe.

Auf Klangschalen-Ulla – so nannte mein Vater die Frau, mit der meine Mutter bis zu ihrem Tod befreundet war. Er konnte die stets in Batik-Tücher gekleidete Lehrerin nicht ausstehen – kam ich erst spät. Ihr Name steht ganz am Ende meiner Liste.

Nachdem ich bei der Auskunft ihre Festnetznummer erfragt habe, rufe ich sie an … und erstaunlicherweise weiß sie sofort, wer ich bin: „Ach, Robert! Das muss ja schon Jahre her sein, dass wir uns gesehen haben! Geht es dir nicht gut? Du hörst dich so dumpf an."

Mittwoch, 14. Dezember

Kurz nach acht ruft die Mutter von Oscars Schulfreund an. Ich sage ihr, dass Amy und ich die Grippe haben … und dass wir den Jungen nicht anstecken wollen.

Sie glaubt mir nicht, das höre ich an ihrem Tonfall, aber Oscar darf noch zwei Nächte bei seinem Freund bleiben.

Ich frage mich, ob dieses Spiel, dieses … was immer es auch ist, ob es ihn auch dort erreicht … ob er es auch dort spielt.

Aber was kann ich dagegen tun?

—

Um 15 Uhr fahre ich zu Ulrike Hubert … zu Klangschalen-Ulla. Sie wohnt noch in derselben Straße wie damals, in demselben Haus, in derselben Wohnung. Und ihr Gesundheitstee schmeckt immer noch so, wie frisch gemähtes Gras riecht. Die selbst gebackenen Vollkornplätzchen wiederum – an die erinnere ich mich nicht. Ich war nur zwei-, dreimal mit meiner Mutter bei Ulrike – sind hart wie Walnüsse und in ihrem Inneren lauern gummiartig zähe Marmeladepfropfen.

„Wie schmecken dir die Plätzchen, Robert?"

„Gut", sage ich und bin mir nicht sicher, ob die Frage ironisch gemeint war. Vorsichtshalber nehme ich mir noch eins. Mit dem Ding könnte man Nägel in die Wand schlagen.

„Es ist so schön, dich zu sehen, Robert! Und weißt du was? Du warst schon als Kind besonders höflich!" Sachte berührt Ulrike meine Hand, lächelt mich an. „Weißt du noch, wie du mir immer die Tür aufgehalten und mir in den Mantel geholfen hast?"

Nein, das weiß ich nicht mehr. Und dass ich ein besonders höfliches Kind war, auch das ist mir neu.

„Ich denke sehr oft an deine Mutter“, sagt Ulrike. „Sie war eine Goldsucherin an der Seite eines Gemüsebauern.“

Einer ihrer typischen Sätze, genau wie früher, eine Goldsucherin an der Seite eines …

„Wie geht es ihm denn? Was macht er den ganzen Tag?“

„Wer? Ach so, meinem Vater. Dem geht es gut, er hat eine junge Freundin, die sein ganzes Geld für nutzlosen Krempel ausgibt.“

„Ach, das ist doch schön!“ Ulla strahlt. „Das Mädchen braucht Geld und dein Vater fühlt sich lebendig. Jeder bekommt, was er braucht.“

„Okay, so gesehen … aber ein Mädchen ist sie eigentlich nicht mehr.“

„Ich bin gleich wieder bei dir, Robert.“

Ulrike springt auf und verlässt das Zimmer. Sie ist Mitte siebzig, bewegt sich aber mit der Geschmeidigkeit einer weit jüngeren Frau. Erstaunlich, wie wenig sie sich in über zwei Jahrzehnten verändert hatte. Immer noch trägt sie ihr Haar zu Zöpfen geflochten, immer noch blinzelt sie mit seltsam feuchten Augen durch eine grüne, klobige Hornbrille. Das Ding ist fast so groß wie eine Videokassette … und vorhin hätte ich beinahe gefragt, ob die Brille immer noch dieselbe wie damals sei.

Aber das Reden macht mir Mühe. Nachdem ich Ulrike meine Geschichte erzählt habe, bin ich wie ausgebrannt, jeder Satz kostet mich Überwindung, jedes einzelne Wort muss ich aus mir herauszerren.

„Willst du dich nicht ein wenig hinlegen?“ Sie ist wieder da, lehnt in der schmalen, von Bildern indischer Heiliger gerahmten Tür und ihr Gesicht ist ein einziges Strahlen. Vor ihrem Bauch hält sie einen zwei Finger dicken, leicht aus der Form geratenen Stapel Papier. „Du kannst mein Bett haben, Robert, ich gehe so lange spazieren.“

Ich bin aufrichtig gerührt.

„Danke, Ulrike, aber wenn ich mich jetzt hinlege, dann kann ich heute Nacht nicht schlafen. Ich bin es nur nicht gewohnt, so lange zu erzählen, es ist einfach … einfach nur anstrengend. Ich versuche die ganze Zeit, allem einen Sinn zu geben, aber es ist so … so verworren. Als hätte man ein Puzzle, das man einfach nicht hinbekommt. Und irgendwann wird man misstrauisch und denkt: Vielleicht passen die Teile nicht, vielleicht ist das ganze nur ein Witz, ein … ein Puzzle, das sich nicht lösen lässt, das überhaupt nicht dafür gedacht ist, dass man es löst."

Immer noch lächelnd (Spirituelle Erleuchtung? Drogen? Altersweisheit?) setzt Ulrike sich zu mir an den wackligen, von krummen Nägeln und mehreren Schichten Lack zusammengehaltenen Küchentisch. Dann tunkt sie zwei Finger in ihre Teetasse und beginnt, in dem Papierstapel zu blättern.

„Es wird sich alles ordnen, Robert, hab Geduld. Warte, sie muss hier irgendwo … hier irgendwo …"

…

Nichts wird sich ordnen, denke ich. Sie sucht und ich sehe mich im Zimmer um. Es war kein Problem, die ehemalige Arbeitskollegin und Freundin meiner Mutter zu finden. Derselbe Name, dieselbe Nummer, dieselbe Straße … und sogar dieselbe Wohnung, die mir jetzt allerdings noch ein wenig kleiner, noch ein wenig überfüllter vorkommt. Im Grunde sind die beiden Hinterhof-Zimmer ein gewaltiger Schrein, durchzogen vom herben Duft der Räucherstäbchen und angefüllt mit den religiösen und spirituellen Symbolen, die die Menschheit im Laufe der Jahrtausende hervorgebracht hat: Buddhastatuen werden von Kruzifixen gerahmt, tibetische Gebetsfahnen hängen neben Koran-Suren, gedrehte Stöcke und getrocknete Pilze befinden sich in direkter Nachbarschaft zu Marienbildern, afrikanischen Nagelfetischen und mit Weisheiten bekritzelten Fotografien indischer Gurus. Ulrike macht sich ihre eigene Mischung.

…

„Warte einen Moment … sie muss hier irgendwo … ich weiß doch, dass sie …“

…

„Ha! Gefunden!“

Ihr Oberkörper schnellt nach hinten, ihre Brille macht einen Hüpfer und landet auf der Nasenspitze. Lachend hält sie mir einen zerknitterten Zettel hin, auf den mit Filzstift eine vierstellige Zahlen-Buchstaben-Kombination gekritzelt ist. Wie ein Kind, denke ich, wie ein kleines Mädchen, das stolz eine besonders gelungene Zeichnung herzeigt.

„Was-“

„Eine Raumnummer! Geh gleich morgen hin, Robert, der Mann ist phänomenal! Wenn dir jemand etwas zu deinen Problemen sagen kann, dann er.“

„Okay, danke … und was ist das für ein Mann?“

„Ach so, entschuldige, ich bin so aufgeregt! Es ist so schön, dich wiederzusehen … auch wenn der Anlass natürlich alles andere …“ Sie beißt sich auf die Lippen, wackelt mit dem Kopf. „Tut mir leid, wenn ich zu viel quassele, du bist erschöpft, Robert. Dieser Mann gibt Seminare, ich war als Gasthörerin dabei. Phänomenal, Robert, phänomenal! An der Universität.“

Okay, Universität. Zumindest schickt sie mich nicht zu einem ihrer Gurus. Ich frage, ob der Mann Professor sei.

„Nein-nein, das nicht. Dozent ist er. Aber ein ganz offener Mensch, kaum zu glauben, was der alles erlebt hat. Er war vier Jahre in Afrika und fünf Jahre auf Haiti! Er hat uns Filme gezeigt, von Voodoozeremonien, es ist unglaublich, wie nah diese Menschen der spirituellen Welt sind.

Auf einem dieser Videos hat ein fünfjähriges Kind ein glühendes Stück Kohle in den Mund genommen, man hat es genau gesehen. Und das Mädchen hat sich überhaupt nicht verletzt dabei!"

Ich sage etwas von wegen „interessant" und „erstaunlich". Und dann bemerke ich, dass Ulrikes Lachen verschwunden ist. Sie blickt lange Richtung Zimmerdecke, legt dann zwei Finger an die Lippen und starrt die zerkratzte, mit Wachsresten gesprenkelte Tischplatte an.

„Was ist los?", frage ich sie.

„Ja ... ich ... ich glaube, ich habe es gespürt ... vorhin, ganz kurz, einen winzigen Moment nur. Wie einen Stich in der Brust."

„Was hast du gespürt?"

„Ich weiß nicht ... ich weiß nicht genau. Aber immer, wenn du gesprochen hast ... immer, wenn du zu Ende gesprochen hast und nicht mehr weiter wusstest, dann habe ich es gespürt. Es ist bei dir, Robert, und es ist ... wütend, voller Hass. Als ob es ununterbrochen schreien würde."

Wieder greift sie nach meiner Hand, ihre schmalen Finger drücken sich in meinen Handrücken und ich sehe, dass ihre Nägel abgekaut sind. Rosafarbenes, knittriges Fleisch ist dort, wo ...

„Robert!"

Ich zucke zusammen.

„Glaubst du das denn wirklich?"

„Was meinst ..."

„Glaubst du denn wirklich, dass es diese Monika ist, die dich heimsucht ... dieses, dieses so furchtbar schüchterne Mädchen, das immer bei euch zu Hause war?"

„Ich weiß nicht."

„Du hattest immer ein schlechtes Gewissen ihretwegen. Habe ich Recht?"

„Nein, eben nicht. Ich habe sie doch bestimmt zwanzig

Jahre nicht gesehen … ich habe überhaupt nicht mehr an sie gedacht. Und dann taucht sie plötzlich auf und sagt, sie will mir etwas schenken."

Schweigen. Ulrikes Finger streichen über meinen Handrücken, malen Kreise und Linien. Als würde sie auf meiner Haut mystische Symbole verteilen. Als sie spricht, ist ihre Stimme ganz leise, als käme sie durch Glas.

„Ich habe das Mädchen ein paarmal gesehen … als ich bei euch war. Monika war kein unglückliches Kind, nur in gewisser Weise … schwach, unvorbereitet. Ja, das ist es, bei ihr hatte ich immer den Eindruck, sie sei nicht vorbereitet auf die Scheußlichkeiten dieser Welt. Sie war eines der Kinder, bei denen man denkt: Was soll nur später aus dir werden, du armes Ding?"

„Sie war nur schüchtern", sage ich.

„Ja-ja, aber das war es nicht. Es gibt schüchterne Menschen, die stark und stur sind. Aber Monika, die war nicht so, sie … bei ihr hatte man den Eindruck, man könne ihr etwas antun und sie würde sich nicht einmal wehren. Monika war wie ein hilfloses, plumpes Tier. Außerdem war sie nicht sympathisch, man mochte nicht gerne in ihrer Nähe sein. Sie war einfach nicht … anziehend."

Mich erstaunen diese harten Worte aus Ulrikes Mund.

„Du meinst, sie hat es herausgefordert? Du denkst, sie war das geborene Opfer?"

„Schwachsinn!" Auf einmal klingt sie wütend. „Es gibt keine geborenen Opfer! Menschen werden durch die Umstände zu Opfern. Ich habe dir nur gesagt, wie ich das Mädchen damals empfunden habe!"

Eine Weile schaut sie mich regungslos an. Dann entspannen sich ihre Gesichtszüge und das vertraute Lächeln erscheint. Wieder streichelt sie meine Hand … wieder zeichnet sie ihre Linien und Kreise.

„Ihr beide habt immer so nett zusammen gespielt. Ich

weiß noch, du hattest diese große … diese große schwarze Rennbahn, die hast du zu Weihnachten bekommen. Und du hast immer zu schnell gemacht und da sind die Autos aus den Kurven geflogen."

Ja, daran erinnere ich mich. Die Carrerabahn war ein Weihnachtsgeschenk meines Großvaters väterlicherseits. Er hatte zwei komplette Sets gekauft und meinte, ich könne die beiden Bahnen ja zu einer großen Bahn zusammenbauen. Bei ihm musste immer alles groß sein.

„Und Monika, deine kleine Freundin, die ist immer um die Bahn herum gehuscht und hat die Autos wieder … wie heißt das? Auf diese … auf diese Schienen gesetzt, auf diese kleinen silbernen Streifen. Die war sozusagen der Pannendienst, du wolltest sie ja nie fahren lassen. Und einmal, da ist sie auf die Fahrbahn getreten und du hast sie in den Bauch geschlagen, so stark, dass sie keine Luft bekommen hat. Du hast gesagt, dass sie verschwinden und nicht wiederkommen soll."

„Das weiß ich nicht mehr."

„Nein? Das weißt du nicht mehr?"

„Und ich weiß auch nicht, ob es Monika ist, die mich … die mich heimsucht. Diese Szene im Flur, mit dem ertrunkenen Mann und dem toten Kind, die wirkte so unecht, wie eine schlechte Kopie. Dieses Baby sah aus wie eine billige Puppe … irgendwie unförmig, wie eine billige, mit Sand gefüllte …"

„Vielleicht hat sie sich ja ein Kind mit dir gewünscht, sie war ja schon als kleines Mädchen ganz fixiert auf dich, hat dich regelrecht …"

„Ulrike, bitte hör auf damit."

„Sie hat dich regelrecht angehimmelt. Du hast sie weggestoßen und sie ist immer wiedergekommen. In deinem Herzen, Robert, da weißt du doch, ob es Monika ist, oder?"

Ich bin müde. Ich will nicht mehr sprechen.

„Nein, Ulrike, weder in meinem Herzen noch sonst wo. Ich weiß es einfach nicht. Ich denke die ganze Zeit darüber nach, komme aber zu keinem Ergebnis."

Sie lässt meine Hand los, lehnt sich zurück und verschränkt die Arme vor der Brust.

„In Ordnung, dann geh zu diesem Mann, Robert, frag ihn nach seiner Meinung. Er kann dir vielleicht helfen. Und jetzt geh bitte … und nimm mit, was immer du hierher gebracht hast."

Donnerstag, 15. Dezember

Ein Monat schon seit dem Schrei. Gleich am Tag nach meinem Besuch bei Ulrike – eine Stunde Autofahrt hin, zwei Stunden zurück dank vier Toilettenpausen. Was zur Hölle war in diesem Tee? – fahre ich zur Universität und frage mich zu dem Raum durch, dessen Nummer (S311) mir Ulrike gegeben hat. Dritter Stock ganz hinten ... immer den Flur entlang, zwischen der Treppe und dem Aquarium, erklärt mir eine junge Frau mit tätowierten Unterarmen und grün gefärbten Augenbrauen, ... kannst du überhaupt nicht verfehlen.

Als ich fast am Ende des Ganges bin – die schmale Treppe habe ich gefunden, mit „Aquarium" meinte die Tätowierte einen verstaubten Glaskasten, in dem ein Professor seine ebenfalls verstaubten Werke ausstellt –, klingelt mein Telefon.

„Hallo, Schatz."

„Robert, hörst du mich?" Amy klingt aufgeregt. „Die Polizei war gerade da. Sie haben den Herrn Hinrich gefunden."

Ich schließe die Augen, atme aus.

„Er ist tot, oder?"

„Nein-nein, er lebt! Gott sei Dank! Sie haben ihn drüben im Flüchtlingsheim gefunden, unten im Keller. Wenn ich das richtig verstanden habe, dann hat er sich dort versteckt."

...

„Er lebt?"

„Ja! Das sag ich doch! Er ist irgendwie ins Flüchtlingsheim reingekommen und dort hat er sich versteckt. Die wissen auch nicht, wie er das geschafft hat, dort ist doch nachts immer abgeschlossen, weil die Angst vor Anschlägen haben oder so."

„Er hat sich drei Tage lang versteckt?"

„Ja, anscheinend."

„Und die Polizei hat das genau so gesagt? Die haben gesagt, dass er sich versteckt hat?"

„Ja, schon …"

„Vor wem oder vor was hat er sich versteckt? Hat er irgendwas gesagt?"

„Woher soll ich das wissen? Ich habe nicht mit ihm gesprochen. Jetzt freu dich doch erst mal, dass der Mann in Ordnung ist! Ich dachte, du bist erleichtert."

„Ich bin erleichtert, natürlich." Während ich das sage, merke ich, dass ich mich nicht im Geringsten erleichtert anhöre. „Ist der jetzt bei uns, der Herr Hinrich? Kannst du mit dem sprechen?"

Sie zögert, ich höre ein unterdrücktes Stöhnen.

„Natürlich ist der nicht bei uns, die haben den ins Krankenhaus gebracht und … und einer von den Beamten ist nur kurz bei uns reingekommen. Ich weiß auch nicht, wie es dem gesundheitlich geht, ob der überhaupt was gegessen und getrunken hat in der Zeit. Vorhin …"

„In welch-"

„Lass mich ausreden! Vorhin hat seine Tochter angerufen, sie will gleich vorbeikommen, die Sachen ihrer Eltern abholen und das Zimmer bezahlen."

„Okay, gut … dann frag sie, ob ihr Vater irgendetwas gesagt hat. Ich muss wissen, vor wem oder vor was er sich versteckt hat. Frag sie, was passiert ist."

„Ja, mach ich."

„Danke, Schatz, es ist wirklich wichtig. Und nimm kein Geld von ihr."

„Nein, natürlich nicht. Ich dachte, du bist erleichtert, Robert, ich dachte, du würdest dich freuen, dass der Mann in Ordnung ist. Das ist doch eine gute Nachricht, endlich mal etwas Gutes."

„Ja, ich freue mich ja auch, natürlich bin ich erleichtert. Wie geht es der Frau Hinrich? Hast du was von ihr gehört?"

„Nein, bisher nicht. Ich werde ihre Tochter fragen. Wann kommst du nach Hause?"

„Sobald ich kann. Frag sie auch, ob er etwas gesagt hat. Wir müssen wissen, was ihm passiert ist."

„Ja, ist gut. Ich will ja auch wissen, was los ist. Nachher muss ich noch mit Rita reden, sie hat das mit den Bildern gesehen … also dass die nicht gerade hängen."

„Erzähl ihr einfach irgendwas. Oder sag ihr, dass es sie nichts angeht, wie die Bilder hängen. Wir dürfen Rita nicht auch noch verlieren … am besten, du sagst überhaupt nichts."

„Ich regle das schon. Komm bitte gleich nach Hause, wenn du fertig bist."

„Mach ich."

Sie legt auf und ich gehe zum Ende des Ganges. Hier ist sie, die Tür mit der Nummer S311, kein Namensschild und kein Zettel mit Sprechzeiten. Die Tür ist mit Resten von Tesafilm und abgekratzten Aufklebern bedeckt, dazu tiefe Kratzer und mindestens hundert Nagellöcher. Auf Brusthöhe ist etwas überstrichen worden, irgendein Geschmiere. Durch die weiße Farbe schimmern blassrosa Buchstaben, ich glaube das Wort „Quäler" zu erkennen, kleingeschrieben. Ich klopfe an.

Nichts. Noch ein Versuch.

…

Ich sehe mich um, lege die Hand auf die Klinke und drücke zu. Hinter der Tür: Eine Abstellkammer, ein Raum voller alter Landkarten und verstaubter Tageslichtprojektoren.

Ich erinnere mich gut an meine Studentenzeit – und nein, diese sechs Jahre waren nicht die beste Zeit meines Lebens. Die schlechteste waren sie allerdings auch nicht, die sollte noch kommen.

Einerseits – ich studierte BWL und Pädagogik, eine eher exotische Kombination – waren da die Partys, die Freiheiten, die ich als Student genoss, die intellektuellen Herausforderungen und neuen Erfahrungen. Aber Studieren hieß eben auch: Bürokratie, unsichere, sich widersprechende Informationen, das ewige Sich-Durchfragen.

An diese unschönen Aspekte des Studentenlebens fühle ich mich erinnert, als ich nacheinander an sieben Türen klopfe, um herauszufinden, was zur Hölle mit Rainer Erdmann – so heißt er, der Mann, den ich suche – geschehen ist.

Tür 1: Weiß ich nicht, ich mache hier nur Vertretung.

Tür 2: Kommen Sie in einer Stunde wieder, wir sind hier mitten im Gespräch. Schließen Sie bitte die Tür.

Tür 3: Abgeschlossen. Verräterische Geräusche aber keine Anstalten, mir zu öffnen.

Tür 4: Der Erdmann ist hier schon lange nicht mehr. Wo er jetzt ist? Da bin ich überfragt.

Tür 5: Über den weiß ich nichts. Fragen Sie doch mal bei Frau Polke nach.

Tür 6 (Frau Polke): Was wollen Sie denn von dem? Der ist hier nicht mehr. Ich bin auch überhaupt nicht befugt, Ihnen da irgendwelche Auskünfte zu geben.

Hinter der siebten Tür – „Ja? Hereinspaziert!“ – haust ein mittelalter, heftigst zerzauster Professor, dessen Bauch ein quietschbuntes Hawaiihemd zu sprengen droht. Der Mann hat ein verquollenes Gesicht, riecht nach Nikotin und sieht aus, als habe er mehrere Nächte in seinen Klamotten geschlafen. Wie sagte gleich einer meiner Dozenten? Wenn du erst verbeamtet bist, dann kannst du dir eigentlich alles erlauben.

Ich stelle mich vor und er – „Angenehm, Herr Bieler! Roloff mein Name, ein l und zwei f" – stellt sich vor. Dann frage ich nach Rainer Erdmann und mein Gegenüber richtet sich ächzend in seinem Chefsessel auf. Hinter dem zugemüllten Schreibtisch hängt ein großes Monty Python-Poster.

„Ach, der Rainer! Ist lange her, dass den jemand gesucht hat. Was wollen Sie denn vom lieben Rainer?"

Ich antworte, dass er mir als Experte empfohlen wurde.

„Aha! Als Experte für was?" Und bevor ich etwas sagen kann: „Für Gespenster, hab ich Recht? Sie sehen überhaupt nicht aus, als würden Sie an so was glauben. Wie auch immer, der Rainer hat uns in Richtung freie Wirtschaft verlassen, Energiebranche sozusagen. Sein Ruf war zuletzt nicht mehr der allerbeste ... liegt möglicherweise daran, dass er Hunde getötet hat." Roloff lacht ein dröhnendes, aus tiefster Tiefe kommendes Lachen. „So sagt man zumindest ... ich war ja nicht dabei. Vielleicht war es auch nur ein einziger Hund ... oder ein Katze. Wer weiß?"

Mein Gegenüber lehnt sich zurück und streicht sich mehrmals grob durchs Haar – ohne allerdings viel an dem graubraunen Durcheinander zu verändern.

„Sie verstehen nur Bahnhof, was? Na gut, dann werde ich mal ausholen. Der Rainer hat sich systematisch ... ja, so kann man das sagen, er hat sich systematisch die Reputation ruiniert. Schade, jammerschade! War nicht unbegabt, der Mann. Mit anderen Worten: Der Gute ist verbrannt, der wird nichts mehr in seinem Fach. Angefangen mit diesen Gespenstergeschichten hat das ja schon vor fünf oder sechs Jahren ... und in Ordnung, das ist ja kein Problem, da kann man forschen, da kann man auch Aufsätze drüber schreiben. Aber der Rainer hat es natürlich völlig überreizt, hat er immer gemacht, hat angefangen,

Experimente zu machen. Der wollte tatsächlich die Existenz irgendwelcher Geister und Dämonen und weiß der Teufel was beweisen. Und dabei ist er zu weit gegangen, dabei hat er dann irgendwann – und fragen Sie mich bitte nicht nach Sinn und Zweck – dabei hat er dann anscheinend …" Roloff hebt die Hände, sieht mich mit großen Augen an und schürzt die wulstigen Lippen. „… Hunde getötet! An wie viele Türen haben Sie denn schon geklopft und nach dem Rainer gefragt?"

„Fünf … oder sechs."

„Und keiner will ihn gekannt haben, unseren Ausgestoßenen, diesen Schandfleck auf der ansonsten weißen Weste des Instituts, habe ich Recht?"

„Ja, haben Sie."

„Aber ihnen wurde der Rainer empfohlen." Roloff lehnt sich nach vorne. „Von wem, wenn ich fragen darf?"

„Von einer Frau, die ein Seminar bei ihm besucht hat. Kennen Sie nicht."

Ein breites Grinsen auf seinem Gesicht.

„Sie sagten, er ist jetzt in der Energiebranche?"

Wieder dieses dröhnende, rasselnde Lachen. Selten habe ich einen Menschen erlebt, der sich dermaßen raumgreifend verhält.

„Sozusagen. Warten Sie mal, ich schreib Ihnen die Adresse auf."

Er lehnt sich zu seinem Schreibtisch, fischt Zettel und Stift aus dem Chaos. Bedrohlich biegt sich die Armlehne.

„So, bitteschön!"

„Danke. Haben Sie vielleicht auch eine Telefonnummer?"

„Gerade nicht. Sagen Sie schöne Grüße vom Georg!"

„Ja, mach ich."

„Und lassen Sie sich nicht verarschen, Herr Bieler! Geben Sie dem Mann kein Geld."

Ich nicke nur.

„Wiedersehen, Herr Roloff. Danke für Ihre Hilfe."

„Ja, wiedersehen. Alles Gute!"

Als ich gerade von außen die Tür schließen will, brüllt er mir hinterher:

„WENN SIE GESPENSTER SEHEN, DANN GEHEN SIE VERDAMMT NOCH MAL ZUM PSYCHIATER! LASSEN SIE SICH NICHT VERARSCHEN, HERR BIELER!"

Ich ziehe die Tür zu.

—

Bis zuletzt, noch als ich den zweiten Baumarkt und das dritte Billigmöbelgeschäft passiere, erwarte ich, auf ein Wohngebiet zu stoßen, auf eine Reihe von Hochhäuser, vielleicht auf ein einzelnes, zwischen Reifendiscount, Currywurst-Express und Gartencenter eingequetschtes Wohnhaus. Schließlich aber – das ist die korrekte Adresse, kein Zweifel – stehe ich vor einer Tankstelle. Okay ... Energiebranche.

Ich parke meinen Wagen neben dem Münzstaubsauger und betrete das nicht sehr große, aus Blech und Kunststoff zusammengestückelte Gebäude. Hinter der Theke, vor der obligatorischen Zigarettenwand und umgeben von Schokoriegeln und Tüten voller Süßigkeiten, steht ein gedrungener, gelangweilt wirkender Mann. Er ist unrasiert, hat strubbliges hellblondes Haar und schlaffe, blasse Arme. Sein Alter kann ich nicht schätzen, irgendetwas zwischen Ende dreißig und Mitte fünfzig. Als ich zu ihm gehe, bemerke ich, dass die Schultern seines schwarzen T-Shirts von Schuppen bedeckt sind.

„Guten Tag, ich suche den Herrn Erdmann, Rainer Erdmann."

Der Mann sieht zu mir auf und blinzelt. Er ist deutlich

kleiner als ich, sein Hals ist so dick wie sein Kopf.

„Haben Sie getankt?", fragt er mit rheinischem Akzent.

„Nein. Ich ..."

„Wollen Sie was kaufen?" Er hält eine Tüte Gummibärchen hoch. Dazu macht er ein Gesicht, als böte er mir Crack an.

„Sie sind Herr Erdmann, oder?"

Er patscht die Tüte auf den Tresen.

„Hab ich Schulden bei Ihnen oder was?"

„Nein ... sind Sie ..."

„Ja, bin ich. Was wollen Sie?"

Am liebsten würde ich wieder gehen. Der Mann ist in desolatem Zustand. Zwei Flecken auf seinem T-Shirt, einer in der Herzgegend, der andere auf Höhe des Zwerchfells, glänzend wie Schneckenschleim.

„Was wollen Sie?", wiederholt Erdmann.

„Mein Name ist Robert Bieler. Sie wurden mir empfohlen ... als Experte für ..." Ich atme durch. „... für paranormale Phänomene."

„Aha." Ein feines gemeines Lächeln erscheint auf dem fast runden Gesicht. „Hören Sie Stimmen? Platzen die Glühbirnen?"

Wir sehen uns in die Augen. Ich bin kurz davor, einfach zu gehen.

„Wie war noch gleich Ihr Name?"

„Bieler, wie eben schon gesagt. Ich heiße Robert Bieler."

„Aha. Und Sie kommen auf eine Empfehlung hin. Wer soll mich denn bitteschön empfohlen haben?"

„Eine Frau, die ein Seminar bei Ihnen besucht hat. Sie war beeindruckt von Ihnen und Ihrem Wissen."

Er versucht erfolglos, ein Lächeln zu verbergen. Anscheinend empfänglich für Komplimente, denke ich.

„Woher haben Sie gewusst, dass Sie mich hier finden?"

„Von einem ihrer ehemaligen Kollegen ... Roloff, Professor Roloff. Ich war erst bei ihrem ehemaligen Büro, dann …"

Hart lacht Erdmann auf. Das Lachen erstirbt so plötzlich, wie es gekommen ist.

„Und? Hat sich das versoffene Arschloch mein Büro schon unter den Nagel gerissen?"

Ich schüttle den Kopf. „Nein, der-"

„Nein? Und wer ist dann drin?"

„Niemand. In dem Raum stehen alte Projektoren … ist wohl so eine Art Abstellkammer."

Erdmann sieht auf seine Theke, steht zwischen überteuerten Süßigkeiten und sagt nichts. Plötzlich tritt er hart zu, tritt gegen etwas, das hinter der Theke steht und das ich nicht sehen kann.

Ein lautes Krachen gefolgt von einem Scheppern. Erschrocken gehe ich einen Schritt zurück.

„Jetzt können wir reden", sagt Erdmann.

—

„Wer zum …"Amy packt mich am Arm. „Wer zum Teufel ist das?"

„Rainer Erdmann … Ulrike hat ihn mir empfohlen. Er kann uns vielleicht helfen."

„Und du willst ihn hier wohnen lassen? Wie lange kennst du den Mann schon? Eine Stunde?"

„Nicht so laut, okay? Wir haben doch sowieso freie Zimmer. Hör zu, wenn sich herausstellt, dass er nichts für uns tun kann, dann …"

Sie zieht mich näher heran.

„Aber wieso sieht der so aus? Ich dachte, der ist Wissenschaftler. Der sieht aus wie ein Penner. Außerdem riecht er, der Typ riecht eindeutig nach Pisse. Was zum Teufel hat er dir erzählt?"

Während wir sprechen, versinkt Erdmann zehn Meter weiter in einem unserer Ledersessel. Seine Beine hat er über Kreuz auf einer großen, grauen Reisetasche abgelegt.

„Verdammt noch mal, Amy, der Mann *ist* Wissenschaftler, es kann uns doch egal sein, wie er aussieht. Er will nichts weiter als freie Kost und Logis, er will keinen einzigen Euro von uns. An wen sollen wir uns denn sonst wenden?"

Sie zieht mich noch ein wenig weiter von Erdmann weg.

„An dieses Institut in Freiburg, die machen einen seriösen Eindruck. Ich habe noch mal mit denen telefoniert, das sind richtige Psychologen und Physiker, nicht irgendwelche Spinner! Die haben Erfahrung mit solchen-"

„Aber die sind in Freiburg!", unterbreche ich sie. „Und Erdmann ist hier! Ich habe ausführlich mit ihm gesprochen, der Mann hat Ahnung von solchen Dingen."

„Und er will kein Geld von uns?"

„Nicht einen verdammten Euro. Das schwöre ich."

Wie aus dem Boden geschossen, weder ich noch Amy haben ihn aufstehen und herankommen sehen, steht Erdmann neben uns.

„Frau …"

Sie zögert.

„Parson."

„Angenehm. Erdmann mein Name, Rainer Erdmann. Ich garantiere Ihnen, dass ich weder die Absicht habe, Sie um Ihre Ersparnisse zu bringen, noch sonst etwas Böses im Schilde führe. Ich verspreche nicht, dass ich Ihnen helfen kann … ich kann lediglich versuchen, mit Ihrer Hilfe und der Hilfe Ihres Lebensgefährten herauszubekommen, mit was Sie es zu tun haben. Auch wenn ich ein wenig abgerissen aussehe, Frau Parson, ich bin Wissenschaftler, ich habe 1994 in Mathematik und 2003 in Ethnologie promoviert … Sie können meine beiden Dissertationen online einsehen, wenn Sie das möchten. Gerne schreibe ich Ihnen den Link auf."

Ich bin mir nicht sicher, ob Erdmanns Sprechweise auf eingeübter Technik oder natürliche Begabung beruht. Aber ich bin beeindruckt ... und ich sehe Amy an, dass auch sie beeindruckt ist. Nur selten trifft man auf Menschen, die etwas so sagen können, dass sich jeder Widerspruch verbietet. Lautstärke, Aggressivität, plumpes Dominanzverhalten, all dies haben diese Menschen nicht nötig. Stattdessen schaffen sie es, eine unangestrengte, geradezu heitere Souveränität, eine unaufdringliche Dominanz auszustrahlen, während sie ihre Worte wählen und ordnen. Erdmann setzt seinen Monolog fort.

„Dass ich ein wenig schäbig aussehe, dass ich vielleicht auch ein wenig unangenehm rieche, liegt daran, dass die letzten Monate nicht ganz einfach für mich waren. Ich wurde um meine Stellung an der Universität gebracht und arbeite momentan in der Tankstelle meines Vaters ... ein Job, der mich, um ehrlich zu sein, einen Scheiß interessiert. Wenn Sie erlauben, werde ich jetzt nach oben gehen und mich ein wenig frisch machen ... duschen, mich rasieren, meine Kleidung wechseln. Schließlich möchte ich keinesfalls Ihre Gäste erschrecken."

„Ja", sagt Amy, „in Ordnung". Und dann, nach kurzem Zögern: „Es war nicht meine Absicht, Sie zu beleidigen, Herr Erdmann."

Er hebt den rechten Arm und tut so, als würde er an seiner Achsel riechen.

„Sie haben nur die Wahrheit gesagt. Ich stinke wie ein Müllwagen im Hochsommer! Wenn Sie mich nun bitte entschuldigen würden ..."

Als Erdmann in Richtung seines Zimmers – erster Stock, vorne beim Treppenaufgang – verschwunden ist, frage ich Amy, ob es wirklich in Ordnung für sie ist, dass Erdmann eine Weile bei uns bleibt.

„Ja“, antwortet sie. „Der Mann wirkt ehrlich.“

„Entweder er ist ehrlich oder ein unglaublich guter Schauspieler“, sage ich.

Hast du ihm alles erzählt?“

„Nein, nicht alles. Wenn er uns verarschen will, dann werfe ich ihn raus.“

—

Gegen halb neun, draußen ist es bereits dunkel und schneidend kalter Wind bringt den Straßenmüll durcheinander, taucht endlich die Tochter der Hinrichs auf. Ich weiß sofort, wer sie ist, als ich die nicht mehr junge und noch nicht alte Frau an der Rezeption stehen sehe. Eine fast perfekte Kopie ihrer Mutter, ein paar Jahrzehnte noch und sie wird perfekt sein.

„Frau Hinrich?“

Sie dreht sich ruckartig zu mir um. Das Ende eines breiten Schals fällt aus dem Kragen ihres Wollmantels.

„Ja?“

Hastig stopft sie es wieder hinein.

„Mein Name ist Robert Bieler, Sie haben mit meiner Lebensgefährtin telefoniert. Es tut mir ausgesprochen leid, was mit Ihrem Vater passiert ist. Ich habe wirklich keine Erklärung.“

Sie versucht es, bringt aber nicht einmal den Hauch eines Lächelns zustande.

„Ich auch nicht“, sagt sie leise.

„Wenn ich fragen darf … hat er denn etwas gesagt? Also warum er das Hotel verlassen hat. Ist denn etwas vorgefallen? Wir würden natürlich gerne wissen, was passiert ist … ob ihn etwas erschreckt hat … oder ob er von jemandem bedroht wurde … von einem anderen Gast vielleicht."

Sie sieht mich nur an.

„Natürlich ist so etwas primär Sache der Polizei, ich weiß. Aber als Hotelbetreiber muss ich wissen, was in meinem Haus vor sich geht. Es wäre mir einfach wichtig ..."

„Er wollte Mama holen ... aber er hat sich nicht getraut. Er wollte sie aus dem Haus holen."

Merkwürdig, das Wort „Mama" aus dem Mund einer erwachsenen Frau zu hören. Sie spricht mehr zu sich selbst als zu mir.

„Dachte er denn, seine Frau wäre hier bei uns in Gefahr?"

Sie nickt.

„Aber warum? Was ist denn passiert?"

Ich spüre, dass ich vorsichtig sein muss. Keinesfalls darf ich sie bedrängen mit meinen Fragen.

„Er hat ... er hat kaum etwas gesagt ... nur, dass er meine Mutter holen wollte und sich nicht getraut hat. Ich weiß nicht, was ich von der Sache halten soll. Er steht noch ganz neben sich, sitzt nur da und grübelt vor sich hin."

„Aber hat er denn nicht gesagt, was ihm passiert ist?"

Sie schüttelt den Kopf.

„Und wie geht es Ihrer Mutter?"

„Gut, ja ... es, es war nichts Ernstes. Sie neigt zu solchen Anfällen, ihr Blutdruck ... sie, ihr wird leicht schwindelig, das ist nicht neu für uns. Könnte ich jetzt die Sachen meiner Eltern bekommen?"

„Ja, natürlich."

Schweigend gehen wir nach oben. Während Frau Hinrich – heißt sie überhaupt so? Jedenfalls hat sie mich nicht korrigiert – die Schrankfächer ausräumt, warte ich in der Tür, sehe abwechselnd hinaus auf den langen Korridor und dann wieder ins Zimmer. Nach zehn Minuten angespannten Wartens halte ich die Stille nicht mehr aus, dann soll sie sich eben bedrängt fühlen!

„Entschuldigen Sie, Frau Hinrich, ich muss das noch mal fragen. Hat Ihr Vater wirklich nicht mehr gesagt? Wir haben seit einigen Wochen Probleme hier im Hotel, immer wieder beschweren sich Gäste. Und ich muss irgendwie herausfinden, was genau das ... also was genau das Problem ist, was genau hier vor sich geht. Hat Ihr Vater ..."

„Nein! Er hat nichts gesagt!" Ihre Stimme klingt scharf. „Es geht ihm nicht gut und glauben Sie mir, ich würde selbst zu gerne wissen, was meinem Vater passiert ist! Warum zum Teufel versteckt sich ein erwachsener Mann drei Tage im Keller eines Asylantenheims? Wie ist er überhaupt dort hineingekommen?"

Sie sieht mich einen Moment lang an, dann wendet sie den Blick ab und drückt einen Stapel lange Unterhosen in einen der Rollkoffer.

„Frau Hinrich, ich bitte Sie ... vielleicht könnte ich einmal mit Ihrem Vater sprechen, in ein paar Tagen vielleicht, wenn er-"

„Nein, mit Sicherheit nicht!" Sie macht sich gerade, sieht mir direkt ins Gesicht. „Ich liebe meinen Vater und ich hoffe sehr, dass er sich erholt. Morgen früh reisen wir ab und ich garantiere Ihnen, dass weder er noch meine Mutter jemals wieder einen Fuß in Ihr komisches ... in Ihr verdrehtes, in Ihr ..." Die Frau zittert vor Wut. „in Ihr widerliches Hotel setzen werden!"

Sie packt weiter Wäsche ein und ich sehe ihr schweigend zu. Aber in meinem Inneren rumort es. Ich kann diese Frau nicht gehen lassen, ohne etwas, und sei es ein noch so winziges Detail, von ihr erfahren zu haben. Der muss doch irgendetwas gesagt haben, denke ich, das kann doch nicht sein, dass er die ganze Zeit ...

„Bitte, Frau Hinrich, wenn Ihrem Vater hier bei uns etwas passiert ist ..." Meine Freundlichkeit ist so falsch, dass ich genauso gut fluchen und brüllen könnte. „Wenn ihm bei uns etwa passiert ist, dann würde es wirklich, wirklich sehr helfen, wenn wir wüssten …"

Sie schreit mich an:

„SIND SIE JETZT MAL RUHIG VERDAMMT?"

…

„Frau Hinrich, ich will doch nur …"

„DU ARSCHLOCH!"

Sofort nachdem sie es gesagt hat, wirklich nur eine halbe Sekunde später, entschuldigt sie sich bei mir. Der Stress, die Sorge um ihre Eltern, das sei alles zu viel, außerdem habe sie das Hotel nicht gefunden und sei fast eine Stunde durch die Gegend gefahren.

Ich bemerke, dass die Frau am ganzen Leib zittert.

„Ich muss mich entschuldigen", sage ich leise. „Es tut mir leid, sollte ich sie bedrängt haben. Ich werde nur einfach nicht schlau aus der Sache."

„Da haben wir etwas gemeinsam."

Mittlerweile sind die Fächer leer.

„Ich rufe Sie an, sollte mein Vater noch etwas zu der Angelegenheit sagen. Helfen Sie mir mit dem Gepäck?"

„Ja, selbstverständlich."

Als wir mit gepackten Koffern auf den Gang treten, steht Amy vorne an der Treppe. Sie sieht winzig aus zwischen all dem Stein.

„Ist alles in Ordnung?"

„Ja, alles okay. Das ist die Tochter von Herrn und Frau Hinrich."

Amy läuft auf uns zu, streckt im Laufen die Hand aus.

„Angenehm. Es tut uns furchtbar leid, was mit ihrem Vater passiert ist."

„Ja, mir auch", sagt Frau Hinrich. Dann geht sie, dabei den leichteren der beiden Rollkoffer hinter sich her zerrend, Richtung Treppe, lässt uns einfach stehen. Amy sieht mich mit hochgezogenen Augenbrauen an.

Als ich Frau Hinrichs Koffer ins Auto gehoben habe, als wir uns hastig verabschiedet haben und ich über den hundertfach geflickten Asphalt zurück zum Haupteingang laufe, sehe ich eine Gestalt … im ersten Stockwerk, sich mit einer Zigarette aus dem Fenster lehnend.

„Sie dürfen im Hotel nicht rauchen", rufe ich Erdmann zu.

„Streng genommen rauche ich nicht im Hotel", antwortet er grinsend. Als ich nicht reagiere, wirft er die Zigarette hinunter. Ich gehe hin und trete sie aus.

„Sie sind ein Pedant, Herr Bieler … Sie geraten in Schwierigkeiten, wenn nicht alles seinen gewohnten Gang geht. Habe ich Recht?"

„Nein, haben Sie nicht! Sie kennen mich überhaupt nicht."

„Wie auch immer. Wir müssen uns unterhalten … in fünf Minuten bei der Rezeption. Bringen Sie Zeit mit!"

—

Rund drei Stunden, von 21.30 Uhr bis nach Mitternacht, sitzen wir zwischen den bunt lackierten, mit feinem braunem Staub bedeckten Resten des eingelagerten und vergessenen Spielplatzes. Erdmann hat mich gefragt, wo „in diesem Klotz" wir ungestört sein könnten, und ich habe ihn in den Keller geführt.

Als ich die Brandschutztür aufschloss, fragte ich ihn, ob wir uns nicht zunächst das Gebäude ansehen sollten. Ich wollte ihm die Schrauben zeigen, die durch den Stein gewandert waren, die Stellen, an denen mir Monika und der Ertrunkene begegnet waren, den Dachboden und die Stelle, an der Oscar dieses Spiel …

Aber Erdmann winkte ab. „Denken Sie etwa, Sie leben in

einem Spukhaus, Herr Bieler? Nicht das Haus ist Ihr Problem, Sie selbst sind Ihr Problem."

Ausführlich lässt Erdmann sich von mir die Geschehnisse der letzten Wochen schildern, immer und immer wieder muss ich ihm die beiden Szenen mit Monika beschreiben. Details will er, mehr Details! Und dann, als ich fast schon zu erschöpft zum Weiterreden bin, fragt er mich, was mir „das Wichtigste" sei.

Ich verstehe nicht, was er meint.

„Na das Wichtigste ... was ist Ihnen das Wichtigste? So kompliziert ist die Frage nicht, Herr Bieler."

Ich zögere, blicke auf den grauen, schlierigen Boden. Dann sage ich, Amy und Oscar seien mir das Wichtigste ... dass es ihnen gut gehe, dass ihnen nichts passiere.

Lachend schlägt Erdmann gegen den Rand der Kinderrutsche, das hohle, scheppernde Geräusch hallt von den Wänden wider. Er sitzt vornüber gebeugt auf dem unteren Ende, seine Hosenbeine sind nach oben gerutscht und sein Bauch quillt über den Gürtel.

„Sind Sie sich da sicher?"

„Ja ... natürlich."

„Dann lassen Sie uns mal rekapitulieren, Herr Bieler. In der Nacht, in der Sie das zweite Mal Ihrer Kinderfreundin Monika begegnet sind, oder zumindest etwas, das wie Monika aussehen wollte, da haben Sie eine intensive Wut auf Ihre Lebensgefährtin und deren Sohn empfunden ... Sie wollten sie töten, nicht?"

Er sieht mich an und ich schüttle den Kopf.

„Nein, so kann man das nicht sagen. Es ... also es war ja nur ein Traum. Als ich wieder wach war, da ..."

„Ja-ja, schon gut. Aber in Ihrem Traum, da wollten Sie

die beiden töten. Exakt das haben Sie mir vorhin erzählt."

„Ja, das stimmt."

„Und Oscar sahen Sie nackt auf dem Küchentisch liegen. Haben Sie sexuelles Interesse an dem Jungen?"

„Was?"

Er wischt sich die Augen, unterdrückt ein Gähnen.

„Tun Sie nicht so empört, Bieler. Beantworten Sie einfach meine Frage."

„Nein, natürlich nicht! Nicht im Geringsten!"

„Seien sie bitte ehrlich, es geht um sehr viel. Ich bin nicht hier, um Sie zu verurteilen. Also, Karten auf den Tisch! Haben Sie sexuelles Interesse an dem Jungen?"

„Nein, verdammt, ich habe nicht das geringste sexuelle Interesse an Oscar!"

Er lässt nicht locker.

„Haben Sie sich jemals Fotos von nackten Jungs im Internet angeschaut? Kommen Sie schon, Bieler, hübsche, nackte Jungs ... nur angeschaut." Er grinst mich an. „Zarte, junge Körper, seidenweiche Haut ... nur angeschaut, nichts weiter."

„Nein, das habe ich nicht. Nicht ein einziges Mal. Ich interessiere mich einen Scheiß für nackte Kinder!"

Das ist die Wahrheit. Noch nie verspürte ich solche Neigungen.

„Gut, ich glaube Ihnen. Und werden Sie ruhig ärgerlich, Bieler, Ärger ist gut. Also ... wo waren wir? Ach ja, Sie hatten diesen Traum, in dem Sie so voller Hass waren. Dann ist einem Ihrer Gäste etwas passiert, das ihn dazu gebracht hat, in eiskalter Nacht auf die Straße zu rennen und sich mehrere Tage im Haus gegenüber zu verstecken. Und ach ja ... der Junge spielt dieses seltsame Videospiel, von dem sie nicht wissen, was es damit auf sich hat, vor dem Sie aber, wenn ich das richtig verstanden habe, regelrecht Angst haben."

„Nein, so …"

„Ja-ja, papperlapapp. Lassen Sie mich eines klarstellen, Herr Bieler. Wir beide werden uns nicht mit Höflichkeiten aufhalten. Ich werde Dinge sagen, die Sie verletzen, und Sie … Sie werden wütend auf mich sein und trotzdem, trotzdem nicht die beleidigte Leberwurst spielen. Ist das in Ordnung?"

„Ja", sage ich. „Das ist in Ordnung. Ich suche Hilfe, Herr Erdmann, um Freundschaft geht es mir nicht."

„Gut, sehr gut. Wir verstehen uns. Und jetzt möchte ich Sie etwas fragen. Warum haben Sie nicht das Hotel geschlossen und Ihre Lebensgefährtin und deren Sohn irgendwo hingebracht, wo sie in Sicherheit sind? Wäre das denn nicht die angemessene Reaktion eines sorgenden Familienoberhauptes gewesen?"

„Na ja, ich …"

„Und warum sind Sie nicht in das Flüchtlingsheim gegangen und haben die Frau gesucht, die Sie in besagter Nacht am Fenster gesehen haben … die Ihnen Zeichen gemacht hat?" Er lässt eine Pause, sieht mich an. „Und warum verdammt noch mal haben Sie nicht ernsthaft nachgeforscht, warum Ihr Zimmermädchen gekündigt hat? Warum sind Sie da nicht hartnäckig geblieben?"

Erdmann lehnt sich noch ein wenig weiter zu mir.

„Ich sage Ihnen, was das Wichtigste für Sie ist! Sie haben eine Menge Scheiße erlebt, Bieler, Ihr kleines Mädchen ist gestorben und Ihre Ehe ist vor die Hunde gegangen, dann steckten Sie jahrelang in einem frustrierenden Job fest. Aber Sie haben den Absprung geschafft, haben gekündigt und etwas Neues gewagt. Und das, was Sie jetzt haben, das ist für Sie das große Ding, Ihre verdammte Chance auf ein klein wenig Glück. Und deshalb wollen Sie, dass *es* einfach wieder weggeht … was immer dieses „es" auch ist. Sie wollen, dass alles so weitergeht wie bisher … dass

Ihr schickes Hotel einigermaßen läuft, dass Geld reinkommt, dass diese stinkigen alten Möbel, die hier überall herumstehen, dass die noch eine Weile halten, dass Sie sich mit Ihrer Freundin und dem Jungen vertragen. Sie wollen, dass einfach alles wieder gut wird. Das ist Ihnen das Wichtigste, Ihr neues Leben, Ihr Hotel, Ihre Chance darauf, auf dem Sterbebett einmal ‚war schon okay' zu sagen … aber nicht die Sicherheit von Amy und Oscar."

Erdmann zeigt mit dem Finger auf mich.

„Ich verrate Ihnen was, Bieler. Als ich zu Ihnen gefahren bin, dachte ich, Sie sind vielleicht ein Spinner … jemand mit Wahnvorstellungen. Nach dem, was Sie mir erzählt haben, denke ich das nicht mehr. Und ich sage Ihnen noch etwas. Es wird nicht einfach wieder weggehen, dazu ist schon viel zu viel passiert. Sie können diese Sache nicht aussitzen und hoffen, dass alles gut wird."

„Und warum zum Teufel ist das alles passiert? Können Sie mir das erklären?"

Er grinst mich an.

„Nein, kann ich nicht. Zumindest nicht zum jetzigen Zeitpunkt. Und nun brauche ich 500 Euro von Ihnen."

…

„Warum?"

„Weil Sie es nicht geschafft haben, herauszubekommen, was mit dieser Monika Menke passiert ist … ob Ihre ehemalige Spielkameradin noch unter uns Lebenden weilt. Ich werde eine Agentur mit der Sache beauftragen, das wird Sie 250 kosten. Die anderen 250 sind für Ihr ehemaliges Zimmermädchen."

„Sie wollen Zuzanna dafür bezahlen, mit uns zu reden?"

„Haben Sie eine bessere Idee?"

Nein, die habe ich nicht.

„Und dann noch einmal tausend."

Ich glaube, mich verhört zu haben. Schon fällt mir die

Warnung des fetten Professors ein: Lassen Sie sich nicht verarschen, Herr Bieler! Geben Sie dem Mann kein Geld.

„Warum in aller Welt wollen Sie tausend Euro von mir? So etwas war nicht vereinbart."

„Herr Bieler, denken Sie, ich lebe von Luft und Liebe? Jemand muss meine Schicht übernehmen ... in der Tankstelle, die mir mein alter Herr gnädigerweise überschrieben hat. Oder wollen Sie, dass ich den Laden schließe?"

Ich stehe auf.

„Herr Erdmann, das wird mir gerade etwas zu viel. Wir haben uns unterhalten und ... okay, Sie machen den Eindruck, als hätten Sie Ahnung von den Dingen, über die Sie sprechen. Und in Ordnung ... Sie sind Wissenschaftler, Sie haben zwei Doktortitel, Sie haben an der Universität gelehrt. Und trotzdem, wie kann ich sichergehen, dass Sie mich nicht schlicht und einfach betrügen wollen?"

„Sicherheit gibt es nicht", sagt Erdmann schulterzuckend. „Ich könnte Sie betrügen, sehr leicht sogar. Ich habe sogar schon mit dem Gedanken gespielt, um ehrlich zu sein."

Er macht eine Pause, grinst mich an.

„Sie können gerne auch zu einem Pfarrer gehen, vielleicht finden Sie ja einen, der mit Ihnen durchs Haus läuft und Weihwasser verspritzt, so ein knorriges, noch halb im Mittelalter steckendes Katholikenexemplar, das Ihnen was von Tod und Teufel vorlügt. Aber ich sage Ihnen, mit mir sind Sie besser dran."

Ich atme durch, mache zwei Schritte von dem Mann weg und wieder zwei auf ihn zu. Erdmann sitzt nur da, ein kompaktes, selbstzufrieden grinsendes Männchen, ein zynisch gewordener Buddha auf einer Kinderrutsche.

„Und was zum Teufel war das mit den Hunden? Sie sollen Hunde umgebracht haben, jemand hat ‚Tierquäler' an Ihre Tür geschmiert, Ihre Reputation ist nicht die beste,

Herr Erdmann, die Leute an der Universität haben so getan, als würden die Sie überhaupt nicht kennen."

Endlich, endlich verschwindet dieses überhebliche Grinsen von seinem Gesicht.

„Das ist Scheiße, das ist alles nur ein großer Haufen Scheiße." Er klingt hart, aggressiv. Und zugleich unheimlich müde. Wie jemand, der sich schon viel zu oft hat rechtfertigen müssen.

„Warum wurden Sie entlassen?", frage ich.

„Man hat Dreck über mir ausgeschüttet … um mich loszuwerden, man wollte meine Karriere ruinieren. Ich habe für mein Fach mehr getan als all diese Wichser zusammen, als diese, diese angeblichen Wissenschaftler, die den ganzen Tag nur Ihre Seilschaften pflegen … die in Ärsche kriechen, anstatt Forschung zu betreiben."

„Also alles gelogen? Wollen Sie mir das sagen? Sie haben keine Hunde getötet?"

„Ich. Habe. Forschung. Betrieben." Er betont jedes einzelne Wort, als spreche er mit einem Schwachsinnigen. Als ich nicht reagiere, fummelt er schnaufend sein Handy aus der Tasche, Bauch und Hüftspeck sind im Weg.

„Bewegen Sie Ihren Hintern hierher, Bieler. Ich zeige Ihnen was."

Ich zögere, dann gehe ich doch zu ihm.

„1999 war ich in der Nähe von … von Karlovac. Ein Forschungsaufenthalt. Damals fing ich gerade an, mich mit paranormalen Phänomenen zu befassen."

Ich habe keine Ahnung, wo Karlovac liegt. Wahrscheinlich Südosteuropa, vielleicht …

„Kroatien", murmelt Erdmann, „südwestlich von Zagreb. Hocken Sie sich neben mich, damit Sie etwas sehen."

Er startet ein Video und drückt sofort auf Pause.

„Ich war bei einer Familie zu Gast, nette, anständige Menschen, verheiratetes Paar, drei Töchter und ein Sohn, dazu eine bettlägerige Urgroßtante und die verwitwete Schwester der Mutter. Wohnten alle zusammen in einem großen, ein wenig heruntergekommenen Bauernhaus, ziemlich abgeschieden. Der Vater war Schlosser, die Mutter machte Näharbeiten, nebenbei betrieb die Familie Landwirtschaft zur Deckung des Eigenbedarfs. Konnten beide ein bisschen Englisch, die Eltern. Sehen Sie den Hund?"

Ja, natürlich sehe ich den Hund. Das Tier steht mit eingezogenem Schwanz, das Hinterteil zur Kamera, auf einem zerschlissenen Teppich in der Mitte eines engen Zimmers. Ein kurzbeiniger, bunt gescheckter Mischling.

„Einer der Hunde, die Sie getötet haben?", frage ich.

„Seien Sie still, Bieler! Seien Sie still und hören Sie zu. Die Familie, bei der ich mich aufhielt, bewohnte fünf Zimmer im vorderen Teil besagten Hauses. Im hinteren Teil, zum Garten hin, waren vier weitere Zimmer, die allerdings nicht betreten wurden, vor denen sämtliche, wirklich sämtliche Familienmitglieder mehr oder weniger ausgeprägt Angst hatten."

Erdmann schüttelt den Kopf, macht ein schmatzendes Geräusch und leckt sich die Lippen. Ganz leicht zittern seine Hände.

„Also, die Situation, die ich vorfand, war diese: Wenn zum Beispiel die Eltern in den Garten mussten, sie hielten sich dort Hühner und zwei Schweine, dann gingen sie außen um das Haus herum, selbst bei strömendem Regen. Die Fenster dieser ‚schlechten' Zimmer waren von außen mit mehreren Schichten Plastikfolie verklebt und der Flur war mit Regalen und Kartons blockiert. Für die Kinder war es eine Mutprobe, sich mit dem Rücken vor eines der ‚schlechten' Fenster zu stellen und langsam bis zehn zu zählen … ich habe das mehrmals beobachtet. Das gesamte Haus war in gute und schlechte Bereiche aufgeteilt."

„Und jetzt erzählen Sie mir, dass hinten im Haus irgendeine Oma gestorben ist und dass ihr Geist dann dort-"

„Ach halten Sie doch die Klappe." Erdmann sieht mich an, zuvor hat er mit gesenktem Kopf gesprochen. „Als ich von der Familie erfuhr, glaubte ich zunächst an eine Art kollektiven Wahn. Solche Fälle sind gut dokumentiert: Eine Gruppe verfällt einer abstrusen Idee und die Gruppenmitglieder bestärken sich gegenseitig in ihren hanebüchenen, paranoiden Vorstellungen. Doch dann, als ich mit den Familienmitgliedern persönlich sprechen konnte, hatte ich nicht den Eindruck, es mit leichtgläubigen, dem Übernatürlichen zugeneigten Menschen zu tun zu haben. Wissen Sie, der Vater war glühender Kommunist, lehnte jede Form von Religion und Aberglauben ab, die Mutter hatte mehrere Jahre studiert und vor dem Jugoslawienkrieg als Musiklehrerin in Zagreb und Belgrad gearbeitet. Kurz: Ich hatte es nicht mit Hinterwäldlern zu tun, nicht mit Leuten, die bei Vollmond ihre Spiegel verhängen und in der Kirche die verdreckten Füße irgendwelcher Marienstatuen abküssen. Schauen Sie."

Erdmann lässt das Video weiterlaufen. Der Hund trottet in dem von einer nackten Glühbirne erleuchteten Zimmer umher, setzt sich schließlich auf den Teppich und sieht schräg nach oben, in Richtung der Kamera. Sie muss nahe der Decke angebracht sein, denke ich mir, in einer der Zimmerecken. Durch die Weitwinkeloptik bekommt der Hund etwas Comichaftes, sein Kopf wirkt zu groß für den dürren Körper.

„Dies hier ist eines der ‚schlechten' Zimmer", sagt Erdmann leise. Er beugt sich mit zusammengekniffenen Augen über den Bildschirm. „Ich konnte die Familie überreden, es für mich aufzuschließen. Ich konnte sie sogar überreden, mir das Zimmer für eine Nacht zu überlassen, aber … tja, ich wollte also eine Nacht in dem Zimmer verbringen … und wissen Sie, was passiert ist? Ich hielt es nicht länger als fünfzig Minuten in dem Raum aus. Ich bekam Herzrasen, Schweißausbrüche, ich fühlte mich beobachtet und … es ist fast nicht in Worte zu fassen … bedroht, bedrückt, bedrängt. Es war nichts in dem Zimmer, nichts Sichtbares, ich nahm nichts bewusst wahr. Aber nach einiger Zeit, als sich mein Herzschlag nicht beruhigen wollte, machte ich mir Sorgen um meine Gesundheit. Ich rannte um meine Leben, Herr Bieler."

„Und dann, als Sie sich wieder beruhigt hatten, da haben Sie eine Kamera aufgehängt und diesen Hund in das Zimmer gesperrt."

„Ja, exakt das habe ich getan. Und ersparen Sie mir bitte Ihren vorwurfsvollen Ton, Herr Bieler. Kommen Sie mir bloß nicht moralisch! Bei dem Tier handelte es sich um einen Straßenköter, der eingeschläfert werden sollte. Ich habe ihn einem Tierfänger abgekauft, zehn Mark habe ich bezahlt." Erdmann lässt das Video laufen. „Schauen Sie sich an, was passiert ist."

Der bunt gescheckte Hund sitzt in der Mitte des Zimmers und sieht mit großen Augen in Richtung Kamera. Als würde er um Futter betteln, denke ich, oder darum, dass ihn endlich jemand da raus holt.

Plötzlich, als hätte ihn etwas gestochen, springt der Hund mit einem Quieken auf und zieht sich rückwärts in eine der Ecken des nur etwa acht Quadratmeter großen Raumes zurück. Bis auf ein schiefes, an eine der Wände genageltes Regal aus weiß lackiertem Holz, ist das Zimmer leer.

Erdmann atmet tief ein. „So, es geht los".

Der Hund drückt sich, dabei den Blick starr Richtung Zimmermitte gerichtet, an der Wand entlang Richtung Tür. Er dreht sich einmal im Kreis, dann beginnt er, an der Tür zu kratzen, erst nur zaghaft, dann immer schneller.

Dazu hohe, fiepende Geräusche, ein Bild des Jammers, immer wieder dreht der Hund den Kopf Richtung Zimmermitte.

Plötzlich, ohne jede Vorwarnung, wird das verängstigte Tier nach hinten gerissen, laut jault es auf. Jetzt ein harter Ruck nach oben, eines der Hinterbeine steht steil ab, der Rest des mageren Körpers zappelt in der Luft. Bestimmt einen halben Meter über dem Fußboden krümmt und windet sich das nun völlig panische Tier.

Erdmann flüstert etwas, aber ich verstehe kein Wort. Kaum merklich zittert die Hand, mit der er das Smartphone hält.

Zehn Sekunden hängt das Tier in der Luft, dann fällt es zu Boden, rappelt sich blitzschnell auf und schnappt mit weit aufgerissenen Augen um sich. Deutlich ist das harte Aufeinanderschlagen der Zähne zu hören. Erdmann stoppt genau in dem Moment, in dem der Hund sein weiß glänzendes Raubtiergebiss entblößt hat.

„Das ist kein Trick, Herr Bieler, das sind unbearbeitete Aufnahmen aus dem Jahr 1999. Weiter?“ Ich antworte ihm nicht, starre nur auf den von einem langen Riss durchzogenen Bildschirm.

Nun geht alles sehr schnell. Der Hund stürzt sich auf die Zimmertür, kratzt winselnd den Lack vom Holz, will nur hinaus aus dem engen Zimmer. Und da, wieder ohne jede Vorwarnung, wird er gepackt und in die Länge gezogen, an beiden Hinterläufen von der Tür weg in Richtung Zimmermitte gezerrt. Wie ein Kaninchen denke ich, wie eines dieser gehäuteten, ausgenommenen Kaninchen, die beim Schlachter ausliegen, die sehen auch so gestreckt aus.

Wieder das Jaulen der zu Tode erschrockenen Kreatur, wieder wird der panisch sich windende Hund in die Höhe gehoben. Und dann passiert etwas, zu dem kein noch so kräftiger Mensch fähig wäre: Eines der dünnen, sehnigen

Beine – ich kann nicht erkennen welches – wird grotesk in die Länge gezogen, die Gelenke müssen ausgekugelt, die Bänder gerissen sein, anders geht das ja nicht. Und dann, in rasender Geschwindigkeit, als sei das Tier in ein schnell laufendes Räderwerk geraten, verdreht sich der Körper des schreienden Hundes. Als ich laut und deutlich das Knirschen des Rückgrates höre, muss ich würgen. Ich stehe auf und gehe zwei Schritte von Erdmann weg.

„Einen Moment noch!" Er hält mir am ausgestreckten Arm sein Handy hin. „Sehen Sie hin!"

Und ich drehe mich weg. „Machen sie das aus, mir ist schlecht."

„JETZT SEHEN SIE SCHON HIN!"

Ich atme durch, schlucke Speichel, dann gehorche ich. Der Hund ist tot, gebrochene Knochen und gerissenes Fleisch in einem Sack aus buntscheckigem Fell. Dem Kadaver quillt etwas Glänzendes aus dem Maul.

„Ich wollte das nicht", sagt Erdmann.

Und dann, als ich meine, das sei es gewesen, der Film sei zu Ende, fliegt die Tür auf und eine jüngere, schlankere Version Rainer Erdmanns stolpert mit rudernden Armen ins Zimmer. Fast tritt der in Schwarz und Grau gekleidete Mann auf den Hund.

Standbild. Jetzt ist das Video zu Ende.

...

„Haben Sie die Tür eingerannt?"

Erdmann steckt das Handy weg.

„Nein, das nicht. Ich habe mehrere Minuten lang versucht, in das Zimmer zu kommen, habe mein ganzes Gewicht auf die Türklinke gelegt. Aber sie war wie festgeschraubt, ließ sich nicht einen Millimeter nach unten bewegen. Als der Hund schon hinüber war, gab sie plötzlich nach. Deshalb diese Slapstick-Nummer, deren Zeuge Sie gerade wurden."

„Sie wollten nicht, dass der Hund stirbt?“

„Meine Güte, Herr Bieler, Sie stellen vielleicht Fragen. Ich wollte sehen, ob der Hund ähnlich wie ich reagiert, ob er in dem Raum Zeichen von Stress oder Angst zeigt. Was Sie gerade gesehen haben, hat mich völlig überrascht … nie hätte ich mit einer solch heftigen Reaktion auf die Anwesenheit des Tieres gerechnet.“

„Und was denken Sie, was hat so heftig reagiert?“

Erdmann senkt den Kopf, beißt sich auf die Unterlippe. Ein feines Lächeln erscheint auf seinem breitem Gesicht.

„Etwas, von dem wir nur sehr wenig wissen. Etwas das … das eine ausgeprägte Aggressivität besitzt, das sein Territorium verteidigt. Was passiert ist, was Sie gerade gesehen haben, das hat meine Gastfamilie im Übrigen weder überrascht noch erschreckt, sie nahmen es lediglich als Bestätigung ihrer langjährigen Praxis, die Räume im hinteren Teil des Hauses konsequent zu meiden. Sie waren sich sicher, dass das, was immer mit ihnen unter einem Dach hauste, an diese Räume gebunden war … eine ortsgebundene Präsenz. Bei Ihnen, Herr Bieler, sieht der Fall, so scheint es mir zumindest, ein wenig anders aus … nach allem, was Sie mir erzählt haben. Mit was immer sie es auch zu tun haben, es scheint nicht orts-, sondern personenbezogen zu sein. Das meinte ich, als ich sagte, das Haus sei nicht das Problem.“

„Gut, das habe ich verstanden … Sie meinen, es ist hinter mir her. Aber was ist mit den Gästen, die Geräusche gehört haben … und was, was ist mit dem Mann, der mitten in der Nacht aus seinem Zimmer geflüchtet ist? Was ist mit denen, die diesen verdammten Schrei gehört haben? Damit hat doch alles angefangen.“

„Darf ich hier unten rauchen“

„Ungern.“

Erdmann steckt die zerknautschte Packung wieder weg,

wischt sich Tabakkrümel von den Händen.

„Manche Menschen sind nun einmal empfänglicher als andere“, sagt er schulterzuckend.

„Und ich bin einer dieser ‚Empfänglicher als andere‘-Menschen?“

Hart lacht Erdmann auf.

„Nein, Herr Bieler, Sie sind viel mehr, Sie sind das Zentrum, das Ziel. Die Präsenz, mit der wir es hier zu tun haben, hat es auf Sie abgesehen! Dieser Traum, den Sie mir vorhin erzählt haben … Sie waren ein Fisch irgendwo unter dem Eis, Sie hatten einen Parasiten auf dem Augapfel … dieser Traum trifft es ganz gut. Etwas hängt an Ihnen, etwas hält sich in Ihrer Nähe auf, umschleicht und beobachtet Sie. Zuerst dachte ich ja, Sie hätten es mit einer Art Rachegeist zu tun, einer Präsenz, die aus dem Tod eines furchtbar unglücklichen Menschen hervorgeht.“

„Sie meinen Monika, Monika Menke?“

„Ja, Ihre alte Freundin Monika … oder zumindest etwas, das beim Tod von Monika in die Welt entlassen wurde. Aber dagegen sprechen mehrere Punkte: Sie haben Monika doch zweimal gesehen … “

„Ja, wie gesagt. Einmal bei der Feier und das andere Mal nach diesem komischen Traum, als Oscar nackt-“

„Ja-ja, lassen wir den Jungen vorerst beiseite. Beim ersten Mal war Monika freundlich oder zumindest neutral. Beim zweiten Mal hingegen feindselig.“

„Ja.“

„Sehen Sie, das stört mich. Warum dieser Unterschied? Und dann Ihr Gefühl beim zweiten Mal … Sie sagten, es fühlte sich falsch an, als sie ihr und diesem Ertrunkenen begegneten?“

„Ja, das war wie eine misslungene Theatervorstellung. Diese Erscheinung, dieses Bild von Monika. Und das Kind, das diese Erscheinung im Arm hielt, es … also ich bin mir sicher, dass es Sophie sein sollte, aber es sah überhaupt nicht wie Sophie aus."

„Eine misslungene Vorstellung, Herr Bieler."

„Ja, eine komische, misslungene, groteske Vorstellung. Auch der ertrunkene Mann, auch der sah ganz anders aus … überhaupt nicht wie der, den wir damals getroffen haben."

„Und Sie sind sich sicher, nicht geträumt zu haben?"

„Ja, natürlich! Ich war wach. Eindeutig."

Wieder dieses feine, spöttische Lächeln auf Erdmanns Gesicht.

„Es lernt Sie gerade erst kennen, Herr Bieler."

…

„Was meinen Sie damit?"

„Gehen wir einmal davon aus, dass Sie es nicht mit Monika zu tun haben. Dann hat es Ihnen etwas vorgegaukelt und beobachtet, wie Sie reagieren. Es möchte Sie kennenlernen, Ihnen näherkommen. Und wenn es Sie schon besser gekannt hätte, dann wäre diese nächtliche Vorstellung auch nicht dermaßen missglückt … dann hätte dieser Säugling tatsächlich wie Sophie ausgesehen."

„Aber woher wusste es von unserem toten Kind … und von dem Ertrunkenen? Woher wusste es von Monika? Ich habe darüber nie gesprochen … also zumindest nicht über den ertrunkenen Mann. Woher wusste es-"

Er unterbricht mich, äfft mich nach.

„Woher wusste es? Woher wusste es? Herr Bieler, das Wesen, mit dem Sie es zu tun haben, das gehorcht nicht den Gesetzen, die Sie kennen, nach denen Sie bisher Ihr kleines, beschauliches Leben lebten. Diese Präsenz ist kein Mensch unter einer Tarnkappe, niemand, der Ihnen hinterher schleicht und Sie belauscht. Stellen Sie es sich als einen Parasiten vor, als etwas, das mit Ihnen verbunden ist, mal mehr und mal weniger. Vielleicht kennt es Ihre

Träume, vielleicht träumt es mit Ihnen, vielleicht liest es Ihre Gedanken, vielleicht nährt es sich von Ihren Schuldgefühlen und Ihrer Angst … all das wissen wir nicht."

„Aber es ist nicht Monika … nicht so etwas wie ein Geist. Das haben Sie doch gesagt, oder?"

Er hebt ruckartig die Hände, lässt sie wieder fallen.

„Nicht einmal das wissen wir mit Sicherheit. Vielleicht ist diese Präsenz völlig ungefährlich und hat nur eine gewisse … nun ja, eine gewisse Freude daran, Menschen wie Ihnen Angst einzujagen. Eine Art, wenn wir es so nennen möchten, Poltergeist. Vielleicht ist sie fähig, jemanden zu verletzen oder gar zu töten. Vielleicht ist es doch Monika …" Erdmann hebt die Schultern und zieht den Kopf ein. Wie eine haarige, blasse Schildkröte sieht er aus. „ …vielleicht will sie Rache an Ihnen nehmen, vielleicht irre ich mich und wir haben es doch mit einem Rachegeist zu tun … mit einer Energie, die aus Schmerz und Hass entstanden ist."

Schweigen. Gedankenchaos. Dann frage ich Erdmann, ob es seiner Meinung nach besser wäre, ich würde mich von Amy und Oscar fernhalten.

Wieder wirft er die Hände über den Kopf.

„Ich weiß es nicht, Herr Bieler! Ich weiß es doch nicht!"

„Aber wenn es hinter mir her ist, dann könnte ich doch einfach wegziehen und die beiden wären außer Gefahr."

Tiefes Einatmen. Ist er genervt von mir? Bin ich ein Trottel in seinen Augen?

„Sie stellen sich das alles viel zu einfach vor, Herr Bieler. Wie gesagt: Sie haben es hier nicht mit einem unsichtbaren Menschen zu tun, der Ihnen hinterherläuft … vergessen Sie die Geistergeschichten, die Sie in Ihrem Leben gehört haben. Selbst wenn Sie ans andere Ende der Welt ziehen, bleibt eine Verbindung zu Amy und Oscar bestehen, schon dadurch, dass Sie sich um die beiden sorgen."

„Sie widersprechen sich selbst, Erdmann. Vorhin haben Sie mich noch gefragt, warum ich Amy und Oscar nicht in Sicherheit gebracht habe."

„Ja, das habe ich Sie gefragt. Aber doch nur, weil es mich erstaunt hat, dass Sie die beiden wissentlich solch einer Gefahr aussetzen! Allerdings glaube ich eben nicht, dass die Gefahr geringer wäre, würden Sie sich räumlich von den beiden trennen … so einfach ist es nicht, so einfach ist es nie! Vielleicht würde es helfen, Selbstmord zu begehen."

Ich fühle mich wie ausgehöhlt, brauchte etwas, an dem ich mich halten konnte, irgendeine Gewissheit.

„Was können wir tun?"

„Arbeiten, Herr Bieler, arbeiten. Recherchieren. Informationen sammeln. Und bloß nicht den Kopf hängen lassen! Kommen Sie, gehen wir nach oben, dieser vergessene Spielplatz ist ja regelrecht unheimlich."

Als wir zurück im Erdgeschoss sind, sagt Erdmann, es gäbe da noch etwas anderes, das ich tun könne.

„Und was?"

„Haben Sie Zucker und Wein im Haus?"

„Ja … natürlich."

„Gut, sehr gut. Draußen vor dem Hotel, bei den Parkplätzen, dort ist eine kleine Rasenfläche. Ich möchte dass Sie einen Spaten nehmen und eine Grube ausheben, etwa zwei Meter mal einen Meter. Sie muss gar nicht tief sein, es reichen fünfzig Zentimeter. Wenn Sie fertig sind, dann verteilen Sie Zucker und Wein um die Grube herum."

Ich frage ihn, ob das ein Scherz sein soll.

„Nein, ganz gewiss nicht. Sie müssen mir schon ein wenig vertrauen, Herr Bieler. Glauben Sie mir, ich weiß genau was ich tue."

„Und wann bitte soll ich das machen?"

„Jetzt. Jetzt gleich. Sie sehen nach Ihren Liebsten, essen

eine Kleinigkeit und dann machen Sie sich an die Arbeit. Wenn Sie sich beeilen, können Sie anschließend noch ein paar Stunden schlafen."

Freitag, 16. Dezember

Kurz nach eins und ich komme gut voran. Der Boden ist hart, voller Steine, Glas und rostigem Metall, zum Glück aber nicht gefroren. Und Gott sei Dank sehen keine Gäste aus den Fenstern.

Ich mache eine Pause, lehne mich schwer atmend auf den Spaten und besehe im kalten Licht der Baustellenlampe mein Werk. Fünfzig Zentimeter tief will er sie haben, ich bin bei etwa dreißig.

Im ersten Stock geht ein Fenster auf.

„He, Bieler!" Erdmanns Stimme. „Nun hören Sie schon auf mit dem Blödsinn. Ich wollte nur sehen, ob Sie kooperieren. Wir schaffen das, ich bin zuversichtlich!"

Bevor ich etwas nach oben rufen kann, bevor ich ihm sagen kann, wohin er sich seine verdammte Zuversicht stecken soll, ist das Fenster wieder zu.

„Und, was machen deine Bauarbeiten?", fragt Amy, als ich zu ihr ins Bett krieche. Ich habe es fast nicht fertiggebracht, mir die Zähne zu putzen, so sehr schmerzt mich jede Bewegung meines rechten Armes.

„Die sind beendet", flüstere ich. „Alles okay bei dir?"

„Ja, alles okay, nichts passiert hier drin. Oscar ist im Bett."

„Hast du noch mal nach ihm gesehen?"

„Ja, er schläft. War müde vom Sport. Er ist um halb zehn ins Bett, völlig ohne Protest."

„Aber hast du noch mal nach ihm geschaut?"

„Ja habe ich. Alles okay."

Ich ziehe mir die Decke bis zum Hals, drücke meine kalten Füße aufeinander.

„Aber warum ist seine Zimmertür geschlossen? Ich habe ihm gesagt, dass er sie auflassen soll … falls etwas ist. Außerdem war das Licht im Flur wieder aus, ich habe euch doch gesagt, dass wir es ab jetzt nachts anlassen.“

„Oscar wird seine Tür nicht auflassen … er hat seinen eigenen Kopf, er-“

„Ja-ja, ist gut.“

Ich stehe auf, laufe in den Flur und zu Oscars Zimmer. Leise öffne ich die Tür und sehe, als sich meine Augen an das Dunkel gewöhnt haben, den friedlich schlafenden Jungen. Gut, alles in Ordnung, schneller Blick durchs Zimmer … okay, alles wie es sein muss. Und gleichzeitig dieser Gedanke: Es gibt keine Sicherheit … und nichts ist in Ordnung.

Ich lasse die Tür einen Spalt offen und schleiche Richtung Küche, gehe noch einmal ins Bad und dann ins Wohnzimmer. Wie ein Fremder fühle ich mich … wie ein Eindringling, der fürchten muss, jeden Moment auf den Herrn des Hauses zu stoßen. Diese verdammte Nervosität!

Als ich mich aufs Bett setze, murmelt Amy irgendetwas von „Odysseus“. Ich verstehe sie kaum.

„Schatz, schläfst du?“

„Nein … ich … “ Sie dreht sich auf den Rücken. „Es ist aus der … aus der Odyssee. Oscar hat doch so ein Buch mit griechischen Sagen. Odysseus hebt eine Grube aus und verschüttet Wein. Das war so eine Art Geisterbeschwörung … er wollte mit seiner Mutter sprechen und die Grube war der Zugang zum Totenreich.“

„Dann wusstest du, dass Erdmann mich verarscht?“

„Nein, ich … ich war mir nicht sicher. Ich dachte, dass es vielleicht doch irgendeine Bedeutung hat. Bist du wütend auf mich?“

Ich sehe mich im Zimmer um. Bewegen sich die Gardinen? Senkt sich wieder die verdammte Zimmerdecke?

„Nein, ist in Ordnung, vielleicht ... na ja, vielleicht hat mir die Arbeit sogar gut getan. Man denkt nicht so viel nach, wenn man körperlich arbeitet."

„Mach dir nicht zu viele Sorgen", sagt Amy. „Wir sind stark, wir schaffen das."

„Ja, wir schaffen das", sage ich wenig überzeugt und wenig überzeugend. Dann küssen wir uns und wünschen uns schöne Träume. Unsere Worte klingen wie Beschwörungsformeln.

Ich lege mich auf den Rücken, ziehe mir die Decke bis zum Kinn und schließe die Augen. Noch ein wenig Geraschel von Amys Seite, das gedämpfte Rauschen fließenden Wassers, die kalten Füße werden warm ... und schon verschwimmt die Welt.

—

Ich erwache in einem Traum. Ich weiß, dass ich träume, weiß, dass ich eingeschlafen bin, dass neben mir Amy liegt. Und in meinem Traum – ganz sicher, ich träume, gerade haben wir uns geküsst ... und dann haben wir uns schöne Träume gewünscht und das hat sich so seltsam angehört – bin ich zurück im Keller, zwischen den vergessenen Spielplatzsachen. Und vor mir sitzt der ganz in Schwarz und Grau gekleidete Erdmann, ein wenig fetter noch, ein wenig dunkelroter im breiten Gesicht. Um ihn herum liegen fremde Schuhe verstreut.

Ein Geräusch in meinem Rücken, ein leises, langsames Schaben.

„Nicht umdrehen", sagt Erdmann fast zärtlich. Er sitzt auf der Rutschbahn, genau wie vorhin ... genau wie vorhin, als ich wach war. „Bleib einfach so stehen, mein Freund", flüstert er. Und ich denke: Hoffentlich bleibe ich im Bett, hoffentlich stehe ich nicht auf und schlafwandle in den Keller … oder auf den Dachboden. Bitte nicht. Bitte nicht irgendwo im Haus aufwachen.

Erdmann sieht nicht mich an, er sieht knapp an meiner Schulter vorbei. Hinter mir sind – ich kenne ihn gut, diesen Raum. Wie oft habe ich hier unten meine verdammte Ruhe gesucht? – rund vier Meter Luft, dann die Wand und dahinter mit Industriemüll versetztes Erdreich.

„Was ist da?“, höre ich mich fragen.

„Etwas Schönes“, sagte Erdmann leise. „Bleib einfach so stehen, Robert. Was denkst du, wofür steht die Farbe Rot?“

Ich denke: Liebe, Blut, Gefahr … Stopp, dass man aufpassen soll. Ein Stoppschild, eine Ampel.“

„Rot warnt“, sagt Erdmann. Seine Stimme ist so …

„Rot warnt“, sage ich. Und dann kommt ein schnelles, hektisches Schnattern aus mir heraus: „Wieso soll ich mich nicht umdrehen? Wieso soll ich mich nicht umdrehen? Was ist da? Was ist da?“

„Warte noch einen Moment, Robert. Bitte.“

Das ist nicht seine Stimme, denke ich. Wieder ein schleifendes, reibendes Geräusch, diesmal lauter. Als würde etwas Schweres über rauen Boden gezerrt. In der Luft liegt ein gammliger, unangenehmer Geruch: Schimmel und Chlor … Bittermandeln, Weichmacher, schmieriges altes Plastik.

„Ach, Robert“, sagt Erdmann. „Was soll ich nur mit dir machen? Jetzt kannst du dich umdrehen, mein Schatz.“

Mein Körper dreht sich und ich sehe eine blutrote Wand. Sie ist breit wie ein Tennisplatz und reicht vom Boden bis zur Decke. Ich vergesse zu atmen, verschlucke mich, brauche einen Moment, um zu erkennen, was ich da vor mir habe, mache einen verstolperten Schritt von dem Ding weg und höre ein geflüstertes „Schhh, ganz langsam“. Was ist mit Erdmanns Stimme, warum …

Der gewaltige Latexfladen, eine der Hüpfinseln, eine der eingelagerten Kinderattraktionen, schwebt aufgefaltet im Raum. Nichts zu sehen, was dieses Ding hält.

„Wie lange ist das schon da?", höre ich mich flüstern.

„Schon die ganze Nacht", sagt Erdmann. Und ich begreife: Er ist nun nicht mehr nur Erdmann … er ist eine Mischung verschiedener Menschen. Amy ist dabei … und Oscar, und meine tote Mutter. Vielleicht spricht er deshalb so zärtlich mit mir.

Plötzlich hält Erdmann ein großes, mit Staub, Blut und ausgerissenen Haaren bedecktes Telefon in der rechten Hand. Aber bevor er dazu kommt, den in der Luft hängenden Fladen zu fotografieren, fällt die rote Fläche in sich zusammen, breitet sich über das Gerümpel, über staubige Kartons und zerschlissene Möbel, bleibt mit einer Ecke am rostigen Metallgestell einer Schaukel hängen. Ich spüre deutlich den Luftzug, rieche Chemie und Schimmel.

„Mach dir keine Sorgen", sagt Erdmann mit seiner weichen Mischstimme. Seine Augen leuchten, seine Wangen färben sich noch ein wenig mehr. Er springt auf, packt meinen Kopf und hält mir die Augen zu. Ich versuche, mich zu befreien, aber er ist zu stark. „Eindrucksvoll, Robert! Diese Kraft! Hast du begriffen, welch enorme Kraft es hat? Hast du das begriffen, Robert? Es könnte uns zerquetschen, ganz leicht könnte es uns …"

Szenenwechsel. Ich sehe mich rennen, fliege regelrecht dahin, als würde ich geweht, als sei ich ein Blatt im Sturm, rase ich eine Treppe nach oben, dann noch eine, und schon bin ich auf dem Dachboden. Erdmann ist verschwunden und ich bin ein Kind in braunen Latzhosen, sechs, vielleicht sieben Jahre alt. Meine Hände sind nicht größer als Katzenpfoten.

„Weißt du noch, wer ich bin?"

Die tiefe, schleppende Männerstimme kommt aus dem

Nichts. Vor mir der umgedrehte Schiffsrumpf und unter mir das Hotel.

„Nein", antworte ich … und hoffe, wer immer da auch gerade sprach, würde einfach verschwinden.

„Willst du mitkommen? Weiter nach hinten?"

Wieder höre ich mich nein sagen. Ich spüre, wie mir die Tränen kommen, kneife die Augen zusammen und balle meine winzigen Fäuste.

„Du musst die Augen öffnen, dann siehst du es", sagt die mir völlig unbekannte Stimme. Aber ich öffne nicht die Augen, auf keinen Fall werde ich das tun. Ich kneife sie nur noch mehr zusammen, beiße mit aller Kraft die Zähne aufeinander, mache mich klein und rund und eng, rolle mich zusammen wie ein aufgeschreckter Igel, ziehe alles in mich hinein, was abstehen könnte, wo man anpacken könnte, bin schon kein Mensch mehr, schrumpfe zu einem Ball aus festem, hartem Menschengewebe, ziehe mich immer mehr in mich zusammen, werde kleiner und kleiner … und verschwinde.

—

Als ich erwache, liege ich mit an die Brust gezogenen Beinen auf der Seite. Embryonalstellung. Ich starre einige Minuten in Richtung des matt erleuchteten Flurs, dann stehe ich auf und ziehe meinen Bademantel an. Ich muss mich bewegen, etwas tun, ich kann nicht liegen bleiben.

Nachdem ich eine Weile Amys rechte Gesichtshälfte betrachtet habe – wie immer liegt sie mit dem Gesicht zum Fenster –, verlasse ich das Schlafzimmer und schleiche grübelnd durch die mir seltsam fremde Wohnung, setze mich mal dahin und mal dorthin, werfe mir kaltes Wasser ins Gesicht, öffne und schließe den Kühlschrank, ziehe Schubladen auf und betrachte etwa zehn Minuten lang alte Fotos.

Es ist viertel vor sechs, als ich das knatternde Mofa des Zeitungsausträgers höre. Ich mache einen letzten Kontrollgang – aber was zum Teufel kontrolliere ich? Auf was warte ich? – durch den abgetrennten Teil des Haupthauses, der uns als Wohnung dient, dann krieche ich zurück ins Bett und lausche Amys Atem. Am liebsten würde ich mich an sie klammern.

Kurz vor sieben klingelt der Wecker.

Im Gegensatz zu mir geht es Erdmann ausgezeichnet. Wie aufgezogen und losgelassen ist der Mann. Kurz vor acht nimmt er hektisch ein Frühstück zu sich, das im Wesentlichen aus überzuckertem Kaffee und einer dicken Schicht Erdbeermarmelade auf dünnem Schwarzbrot besteht, um halb neun gebe ich ihm – Amy habe ich nichts davon erzählt. Ich will nicht mit ihr diskutieren – das verlangte Geld.

„Mein Gott, Bieler, halten Sie sich aufrecht. Sie sehen aus wie der wandelnde Tod! Wir reden später, ich fahre zu Zuzanna."

Ich bin zu müde, um überrascht zu sein. Ob er denn überhaupt schon mit ihr gesprochen habe, frage ich ihn.

„Mit ihr und mit ihrem Mann. Sie zierte sich zuerst ein wenig, die gute Zuzanna …" Erdmanns Grinsen geht bis zu den Ohren, wahrscheinlich sogar um den Hinterkopf herum. Von der jämmerlichen Gestalt, die ich in der Tankstelle vorfand, ist nichts mehr übrig. „Aber als ich der jungen Frau und ihrem Gatten unser finanzielles Angebot unterbreitete, da änderte sich der Ton … und zwar schlagartig!"

„Sie hat sofort zugestimmt, als Sie ihr …"

Er packt mich lachend an den Schultern. Einen Moment befürchte ich, er wolle mich küssen. So sieht es also aus, wenn jemand aufblüht, denke ich. Sogar Erdmanns Gesichtsfarbe hat sich hin zum Rosigen verändert.

„Bieler, Herrgott noch mal, Bieler, nun schauen Sie nicht so dumm aus der Wäsche! So gut wie jeder ist käuflich, das müssen Sie doch wissen als Geschäftsmann!"

„Aber hatte sie denn keine Angst?", frage ich. „Als ich mit ihr sprach, da ..."

Er lässt mich einfach stehen.

„Kopf hoch, Bieler! Kümmern Sie sich um Ihr Hotel!"

Ja, das tue ich. Erdmann hat Recht. Ich mache Einkäufe, schleppe das Gepäck der Gäste, tausche einen der Fernseher aus und kämpfe fast eine halbe Stunde mit einem verstopften Abfluss.

Widerlich, einfach widerlich. Mit einer Spitzzange ziehe ich eine nach ranzigem Fett riechende Mischung aus Haaren, Toilettenpapier und einer weißlichen, talgigen Substanz aus dem Abfluss. Keine Ahnung, was dieses ... dieses Arschloch in dem Badezimmer getrieben hatte, auf dem geschlossenen Toilettendeckel liegen fünf Euro und ein Zettel mit dem hastig hingekritzelten Wort „Entschuldigung."

Kurz nach elf, als ich das Werkzeug weggeschlossen und mir ausgiebig die Hände gewaschen habe, bittet mich Amy, noch einmal nach oben in den zweiten Stock zu gehen, Gäste hätten sich über Gestank beschwert.

„Oben war ein Waschbecken verstopft", sage ich. „Wahrscheinlich kam daher der Geruch ... irgendwie durch die Rohre."

Sie sieht müde und zerzaust aus, die Frau, die ich trotz

allem liebe. Den ganzen Vormittag hat sie über Papierkram gebrütet und nebenher erfolglos nach einem zweiten Zimmermädchen gesucht.

„Ja, kann sein. Aber geh bitte nachsehen. Die eine Frau meinte, es kommt aus dem Flur."

„Okay, ich geh hoch. Amy, leg dich doch kurz hin und mach die Augen zu. Oscar isst heute sowieso in der Schule … und wir können uns Pizza bestellen. Leg dich einfach kurz hin, nur zehn Minuten … das hilft schon. Du siehst erschöpft aus."

Sie nickt. „Okay, zehn Minuten. Ich lasse die Tür offen, damit ich die Klingel höre."

Wir umarmen uns, Amy verschwindet im Wohnzimmer und ich gehe nach oben.

Tatsächlich, im zweiten Stock riecht es muffig, nach schmutziger Wäsche. Schon mehrmals haben Gäste ihre verdreckten Sachen bei uns zurückgelassen, schon mehrmals mussten wir vollgekotzte Hosen, verschwitzte Shirts und gebrauchte Schlüpfer beseitigen. Aber nie hatte es dermaßen unangenehm gerochen … nie bis auf den Flur hinaus.

Nach einer Viertelstunde bin ich so schlau wie zuvor. Die unbelegten Zimmer sind sauber und ordentlich, aus den wenigen, die belegt sind, kommt kein Gestank. Vielleicht einfach ein Gast, denke ich, ein Gast, der einige Tage nicht …

„Ich glaube, es kommt von da hinten."

Ruckartig atme ich ein, mein Nacken versteift sich und ich fahre herum. Mir gegenüber steht eine kleine, etwa sechzig Jahre alte Frau.

„Oh, Verzeihung, ich wollte sie nicht erschrecken." Sie tippte mich sehr sachte am Oberarm an. „Dieser Teppich, den Sie hier haben, er schluckt so schön die Schritte, ich wollte Ihre Frau schon fragen, wo man solche denn bekommt, solche Teppiche. Bitte verzeihen Sie mir, ich wollte mich wirklich nicht anschleichen."

Die Frau trägt eine goldbestickte Bluse und hat – es ist nicht zu übersehen – eine nicht unbeträchtliche Summe in Solarien gelassen. Zu beiden Seiten ihres Kopfes baumelt schwerer Goldschmuck, die Ohrlöcher sind im Laufe der Jahrzehnte zu dunklen Schlitzen geworden.

„Dann haben Sie sich über den Geruch beschwert, Frau …?"

Die Dame wirkt regelrecht entrüstet.

„Beschwert? Ach, beschwert doch nicht! Aufmerksam gemacht habe ich Ihre Frau. Mir macht doch so ein bisschen Gestank nichts aus, Sie müssen wissen, ich bin gebürtige Mannheimerin, Neuhaus mein Name."

Es folgen Ausführungen über die Mannheimer Industrie und deren Ausdünstungen, eine Schokoladenfabrik wird erwähnt … „und wenn sich das früher vermischt hat, der Schokoladengeruch mit der Chemie, da wollte man sich nur noch die Nase zuhalten!"

„Sie sagten, der Geruch käme von da hinten?"

„Ja-ja, folgen Sie mir."

Die kleine Person marschiert vorneweg.

„Hier!"

Sie zeigt auf eine schmale Tür ohne Klinke. Dahinter liegt ein Wandschrank, in dem wir Bettwäsche, Putzmittel und einen defekten Staubsauger aufbewahren.

„Hier! Ganz sicher!"

Tatsächlich. Als ich die Tür öffne, muss ich einen Schritt zurücktreten. Mit ausgestrecktem Arm drücke ich den Lichtschalter.

„Puh", macht die Mannheimerin.

Ja, puh. Ohne ein weiteres Wort fange ich an, die Kammer auszuräumen, stelle den Sauger und die Putzutensilien auf den Flur. Dann den Stapel Bettwäsche, den Karton mit den großen Staubsaugerbeuteln, einen Müllsack mit aussortierten Handtüchern … aber die Quelle des Gestanks finde ich nicht.

„Aber es muss hier sein!“, stößt Frau Neuhaus hervor. Dabei streckt sie den Kopf nach vorne wie ein schnüffelnder Hund. „Ganz sicher!“

An der Rückseite des Raumes, genau gegenüber der Tür, ist eine Metallklappe in der Wand, einer der Zugänge zu dem nicht mehr genutzten Kamin. Die Öffnung ist so groß wie zwei aneinandergelegte A4-Blätter.

„Frau Neuhaus, vielleicht sollten Sie …“ Sie tut, als höre sie mich nicht, streckt den goldbehangenen Kopf nur noch aufdringlicher nach vorne, drängt sich viel zu dicht an mich heran. „Wirklich, Frau Neuhaus, vielleicht sollten Sie zurück auf Ihr Zimmer gehen. Ich werde jetzt diese Klappe öffnen und ich weiß nicht, was dahinter ist.“

Keine Reaktion. Ich warte.

Nein, noch immer nichts. Mit einem Seufzen schiebe ich den Riegel nach oben und versuche, so gut es eben geht, mit meinem Körper die Klappe zu verdecken. Frau Neuhaus macht Anstalten, sich zu mir in den Wandschrank zu drängen.

Ich öffne die Klappe.

„Huch!“

Der Schrei, den sie dicht an meinem Ohr ablässt, ist schrill aber kurz. Aus der Öffnung zum Kamin quillt ein Klumpen feuchter Stoff. Und genau in der Mitte dieses schmutzigen, stinkenden Klumpens sitzt eine von verklebtem Haar bedeckte Wölbung.

„Ein Kopf!“, ruft Frau Neuhaus. „Da ist jemand drin!“

„Nein, das-“

„Doch! Schauen Sie! Ein Kopf!“

Sie klingt entsetzt, macht aber keine Anstalten, ihre Position aufzugeben, drängt sich sogar noch dichter an mich und packt, auf der Suche nach besserem Halt, meine linke Schulter. Schmerzhaft graben sich ihre Fingernägel in mein Fleisch.

Was da vor uns liegt, sieht auf den ersten Blick tatsächlich wie ein menschlicher, von blondem Haar bedeckter Hinterkopf aus. Aber unter den Haaren ist keine Haut, da ist ein Geflecht sich überkreuzenden Stoffbahnen, zwei lichte Stellen geben den Blick darauf frei.

„Es ist eine Perücke", sage ich. „Kein Kopf ... nur eine alte Perücke. Bitte gehen Sie einen Schritt zurück, Frau Neuhaus."

„Oh. Eine Perücke". Sie klingt enttäuscht. „Und wie kommt die da hinein?"

„Ich weiß es nicht. Bitte gehen Sie einen Schritt zurück, damit ich das hier beseitigen kann. Lassen Sie mich doch bitte meine Arbeit machen."

—

„BIELER? ... WO STECKEN SIE?"

Es ist 13.30 Uhr und ich habe mich – nach einem hastigen Mittagessen mit Amy – auf eines der unbelegten Zimmer zurückgezogen.

„BIELER!"

Ich laufe zur Tür, strecke den Kopf in den Flur.

„Ich bin hier! Schreien Sie nicht so!"

Erdmann kommt heran ... nein, nicht gelaufen, stolziert kommt er. Und im Gesicht: dieses breite, selbstgefällige Grinsen, das ich jetzt schon satt habe. Ein kleiner, feister Sonnenkönig, gerade erst seinem Schicksal als Tankstellenwärter entkommen.

„Ich soll nicht herumschreien? Seien Sie mal nicht so leise, Bieler. Nur Mut, Mann!" Er tritt ins Zimmer. „Herrgott noch mal, machen Sie hier drin Ihre Wäsche? Ist Ihnen bewusst, wie das hier riecht?"

„Kommen Sie rein, Erdmann. Schauen Sie sich das an."

Ich habe die teils schimmligen Kleidungsstücke auf dem Boden des Badezimmers ausgebreitet: Vier Blusen und drei Strumpfhosen, dazu mehrere, nicht zueinander passende Damensocken, ausgeleierte Schlüpfer und zerknitterte Büstenhalter. Auch drei Geschirrtücher habe ich aus dem Kamin gezogen, außerdem einen geblümten Kopfkissenbezug ... und zwei blonde Perücken.

„Was wollen Sie damit? Sind Sie Transvestit?"

„Machen Sie keine Witze", sage ich leise. „ Einige Gäste haben sich über Gestank beschwert und als ich nach der Quelle suchte, habe ich diese Sachen gefunden. Steckte im Kamin fest, alles durchnässt und schmierig. Ich habe keine Ahnung, wem das Zeug gehört ... und wie zum Teufel es in den Schacht gekommen ist. Es war sogar noch mehr drin ... ein paar Teile sind nach unten gefallen, als ich sie herausziehen wollte."

Erdmann macht einen Schritt ins Bad, hebt mit der Spitze seines Lederschuhs eine der altmodischen Blusen an. „Sieht billig aus. Kommt ihnen was davon bekannt vor?"

„Nein, nichts."

„Das Mädchen, das Sie zweimal gesehen haben, diese Monika ..."

„Nein, ich ... keine Ahnung. Monika trug billige Sachen, aber ... das wäre ihr alles viel zu groß, sie war ja sehr dürr."

Ermann lässt den Fetzen fallen und wischt sich, dabei ungeschickt auf einem Bein balancierend, mit Klopapier den Schuh ab.

„Und das da? Perücken?"

„Ja."

„Auch nicht bekannt, was?"

Ich schüttle den Kopf. Ich kenne niemanden, der solche

Perücken trägt.

„Ist ja interessant. Ich würde auf eine ältere Frau tippen, deutlich über sechzig. Wer trägt heute noch solche Klamotten? Und dann diese Dinger da." Er zeigt auf die Perücken. „Ich glaube nicht, dass so etwas überhaupt noch hergestellt wird. Monika wäre jetzt in Ihrem Alter habe ich Recht?"

Bevor ich antworten kann, brüllt Erdmann los:

„HALLO! WENN HIER DIEJENIGE IST, DER DIESE SACHEN GEHÖREN, DANN SOLL SIE JETZT AUF SICH AUFMERKSAM MACHEN. EINMAL BITTE DAS BETT ANHEBEN, ODER DAS BILD AN DER WAND ROTIEREN LASSEN. HALLO, IST DA WER? STECKT HIER IRGENDWO DAS HÄSSLICHE WEIB, DEM DIESE BESCHISSEN STINKENDEN SACHEN GEHÖREN?"

„Hören Sie auf!", zische ich Erdmann an. „Was wollen Sie damit erreichen?"

„UND HEISST DIESES HÄSSLICHE WEIB ZUFÄLLIG MONIKA?", brüllt er weiter. „IMMER NOCH SAUER WEGEN DAMALS? SCHEISS LEBEN GEHABT?"

Ich packe ihn am Arm, drehe ihn mit einem Ruck zu mir um.

„Ist das alles, was Ihnen einfällt, Erdmann? Herumbrüllen?"

Er funkelt mich an, seine Augen sind zu Schlitzen verengt.

„Sie haben Angst, Bieler! Sie schleichen durch Ihr Hotel wie ein verängstigtes Kind! Genau das will es doch, es will, dass Sie sich vor Angst in die Hosen scheißen! Es geht um Angst und Schuld … daran packt es Sie, an Ihrer Angst und an Ihrer Schuld. Und sie werden immer stiller, immer zögerlicher. Aber man muss kräftig in der Suppe rühren, nur dann weiß man, was drin ist."

„Ich habe keine Angst", sage ich. „Ich will nur nicht,

dass die Gäste Sie hören."

„Ach kommen Sie. Das ist doch Schwachsinn!"

Er zieht einen zerknitterten Zettel aus seiner grauen, ausgebeulten Jeans.

„Hier. Apropos Angst. Schauen Sie sich das an. Was denken Sie, wie erschreckt man einen gläubigen Katholiken?"

Ich nehme den Zettel. Darauf ist mit braunem Buntstift ein ovales Gebilde gemalt, eine Art … eine Art Kokon.

„Sieht aus wie ein Wespennest", sagt Erdmann. „Finden Sie nicht auch? Ich hatte gerade eine längere Unterhaltung mit der guten Zuzanna, mit ihrem Mann und … zu meiner großen Freude, mit einem Priester. Zuzanna glaubt-"

„Warum ein Priester?"

„Überraschungsgast, Verstärkung, seelischer Beistand … ich weiß nicht einmal, ob der Kerl ein richtiger Priester war, saß die ganze Zeit nur da und nuschelte ab und zu was auf Polnisch. Jedenfalls ist Ihr ehemaliges Zimmermädchen fest davon überzeugt, dem Leibhaftigen begegnet zu sein, drei- oder viermal brach sie in Tränen aus, als sie mir davon erzählte."

Erdmann senkt den Blick, reibt sich grob über den Mund und das von blonden Stoppeln übersäte Kinn.

„Herrgott noch mal, sie wollte überhaupt nicht mit mir sprechen, die Frau hatte Angst, fürchterliche Angst! Sie hat sich fast eingepinkelt vor Angst! Ihr Mann war die treibende Kraft, der war hinter dem Geld her … ach so, ich musste ein wenig erhöhen, habe den beiden 500 gezahlt. Problem damit?"

…

„Erzählen Sie schon weiter."

„Gut, es … es war ein Freitagvormittag, an dem Zuzanna gekündigt hat. Korrigieren Sie mich, falls ich etwas durcheinander bringe. Zuzannas Schicht begann um sieben, sie ist zehn nach sieben in den zweiten Stock gegangen, um ein Zimmer herzurichten, das sie am Vortag ausgelassen hatte. Das Zimmer hat die Nummer 26, ich hab mir das auch notie- … warten Sie … ja, 26. Um halb acht …"

„Herr Erdmann, es-"

„Moment. Um halb acht hat sie dieses Zimmer ein zweites Mal betreten, ich habe nicht genau verstanden, warum. Irgendwas mit den Handtüchern … wahrscheinlich wollte sie die austauschen. Es war Zuzannas zweiter Tag bei Ihnen, richtig?"

„Ja, richtig. Wegen des Zimmers, wir-"

„Gleich, Bieler, gleich. Jetzt wird es nämlich interessant. Als Zuzanna aus dem Badezimmer tritt, da hört sie, wie jemand ihren Namen flüstert. Erschrocken läuft sie zur Zimmertür, muss aber feststellen, dass diese verschlossen ist."

Er macht eine Pause, atmet durch.

„Zimmer 26 … wo ist das?"

„Wir haben kein Zimmer 26, das wollte ich Ihnen gerade eben schon sagen. Sie müssen sich verhört haben."

„Ja-ja, okay, wie auch immer. Also … die Tür ist zu und Zuzanna kann nicht raus. Sie hat Angst und betet. Und als sie sich zum Zimmer umdreht, sieht sie dieses Ding von der Decke hängen, diese … Hülle, diesen Kokon, den sie da gezeichnet hat. Das Gebilde ist so hoch wie ein Mann und baumelt direkt über dem Bett an der Zimmerdecke." Er macht eine Pause, sieht mich an. „Sie wirken ein wenig durcheinander, Bieler, kommt Ihnen das Ding bekannt vor?"

„Ja, vielleicht. Erzählen Sie bitte weiter."

„Nun, Zuzanna steht da und schickt ihre Gebete nach oben. Sie zittert vor Angst. Und da bricht das Ding auf und etwas steigt heraus. Drehen Sie das Blatt um."

Ich tue, was er sagt. Auf der Rückseite ist eine weitere Buntstift-Zeichnung: Eine aufrecht stehende, in rot und braun gehaltene Scheußlichkeit, eine nur entfernt menschenähnliche Gestalt mit dürren Gliedmaßen, Löchern statt Augen und länglichem Schädel.

„Darf ich vorstellen?", feixt Erdmann. „Der Teufel höchstpersönlich, Luzifer, Beelzebub, Satanas, der Herr der Fliegen, der große Verleumder. Ein selten hässliches Scheißding, finden Sie nicht auch? Sieht aus wie eine gehäutete, halb verweste Ratte, nicht? ... Hat es Ihnen die Sprache verschlagen, Bieler?"

„Ja, wie eine gehäutete ..."

„Also, diese blutige Missgeburt steigt aus ihrem Kokon, kriecht vom Bett hinunter, richtet sich auf und kommt auf Suzanna zu. Und dann, als wenn es damit nicht genug wäre, spricht dieses Scheißding sie auf Polnisch an und nennt sie beim Namen. Die Frau stand immer noch unter Schock! Sie haben doch an diesem Tag noch mit ihr gesprochen, oder?"

„Ja, sie ... sie hat sich abgemeldet." Ich setze mich aufs Bett, lege die Zeichnung weg und schließe die Augen. „Ich dachte, Sie wäre krank, sie hätte eine Magenverstimmung oder ..."

„Sie kennen dieses Ding", sagt Erdmann. „Sie kennen diese halb verweste Ratte, habe ich Recht? Nun gut, ich will die Geschichte zu Ende erzählen. Unsere Zuzanna ist wie erstarrt, nur das Mundwerk funktioniert noch. Das einzige, was sie tun kann, ist panisch ihre Gebete murmeln. Und schon steht das Ding vor ihr, triefend vor Blut und Geifer, es überragt sie um mehr als einen Kopf. Und dann ... puff, weg! Zuzanna ist mutterseelenallein im Zimmer. Und als sie es endlich geschafft hat, sich umzudrehen und die Tür aufzureißen, läuft sie käsebleich nach unten. Ende der Geschichte, den Rest kennen Sie."

Erdmann greift sich die Zeichnung, setzt sich zu mir aufs Bett. Und grinst mich an.

„Sie sind dran, Bieler. Was haben Sie mir zu sagen?"

Vielleicht hätten die beiden Zeichnungen nicht gereicht. Nein, wahrscheinlich nicht. Was Zuzanna mit Buntstift aufs Papier gebracht hat, sieht nur entfernt wie dieses Ding aus, das ich als Kind …

Aber ich erinnere mich an den Traum, den ich die Nacht zuvor hatte, in dem ich mich plötzlich, zurückverwandelt in einen kleinen Jungen, auf dem Dachboden des Haupthauses wiederfand. „Weißt du noch, wer ich bin?“ hatte mich eine körperlose Stimme gefragt. „Willst du mitkommen? Weiter nach hinten?“

Nein, die Zeichnungen allein hätten nicht ausgereicht, zu sehr unterscheidet sich Zuzannas Schreckgestalt von dem, was ich rund drei Jahrzehnte zuvor gesehen habe. Und auch diese Männerstimme – „Du musst die Augen öffnen, dann siehst du es“ –, dieses tiefe, seltsam schleppende Raunen, nein, die kam mir zunächst nicht bekannt vor. Aber zusammen … ja, zusammen …

War ich sechs damals? Sieben vielleicht? Ich glaube nicht, dass ich schon zur Schule ging, kann mich aber täuschen.

Es war auf einem dieser Sommerfeste, auf der Einladung, die mein Vater aus der Firma mitbrachte, stand, die Angestellten sollten ihre Familien mitbringen. Jedes Jahr fand solch ein Fest statt, das weiß ich noch … und der Ablauf war immer der gleiche: In unserem frisch gewaschenen, gewachsten und gesaugten Mercedes SE fuhren wir ins Grüne, der Inhaber des Unternehmens, dessen Rechtsabteilung mein Vater leitete, hielt seine obligatorische Rede, machte ein paar Witze und dann wurde mit viel Hoch! und Prosit! auf die Firma angestoßen.

Für uns Kinder gab es Ungefährliches: Saft und Capri Sonne. Manchmal durfte einer von uns am Bier nippen und wurde ausgelacht. Ganz gleich, ob der Auserwählte ein angewidertes Gesicht machte oder sich tapfer nichts anmerken ließ, gelacht wurde immer.

Wir Kinder hatten – auch daran erinnere ich mich – eine doppelte Rolle zu spielen. Einerseits sollten wir die Erwachsenen in Ruhe lassen, sollten „spielen gehen". Zugleich aber mussten wir in der Nähe bleiben, sichtbar bleiben, schließlich sollte sich niemand Sorgen machen. Meistens waren es die Frauen, die uns beaufsichtigten, die Männer gaben sich nicht mit uns ab.

Bis auf Willy. Ob er wirklich so hieß, wo er in der Hierarchie stand, was genau seine Aufgabe in der Firma war, das weiß ich nicht. Jeder nannte den Mann mit der schwarz glänzenden Pomadenfrisur nur Willy … und Willy war ein allseits beliebter Dreckskerl. Wenn es dunkel wurde, dann tatschte Willy – er muss damals um die vierzig gewesen sein, ob er verheiratet war, weiß ich nicht – die Sekretärinnen an, uns Kindern schenkte er Zigaretten und einmal habe ich erlebt, wie er mitten unter seinen Kollegen die Hose öffnete und auf den Boden pinkelte. Der Willy halt, so hieß es damals, das ist halt der Willy, der macht immer so Sachen, der Willy, da hat man was zu erzählen nachher, wenn der Willy dabei ist. Auch vor uns Jungs hat er mehrmals gepinkelt, immer so, dass wir alles genau sehen konnten.

Heute würde der Mann mit seinen Schweinereien nicht mehr durchkommen, völlig unvorstellbar. Nach jedem dieser Sommerfeste hätte er mindestens eine Klage am Hals. Aber es waren andere Zeiten … und Willy kam zugute, dass er große Entertainer-Qualitäten hatte; niemand brachte die Leute zum Lachen wie er.

Es dämmerte schon, als Willy uns – wir waren fünf Jungen, ich war der kleinste – in den Wald lockte, der neben dem großen, von der Firma gemieteten Grillplatz lag. Er müsse uns etwa zeigen, so Willy, etwas, das uns gefallen werde.

Wir alle hatten ein mieses Gefühl bei der Sache. Aber er war der Erwachsene und wir waren nichts. Also hinterher. Wie weit wir in den Wald gingen, das weiß ich nicht mehr, wahrscheinlich nicht allzu weit. Wir hörten noch das Lachen der Erwachsenen

War es ein natürliches Rinnsal, zu dem Willy uns führte, oder eine Art Abwasserkanal? Dunkel erinnere ich mich an eine Betonröhre, aus der Wasser durch ein Eisengitter floss. Und an die vermoderten Reste einer Holzschaukel. Eines der Seile, an der die Schaukel gehangen hatte, war um die Sitzfläche gewickelt, das zerfaserte Ende trieb schlingernd im Wasser.

Willy kotzte in die Büsche. Wir standen drei Meter weiter und warteten brav, bis er sich ausgekotzt hatte. Die Griechen, erklärte uns Willy mit schleppender Stimme, dabei wischte er sich den Mund am Ärmel ab, die Griechen fressen Kinder. Aber erst ziehen sie ihnen die Haut von der Haut, während sie noch lebendig sind und schreien.

Genau so sagte es der Besoffene: Haut von der Haut. Wir schauten uns an. Keiner wagte es, zu lachen oder wegzugehen.

Näher heran!, befahl Willy. Alle Mann in einer Reihe aufstellen! Mit einem Stock schob er das Gestrüpp zur Seite, das am Rande des Kanals wucherte. Er hatte Mühe, das Gleichgewicht zu halten, mehrmals trat er ins Wasser.

Was wir dann sahen, was er uns hatte zeigen wollen, war ein längliches Gebilde, ein gehäutetes, von Teig – ich denke, dass es Teig war – umgebenes Tier. Es kam mir sehr groß vor, aber Kindern kommt ja vieles sehr groß vor. Und natürlich glaubte ich diesem Dreckskerl: Da lag ein gehäutetes Kind im Wasser, in einem Mantel aus schmierigem, grauen Teig, lebendig gehäutet von den griechischen Menschenfressern und dann, warum auch immer, hier abgelegt.

Ich hielt mir die Augen zu.

Und Willy prustete los. Er sagte, ich müsse sie aufmachen, sonst würde ich es ja gar nicht sehen.

Aber ich wollte es ja nicht sehen, hielt mir die Augen zu und wurde ausgelacht.

Als ich doch hinsah, stocherte einer der größeren Jungs mit einem Stock in dem Brocken herum. Der Teig brach auseinander und gab den Blick auf braunes, von Ungeziefer besiedeltes Fleisch frei. Zuckende Maden trieben auf dem Wasser, ein abscheulicher Anblick.

Rund ein Jahr lang verfolgte mich dieses Ding – ein Lamm, vielleicht auch ein großer Hase, jedenfalls kein Kind – in meinen Träumen. Mal starrte es mich mit trüben Augen vom Kleiderschrank herab an, mal fiel es mir aus dem Nichts vor die Füße und versuchte, dabei wimmernde Laute von sich gebend, aus seiner Hülle auszubrechen. Mehrmals träumte ich, ich läge in meinem Bett, unfähig mich zu rühren, und das Ding hinge direkt über mir an der Decke, sein Kopf nur Zentimeter von meinem Gesicht entfernt. Weggeworfenes Essen, der größte Schrecken meiner Kindheit.

Als ich meine Geschichte erzählt habe, will Erdmann wissen, wie lange ich geglaubt habe, Griechen würden „Kindern die Haut abziehen und sie in Teig wickeln."

Hart lache ich auf.

„Ungefähr bis zu meinem neunten Lebensjahr … ist das zu glauben? Irgendein Vollidiot macht einen blöden Witz, erzählt besoffen irgendeinen Dreck, und dann trägt das ein Kind jahrelang mit sich herum."

„Und wie sind Sie darauf gekommen, dass es sich nicht um eine Kind handelte?"

„Durch meine Mutter. Die hat mich irgendwann aufgeklärt, die war richtig erschrocken. Mein Vater hatte ein Geschäftsessen in einem griechischen Lokal … und tja, da habe ich ihr von dem toten Kind erzählt. Sie meinte dann, das sei ganz bestimmt nur ein Tier gewesen, das jemand weggeworfen habe … weil es verdorben war oder weil niemand es essen wollte. Da würden ja dauernd Leute grillen, auf diesem Platz, manchmal auch Türken und Griechen und Jugoslawen, die würden ja auch so etwas essen, so in Teig gewickelte Tiere … aber doch keine Kinder!"

Erdmann lässt seine Finger über Zuzannas Zeichnung fahren, nimmt eine Ecke des Blattes zwischen Daumen und Zeigefinger und drückt seinen Nagel ins Papier. War da der Anflug eines Lächelns auf seinem Gesicht?

„Lamm im Teigmantel habe ich schon gegessen", sagt er.

„Ja? Haben Sie? Auch mit Kopf und Füßen dran?"

Er reißt die Ecke ab, lässt sie fallen und starrt ihr nach. Plötzlich richtet er sich auf.

„In Ordnung, Bieler, zwei Punkte. Erstens: Sie sind das Zentrum des Ganzen. Schauen Sie, Zuzanna hat etwas gesehen, dass dem Repertoire Ihrer … Ihrer Ängste, oder sagen wir besser: Ihrer Erinnerungen entstammt. Ich meine, der Teufel? … was bitte soll das für ein Teufel sein, der wie eine gehäutete Ratte aussieht? Mit was immer wir es hier zu tun haben, es bedient sich Ihrer Ängste, Ihrer Erinnerungen."

„Ja", sage ich. Erdmann schweigt. „Und was ist der zweite Punkt?"

„Hat Monika von dieser Sache gewusst?"

Ich zögere.

„Ich meine, haben Sie Monika damals von diesem gehäuteten Kind erzählt? Also von dem, was Sie für ein gehäutetes Kind hielten?"

„Vielleicht … ja, vielleicht. Ich weiß es nicht mehr. Wahrscheinlich habe ich es, wir waren ja fast jeden Tag zusammen. Aber auf keinen Fall wusste Sie etwas davon, dass ich Vater war … davon, dass meine Tochter gestorben ist."

„Vielleicht hat Sie Ihnen hinterher spioniert. Haben Sie eine Todesanzeige aufgegeben, als Ihre Tochter gestorben ist?"

„Ja, haben wir. Hören Sie, Erdmann, meinten Sie nicht, Monika hätte nichts mit der Sache zu tun?"

„Das war nur eine Hypothese. Nach alldem, was Sie mir aus Ihrer Schulzeit erzählt haben, hätte Monika allen Grund, Sie zu hassen."

„Ja, natürlich hätte sie das. Aber es ist zwanzig Jahre her und ich war ein Teenager … und die Jahre seitdem, ich habe nie mehr etwas von ihr gehört, ich habe nicht mehr an sie gedacht, warum-"

„Vielleicht ist sie ja doch gestorben", unterbricht mich Erdmann. „Vielleicht war sie den Rest ihres Lebens auf Sie fixiert, und nach ihrem Tod, da … nun, da hat sie irgendwie den Weg zu Ihnen gefunden."

Ich fühle mich erschöpft, der Kopfschmerz kommt. Druck hinter den Augen und Schmerzen im Nacken. „Haben Sie die Agentur beauftragt?", frage ich Erdmann.

„Ja, habe ich. Sie arbeiten daran. In ein paar Tagen wissen wir, was mit Monika ist. Ach so, ich bekomme weitere 250 von Ihnen."

…

„Ja, in Ordnung. Ist mir egal."

Erdmann steht auf und geht im Zimmer umher. Nach ein paar Runden bleibt er vor der offenen Badezimmertür stehen. „Sie denken nicht, dass diese Sachen von Monika sind, oder?"

Nein, das denke ich nicht. Sie wäre noch nicht einmal vierzig, wieso sollte sie Perücken tragen?

„Krebs", sagt Erdmann schulterzuckend. „Chemotherapie." Und als ich schweige: „Okay, Bieler, packen Sie dieses stinkende Zeug weg, hängen Sie es zum Trocknen auf

… was auch immer. Aber entsorgen Sie es nicht, vielleicht hat es irgendeine Bedeutung. Und dann-"

„Sie war nicht blond."

„Wie bitte?"

„Monika war nicht blond … oder zumindest nicht so hellblond. Wieso sollte sie solche Perücken tragen? Ich meine, wenn ihr die Haare ausgefallen sind …"

„Ja-ja, schon gut. Nicht so viel spekulieren, Bieler! Sie machen Ihre Arbeit, kümmern sich um das Hotel, sind nett zu Ihrer Freundin und zu dem Jungen. Sie dürfen sich nicht ängstlich verkriechen, verdammt noch mal! Sie sind der Herr dieses Hauses!"

Er tritt auf mich zu, packt mich an den Schultern.

„AUFRECHT, MANN! HALTEN SIE SICH AUFRECHT! ES IST ALLES NUR EIN BESCHEUERTER BUDENZAUBER! ANGSTMACHEREI! ABER SIE HABEN KEINE ANGST, BIELER! SIE SIND DER HERR DIESES HAUSES!"

Zunächst erscheinen mir Erdmanns Worte lächerlich. Dann bemerke ich erstaunt, dass sie mich tatsächlich aufrichten. Was ist denn schon passiert? Unterschiedliche Menschen haben unterschiedliche Dinge erlebt und sich erschrocken. Aber ist denn jemand ernsthaft verletzt worden? Gut, dieser Mann, der Herr Hinrich, der ist nachts aus dem Haus geflüchtet … aber das kann doch viele Gründe haben!

Ich fühle mich stark, furchtlos, streitlustig! Als Erdmann gegangen ist, stopfe ich pfeifend die Perücken und Klamotten in einen Müllbeutel, trete ihn aus dem Zimmer und schleudere ihn in eine der Abstellkammern. Er platzt auf und blondes Haar quillt heraus.

„Verpiss dich", sage ich. „Dieses Haus ist mein Haus." Spreche ich tatsächlich mit einem aufgeplatzten Müllbeutel?

Kurz vor zwanzig Uhr geschieht etwas. Ich weiß nicht, ob es Einbildung ist oder ob ich es tatsächlich höre.. Vielleicht taugt sie einfach nicht mehr, diese Unterscheidung.

Als ich in den zweiten Stock gehe, ist Erdmann damit beschäftigt, die zerquetschten Dübel und Kanäle zu fotografieren, die die wandernden Schrauben hinterlassen haben. Trotz zwei Aspirin habe ich grässliche Kopfschmerzen.

„Schon so etwas gesehen?“, frage ich.

Er schüttelt den Kopf und macht weiter. Ich sehe ihm eine Weile zu, dann hänge ich hinter ihm die Bilder wieder auf. Bei jedem Bücken und jedem Aufrichten schließe ich die Augen.

„Auch nichts Ähnliches?“, frage ich.

„Nein … nie“ Erdmann tippt einen der kaputten Dübel an, folgt mit dem Zeigefinger dem Lauf des Kanals, kratzt mit dem Fingernagel grauen Staub aus der Wand. Dann murmelt er etwas, was wie „erschreckend“ klingt. Ich bin mir fast sicher, dass er „erschreckend“ gesagt hat. Die Schmerzen sind so heftig, dass ich glaube, mich hinsetzen zu müssen.

„Wie bitte?“

Keine Antwort.

„Was haben Sie …“

Mein Gott, diese Schmerzen. Ich muss mich hinlegen, muss nach unten gehen und mich …

„Sie wird dir nicht helfen, die dumme Fotze.“

Ich lege das Bild, das ich gerade aufhängen wollte, auf den Teppich. Ich setze mich hin und lehne den Rücken an die Wand.

„Erdmann?“

Er steht drei Meter von mir entfernt und hantiert mit seinem Handy.

„Erdmann!“

„Was ist denn?"Er dreht sich zu mir. „Ist Ihnen übel, Bieler?"

„Was … was haben Sie eben gesagt?"

„Was ich …" Er zögert, sieht mich misstrauisch an. „Dass ich so etwas noch nicht gesehen habe, das habe ich gesagt. Sie haben mich gefragt, ob ich so etwas schon gesehen habe, und ich habe Ihnen geantwortet, dass ich so etwas … Bieler, meine Güte, was ist denn los? Müssen Sie sich übergeben?"

Es war seine Stimme, ganz sicher. Ich habe zwar nicht gesehen, dass er den Mund bewegte, aber …

„Bieler! Raus mit der Sprache! Was haben Sie gehört?"

Ich sage es ihm. Und er meint nur „interessant". Dann hilft er mir die Treppe hinunter und liefert mich bei Amy ab. „Hängen Sie die Bilder wieder auf", sage ich noch.

Wie viele Aspirin kann man schlucken, ohne Magenschmerzen zu bekommen? Vier, fünf? Amy sagt, ich kann fünf nehmen, wenn ich etwas dazu esse. So mache ich es dann auch.

Kurz vor zehn bin ich die Schmerzen los, eine halbe Stunde später schlafe ich ein.

Mein lieber Robert

Samstag, 17. Dezember

Schaufeln und Förmchen, zerbissene Tennisbälle und Kegel aus dünnem, weißfleckigem Plastik, ein schmutziges Springseil und eine kirschrote, nur etwa einen Meter lange Schneeschaufel mit gebrochenem Blatt. Das einstöckige Haus ist bunt gestrichen und rund um die Eingangstür liegen Spielsachen verstreut. Bin ich hier richtig?

Kriechend langsam, im ersten Gang und mit schleifender Kupplung, passiere ich das Haus. Neben der rot lackierten Eingangstür hängt eine Platte aus Lehm, groß wie die Tür eines Einbaukühlschrankes, in die zwei große und drei kleine Menschen ihre Hände gedrückt haben. Dazu lächelnde Gesichter aus zwei Punkten, einem kurzen und einem langen Strich, mit schmalen Fingern in den Lehm gemalt. Familienidyll, ländliches Glück, Vorabendprogramm … aber kann das denn sein?

Ich bin an dem bunten Haus vorbei, passiere einen mit Tags beschmierten Glascontainer und eine verloren in der Landschaft stehende Doppelgarage. In einiger Entfernung grasen schwere Kaltblüter und ein handgemaltes Schild, kerzengerade eingepflanzt am Ortsausgang, weist auf den Weihnachtsmarkt des Landfrauenvereins hin.

Ich parke den Wagen und greife mir den mit Bleistift beschriebenen Zettel, der fast zwei Stunden neben mir auf dem Beifahrersitz gelegen hat. Darauf die Adresse, die Erdmann mir gegeben hat. Ja, hier bin ich richtig, die Hausnummer stimmt. Raus aus dem Wagen.

Der schmale Weg – ich bin so langsam, dass ich fast auf der Stelle trete – ist mit weißen und dunkelgrauen Knochensteinen gepflastert, fünf Stufen aus zartviolettem Stein führen hinauf zur Tür und am Klingelknopf steht der Name Hoffmann. Monika hat tatsächlich geheiratet.

Ich drücke den Knopf und von drinnen kommt lautes,

kehliges Bellen. Durch das gelbe Glas sehe ich eine große, breitschultrige Gestalt.

„Warte. Ich sperre den Hund weg"

Obwohl sie gedämpft zu mir dringt, erkenne ich die Stimme.

Und nur eine Minute später stehen wir uns gegenüber. Und ich weiß nicht, was ich machen soll. Ihr die Hand geben? Sie umarmen?

„Du bist zu spät, Robert."

Monika trägt Alltagskleidung, ihr hellbraunes Haar ist kurz geschnitten. Nein, sie ist nicht mehr das knochige, viel zu große Mädchen von damals, sie hat zugelegt, wirkt kräftig, auch hat ihr Körper weibliche Formen bekommen. Einen Moment glaube ich, Emmi vor mir zu haben, unsere ehemalige Haushälterin. Monika sieht ihrer Mutter unglaublich ähnlich.

„Tut mir leid, ich habe mich verfahren", lüge ich. Tatsächlich habe ich fast eine Viertelstunde im Auto gesessen.

„Komm rein … willst du etwas trinken?" Sie wartet meine Antwort nicht ab. „Setz dich ins Wohnzimmer. Hier entlang."

Zwischen uns ist nicht die geringste Vertrautheit, Monikas Worte hören sich an, als hätte sie eine Maschine geformt und ausgespuckt. Schablonenworte, vor Stunden schon ausgesucht und zurechtgelegt.

„Danke."

Die Wände des Zimmers, in das Monika mich führt, sind bunt gestrichen und mit Kinderzeichnungen gepflastert: Schiefe Strichhäuser, Sonnen mit Gesichtern, deformierte Pferde auf Blumenwiesen, rote Herzen, unter denen „Für Mama und für Papa" steht. Ich denke an Zuzannas Leibhaftigen, an das Wesen mit dem Rattenkopf, rot und braun auf kariertem Recycling-Papier. Ich ertappe mich dabei, wie ich die Wände nach dieser Zeichnung absuche.

„Robert?"

„Ja, ich … entschuldige. Ich war abgelenkt."

„Willst du etwas trinken, Robert?"

„Ja, gerne … danke. Einfach Wasser vielleicht, Leitungswasser. Also wenn du welches hast."

Was zur Hölle rede ich da? Monika verlässt das Zimmer, hantiert in der Küche und kommt mit zwei Gläsern zurück. Sie stellt sie ab und setzt sich mir gegenüber. Wirklich, sie sieht aus wie ihre Mutter. Es hat nur ein bisschen Fleisch gefehlt, ein wenig Fülle. Ich bemühe mich, sie nicht anzustarren.

„Du hast Kinder, Monika?"

Sie nickt.

„Was willst du, Robert?"

Ich trinke einen Schluck, versuche ein Lächeln. Erst jetzt bemerke ich, dass ich immer noch meine Jacke anhabe.

„Ich habe in letzter Zeit viel an früher gedacht und …"

Monika lehnt sich zurück. Ihr Blick ist starr auf mich gerichtet. Aus irgendeinem entfernten Winkel des Hauses sind Geräusche zu hören … der Ehemann vielleicht, oder der weggesperrte Hund. Ich schlucke und spreche weiter.

„Und … na ja, ich wollte einfach wissen, wie es dir geht. Ob du in Ordnung bist und …"

Ihre Frage kommt schnell und kalt und hart. Keine Vertrautheit, keine Zuneigung.

„Wieso soll ich nicht in Ordnung sein?"

Okay, noch ein Schluck Wasser. Ich habe das verdammte Glas schon zur Hälfte leer. In meiner Verlegenheit saufe ich wie ein Pferd.

„Ja, gut … warum solltest du nicht in Ordnung sein? Ich wollte damit nicht sagen, dass ich … ach, keine Ahnung. Ich meinte nur, wir waren als Kinder immer zusammen und später, da haben wir uns voneinander entfernt und ich denke, dass einiges nicht sehr gut gelaufen ist. Also …

vielleicht sollte ich mich entschuldigen. Ich meine, ich war 15 damals, als wir uns das letzte Mal …"

„Du warst 16", sagt sie. „Wir sind gleich alt."

…

„Okay, 16. Ich wollte nur sagen, dass es mit leid tut, dass damals irgendwie der Kontakt … dass der abgebrochen ist … und ich meine, in der Schule, das war alles nicht gerade ideal. Das war alles ziemlich daneben damals."

Wieder diese Geräusche. Als würden Möbel verrückt. Ich sehe mich im Zimmer um und hoffe, dass Monika etwas sagt, irgendetwas Nettes, etwas, das die Situation auflockert. Wie zwei Roboter, denke ich, wir sind wie zwei Roboter, die unbeholfen versuchen, menschliche Konversation zu imitieren. Und dann, ohne es eigentlich zu wollen, quassele ich drauflos:

„Jedenfalls freue ich mich, dass für dich ja doch noch alles gut gelaufen ist … ich meine, du bist verheiratet und hast Kinder und einen Hund. Da Haus ist auch sehr schön und …" Ich weiß selbst, dass ich Müll rede. Ich gratuliere Monika sogar zu dieser „wirklich sehr ruhigen Gegend", in der sie lebt. Ich hätte ja auch schon überlegt, hinaus aufs Land zu ziehen, in der Stadt habe man ja immer so einen Hintergrundlärm, zu viele Leute auf zu wenig Raum, da wünsche man sich ab und zu … wie ein Showmaster höre ich mich an, wie ein Showmaster, der panisch versucht, die Stimmung zu retten.

„Ist gut, Robert", unterbricht sie mich. „Hör auf damit."

Ich atme aus. Halte den Mund.

„War es das?"

Ich sehe sie nur an. Erste Falten hat Monika schon, quer über die Stirn und rund um die Nasenwurzel. Ihre Mundpartie ist ganz glatt.

„Geh bitte. Ich habe zu tun."

„Soll es das jetzt …" Ich trinke mein Glas leer. „Soll es

das gewesen sein?" Und dann, als sie nicht antwortet: „Monika, es tut mir wirklich leid wegen damals, ich habe mich schäbig verhalten."

„Ist in Ordnung." Sie steht auf und ... nein, sie sieht überhaupt nicht mehr aus wie damals, stattdessen ähnelt sie frappierend ihrer Mutter. „Ich denke, das war es. Ich will nicht, dass du dich wieder meldest, Robert."

„Ja, okay ... natürlich. Wie du willst."

Als wir bei der Tür sind – kaum zehn Minuten sind vergangen, seit ich das bunte Haus betreten habe –, nehme ich mir ein Herz und frage, wie es Emmi geht.

„Sie heißt nicht Emmi. Der Name meiner Mutter ist Manuela, Emmi habt nur ihr sie genannt."

„Sie hat ... hat sich selbst so genannt", sage ich. „Sie hat nichts dagegen gehabt, dass wir ‚Emmi' zu ihr sagten. Das kam nicht von uns, das hat sie selbst so-"

„Ja, gut." Monika macht einen Schritt auf mich zu, drängt mich Richtung Haustür. „Meine Mutter ist vor einem Monat gestorben. Alles Gute, Robert."

Abrupt bleibe ich stehen, drehe mich um.

„Sie ist gestorben? W- ... was ist passiert?"

Monika schiebt sich an mir vorbei, zieht die Tür auf. Ihre Bewegungen sind fahrig, nervös. Hat sie Angst vor mir?

„Ist gut jetzt. Raus."

Aber ich kann nicht einfach gehen. Jetzt muss ich mehr erfahren.

„Wann war das? Wann genau ist sie gestorben?"

Ein kurzes, verächtliches Schnauben.

„Ich hätte wirklich mehr von dir erwartet, Robert. Wenn du dich unbedingt entschuldigen willst, warum dann nicht für diese eine Sache?"

Eine Uhr schlägt. Der eingesperrte Hund kratzt an der Tür. Ich weiß nicht, wovon sie spricht. Welche „eine Sache" denn? Ich will auch überhaupt nicht über irgendwelche „Sachen" sprechen, über irgendwelchen Scheiß, der zwanzig Jahre zurück liegt! Ich will verdammt noch mal wissen, wann genau Emmi gestorben ist! Und doch gehe ich in Gedanken die Demütigungen durch, die Monika in ihrer Schulzeit zu ertragen hatte, deren Zeuge ich wurde, die ich nicht … Was zum Teufel meint sie?

„Dafür hätte ich eine Entschuldigung erwartet, Robert. Und jetzt runter von unserem Grundstück. Ich möchte, dass du gehst."

„Okay, ich gehe, aber bitte hör mir noch kurz zu … ich, ich weiß nicht, wovon du sprichst, Monika. Ich weiß es wirklich nicht. Es war so viel, es gab so viele heftige Situationen."

Sie schüttelt den Kopf, lacht hart auf. Monika ist ein klein wenig (Bohnenstange) größer (Skelett) als ich. Sicher (langes Elend) über eins (Knochenmonster) achtzig. „Giraffe" war noch die netteste Bezeichnung, die wir für sie hatten.

„Hast du das echt vergessen, Robert, die Sache im Geräteraum? Du und Uwe und Holger und Ralf."

Ich weiß immer noch nicht, wovon sie spricht. Holger und Ralf waren Schulfreunde, ich habe sie seit mindestens zehn Jahren nicht gesehen.

„Tut mir leid, ich … also ich weiß beim besten Willen nicht, wovon du sprichst, Monika. Wirklich nicht, vielleicht kannst du mir …"

Ich sehe den Schlag kommen. Und ich mache keine Anstalten, ihn abzuwehren oder ihm auszuweichen, spanne nur instinktiv die Halsmuskulatur. Mit der flachen Hand trifft Monika mein linkes Ohr. Feucht und kalt fühlt sich ihre von meiner warmen Haut abrutschende Hand an.

…

„Ich weiß es wirklich nicht", sage ich.

„Zu viert", sagt sie. „Du und die anderen. Ihr habt genau

gewusst, dass ich mich nicht wehre."

Beinahe muss ich lachen. Das ist völliger Irrsinn!

„Monika, warte mal. Willst du sagen, dass wir dich irgendwie ... missbraucht haben? Nie im Leben ... das ist, das ist total ..."

Ich weiß nicht, was ich sagen soll, schüttle nur hektisch den Kopf. Jetzt kommt das Rauschen, mein linkes Ohr wird taub.

„Ich hätte euch anzeigen sollen", presst Monika hervor. Sie hat Tränen in den Augen.

Und ich denke: Okay, hier ist er also, der Schaden, den sie davongetragen hat. Sie bildet sich Dinge ein, die nie passiert sind. Vieles wurde ihr angetan, das stimmt ja ... aber doch keine ...

„Moment, Monika, Moment mal bitte. Was immer dir passiert ist, ich war da nicht dabei, ich weiß nicht das Geringste davon. Und ich glaube kaum, dass Ralf und Uwe und-"

„RAUS JETZT!"

...

Ich nehme die Hände vor den Körper. Abwehrhaltung.

„Ja, okay, ich gehe. Aber glaub mir, was immer du dir einbildest, das ... das ist-"

„RAUS!"

„Ja, ich gehe. Es tut mir leid. Aber bitte, Monika, darf ich dich noch eines fragen? Hast du irgendwann mal von mir geträumt? Oder hattest du irgendwie das Gefühl ... in meiner Nähe zu sein? Ich dachte, ich hätte dich gesehen und du hast mir-"

„Bist du bescheuert, Robert?"

„Nein, ich ... warte bitte, gib mir einen winzigen Moment. Es hört sich verrückt an, aber ich dachte, ich hätte dich gesehen und du hättest mir eines dieser alten Videospiele gegeben, eines der Spiele, die wir früher immer zusammen gespielt haben. Und dann habe ich von dir geträumt … du hattest ein Kind auf dem Arm und …"

Hart lacht sie auf.

„Du bis echt hinüber, Robert. Ich rufe die Polizei."

„Nein, bitte … okay, ich hau ab. Entschuldige."

Als ich den schmalen Weg Richtung Gartentor gehe, höre ich hinter mir schnelle Schritte. Sofort drehe ich mich um, nicht, dass sie mir mit einem Messer …

„Hier. Für dich!"

Ein mit Bohnenband verschnürter Stapel Papier. Mit einem Ausdruck irgendwo zwischen Wut und Ekel auf dem Gesicht streckt Monika ihn mir hin.

„Was ist das?"

„Von meiner Mutter. Hat sie für dich geschrieben."

Ich zögere, starre auf den eng zusammengeschnürten Stapel Papier. Und da brüllt Monika mich an:

„JETZT NIMM SIE ENDLICH!"

Ich greife zu und sie lässt los. Der Packen fällt auf den Boden und ich bücke mich nach ihm. Kalt und klamm fühlt er sich an, als habe sie ihn draußen im Garten aufbewahrt. Auch ist er erstaunlich schwer.

„Und jetzt geh, Robert, geh weg und komm nicht wieder. Lass uns in Ruhe."

„Ich gehe doch schon!", sage ich aggressiver als beabsichtigt. „Aber bitte beantworte mir noch meine Frage. Hast du in letzter Zeit an mich gedacht oder …"

Und da geht sie auf mich los, stößt mich Richtung Gartentor, brüllt mich an, beschimpft mich als dreckiges Schwein, als Arschloch, als Verbrecher, schlägt nach mir. Ich weiß nicht, wie mir geschieht, versuche, sie von mir wegzudrücken und ihre Schläge abzuwehren. Und auf einmal – wo verdammt ist er hergekommen? – packt mich ein großer, massiger Kerl am Hals, dreht mir den rechten Arm auf den Rücken und schiebt mich Richtung Straße.

Krampfhaft halte ich Emmis Briefe fest, komme ins Stolpern, werfe einen Blumentopf um und denke: Der muss in der Nähe gewesen sein, die ganze Zeit, sie hat ihm gesagt, dass er sich bereithalten soll, das muss ihr Mann sein, und jetzt schlägt er mich zusammen, weil sie sich etwas von einer Vergewaltigung zusammengesponnen hat, weil sie wahnsinnig geworden ist. Der Kerl wiegt locker 120 Kilogramm, der kann mich mühelos …

Aber er stößt mich nur auf die Straße und ruft mir nach, dass ich mich „vom Acker machen" soll.

Ich drücke mir Emmis Briefe an die Brust und laufe zum Wagen.

—

Noch im Auto beginne ich mit dem Durchsehen der Briefe … allerdings erst nachdem ich einen halben Kilometer gefahren bin, am Rand eines Supermarktparkplatzes gehalten und versucht habe, das einzuordnen, was Monika gesagt … was sie mir vorgeworfen hat. Nein auf keinen Fall, kompletter Schwachsinn! Es hat keine Vergewaltigung gegeben, keine sexuelle Belästigung, nichts. Zumindest nichts, bei dem ich anwesend gewesen wäre. Monika bildet sich etwas ein. Nie und nimmer habe ich …

Schluss damit! Keinen weiteren Gedanken daran verschwenden. Keinen noch so winzigen. Beruhige dich, Robert … alles in Ordnung, nur den Ärmel deiner alten Jacke hat dieser Typ halb abgerissen.

Was da rechts neben mir liegt, ausgebreitet auf dem Beifahrersitz, sind zu etwa einem Drittel karierte A5-Blätter. Ein weiteres Drittel machen Bögen mit dem Briefkopf der Pflegeeinrichtung aus, in der Emmi zuletzt lebte. Und dann ist da noch der seltsame Rest: Servietten, ein wasserfleckiges Blatt Papier, das die Rückseite der Bedienungsanleitung eines Radioweckers war, Speisepläne, Medikationslisten, Beipackzettel von Arzneimitteln, der zerschnittene untere Teil einer Pralinenschachtel, sogar von Limonadenflaschen abgelöste Etiketten und Prospekte eines Orthopädie-Fachhandels hat Emmi als Briefpapier verwendet. Als ob sie in irgendeinem Dritte Welt-Gefängnis gehaust habe, denke ich, als ob man ihr alles weggenommen hätte. Jeder Brief ist exakt datiert … und jeder beginnt mit denselben Worten: „Mein lieber Robert, ich freue mich sehr, dir heute schreiben zu können … " Fast 200 Briefe hat Emmi mir hinterlassen, alle in gestochen scharfer Miniaturschrift verfasst.

Wahllos greife ich zwei Briefe heraus. Immer noch dieses Herzklopfen, immer noch zu viel Adrenalin im Blut.

Der Inhalt des ersten Briefes – er datiert vom 7. Februar 2009 – ist ebenso banal wie seltsam. Emmi schildert ihren Tagesablauf, listet akribisch auf, was genau sie wann in welcher Menge gegessen hat, welche Fernsehsendungen sie gesehen und von wann bis wann sie ihren Mittagsschlaf gehalten hat. Dann beklagt sie sich, dass im Nebenzimmer der Teppichboden getauscht werde, was „großen Lärm und viel Unruhe" verursache. Sie beschreibt Farbe und Textur des alten sowie des neuen Teppichbodens und schließt mit der Ankündigung, pünktlich um neun ins Bett zu gehen. „… und dann werde ich noch ein wenig lesen. In Liebe, deine Tante Emmi."

Sehr behutsam, als könne grobe Behandlung ein plötzliches, bis ins Mark gehendes Geräusch verursachen, lege ich den Brief zurück auf den Haufen. Tante Emmi … ja, so hatte ich sie genannt, zumindest eine Zeitlang. Erst mit sechs oder sieben Jahren die Erkenntnis: Emmi ist unsere Haushälterin, sie wird dafür bezahlt, dass sie bei uns ist. Wenn meine Eltern ihr kein Geld geben würden, dann würde sie nicht herkommen!

Der zweite Brief ist rund zwei Jahre jünger: 12. Juli 2011. Wieder beschreibt Emmi ihren Tagesablauf, listet die Mahlzeiten, ihre Begegnungen mit Ärzten und Pflegern, ihre Spaziergänge und nun sogar die Toilettengänge auf: „16.32 Uhr, eine halbe Stunde im kleinen Ruheraum mit Frau Zeilinger schlafen gewesen und dann zehn Minuten auf Toilette gewesen. Auf Toilette ist ein neues Schild, dass man nicht rauchen darf, mit einer Hand darauf, die Stopp sagt. Auch der Hausmeister hat es schon gesagt, dass man dort nicht rauchen soll. Aber das macht mir nichts, weil ich sowieso nicht rauche und auch überhaupt nicht das Geld dazu habe. Frau Zeilinger raucht, wenn ihr jemand etwas gibt. Das finde ich nicht angenehm, weil man es auch sehr riecht. Aber wenn ihr jemand etwas sagt, wird sie schnell wütend und darum sage ich nichts. Man muss auch mehr waschen, wenn man raucht, weil die Wäsche wird gilbig."

Emmis Formulierungen sind unbeholfen, erinnern an Grundschulaufsätze. Allerdings sind beide Briefe völlig frei von Rechtschreibfehlern. Das erstaunt mich, war Emmi doch damals, als sie unsere Schränke wischte, unser Essen kochte und unseren Müll hinaustrug, kaum des Lesens und Schreibens mächtig. Gut erinnere ich mich an ihre in Falten gelegte Stirn, an ihr leises Nachsprechen der geschriebenen Worte … wenn sie sich über die Einkaufszettel und To-do-Listen beugte, die meine Mutter ihr auf die Küchentheke legte. Galt es etwas Ungewöhnliches zu kaufen (Rote Curry-Paste vom Asia-Markt, Holunderblütensirup) oder zu erledigen (unbedingt nachsehen, ob Robert sein Glockenspiel in den Schulranzen gepackt hat), musste sie mich oder ihre Tochter um Hilfe bitten: Was heißt das hier? Hulum … Hulumber? Sie hatte Schwierigkeiten mit den Buchstaben, die sich ähneln, verwechselte das o mit dem u, das m mit dem n.

Das letzte Viertel des Briefes unterscheidet sich vom Vorangegangenen. Emmi schildert eine Auseinandersetzung, die sie beim Abendessen mit einer „anderen Patientin" gehabt habe. „In der großen Wut Hure und Sau und andere schlimme Sachen" habe sie zu der Frau gesagt, und das tue ihr nun schrecklich leid. Jetzt seien „natürlich alle sehr böse auf mich", sie sei wieder „das schwarze Schaf" und müsse auf ihr altes Zimmer zurück, damit sie zur Vernunft komme und „damit ich darüber nachdenken kann was ich zur Frau Thieme alles gesagt habe". Aber ins alte Zimmer wolle sie, so Emmi, auf keinen Fall, dafür sei „nicht der richtige Tag und nicht das richtige Gefühl im Magen und im Herz". Sie wolle sich wehren, so Emmi, „und vielleicht sogar beißen, wenn ich kann".

Der Brief ist auf dünnem, kariertem A5-Papier geschrieben, ausgerissen aus einem Schulheft. Ich lege ihn weg und suche einen, der den Briefkopf der Einrichtung trägt, in der Emmi lebte. Okay, wie vermutet: Ein Pflegeheim, ein Wohn- und Pflegeheim, keine Psychiatrie. Und doch muss sie psychische Probleme gehabt haben. Warum diese Briefe an mich, an einen Menschen, den sie seit Jahren nicht gesehen hatte? Und warum schreibt sie, sie wolle jemanden beißen? Alt war Emmi nicht, als sie in dieses Pflegeheim zog, Mitte bis Ende sechzig … was ist das heutzutage schon?

Andererseits: Emmi hatte schwere gesundheitliche Probleme, schon damals, als sie noch für uns arbeitete. Da war diese Sache mit der Diabetes, einmal sah ich sogar, wie sie sich eine Spritze ins Bauchfett stieß. Und dann diese seltsamen Schwächeanfälle, die sie alle paar Tage hatte … „Ich muss mich einen Moment hinlegen. Seid bitte brav, Kinder" Hunderte Male habe ich diese Worte aus ihrem Mund gehört.

Ich greife mir einen vierten, dann einen fünften Brief.

Aber sie enthalten nichts als Schilderungen des Heimalltags: Herr Doktor Soundso hat gesagt … und zum Frühstück gab es diesmal nicht … sondern stattdessen … und Frau soundso wurde von ihrer Tochter abgeholt …

Einer der Briefe endet mit folgendem Satz: „Mein lieber Robert, ich muss so oft an dich denken wie du noch ein Kind warst. Vielleicht ist es gar nicht gut, wenn ich so viel an dich denke und dir immer schreibe aber ich habe ja sonst niemand. Ich glaube, dass Monika sich sehr für mich schämt weil ich manchmal wütend werde und dann auch sehr schlimm reagiere und auch schlage."

Ich lasse den Brief sinken.

Oh Gott, Emmi.

Was für eine Scheiße.

Nachdem ich die Briefe locker mit dem Bohnenband verschnürt habe, sehe ich auf meinem Smartphone nach, wo dieses Pflegeheim liegt. Okay, gefunden … gar nicht so weit. Soll ich Erdmann anrufen und ihm sagen, was ich herausgefunden hatte? Nein, nicht jetzt, nicht jetzt noch sein Gequatsche, mit Erdmann werde ich sowieso am Abend sprechen … und die achtzig Kilometer zu der Einrichtung, in der Emmi zuletzt lebte, kann ich in weniger als einer Stunde schaffen.

Als ich auf die Autobahn auffahre, klingelt mein Telefon, dann noch einmal … und fünf Minuten später ein drittes Mal. Ich fahre auf den nächsten Rastplatz und sehe nach. Amy.

Ich rufe zurück.

„Robert, gut, dass du dich meldest. Wo bist du gerade?"

Ich sage es ihr.

„Okay, es ist wegen Oscar. Du musst-"

„Ist was passiert?", unterbreche ich sie. „Ist alles in Ordnung mit ihm?"

„Nein … doch. Hör mir bitte zu, Robert."

Die Richtung stimmt, nur muss ich nun 120 statt 80 Kilometer fahren. Ausführlich hat Amy mir erklärt, wo ich Oscar abholen soll, hat mir die Nummer der Wache gegeben und sie mich dreimal wiederholen lassen. Ja-ja, alles verstanden, alles notiert … ja-ja, alles gut.

Geschehen ist folgendes: Oscar hat seine Mutter angelogen, hat ihr gesagt, er wolle mit dem Fahrrad zu einem Freund fahren, ganz in der Nähe wohne dieser Freund. Und drei Stunden später dann der Anruf eines Polizeibeamten: Der Junge wurde ohne Fahrschein in einem Regionalzug erwischt und den Beamten übergeben, fast 200 Kilometer von unserem Hotel entfernt. Er hatte sich einfach in den Zug gesetzt und auf den Schaffner gewartet. Ich an seiner Stelle hätte zumindest versucht, mich in der Klokabine zu verstecken.

Mit 170 rase ich über die Autobahn. „Additivstand Partikelfilter zu niedrig“, mahnt der Bordcomputer. Und ich denke nur: Meine Güte, was für ein Dreck!

Eigentlich hätte ich mir die Adresse der Polizeiwache nicht aufschreiben müssen. Sie befindet sich in einer Kleinstadt, die ich gut kenne, liegt diese doch nur zehn Kilometer von dem Ort entfernt, in dem ich geboren wurde, in dem ich 13 Jahre zur Schule ging, in dem ich zum ersten Mal ein Mädchen küsste und in dem nach wie vor mein Vater lebt … in meinem Elternhaus, zusammen mit einer Frau, die vom Alter her seine Tochter sein könnte.

Als ich vor der Wache parke, eingekeilt zwischen zwei Streifenwagen, klingelt schon wieder das Telefon. Ich bin nervös, lasse es in den Fußraum fallen, hebe es mit zitternden Fingern auf und nehme den Anruf an.

„Bist du schon da?“, will Amy wissen.

„Eben angekommen. Wollte gerade reingehen.“

Sie sagt mir den Namen der Beamtin, nach der ich fragen soll. Und ich verspreche ihr, sofort zurückzurufen, sobald ich mit Oscar auf dem Weg nach Hause bin.

„Okay, dann bis gleich, Robert. Danke, dass du ihn abholst."

„Kein Problem. Du, hör mal, haben die gesagt, in welche Richtung der Zug gefahren ist, aus dem Oscar rausgeworfen wurde? Das ist hier ja ganz in der Nähe meines Geburtsortes … und ich dachte gerade, dass er vielleicht dort war."

„Was sollte er dort wollen?"

„Ich weiß nicht. War nur so ein Gedanke."

„Wie auch immer … darüber können wir doch später sprechen. Hast du wirklich genug Geld dabei? Vielleicht musst du außer der Fahrkarte noch Strafe zahlen. Ich habe vergessen, danach zu fragen."

„Mach dir keine Sorgen, ich habe Geld. Die werden ja keine tausend Euro von uns wollen. Bis gleich, Schatz."

„Okay, bis gleich. Ich danke dir."

—

Nicht einen mageren Euro wollen sie von uns. Die Polizei, so belehrt mich eine Beamtin, die so aussieht, als habe sie gerade eben erst ihre Führerscheinprüfung bestanden, die Polizei würde ja wohl kaum die Forderungen der Bahn eintreiben. Und Oscar beteuert – ist da ein gewisser Verbrecherstolz in seiner Stimme? –, er habe nichts unterschrieben, nicht einmal seinen Ausweis habe der Schaffner sehen wollen … „ und der hat auch nicht aufgeschrieben, wie ich heiße."

Er stört mich, dieser selbstgefällige Ausdruck auf dem halb kindlichen, halb erwachsenen Gesicht.

„Und wenn er gefragt hätte? Hättest du ihm dann einen falschen Namen gesagt oder was?"

„Ja, vielleicht", antwortet Oscar.

„Grins nicht so blöd. Komm, wir gehen."

„Und was zum Teufel sollte das jetzt?", frage ich den Jungen, als er angeschnallt und mit verschränkten Armen neben mir sitzt. Emmis Briefe habe ich ins Handschuhfach gepackt. „Wieso setzt du dich ohne Geld in den Zug? Und warum fährst du gerade in diese Gegend hier?"

„Ich hab ja Geld gehabt", sagt er.

„Und wieso hast du dann keine Karte gekauft?"

„War zu teuer. Ich hab nur dreißig dabei gehabt und-"

„Ja-ja, ist egal. Was wolltest du hier? Und erzähl mir keinen Mist, Oscar, ich merke das."

Er druckst herum, wird leise, ist plötzlich wieder ganz Kind.

„Weiß auch nicht ... ich kenn da jemand."

„Hier, in dieser Stadt?"

„Mhm."

„Und den wolltest du besuchen oder was? So ein ganz spontaner Besuch, einfach in den Zug steigen und hoffen, dass kein Schaffner kommt?"

Er zuckt mit den Schultern, starrt auf seine Knie und beißt sich auf die Unterlippe. Der will mich doch verarschen, denke ich.

„Und wie heißt dieser Freund? Vor- und Nachnamen bitte."

Keine Antwort. Ich atme durch und starte den Motor. Dann fällt mir ein, dass ich noch Amy anrufen muss, mache ihn wieder aus und ziehe den Schlüssel.

„Für wie blöd hältst du mich, Oscar? Zehn Kilometer weiter liegt der Ort, in dem ich meine Kindheit und Jugend verbracht habe. Warst du auf dem Weg dorthin? Oder warst du auf dem Weg zurück nach Hause, als sie dich aus dem Zug geworfen haben?"

„Zurück", sagt er leise.

„Und was hast du dort gemacht? Sei ehrlich zu mir, es ist wichtig."

Er sieht mich an … grinst mich an.

„Kann ich erst was essen? Ich hab total Hunger."

Am liebsten würde ich ihn aus dem Wagen werfen. Aber ich zähle lautlos bis fünf und schaffe es, mich zu beruhigen.

„Okay, ich glaub, ich weiß noch, wo-"

„Gibt's hier McDonalds?"

…

„Nein, gibt's nicht. Burger King gibt's in der Nähe, drei Kilometer von hier."

Oscar lümmelt sich tiefer in den Sitz. Der obere Gurt berührte nun fast sein Kinn.

„Ist auch okay."

—

Vom Parkplatz des Schnellrestaurants rufe ich Amy an. Jaja, Oscar ist in Ordnung. Nein, kein Ärger, keine Strafe … und auch kein Gerichtsverfahren, doch nicht wegen so etwas. Warum er sein Telefon ausgeschaltet habe, will sie wissen.

„Keine Ahnung, ich geb ihn dir nachher, dann kannst du ihn selbst fragen. Wir gehen jetzt was essen, bis gleich."

Und dann, als ich endlich mit Oscar an einem Tisch sitze, zwischen uns platte Cheeseburger, mit Ketchup verschmierte Pommes, dunkelbraune Softdrinks und Zwiebelringe, von denen die Panade abbröckelt, rückt er mit der Sprache heraus.

Tatsächlich ist Oscar in meine Geburtsstadt gefahren. Am Hauptbahnhof hat er den Bus genommen und ist, acht

Haltestellen weiter, bei meiner ehemaligen Grundschule ausgestiegen. Als er das Schultor verschlossen fand, ist er über den Zaun geklettert und quer über dem Hof, vorbei am Klettergerüst und dem umzäunten Teich, zum „gelben Haus" gegangen. Exakt so haben wir es als Kinder auch genannt, dieses größte und älteste der drei Gebäude, in denen die Grund- und Hauptschule untergebracht war: Das gelbe Haus.

„Gut, Oscar, aber wenn das Tor zum Gelände verschlossen war, dann war das Gebäude doch auch abgeschlossen, oder?"

„Nein, eben nicht! Die hatten Konferenz oder so was … da waren Erwachsene. Ich hab die gehört."

„Dann bist du da rein?"

„Ja, die waren oben und ich bin unten durch. Hat mich keiner gesehen. Bist du nervös, Robert?"

„Was?"

Der Ton seiner Frage hat mich mehr überrascht als die Frage selbst. Manchmal klingt der Junge so verdammt erwachsen … und nur Sekunden später wieder wie ein Kind. Als hätte man es mit zwei Personen in einem Körper zu tun.

„Ob du nervös bist? Weil du die Pommes zerdrückst."

Ich nehme mir eine der dünnen Servietten, wische mir die Hände ab.

„Du weißt selbst, was in den letzten Wochen passiert ist. Ich habe Angst, dass es noch schlimmer wird. Und ich vermute, dass alles mit einer bestimmten Frau zu tun hat … mit der ehemaligen Haushälterin meiner Eltern. Sie hat mir fast zweihundert Briefe geschrieben … und sie ist vor kurzem erst gestorben."

Oscar lehnt sich zu mir.

„Wie heißt sie?"

„Emmi … Emmi Menke. Eigentlich hieß sie Manuela."

„Und wie sieht sie aus?“

Ich verstehe nicht, worauf er hinaus will. Warum stellt plötzlich er die Fragen?

„Wie sie aussieht? Sie ist tot. Ich habe sie seit Jahren nicht gesehen … ich weiß nicht, wie sie zuletzt aussah.“

Keine Regung auf seinem Gesicht.

„Aber wie hat sie ausgesehen? Das ist wichtig!“

„Groß … dunkelblonde Haare, kräftig … breites Gesicht. Worauf willst du hinaus, Oscar?“ Ich stopfe mir einen Klumpen zermatschte Pommes in den Mund, spüle mit Pepsi nach. „Hast du sie gesehen? Hast du so eine Frau im Hotel gesehen? Ist sie dir begegnet?“

Er schüttelt den Kopf.

„Nein, im Hotel habe ich nie jemanden gesehen … also ich meine, ich habe nur normale Menschen gesehen. Also die Gäste und so. Aber nie irgendwas Komisches.“

„Das ist gut, Oscar, das ist sehr gut. Aber ich … ich habe die Tochter dieser Frau gesehen. Zweimal bisher. Sie hat mir dieses Spiel gegeben, das du dann auf dem Dachboden gefunden hast.“

Ich warte. Oscar isst in aller Ruhe seinen Burger.

„Du spielst es noch, oder? Dieses Modul, das ich versteckt habe, das brauchst du überhaupt nicht, das hast du doch gesagt, oder? Irgendwie kommt es zu dir und du spielst es. Habe ich Recht?“

„Es ist eigentlich kein Spiel“

Er hat die Worte leise gesprochen, fast ehrfürchtig.

„Was ist es dann?“

„Ich weiß nicht. Es ist irgendwie echt … es, es vermischt sich mit dem Echten. Bestimmt könnte es auch irgendwas anderes sein … also kein Spiel. Bestimmt könnte es auch ein Film sein, den man anschaut … oder ein Buch.“ Er macht eine Pause, betrachtet den Rest seines Burgers. „Kann sein, dass ich Emmi in dem Spiel gesehen habe.“

Wütend müsste ich sein, müsste ihm seinen scheiß Cheeseburger wegnehmen und das Ding an eine der Fertigbauwände werfen! Wie oft habe ich ihm verboten, dieses Spiel zu spielen?

Als habe er meine Gedanken gelesen, sagt Oscar:

„Es ist ganz egal, ob ich es spielen will oder nicht … es kommt von ganz allein. Es kann auf dem Fernseher sein oder auf dem Handy … oder ich träume davon. Ich kann nichts dafür. Aber irgendwie ist es total wichtig, deshalb musste ich ja auch hierher fahren."

Ich atme durch.

„Erklär mir das."

„Na, weil es, weil es dunkel ist. Ich komme immer weiter, ich bin schon lange nicht mehr in dem Haus, in dem der ertrunkene Mann war. Und ich bin auch durch den Wald durch und über den … über den Friedhof habe ich es auch geschafft. Und jetzt bin ich in der Schule. Aber es ist Nacht und ich sehe nichts. Darum musste ich zur richtigen Schule fahren und nachsehen, wie die …" Er zieht einen Zettel aus der Tasche, faltet ihn auf. „… wie die bei Tag aussieht. Hier, ich habe einen Plan gemacht. Hier vorne komme ich rein, das kenne ich aus dem Spiel. Und dann ist es dunkel, aber … schau mal, dann muss ich hier herum …" Er lässt seinen Finger über das Papier gleiten. Obwohl die Linien ein wenig schief, ein wenig hastig gezeichnet sind, erkenne ich den Grundriss des „gelben Hauses". Gut erinnere ich mich an die breiten, mit grobem, hellbraunem Teppich ausgelegten Gänge. „Und dann muss ich dort herum … und dann komme ich hinten raus. Ich glaube, das ist die Tür zum nächsten Abschnitt."

„Dort ist ein Notausgang", sage ich. „Den kenne ich noch von früher. Dahinter ist eine kleine, von Büschen umgebene Fläche … dort haben immer die Hauptschüler geraucht."

„Ist der Notausgang offen?"

„Ja, ich denke schon. Muss ja. Wahrscheinlich geht der Alarm los, wenn man die Tür öffnet. Woher wusstest du, dass es sich bei der Schule in dem Spiel um meine Grundschule handelt?"

„Weil ich du bin. Ich bin du in dem Spiel. Ich weiß das einfach, ich weiß auch, dass das Spiel nicht böse ist ... und dass es irgendwie total wichtig ist, dass ich es zu Ende spiele!"

Noch immer weiß ich nicht, was ich von der Sache halten soll. Vier-, fünfmal hat mir Oscar schon gesagt, dass dieses Spiel (oder was immer es auch ist) „total wichtig" sei, dass es „nicht böse" sei, dass er es unbedingt zu Ende spielen müsse. Natürlich habe ich mit Erdmann über die Sache gesprochen. Ich fragte ihn, wie das Spiel aus dem Nichts hatte auftauchen können und er lachte mich aus. Weniger „kleinkariert" müsse ich denken, müsse endlich begreifen, dass ich es mit etwas zu tun habe, das nicht den Gesetzen der mir bekannten Welt gehorcht. „Aber Sie, Bieler", fügte er lächelnd hinzu, „Sie hängen an ihrer Logik wie der Säugling am Schnuller."

„Eine Frage, Oscar. Warum bist du dir so sicher, dass es nicht böse ist, dieses Spiel? Warum denkst du, dass es wichtig ist, dass du es spielst?"

„Das weiß ich einfach! Und es kommt sowieso immer wieder, es ist ja kein normales Spiel!"

„Und wenn du das Spiel gewinnst, was dann?"

„Ich glaube, ich muss jemandem helfen. Vielleicht muss ich sogar dir helfen."

„Wieso glaubst du das?"

„Ich weiß nicht, ich ... ich bin ja du in dem Spiel."

Wir kommen nicht weiter. Und als ich gerade zu einer weiteren, nutzlosen Frage ansetzen will:

„Du kannst sowieso nichts dagegen machen, Robert.

Und ich auch nicht … es kommt einfach. Wir können beide nichts dagegen machen. Aber ich weiß, dass es wichtig ist und vielleicht passiert sogar etwas ganz Schlimmes, wenn ich es nicht weiterspiele."

…

„Okay, Oscar, iss auf. Dann fahren wir. Deine Mutter will, dass du sie anrufst."

Er lehnt sich zu mir, legt seine dünnen Arme auf den Tisch, schiebt sich noch ein wenig mehr in meine Richtung. Fast flehentlich sieht er mich an.

„Es ist wirklich nicht böse. Ich weiß das!"

„Das kannst du nicht wissen", sage ich.

Die Rückfahrt: stupides, schweigsames Kilometerfressen. Oscar hat den Kopf an die Scheibe gelehnt und sieht aus dem Fenster. Nach einer halben Stunde Fahrt höre ich ihn leise schnarchen. Ob es wieder da ist, dieses … was immer es auch ist? Hat er im Traum seinen schiefen Gebäudeplan parat?

Ich lasse den Jungen schlafen und gehe meinen Gedanken nach. Immer und immer wieder sage ich mir, dass ja nichts passiert sei … niemand wurde verletzt. Ist meine Nähe denn gefährlich für Amy und Oscar? So eindeutig hat es Erdmann nicht gesagt … Andeutungen hat er gemacht, nur …

Mein Telefon klingelt. Erdmann. Ein schneller Blick zu Oscar, er rührt sich nicht.

„Was sind sie eigentlich für ein Penner, Bieler? Ich glaube, Sie sind sich immer noch nicht des Ernstes der Lage bewusst."

„Warten Sie, Erdmann, ich fahre raus."

Ich drücke ihn weg und lege das Handy zurück in die

Mittelkonsole. Fünf Minuten später lasse ich den Wagen auf einen Rastplatz rollen. Ich steige aus und rufe zurück.

„Erdmann?"

„Wo stecken Sie, Bieler?"

„Ich bin auf der Autobahn. Ich war bei Monika, sie lebt."

„Natürlich lebt sie! Sie wissen von mir, dass sie lebt!"

„Ja-ja, hören Sie, Monikas Mutter ist tot, Emmi ... unsere ehemalige Haushälterin. Sie hat mir bis zu ihrem Tod Briefe geschrieben und sie ihrer Tochter gegeben ... aber die hat sie nicht abgeschickt. Monika denkt, dass ich sie vergewaltigt oder missbraucht habe oder was auch immer ... sie-"

„Haben Sie denn?"

„Nein, natürlich nicht. Sie hat irgendeinen Schaden, sie bildet sich etwas ein. Diese Briefe, Erdmann, ich hab mir ein paar angesehen, Emmi-"

„Langsam, Bieler, das können wir nachher ... verdammt noch mal, was ist das für ein Lärm?"

„Ich bin an der Autobahn. Oscar schläft im Auto, ich bin ausgestiegen. Warum zum Teufel haben Sie mich einen Penner genannt?"

„Weil Sie einer sind! Sie haben mir erzählt, dass ... Herrgott noch mal! Gehen Sie irgendwo hin, wo es ruhiger ist!"

„Schon gut. Reden Sie weiter. Ich verstehe Sie."

Während Erdmann spricht, laufe ich zur Rückseite des Toilettenhäuschens. Umgeben von Zigarettenstummeln und benutzten Taschentüchern, mit dem Rücken zum Waschbeton, höre ich ihm zu.

„... und genau deshalb sind Sie ein Penner! Weil Sie nicht nachgeforscht haben! Er ist nicht vorne zur Eingangstür raus, Ihr Gast ... dieser, dieser Herr Hinrich. Er hat sich hinunter in den Keller geflüchtet, der ja eigentlich abgeschlossen sein sollte. Ich stehe gerade in dieser Rumpelkammer mit den Bettlaken. Das Fenster ist offen und-"

„Moment bitte. Wo genau sind Sie?“

„Im Keller, in Ihrem Keller. Ein kleiner Raum rechts den Gang runter. Hier steht ein alter Trockner und alles ist voller Bettlaken.“

Jetzt weiß ich, welchen Raum Erdmann meint. Die schmale Abstellkammer, die ich nur ein einziges Mal betreten habe, noch vor der Eröffnung des Hotels, ist kleiner als eine Gefängniszelle. Sie besitzt ein winziges Fenster zum Parkplatz hin und fast ein Drittel ihrer Fläche wird von einem kaputten Wäschetrockner eingenommen.

„Ich weiß, wo Sie sind. Kommen Sie zur Sache, Erdmann.“

„Moment. Ich schick Ihnen ein Foto.“

Er legt auf und eine halbe Minute später habe ich das Bild auf dem Schirm. Weiß und rot. Verknäulte, blutbefleckte Laken bedecken den Boden des Raumes. Es sind so viele, dass unter ihnen problemlos drei erwachsene Männer verschwinden könnten.

Während ich noch auf das Bild starre, ruft Erdmann an.

„Ich dachte, Sie hätten die Kellerräume durchgesehen, nachdem der Herr Hinrich aus dem Hotel geflüchtet ist.“

„Das habe ich ja auch! Aber dieser Raum war abgeschlossen, ich habe ihn nur ein einziges Mal betreten. Außerdem kommt man von diesem Raum aus nicht ins Freie, das Fenster ist viel zu eng, als dass sich jemand hindurchzwängen könnte.“

Ein kleines, verächtliches Lachen.

„Sie haben keine Ahnung, Bieler. Sie wissen nicht, wozu panische Menschen in der Lage sind. Hinrich hat sich durch das Fenster gezwängt! Hier sind Stofffetzen … und Haut, richtige Fetzen, überall am Fensterrahmen sind Reste abgeschürfter Haut, außerdem Haarbüschel. Haben Sie das Blut auf Ihren Laken gesehen?“

„Das sind nicht unsere Laken, die liegen schon Jahrzehnte da unten. Aber ja, ich habe das Blut gesehen."

„Zumindest sind Sie nicht blind. Herr Hinrich war verletzt und anscheinend hat er sich in die Laken gewickelt ... als ob er sich schützen wollte. Und dann hat er sich aus dem Fenster ins Freie gezwängt. Ein gewaltiger Kraftakt, außerdem enorm schmerzhaft."

„Etwas hat ihn bedroht", sage ich leise.

„Schlimmer. Etwas hat ihn attackiert, etwas hat ihm Verletzungen zugefügt. Wir haben es mit einer Präsenz zu tun, die Menschen angreift. Was Ihnen da im Nacken sitzt, Bieler, ist kein bescheuerter Poltergeist ... kein Kobold, der Gläser klirren und Glühbirnen flackern lässt. Die Sache ist sehr viel ernster."

„Ein Rachegeist", sage ich. „Sie haben einmal von Rachegeistern gesprochen, die nach dem Tod eines Menschen-"

Er unterbricht mich.

„Sie haben Briefe erwähnt. Was steht drin? Hat diese Frau Sie gehasst?"

„Nein ... sie, sie ..." Unwillkürlich muss ich lachen. „Anscheinend hat Emmi mich geliebt. Es ist völlig verrückt. Dabei habe ich sie zwanzig Jahre nicht gesehen."

„Sie hat das Kind geliebt, das sie einmal waren", sagt Erdmann. Er schweigt und ich gehe zwei Schritte zur Ecke des Häuschens. Oscar schläft, immer noch liegt sein Kopf an der Scheibe der Beifahrertür.

„Hören Sie, Erdmann. Ich bin um das gesamte Gebäude herumgegangen, als ich Herrn Hinrich gesucht habe. Alle Kellerfenster waren geschlossen, ich bin mir hundert Prozent sicher."

„Geschlossen war es auch jetzt, mein lieber Bieler. Nicht nur zugedrückt. Aber trotzdem ist hier Haut. Der Mann muss fürchterliche Angst gehabt haben, er muss sich mit äußerster Kraftanstrengung durch diesen scharfkantigen Metallrahmen gedrückt haben. Und dann ist er fast eine halbe Stunde halbnackt und blutend auf der Straße herumgeirrt."

„Woher wissen Sie das? Die Polizei hat-"

„Woher ich das weiß? Ich war drüben ... in dem Asylantenheim. Apropos, ich brauche mehr Geld."

Ruckartig drehe ich den Kopf, sehe hinüber zu Oscar. Woher plötzlich diese Panik, dem Jungen könne etwas geschehen ... er könne aus dem Auto verschwinden? Einen kurzen Moment meine, ich, Oscar sei verletzt, glaube Blut zu sehen, auf der Seitenscheibe.

„Alles in Ordnung, Bieler?"

Ich schnappe nach Luft, beiße die Zähne zusammen und unterdrücke ein aufsteigendes Zittern. Blödsinn, da ist nur Oscars blasses Gesicht ... und da ist sein Haar, das sich platt an die Scheibe drückt ... und alles sieht ganz normal aus ... nicht dunkel, nicht feucht glänzend. Kein Blut. Blödsinn!

„Bieler, hallo? Was ist los?"

„Ich bin nur nervös. Erzählen Sie schon."

„Ich habe mit der Familie gesprochen, die den Mann von der Straße geholt und versteckt hat ... die Tochter kann einigermaßen deutsch, die hat übersetzt. Diese Leute sind der Überzeugung, dem Mann geholfen zu haben ... ihn beschützt zu haben. Sie haben ihn von ihrem Fenster aus gesehen und ihn ins Haus geholt. Haben sogar seine Wunden versorgt."

„Und vor was wollen sie ihn beschützt haben?"

„Vor dem Hund mit den tausend Mäulern. Und fragen Sie mich bitte nicht, was dieser Ausdruck zu bedeuten hat. Ich beschäftige mich seit Jahrzehnten mit Geister- und Dämonenglaube, aber diese Bezeichnung ist mir neu. Möglicherweise ein Name für den Teufel. Die Familie stammt aus der Türkei ... alevitische Kurden, die, wenn ich das richtig verstanden habe, politisches Asyl beantragt haben."

Mir fällt die Frau am Fenster ein, diese kleine, untersetzte Frau, die mir Zeichen machte ... in der Nacht, in der Herr Hinrich verschwand. Als Erdmann weiterspricht, habe ich zum zweiten Mal an diesem Tag den Eindruck, jemand habe meine Gedanken gelesen.

„Die Großmutter erzählte, sie habe in einem der Hotelfenster den ‚unglücklichen Mann' gesehen ... einige Stunden bevor Herr Hinrich verletzt in der Kälte herumirrte. Ich vermute mal, dass Sie gemeint sind, Herr Bieler. Sie standen doch in dieser Nacht an einem der Fenster und haben zu dem Heim hinüber gesehen, oder?"

„Ja, das war ich. Und ich habe die Frau gesehen. Warum hat sie überhaupt zu uns-"

„Auch das weiß ich, Bieler! Man muss nur fragen! Einfach fragen! Diese Leute sind der festen Überzeugung, dass das Haupthaus ein schlechter Ort ist, dass dort böse Kräfte am Werk sind. Die Frau hielt sozusagen Wache. Und jetzt kommt das Interessante: Sie hat noch etwas anderes gesehen ... eben das, was mir ihre Enkelin als ‚Hund mit den tausend Mäulern' übersetzt hat."

„Sie hat auf ein Fenster gezeigt", sage ich. „Rechts unter mir."

„Ja, das hat sie."

„Und an diesem Fenster stand dieser ... dieser Hund ... oder etwas hundeähnliches, etwas, das wie ein Hund aussah. Wollen Sie mir das sagen?"

„Nein, eben nicht!" Erdmann hört sich an, als würde er jeden Moment in ein irres Kichern verfallen. Ich kann sein von Begeisterung entstelltes Gesicht regelrecht vor mir sehen. „Erstens ist dieses ‚Hund mit tausend Mäulern' nur eine Metapher. Und zweitens stand das, was die gute Frau sah, an jedem Fenster! An jedem einzelnen Fenster des Hauses! Nur in dem Zimmer, in dem Sie waren, nur dort war er nicht."

Ich mache drei Schritte, kicke eine durchgeweichte Zigarettenpackung in die Büsche, starre hinüber zu dem schlafenden Jungen. Erdmann setzt zu einer Frage an und ich bitte ihn, einen Moment still zu sein, ich müsse nachdenken. Das monotone Rauschen der nahen Autobahn hört sich an, als entstehe es direkt hinter meiner Stirn und ich habe das Gefühl, den Anschluss zu verlieren, aus der Welt und in mich hinein zu fallen. Vielleicht sollte ich mich kurz hinsetzen, in das nasse Gras und …

„Bieler! He! Haben Sie sich schlafen gelegt?"

Ich fahre mir mit der Hand über den Mund.

„Nein. Ich bin nur erschöpft … und ich denke nach. Ich meine, wie kann diese Frau etwas gesehen haben? Die Fenster waren dunkel. Es war mitten in der Nacht und die Gäste haben geschlafen."

„Nun, sie behauptet, die Fenster seien erleuchtet gewesen. In jedem einzelnen Zimmer hat sie diese Gestalt gesehen."

„Und warum hat sie dann auf ein bestimmtes Fenster gezeigt?"

„Weil diese eine Gestalt sich bewegt hat. Alle anderen standen völlig regungslos da. Sie hat sich vom Fenster aus Richtung Tür bewegt und Frau …" Erdmann versucht den langen Familiennamen der Frau auszusprechen, bekommt es aber nicht hin. „Ist ja auch egal! Frau So-und-so hatte jedenfalls den Eindruck, diese Gestalt wolle zu ihnen. Sie sagt, sie habe sie warnen wollen."

Ich erinnere mich. Sie hat die Handflächen an die Wangen gepresst. Dann ist sie im Zimmer verschwunden und hat das Licht gelöscht.

„Okay … sie wollte mich warnen. Aber es ist ja nichts passiert."

„Es ist nichts passiert? Ich stehe hier zwischen blutigen

Laken. Warum zum Teufel sind eigentlich Sie nicht zu der Frau gegangen?"

„Ich meinte, dass mir nichts passiert ist. Und es war bisher einfach keine Zeit"

„Sie sind ein Zögerer", sagt Erdmann. Er spricht leise aber mit Bestimmtheit. „Sie zögern und zaudern und machen sich ihre nutzlosen Gedanken. Sie hoffen immer noch, dass sich alles von selbst regelt. Und wahrscheinlich werden Sie erst aufwachen, wenn es zu spät ist."

„Ich bin wach", sage ich leise. „Und Sie, Erdmann, Sie sind eines der größten Arschlöcher, die ich jemals kennengelernt habe. Sie warten doch nur, dass etwas passiert, Sie sind doch regelrecht begeistert von diesem verdammten Spuk oder Fluch oder wie immer man den Dreck auch nennt. Als ich Sie das erste Mal gesehen habe, in dieser scheiß Tankstelle, da haben Sie ausgesehen wie ein Zombie, als wären Sie schon halb im Grab. Und jetzt: Das blühende Leben! Sie hoffen doch nur, dass etwas passiert ... das können Sie dann aufschreiben. Oder Sie machen eines Ihrer bescheuerten Videos, vielleicht kriegen Sie diesmal ja drauf, wie einem Menschen die Beine ausgerissen werden, Sie blödes Arschloch!"

Ich höre ihn lachen.

„Oha, Sie sind wütend! Ein Lebenszeichen vom Zögerer! Das ist doch ein Anfang! Jetzt kommen Sie endlich nach Hause, Bieler, wir wollen uns diese Briefe ansehen."

...

„Jetzt spielen Sie mal nicht den Beleidigten, Bieler. Ich habe Ihnen gesagt, dass ich mich nicht mit Freundlichkeiten aufhalte."

„In Ordnung, Erdmann, wir müssen dann auch über dieses Videospiel reden, Oscar sagt-"

„Ja-ja, das machen wir. Wissen Sie, Bieler, dieses Spiel ist nur ein Medium, nur eine von vielen möglichen Verbindungen. Sie und Monika, Sie haben als Kinder hunderte Stunden zusammen vor dem Fernseher gehockt. Dieses Spiel ist eine Brücke in Ihre Vergangenheit, es verbindet Sie mit diesem Mädchen, das Sie-"

„Aber Monika lebt doch!"

„Das weiß ich!" Erdmann klingt ärgerlich. „Dann ist es eben eine Verbindung zwischen Ihnen und dieser Emmi. Emmi kennt Sie als Kind, als kleinen Jungen, der diese Videospiele liebt, sie-"

„Aber wieso erscheint mir dann ihre Tochter? Es war doch Monika, die mir dieses Spiel geschenkt hat!"

„Herrgott, Bieler! Ich weiß es doch auch nicht!"

Mit diesen Worten legt er auf.

Ich atme durch, sehe hinüber zu Oscar und zucke zusammen. Ein uralter VW-Bus, auf dessen Seite ein gewaltiges, obszön grinsendes Clowns-Gesicht prangt, ist vor meinem Wagen geparkt. In den Fenstern des Busses hängen neongelbe Blumengirlanden und an der Unterseite der Karosserie frisst der Rost.

Aber als ich um den Bus herum bin, finde ich Oscar friedlich schlafend vor. Immer noch drückt sich sein Haar an die Fensterscheibe. Ich steige ein, ziehe vorsichtig die Tür zu, starte den Wagen und fahre zum Hotel.

—

Kurz nach neun, als Oscar seiner immer noch wütenden Mutter Rede und Antwort steht, gehe ich zusammen mit Erdmann den Keller ab. Er zeigt mir die blutverschmierten Laken und die Spuren am Fenster. Eng ist sie, diese Luke nach draußen, hinaus aus dem Hotel, verdammt eng. Nie im Leben könnte ich mich hindurch quetschen … außer vielleicht mit nackter Angst im Nacken.

Anschließend sitzen wir nebenan im Projektor-Raum,

trinken Bier und essen übergebliebene Frühstücksbrötchen. Ich frage Erdmann, ob es eine gute Idee sei, Alkohol zu trinken. Und er antwortet: „Keine Ahnung. Jedenfalls sollten Sie sich nicht einschüchtern lassen ... keine Angst zeigen! Es ist Ihr verdammtes Haus, Bieler, Ihr verdammtes Leben. Sie können saufen, wann immer Sie wollen. Hier, machen Sie sich noch eine auf! Zeigen Sie dem Miststück, dass Sie keine Angst haben!"

Und dann brüllt er Richtung Leinwand, so laut, dass es mir kalt den Rücken herunter läuft:

„BIST DU HIER? SCHAUST DU UNS ZU?" Er lehnt sich weit nach links und zieht einen Stuhl heran. „HIER! ES IST NOCH PLATZ FREI! SETZ DICH ZU UNS! KOMM SCHON!"

Am liebsten würde ich ihm sagen, er solle ruhig sein. Ein Gefühl nackten Grauens packt mich und ich meine, die vergilbte Leinwand wölbe sich in unsere Richtung. Plötzlich der Gedanke, die Tür könne zufallen und uns einschließend ... zusammen mit etwas Unbeschreiblichem. Stand der alte Projektor gerade nicht anders? Hat sein in Metall gefasstes Stielauge eben auf mich gezeigt?

„Vielleicht sollten wir ..."

„Pssst", macht Erdmann. „Genießen Sie die Stille."

Schweigend sitzen wir in der Kälte. Nebenan der Spielplatz und über uns hunderte Tonnen Stein. Nicht das geringste Geräusch. Vier Minuten, fünf Minuten ... fast schlage ich nach ihm, als Erdmann mich an der Schulter berührt.

„Sachte, Bieler, immer mit der Ruhe. Haben Sie es gespürt?"

„Ja ... ich, ich habe etwas gespürt."

„Hass", sagt Erdmann. „Wut. Bösartigkeit. Geben Sie mir einen der Briefe. Schnell."

Ich ziehe den Packen aus meiner Tasche, fingere einen

Brief heraus und gebe ihn Erdmann.

„Was haben Sie vor?“

Grinsend reißt er den Brief entzwei. Dann zerfetzt er die beiden Hälften und wirft die Schnipsel in die Luft.

„EMMI!“, plärrt er. „HEY, EMMI! NIEMAND WILL DEINEN DRECK LESEN!“

Er greift zu mir hinüber, will sich einen weiteren Brief schnappen. Ich halte den Packen von ihm weg.

„WAS SOLL DAS?“

„STILL, BIELER! ICH PROBIERE ETWAS AUS. GEBEN SIE MIR DIE VERDAMMTEN BRIEFE!“

Nein, ich werde sie ihm nicht geben. Der Mann weiß nicht, was er tut. Er folgt nur seiner Intuition, ich habe ihn überschätzt, vielleicht ist er sogar eine Gefahr für …

„DANN EBEN NICHT!“, brüllt er. „NEHMEN SIE SICH NOCH EIN BIER! SEIEN SIE KEIN VERDAMMTER ANGSTHASE!“

Mit dem rechten Fuß schiebt er Schnipsel von sich weg, dann wischt er sich welche von den kurzen Oberschenkeln.

Schweigend starren wir Richtung Leinwand. Ich balle die Fäuste und bewege meine Zehen, reibe sie am Boden meiner Schuhe.

…

„Es ist weg“, sagt Erdmann nach einer Weile. „Etwas ist da gewesen, ganz in unserer Nähe. Aber jetzt ist es weg.“

„Ja“, bestätige ich. „Es ist weg.“

„Dann atmen Sie mal durch, Bieler.“

Als wir beschließen – ist es das Bier, das mir Mut macht? – zum Wagen zu gehen und das vor Oscar versteckte Videospiel zu holen, ist es bereits nach zehn. Erdmann zappelt herum, schafft es nicht, seine Hände ruhig zu halten, kann es kaum erwarten, das Spiel zu sehen. Aber als ich die Konsole an unseren Fernseher angeschlossen habe und das Spiel einstecke, da erscheint nichts weiter als eine große, rosafarbene Fläche auf dem Schirm. Kein Ton, kein Geflimmer, nichts. Wie zwei kleine Jungs sitzen wir auf dem Boden und starren den großen Schirm an. Jahrzehnte zuvor haben Monika und ich so dagesessen … auf dem alten Teppich in Emmis winziger Wohnung, vor dem grauen Röhrenfernseher.

„Es bringt nichts", sagt Erdmann nach einigen Minuten. „Überlassen wir das Spielen dem Jungen. Verhindern können Sie es ja doch nicht."

Ich mache den Fernseher aus und ziehe die Kabel ab. Meine Augen sind schwer und ich spüre deutlich den Alkohol.

„Diese Spiele waren das verbindende Element zwischen Ihnen und Monika", sagt Erdmann leise. Immer noch starrt er auf den Bildschirm. „Das Mädchen hat versucht, Sie mit diesen Spielen zu sich zu locken, sie wollte unbedingt mit Ihnen befreundet sein."

„Aber warum taucht sie auf und gibt mir dieses Spiel? Sie lebt doch."

Erdmann seufzt auf.

„Denken Sie nach, Bieler. Monika … der ertrunkene Mann, dieses Kaninchen oder was immer es auch war, dieses gehäutete Etwas … alles Dinge aus ihrer Vergangenheit, die mit Schmerz, mit Schuld oder einfach mit, mit Angst behaftet sind. Es lernt sie besser und besser kennen, es findet heraus, wo Ihre Schwachpunkte sind."

„Aber wenn dieses ‚Es' bösartig ist, und wenn es mich verfolgt, dann kann doch dieses Spiel nicht gut sein. Aber Oscar ist sich ganz sicher, dass es gut und wichtig ist."

„Glauben Sie dem Jungen?"

…

„Raus mit der Sprache! Glauben Sie ihm?"

„Ja … ich denke schon."

„Weiß Ihre Partnerin, dass Oscar dieses Spiel spielt?"

„Er spielt es ja nicht absichtlich. Es kommt zu ihm."

„Wie auch immer. Weiß sie davon?"

„Nein. Aber sie fragt auch kaum nach. Amy ist völlig überlastet mit dem Hotel, ich bin keine große Hilfe im Moment."

Mühsam steht Erdmann auf.

„Was wir tun, ist wichtiger als Ihr Hotelbetrieb. Und wenn Sie den Laden schließen müssen-"

„Das geht nicht. Das wäre eine Katastrophe für uns. Eher ziehe ich aus."

„Dann wären Sie auf sich allein gestellt", sagt Erdmann. „Aber Sie brauchen Rückhalt. Und wenn ich das richtig verstanden habe, dann will der Junge Ihnen helfen."

„Das hat er zumindest gesagt."

Erdmann tritt an mich heran, legt eine Hand auf meine Schulter.

„Stehen Sie auf, Bieler. Gehen Sie zu Ihrer Frau und seien Sie nett zu ihr. Massieren Sie ihr die Schultern oder was auch immer, machen Sie ihr Komplimente. Vielleicht sprechen Sie auch mit dem Jungen. Sie müssen zusammenhalten."

Er nimmt seine Hand weg und ich stehe auf.

„Aber putzen Sie sich vorher die Zähne, Sie haben eine Fahne. Ich werde vor dem Schlafengehen noch ein bisschen durchs Hotel schleichen. Seien Sie stolz auf das, was Sie hier geschaffen haben."

„Haben Sie eigentlich keine Angst?", frage ich Erdmann.

Ein leises, glucksendes Lachen.

„Doch! Natürlich! Aber noch ist meine Neugier um ein vielfaches stärker. Außerdem habe ich nicht allzu viel zu verlieren. Wichtiger ist, dass Sie keine Angst haben, Bieler! Es ist Ihr Haus, Ihre Familie, Ihr Leben ... und all dies müssen Sie jetzt verteidigen! Ich bin nur eine Randfigur, ein … ein Beobachter. Fahren Sie morgen zu diesem Pflegeheim? Steht das fest?“

„Möchten Sie mitkommen?“

Er schüttelt den Kopf. Ich glaube, den Hauch eines Lächelns auf seinem Gesicht zu sehen.

„Gute Nacht, Bieler. Seien Sie nett zu Ihrer Frau. Wenigstens haben Sie eine.“

Fast empfinde ich so etwas wie Zuneigung zu dem Mann.

Aber vielleicht ist es auch nur der Alkohol.

Sonntag, 18. Dezember

Die Nacht verlief ruhig, wir verbrachten sie zu dritt in unserem Schlafzimmer. Gegen vier wachte ich auf und hatte die seltsame Idee, Erdmann solle doch bei uns schlafen, er sei sonst ganz allein dort oben. Ich war kurz davor, zu ihm zu gehen.

Zehn nach acht, nachdem ich Amy mit dem Frühstück geholfen und selbst eine Kleinigkeit gegessen habe, nehme ich ihren Wagen. Meiner muss in die Werkstatt.

Nach zwei Stunden Fahrt erreiche ich das Wohn- und Pflegeheim, in dem Emmi bis zu ihrem Tod lebte. Ich bin aufgeregt, steige so schwungvoll aus dem Wagen, dass ich das Gleichgewicht verliere und mich an der Autotür halten muss. Ein Zittern geht durch meinen Leib und tief atme ich die feuchtkalte Luft ein.

Doch dann, als ich in der großen, mit alten Möbeln und gemalten Landschaften dekorierten Lobby stehe, ist der Elan schon wieder verflogen. Mir wird bewusst, dass ich keine Ahnung habe, wie ich vorgehen will. Emmi ist seit mehr als vier Wochen tot, ihr Zimmer sicher längst ausgeräumt und neu belegt. Außerdem werden mir die Angestellten nichts über sie erzählen, ich bin kein Verwandter. Einfach die Erdmann-Methode anwenden? Jemanden bestechen? Den Versuch wäre es wert … vielleicht als letztes Mittel.

Im dritten Stock angekommen – die Dame an der Rezeption hat mich hinauf geschickt, ich habe einfach nach Manuela Menke gefragt –, stehe ich vor einer Glaswand, die mit dutzenden Window-Color-Blumen beklebt ist. Dahinter erstreckt sich eine Art Speisesaal, ein weitläufiger, von dutzenden Deckenleuchten erhellter Raum, in dem Tische, Stühle, Sofas und zusammengeklappte Rollstühle stehen.

Eine Frau mit Kopftuch räumt Geschirr und Besteck ab.

Ich klopfe ans Glas.

Keine Reaktion. Sie sieht nicht einmal in meine Richtung. Also klingele ich. Neben dem Knopf steht „Türen stets geschlossen halten".

Ein Knacken, dann leises Brummen.

„Ja?"

Ich beuge mich zu der Sprechanlage.

„Hallo, ich komme wegen Manuela Menke. Mein Name ist Robert Bieler."

„Wegen Frau Menke?"

„Ja, genau. Die Dame an der Rezeption hat mich zu Ihnen geschickt."

„Einen Moment bitte."

Aggressives Summen, dann öffnet sich mit lautem Knack-Knack die schwere Glastür. Ich atme durch und betrete den in Pastelltönen gestrichenen Raum. Warm ist es hier drin, und es riecht nach gedünstetem Kohlrabi. Schon eilt mir eine Frau in Schwesterntracht entgegen. Sie ist nicht viel älter als ich, Mitte vierzig vielleicht. Noch im Laufen streckt sie ihre Hand aus.

„Sie sind also der ominöse Robert. Sie wissen, dass Emmi verstorben ist?"

Diese Direktheit überrascht mich. Und wieso sagt sie „Emmi"? Aus irgendeinem Grund dachte ich, nur wir hätten sie so genannt.

„Ja, das … das weiß ich."

Ein kurzer, kraftvoller Händedruck.

„Schwester Barbara."

„Angenehm. Bieler, Robert Bieler."

„Nun, Herr Bieler, vielleicht hätten Sie etwas früher kommen sollen. Zumindest Ihre Schwester war ja ab und zu da."

Ich verstehe nicht. Mit absolut unbewegter Miene sieht Schwester Barbara mich an, genauso gut könnte ich ihren

Hinterkopf anstarren.

„Warum sind Sie denn nie vorbeigekommen, Herr Bieler?"

Sie wartet auf meine Antwort. Und ich weiß nicht, was ich sagen soll.

„Emmi hat andauernd von Ihnen gesprochen ... mein Robert dies und mein Robert jenes ... jeden einzelnen Tag hat sie von Ihnen gesprochen. Sie hat es nie verwunden, Sie weggegeben zu haben."

Ich bin blockiert. Ich verstehe nicht. Emmi war unsere Haushälterin, unsere Köchin und Putzfrau, diejenige, die auf mich aufpasste, während meine Eltern gutes Geld verdienten. Was meint die Frau mit „weggegeben"? Langsam muss ich etwas sagen, sonst hält mich die Frau für begriffsstutzig.

„Ihre Mutter hat ja so häufig von Ihnen gesprochen ... jeden einzelnen Tag. Warum sind Sie denn nicht einmal vorbeigekommen?"

Endlich begreife ich, für wen Schwester Barbara mich hält. Und da, ohne darüber nachzudenken, ergreife ich die Chance und lüge.

„Ja, es ... es tut mir leid. Es hat einfach nicht gepasst ... ich ... also ich habe die letzten Jahrzehnte nicht in Deutschland gelebt. Außerdem war das Verhältnis zu meiner Mutter nicht gerade einfach. Ich habe oft daran gedacht, sie zu besuchen, aber-"

„Dann hätten Sie das tun sollen!"

„Ja, natürlich. Aber wie gesagt, das Verhältnis-"

Die Frau winkt ab. „Nun ist es sowieso zu spät. Kommen Sie mit, Herr Bieler."

„Das ist der ... der Name meines Vaters."

„Ja, ich weiß. Emmi hat andauernd von Ihnen erzählt. Kommen Sie, wir haben gerade Kaffee gekocht. Vielleicht wollen Sie ja eine Tasse."

Während ich der Schwester hinterher laufe, erst durch den Speisesaal, dann einen lindgrün gestrichenen Korridor hinunter, vorbei an Rollstühlen, Aquarellen, alten und nicht ganz so alten Menschen, bricht mir der Schweiß aus. Das Lügen und, schlimmer noch, das Durchhalten der Lüge, war nie meine Stärke. Schon als Kind nicht. Mir kommt eine Szene aus meiner Schulzeit in den Sinn: Meine Englischlehrerin berührt mich an der Schulter. „Robert, sei ehrlich, hast du einen Spickzettel in deinem Mäppchen?" Sie sieht mir in die Augen und ich flüstere „ja". „Dann gib mir bitte dein Blatt, Robert."

Schwester Barbara öffnet eine von – so scheint es mir – hundert Türen. Der Duft frisch gebrühten Kaffees kommt mir entgegen, vermischt mit etwas Zuckrigem.

„Darf ich vorstellen ... Robert Bieler. Der verlorene Sohn."

Drei Frauen sitzen um einen abgewetzten Tisch. Darauf: Eine halbvolle Schachtel Raffaellos, zwei Joghurtbecher, Kaffeetassen und Erdbeerkuchen. Zwei der Frauen tragen praktische Alltagskleidung, die dritte steckt in weißblauer Schwesterntracht.

„Herr Bieler", sagt die Dame in Weißblau. Sie hat ein strenges kleines Gesicht und straff zurückgebundenes, aschgraues Haar. Alles an dieser Person ist akkurat, praktisch und schlicht, sogar ihre Stimme. „Sie kommen reichlich spät. Sie wissen, dass Ihre Mutter tot ist?"

„Ja, das weiß ich, deshalb bin ich hier. Können Sie mir vielleicht sagen, wann Emmi gestorben ist?"

Die Frau, die mich angesprochen hat, steht vom Tisch auf. Die beiden anderen sehen sich wortlos an.

„Sie wissen nur wenig von Ihrer Mutter, habe ich Recht?"

Nicken und Weiterlügen.

„Ja ... wir, also wir hatten jahrelang keinen Kontakt. Ich

bin hier, weil ich hoffe, Sie können mir vielleicht etwas zu ihr sagen."

Schweigen. Unangenehm. Alle Augen sind auf mich gerichtet. Dann wieder die Praktische:

„Gehen wir in mein Büro, Herr Bieler. Ich bin Schwester Erika, die stellvertretende Leiterin dieses Wohnbereichs." Sie berührt meinen Arm. „Mein herzliches Beileid, Herr Bieler."

—

Hätte ich nicht so dringend Informationen gebraucht, vielleicht wäre ich zur Wahrheit zurückgekehrt. Ein Lügner, das ja, aber zumindest einer mit Skrupeln.

Stattdessen lasse ich Schwester Erika in dem Glauben, ich sei Emmis verlorener Sohn und beruhige mich mit der Tatsache, dass Emmi selbst die Vorarbeit geleistet hat. Über Jahre hinweg hat sie von mir als von ihrem Sohn gesprochen, hat erzählt, ich heiße nur deswegen „Bieler", weil mich ihr Mann nach der Scheidung „entführt und nicht zurückgegeben" habe. Er habe dabei „natürlich mit den Richtern unter einer Decke gesteckt".

Dies und vieles mehr erzählt mir Schwester Erika, fast eine halbe Stunde sitze ich schon in ihrem kleinen, auffallend sauberen Büro. Selbst die Topfpflanzen glänzen.

„Und wie ist meine Mutter nun gestorben ... war sie krank? Meine Schwester hat nicht mit mir darüber gesprochen, sie hält nicht viel von mir."

„Ihre Schwester Monika, Herr Bieler, hat ihre Mutter in all den Jahren vielleicht zehnmal besucht. Ich bin mir nicht einmal sicher, ob sie über die genauen Todesumstände informiert ist."

Schwester Erika steht auf und geht zu einem schmalen, nur hüfthohen Aktenschrank. Mit einem braunen Papierumschlag in der Hand setzt sie sich zurück an ihren Schreibtisch.

„Bevor ich es vergesse … das ist für Sie, Herr Bieler."

Ich nehme den Umschlag.

„Was ist das?", frage ich. Und weiß es doch schon.

„Briefe. Ihre Mutter hat Ihnen zahlreiche Briefe geschrieben, wir haben diese einbehalten. Ich gebe ihnen diese Briefe, möchte Sie allerdings davor warnen, sie zu lesen."

„Sie haben ihre Post kontrolliert?"

„Ihre Mutter war verwirrt … sie hatte diverse Wahnvorstellungen. In solch einem Fall ist es uns gestattet, die Post zu kontrollieren und gegebenenfalls auch einzubehalten."

„Okay, schon gut." Ich drücke auf dem Umschlag. Er ist nicht ganz so dick wie der Packen, den Monika mir gegeben hat. „Danke."

„Auch wenn das Verhältnis zu Ihrer Mutter nicht das beste war, vielleicht schaffen sie es ja doch, sie in guter Erinnerung zu behalten. Emmi war psychisch krank … und das, was in diesen Briefen steht, ist Ausdruck ihrer Krankheit. Behalten Sie dies bitte immer im Hinterkopf, falls Sie die Briefe doch lesen. Ich persönlich würde die Briefe gut verwahren, jedoch nicht anrühren."

„Ich muss mir das überlegen. Würden Sie mir bitte sagen, wie sie gestorben ist?"

Schwester Erika lehnt sich zurück, sieht mich eine Weile an.

„Ihre Mutter starb an einem Herzanfall, dem allerdings, das muss leider gesagt werden, ein Angriff durch zwei unserer Bewohner voraus ging." Und als müsse sie ganz schnell etwas nachschieben: „Wir hatten die Polizei im Haus deswegen. Allerdings würde ich nicht von Mord sprechen, vielmehr-"

„Moment. Verstehe ich das richtig? Sie wurde-"

„Lassen Sie mich ausreden, Herr Bieler. In ihren letzten

Wochen litt Ihre Mutter unter starken Verfolgungsängsten … alle paar Tage wollte sie das Zimmer wechseln. Und sie hat nachts geschrien … unglaublich laut. Es war sehr … nun, erschreckend. Und natürlich sehr belästigend für unsere anderen Bewohner."

„Und warum hat sie geschrien?"

„Lassen Sie mich bitte zu Ende berichten. Und zwei andere Bewohnerinnen … ich habe mich übrigens lange mit den beiden unterhalten und, also letztendlich wurde keine Anklage erhoben. Diese beiden Bewohnerinnen waren direkte Nachbarinnen und …" Auf einmal wirkt die Frau, als würde sie am liebsten aus dem Zimmer flüchten. Alle Souveränität ist dahin, schnell und aufgeregt kommen die Worte, ein breiter süddeutscher Dialekt bricht durch. „Gut, ich werde Ihnen das so berichten, wie es geschehen ist. In der Nacht vom 14. auf den 15. November war Ihre Mutter wieder sehr laut und zwei Bewohnerinnen sind in Emmis Zimmer gegangen. Ich möchte betonen, dass diese beiden Bewohnerinnen zuvor niemals durch aggressives Verhalten aufgefallen sind, wir hatten keinen Grund zu der Annahme, sie könnten etwas Derartiges, etwas Derartiges … entschuldigen Sie, Herr Bieler, die Sache geht mir nahe. Jedenfalls versuchten diese beiden Frauen, Ihre Mutter mit einem Kissen zu ersticken. Aber Emmi war kräftig, sie wehrte sich."

„Wann genau war das? Um welche Uhrzeit?"

„Kurz vor zwei Uhr nachts. Und wie gesagt, Ihre Mutter war stämmig, sie konnte sich wehren. Auch hat sie sehr laut geschrien, so dass der Nachtdienst alarmiert wurde."

„Und dann hatte sie einen Herzinfarkt? Verstehe ich das richtig? Sie hatte ganz kurz nach diesem Angriff, ganz kurz danach hatte sie einen Herzinfarkt. Verstehe ich das richtig? Ich muss das wissen."

„Ja, Ihre Mutter verstarb wenige Minuten vor zwei Uhr

morgens", sagt Schwester Erika in nun ruhigerem Ton. Dann schiebt sie hektisch nach: „Aber es bestanden Vorerkrankungen, Ihre Mutter hatte mehrere Thrombosen und war schon seit Jahren auf Herzmedikamente angewiesen. Außerdem litt sie an Diabetes und hatte 2011 zwei leichte Schlaganfälle. Insofern lässt sich nicht eindeutig sagen, dass der Infarkt durch den Schock und die körperliche Anstrengung-"

„Schwester Erika, ich bin nicht hier, um Vorwürfe zu erheben. Ich will nur wissen, was passiert ist. Warum hat meine Mutter geschrien?"

„Nun, warum hat sie geschrien? Wie gesagt, Ihre Mutter war psychisch krank, sie hatte Wahnvorstellungen, Verfolgungsängste. Wir können in die Welten wahnhafter Menschen nicht vordringen, wir können lediglich versuchen, diese Menschen aufzufangen und ihnen ein Gefühl von Sicherheit zu geben. Ich bin keine Therapeutin, Herr Bieler, es war nicht meine Aufgabe-"

Ich unterbreche sie.

„Aber sie muss doch etwas gesagt haben! Ich meine, warum hat sie nachts geschrien? Hatte sie Angst? Hat sie um Hilfe geschrien? Sie sprechen doch gerade von Verfolgungsängsten."

„Herr Bieler, Ihre Mutter war krank. Ich weiß nicht, worauf Sie hinaus wollen. Sie können die Krankenakte anfordern, darin sind mehrere psychiatrische Gutachten enthalten."

„Nein, schon gut. Danke. Mich interessiert nur, wovor sie Angst hatte ... vielleicht verstehe ich sie dann besser."

„Jetzt wollen Sie sie verstehen? Jetzt, wo sie tot ist? Vielleicht lesen Sie doch die Briefe, Herr Bieler, vielleicht lernen Sie so doch noch Ihre Mutter kennen. Zumindest ihre Ängste werden Sie kennenlernen."

Mit diesen Worten steht Schwester Erika auf. Sie nickt

mir zu und deutet Richtung Tür.

Als ich die Glastür öffne, die zum Treppenhaus führt, höre ich schnelle Schritte hinter mir.

„Herr Bieler."

Ich drehe mich um. Vor mir steht Schwester Barbara, die Frau, die mir vor mehr als einer Stunde geöffnet hat.

„Herr Bieler, ich muss Ihnen etwas sagen. Ich bin ein gläubiger Mensch, ich glaube an Gott." Sie spricht schnell und leise, als habe sie Angst, mit mir gesehen zu werden. „Und ich glaube an das Böse. Ich glaube, dass das Böse in der Welt ist. Hören Sie mir zu, Herr Bieler, ich weiß nicht, was Sie gerade mit Schwester Erika besprochen haben, aber … nun, Ihre Mutter war psychisch krank, das ist ganz klar, das steht überhaupt nicht in Zweifel, aber da war noch etwas anderes. Halten Sie mich für verrückt, Herr Bieler, aber ich sage Ihnen eines: Etwas hat Ihre Mutter verfolgt, etwas hat sie gequält, etwas Schlechtes und Unchristliches. Wir haben oft zusammen gebetet, ich und die Emmi, sie hat mir ihr Leid anvertraut. Und ich habe deutlich gespürt, dass etwas nicht stimmt, eiskalt ist es mir den Rücken hinab gelaufen. Hat Ihnen Schwester Erika von den Paketen berichtet?"

Ich weiß nicht, was sie meint. Welche Pakete?

„Wir hatten einen jungen Mann hier, der hat bei uns sein Freiwilliges Soziales Jahr gemacht. Ihre Mutter hat ihn bezahlt und er hat Ihnen Pakete geschickt. Sie hat behauptet, dass es sehr wichtig ist, dass Sie diese Pakete bekommen … ich weiß nicht, warum, aber …"

„Ich habe keine Pakete bekommen", sage ich. „Ich weiß nichts von irgendwelchen Paketen."

„Herr Bieler, Sie waren nicht im Ausland, Sie führen ein

Hotel. Das wusste Ihre Mutter, sie hat mir davon erzählt ... „Haupthaus“ heißt es. Ist denn nichts für Sie angekommen?“

Ich schüttle den Kopf. „Nein, nicht dass ich-“

„Vielleicht haben Sie etwas übersehen. Hören Sie, ich weiß nicht, was es mit diesen Paketen auf sich hat, aber Emmi lag sehr viel daran-“ Plötzlich Schritte, Schwester Barbara schaut sich nervös um. „Ich muss zurück an meine Arbeit, Herr Bieler. Alles Gute.“

Ich packe sie am Arm.

„Eins noch, bitte. Sie halten es wirklich für möglich, dass Emmi verfolgt wurde, von etwas ... von etwas Bösem?“

Zögern, dann hektisches Nicken.

„Und halten Sie es auch für möglich, dass Emmi nun mich verfolgt, dass sie nach ihrem Tod meine Nähe sucht? War Sie wütend auf mich? Kann es sein, dass sie mir schaden will?“

Mit weit aufgerissenen Augen sieht Schwester Barbara mich an. Ihr Gesicht scheint mir ein wenig blasser als gerade eben noch.

„Was? Nach ihrem Tod? Emmi ist bei Gott, Herr Bieler. Wieso ...“

„Ich weiß, wie sich das anhört. Aber bitte, beantworten Sie meine Frage. Kann es sein, dass Emmi wütend auf mich ist?“

„Sie ... sie war oft wütend, manchmal auch aggressiv. Einige Bewohner hatten Angst vor ihr. Aber Emmi hat Sie geliebt, Herr Bieler, trotz allem. Sie waren immer ihr Ein und Alles.“

„Obwohl sie mich zwanzig Jahre nicht gesehen hat?“

Die Frau macht sich los.

„Mutterliebe vergeht nicht, Herr Bieler. Glauben Sie mir, Ihre Mutter hat Sie geliebt. Sie würde Ihnen nichts Schlechtes wollen.“

Während ich zum Wagen laufe, glaube ich noch fest an Emmis Wahnsinn. Sicher hat sie sich einen Sohn gewünscht. Und dann hat sie sich vorgestellt, ich sei ihr Sohn. Und als sie den Verstand verlor – vor fünf, sechs Jahren, vielleicht schon früher –, wurde aus der Vorstellung ein Wahn: Robert, der Junge, dem sie die Schuhe gebunden und die Brote geschmiert hatte, für den sie jahrelang gekocht und dessen Klamotten sie gewaschen hatte, der musste doch ihr Sohn sein, den hatte sie doch aufwachsen sehen! Bei seinen ersten Schritten war sie dabei gewesen, seinen Schulranzen hatte sie gepackt! Plötzlich war ich ihr Kind und sie musste allen davon berichten. Alles nachvollziehbar, alles erklärbar im Rahmen von Emmis Wahn.

Im Wagen kommen erste Zweifel. Monika und ich, wir kamen etwa zur gleichen Zeit auf die Welt und vielleicht … gibt es denn äußerlich Ähnlichkeiten zwischen mir und Monika? Kaum zu fassen, ich spiele tatsächlich mit dem Gedanken, ich könne Monikas Zwillingsbruder sein. Tatsächlich spiele ich nicht mit ihm, eher kommt er über mich, drängt sich mir auf.

Blödsinn, alles nur Blödsinn. Emmi war psychisch krank, vielleicht nicht gänzlich verrückt, aber auf jeden Fall …

Es ist noch nicht einmal zwölf und der Umweg ist nicht allzu groß. Wenn ich mich beeile, bin ich am späten Nachmittag zurück im Hotel. Ich starte den Wagen, drehe die Heizung hoch und wähle die Nummer meines Vaters.

„Schlecht siehst du aus." Und nachdem er mich von Kopf bis Fuß gemustert hat: „Mager bist du geworden".

Okay, schlecht sehe ich also aus. Auch Tanja meinte, ich sehe krank aus, nachdem sie mir die Tür geöffnet, mich hineingebeten und mich unbeholfen umarmt hatte. Sie ist an einem guten Verhältnis interessiert, sie achtet darauf, stets freundlich zu mir zu sein. Aber ich habe keine Zeit für diesen Mist.

„Das Hotel macht viel Arbeit", sage ich. Und sie bleibt komplett an Amy hängen, füge ich in Gedanken hinzu.

„Junge!" Er boxt mir an die Schulter. „Du musst auf dich achten, du bist keine zwanzig mehr. Gehst du auch zur Vorsorge?"

„Papa, ich habe keine Zeit. Wir müssen uns unterhalten. Und ich verlange absolute Ehrlichkeit von dir. Egal was du mir sagst, ich werde nicht wütend auf dich oder auf Mama sein, das will ich klarstellen. Ich werde niemandem irgendwelche Vorwürfe machen. Aber ich verlange absolute Ehrlichkeit, es hängt viel davon ab. Versprich mir, dass du ehrlich bist."

Er zögert. Dann verspricht er es mir.

„Bin ich euer leibliches Kind?"

„Robert, was … jetzt setz dich doch erst einmal.Willst du etwas trinken?"

„Nein, ich habe keine Zeit. Bitte, Papa, beantworte mir diese eine Frage. Bin ich euer leibliches Kind?"

„Ja, natürlich bist du das. Deine Mutter hat mich doch nicht betrogen, was … was unterstellst du denn da? Was ist das denn für ein Irrsinn? Geht es dir gut, Robert?"

„War Mama meine leibliche Mutter?"

Jetzt wird er wütend.

„Aber natürlich war sie das! Hast du den Verstand verloren?"

„Ich bin nicht adoptiert?"

„Nein! Natürlich nicht! Ich bin dein leiblicher Vater und deine verstorbene Mutter ist … ja, deine Mutter eben! Natürlich ist sie das! Ich bin doch dabei gewesen bei deiner Geburt! Hast du getrunken, Robert?"

Noch zweimal stelle ich meine Frage und noch zweimal fragt er mich, ob etwas mit mir nicht stimme. Dann berichte ich von Emmi, von ihren Briefen an mich, von ihrer Behauptung, ich sei ihr leiblicher Sohn. Während ich rede, schüttelt er unablässig den Kopf.

„Robert, meine Güte, aber Emmi war doch verrückt! Sie war doch schon damals komisch! Du kannst doch so jemandem nicht glauben! Du sagst doch selbst, dass sie in einer Irrenanstalt war!"

„Keine Irrenanstalt, Papa, sie war in einem-"

„Ja-ja, egal, wie auch immer! Das ist doch völlig gleichgültig. Sie war irgendwo untergebracht, weil sie verrückt und eine Gefahr für die Allgemeinheit war! Emmi war schon komisch, als sie noch bei uns war … deshalb haben wir sie doch entlassen! Sie hat sich eingemischt, sie hat sich in Dinge eingemischt, die sie nichts angingen. Deine Mutter hatte Angst vor ihr, die Emmi war schon damals nicht ganz bei Trost, sie-"

Ich unterbreche seinen Redeschwall.

„Wo hat sie sich eingemischt? Was hat sie konkret gemacht?"

„Na, sie … sie hat sich in deine Erziehung eingemischt, Robert, das weißt du doch! Sie hat sich aufgeführt, als wäre sie-"

„Als wäre sie meine Mutter? Dann hat sie damals schon gedacht, sie wäre meine Mutter!"

„Papperlapapp! Emmi wusste … sie, sie wusste einfach nicht, wo die Grenzen sind! Sie konnte nicht akzeptieren, dass wir das Sagen haben. Und irgendwann war es so schlimm, dass wir uns von ihr-"

„Papa, bitte, was konkret hat Emmi gemacht?"

„Herrgott noch mal!" Mit diesem Ausruf geht er zu seinem Schnapsschrank. Er nimmt ein Glas heraus und schenkt sich hektisch Cognac ein. Ich warte, bis er getrunken hat – mein Vater schluckt wie eine Ente, denke ich –, dann wiederhole ich meine Frage.

„Robert, meine Güte, was interessieren dich diese alten Geschichten?"

Ich sehe ihn nur an.

„Na gut, was hat sie gemacht? Sie wollte bestimmen, was es zu essen gibt! Sie hat die Sachen eingekauft, die sie für richtig hielt. Billiges, ekelhaftes Zeug. Sie ist in den Zimmern gewesen, die sie nicht betreten sollte, sie hat in unserem Bett gelegen und sie hat dich gestillt."

„Was hat sie …"

„Gestillt! Sie hat dich gestillt. Die Brust hat sie dir gegeben. Drücke ich mich so unklar aus? Ich habe sie erwischt dabei, als … als deine Mutter im Krankenhaus war … wegen, wegen diesen Nachblutungen und der Wunde und … meine Güte! Das ist doch schon ewig her! Emmi sollte nur auf dich aufpassen und sie hat dir die Brust gegeben. Ich habe deiner Mutter nichts davon erzählt, weil ich … ach, keine Ahnung. Das war ja nur eine einmalige Sache wahrscheinlich, da wollte ich nicht …"

Er stürzt den Cognac hinunter, kann gerade so einen Hustenanfall unterdrücken, stellt lautstark das Glas ab. Tanja kommt ins Zimmer und fragt, ob alles in Ordnung ist.

„Ja-ja!", blafft er sie an. „Ich rede mit meinem Sohn!" Und dann wieder zu mir: „Hör zu, Robert, Emmi war schon damals komisch … und ja, sie hat dich behandelt, als wärst du ihr Kind. Jahre ging das so, Jahre. Und das hat uns natürlich gestört, wir hatten immer wieder Gespräche mit ihr und irgendwann, dann ging es eben nicht mehr. Wir haben sie doch nicht einfach so entlassen, da gab es doch einen ... einen Vorlauf. Was denkst du, warum wir nicht wollten, dass du zu ihr und zu Monika gehst?"

„Weil sie arm war? Weil ihr dachtet, die beiden wären der falsche Umgang für mich?"

„Papperlapapp! Weil Emmi schon damals labil war, weil sie komisch war. Das weißt du doch, Robert!"

Nein, das weiß ich nicht. Mir kam Emmi nie „komisch" vor. Mittlerweile ist Tanja wieder aus dem Zimmer, mit einem Knall hat sie hinter sich die Tür geschlossen.

„Und warum habt ihr Emmi trotzdem so lange als Haushälterin behalten?"

„Na, weil ... weil es funktioniert hat! Sie war ja auch ordentlich, sie hat ja gut gearbeitet und alles erledigt! Außerdem hat sie nicht viel gekostet., sie war ja auch sehr bescheiden und ... na ja, es hat eben sauber und ordentlich funktioniert. Was hast du plötzlich mit Emmi zu schaffen, Robert? Was ist denn los mit dir?"

„Nichts ist los, Papa. Ich habe nur in letzter Zeit oft an sie gedacht. Ich muss dann auch wieder ..."

„DAS IST DOCH UNSINN, ROBERT! WARUM SAGST DU MIR NICHT, WAS LOS IST? WARUM BEFASST DU DICH MIT DIESER IRREN?"

„Hör zu, Papa. Irgendwann erzähle ich dir alles. Aber nicht jetzt ... jetzt geht es nicht."

„Willst du nicht etwas essen, wir-"

„Nein, ich kann nicht. Ich muss Amy im Hotel helfen. Ich ruf dich nächstes Wochenende an. Bis dann, Papa."

„Ja-ja, dann geh schon!"

Er holt sich einen zweiten Cognac. Und ich mache, dass ich wegkomme.

Montag, 19. Dezember

Die Nacht war schlimm, ich habe weniger als drei Stunden geschlafen. Aus der Überzeugung heraus, ich müsse Wache halten, müsste auf Oscar und Amy aufpassen, saß ich ab drei Uhr aufrecht im Bett und starrte in den halbdunklen Raum. Gleichzeitig übermüdet und nervös bildete ich mir Schemen ein, graue und rote Schleier, die flüsternd zwischen unserem und Oscars Bett wanderten. Aus den Wänden sah ich Fratzen hervortreten und den Bruchteil einer Sekunde glaubte ich, eine pechschwarze, aufrecht stehende Gestalt zu erkennen. Ihre Arme reichten bis zum Boden, ihr Kopf war wie der eines Raubtieres geformt … wie der einer Hyäne vielleicht, oder eines Schakals. Einbildung, sagte ich mir, nichts als blöde Einbildung. Angestrengt starrte ich auf die Stelle zwischen Kommode und Zimmertür … und die Gestalt blieb verschwunden. Als kurz vor sieben Amy aufwachte, war mein Nacken so steif, dass ich den Kopf nicht drehen konnte.

Erdmann meint, es würde nichts bringen, sich räumlich zu trennen, Amy und Oscar seien emotional mit mir verbunden, gerade der Junge stecke „bis zum Scheitel in der Angelegenheit mit drin". Aufklären müssten wir, so Erdmann, Informationen sammeln, weiter beobachten und nachforschen. Man könne vor einer Krankheit nicht davonlaufen, man müsse sie diagnostizieren und dann systematisch angehen. Und krank sei ganz gewiss auch Oscar!

Aber warum sollte ich Erdmann trauen? Er wartet doch nur darauf, dass etwas geschieht, wir sind ihm doch völlig egal! Einen Versuchsaufbau, der einmal funktioniert hat, den will man doch nicht ändern, man behält ihn bei und hofft, dass das Erwünschte wieder eintritt. Deshalb will Erdmann, dass ich im Haus bleibe, zusammen mit Oscar und Amy. Er wartet darauf, dass wieder etwas passiert, hofft, dass etwas ... und wenn einer von uns, denke ich, und wenn einer von uns dabei draufgeht! Das ist ihm egal, ich bin ihm egal, Amy und Oscar ...

Aber vielleicht – beweglich ist er, der Gedankenstrom – tue ich Erdmann Unrecht. Ich bin nicht bei mir, gleichzeitig überspannt und erschöpft. Ich mache alles nur mit halbem Herzen und halbem Verstand. Als ich gegen elf meinen Wagen in die Werkstatt bringe, überfahre ich fast eine Mutter samt Kinderwagen – Vollbremsung, Schweißausbruch und Zähneklappern, der Wagen ragt einen Meter in den Zebrastreifen. Am Nachmittag zerbreche ich versehentlich zwei Teller, schneide mich an den Scherben und merke es nicht einmal. Mit Blutflecken auf dem Hemd stehe ich hinter der Rezeption.

Und Erdmann, dieses in allen Farben blühende Leben, ausgerechnet er sagt mir, ich solle mich umziehen. Als ich ihn das erste Mal traf – ich sehe ihn noch vor mir –, da war dieser Mann nur der Schatten eines Menschen, ein blasser Geist, aus der Universität vertrieben und eingesperrt in einer Tankstelle. Und jetzt: Ewig grinsend streunt er durchs Haupthaus, schwatzt mit den Gästen, fotografiert mit seinem Handy die Einrichtung und fläzt sich, während er Emmis Briefe liest, in einem der Lobbysessel.

Kurz nach drei – ich sitze in meinem Arbeitszimmer und starre auf liegengebliebene Rechnungen – ruft er mich auf dem Handy an.

„Bieler, kommen Sie nach oben. Ich muss Ihnen etwas zeigen."

Ich frage ihn, ob er auf seinem Zimmer ist.

„Ich bin in San Francisco und hab Blumen im Haar. Jetzt kommen Sie schon hoch!"

„Ja, in fünf Minuten."

Auf Erdmanns Zimmer herrscht Chaos, Fotografien und

geheftete Texte liegen über den Boden verteilt, dazwischen Packungen von Schokoriegeln und leere Zigarettenschachteln. Er raucht im Zimmer, ich rieche es.

Noch bevor ich die Tür geschlossen habe, redet Erdmann los. „Neuigkeiten, Bieler. Ich habe mit einem Kollegen gesprochen und ihm das Phänomen der in den Wänden wandernden Schrauben geschildert. Soll ich Ihnen etwas sagen? Er kannte es! Es ist dokumentiert. Kommen Sie her, Bieler."

Erdmann klappt seinen Laptop auf, stellt ihn aufs Bett und geht davor in die Hocke. Ich höre seine Knie knirschen.

„Moment, kleinen Moment. Anscheinend gibt es sogar einen Namen dafür, Giordano-Phänomen. Es wurde zuerst von einem Kerl namens Giordano beschrieben." Erdmann sucht schwer atmend auf seinem Laptop, drückt die Zunge gegen die Innenseite seiner Wange, erstarrt für mehrere Sekunden

„Bolivien", sagt er plötzlich, „1994. Und es ist echt ... nicht der Dreck, den Sie auf youtube finden, das Ding ist verdammt noch mal echt."

„Und wo haben Sie das her?"

„Von einem Kollegen. Setzen Sie sich zu mir."

„Ich stehe lieber."

„Ja-ja, wie Sie möchten. Es geht los. Ich sage Ihnen, worauf Sie achten müssen."

Das Video, das Erdmann startet, hat einen deutlichen Gelbstich. Ich erkenne ein Zimmer mit schiefen Wänden, das von einem langen Sofa und einem wuchtigen Sessel beherrscht wird. Im Hintergrund lehnen zwei Matratzen an der Wand, daneben steht ein Stapel Campingstühle. Auch ein völlig verrußter Herd befindet sich in dem Zimmer.

„Kein Ton?", frage ich.

„Kein Ton", bestätigt Erdmann.

Wir warten. Nichts geschieht. Wahrscheinlich ist dieses Zimmer eine komplette Wohnung, denke ich, Kochen, Schlafen und Wohnen, alles in einem Raum. Im Hintergrund steht ein großer Röhrenfernseher, auf dem allerlei Nippes seinen Platz gefunden hat: Puppen und Vasen, ein mit Blumen gefülltes Porzellankörbchen, zwei verliebte Schwäne, deren unnatürlich lange Hälse ein Herz formen, ein aus dunklem Holz geschnitzter Fisch … Die Bilder an den Wänden hängen sichtbar schief.

„Es geht los."

Eine ältere Frau tritt ins Bild. Sie trägt einen geblümten Haushaltskittel, rote Hausschuhe und Socken. An der rechten Hand hält sie ein kleines Mädchen. Ein wenig wirkt die Szene, als würde die Frau das Kind hinter sich herziehen, als würde das Mädchen sich sträuben. Die Kleine trägt ein unpraktisches, offensichtlich zu großes Kleid, mit der freien Hand zupft sie an dem breiten Gürtel, der das Kleid tailliert.

Schnitt. Ein Teil fehlt.

Aber die Kameraperspektive ist noch dieselbe. Nun sitzen die ältere Frau und das Mädchen – auf vier, fünf Jahre schätze ich die Kleine – auf dem Fußboden. Das Kind spielt mit Stoffpuppen, die Frau sieht abwechselnd in Richtung Kamera und in Richtung des Kindes. Rund eine Minute geht das so.

„Jetzt", sagt Erdmann plötzlich. Ich zucke zusammen. „Hinten links".

Aber was meint er? Ich sehe nichts. Hinten links steht ein Spiegelschrank, gleich neben dem langen Sofa. Und dann, nach vielleicht zehn Sekunden, sehe ich es doch. Der lange Schuhlöffel, der eben noch still an der Kante des Schrankes hing, bewegt sich … ja, ganz eindeutig, das Ding bewegt sich. Aus einem ruckeligen Zittern wird ein gleichmäßiges

Schwingen, wie das Pendel einer Uhr schwingt der Löffel an der Seite des Schrankes. Die Frau in dem Haushaltskittel dreht sich zu dem weiter und weiter pendelnden Schuhlöffel um, sieht dann wieder in die Kamera. Sie hat Angst.

„Das geht jetzt so weiter", sagt Erdmann.

Er überspringt rund eine Minute. Derselbe Bildausschnitt. Die ältere Frau steht auf, geht aus dem Bild und kommt mit einer bauchigen Flasche wieder, in der klare Flüssigkeit schwappt. Sie drückt sie dem Mädchen in die Hand.

„Was ist das?", frage ich Erdmann. „Gibt sie der Kleinen Alkohol?" Der Schuhlöffel ist mittlerweile zur Ruhe gekommen.

„Keine Ahnung. Schauen Sie auf den Bildschirm."

Das Mädchen trinkt aus der Flasche. Wäre das Schnaps, müsste sie würgen, denke ich, sie würde sich schütteln. Oder sie ist es gewohnt.

Der große Fernseher geht an und wieder aus. Das passiert viermal: an und sofort wieder aus. Der lange Schuhlöffel hält still, dafür öffnen sich beide Türen des Spiegelschrankes ... und bleiben auf halbem Weg stehen. Das Mädchen spielt weiter mit seinen beiden Puppen, die ältere Frau wirkt, als wolle sie weglaufen, klammert sich an die Flasche und sieht immer wieder Richtung Kamera.

„Achten Sie auf die Bilder", flüstert Erdmann.

Erst sehe ich es nicht, will schon nachfragen, was er meint. Doch dann, als ich mich konzentriere: Sie bewegen sich, sie wandern tatsächlich über die Wände! Ein kreischbuntes Landschaftsbild kriecht nach unten, in Richtung Sofa, die gerahmte Fotografie eines uniformierten Mannes schiebt sich Richtung Zimmerdecke. Ein drittes Bild vollführt eine Kreisbewegung.

„Geht es von ihr aus?", frage ich Erdmann. „Von dem

Mädchen?"

„Sie ist das Zentrum", antwortet er.

Minute 6.41: Die ältere Frau steht auf, wischt sich die Hände an ihrem Kittel ab und läuft aus dem Bild. Das Mädchen bleibt allein zurück.

Schnitt. Zeitsprung. Ein ruckeliger Schwenk Richtung Fußboden. Die Kamera wird vom Stativ genommen, wackelnd nähert sie sich der Rückwand des Zimmers. Die ältere Frau, die gerade noch bei dem Mädchen saß – die Kleine ist nirgendwo zu sehen – nimmt vorsichtig eines der Bilder von der Wand. Und als der Kameramann endlich, endlich scharfgestellt hat, erkenne ich den gleichmäßigen Kanal, den der wandernde Nagel hinterlassen hat.

„Wie bei uns", sage ich. „Ganz gleichmäßig. Wo ist das Mädchen?"

„Weiß ich nicht", flüstert Erdmann. Er stoppt das Video, räuspert sich und steht auf. „Sie war das Zentrum des Ganzen, es passierte nur, wenn sie sich in unmittelbarer Nähe aufhielt. Das unterscheidet diesen Fall von dem Fall, mit dem wir es zu tun haben. Bei Ihnen-"

„Warten Sie. Einen Moment noch. Das Video geht, das geht doch noch weiter. Da ist noch fast eine Minute. Warum lassen Sie es nicht laufen?"

Er antwortet mir nicht. Nach ein paar Sekunden bücke ich mich zum Laptop und drücke auf play.

Der Kameramann filmt den Kanal in der Wand … dann den nächsten. Und den dritten. Jeden rund zehn Sekunden.

Schnitt.

Jetzt steht die Kamera wieder auf ihrem Stativ. Und mir stockt der Atem. Die Schranktüren sind herausgerissen, das Sofa in Fetzen. Der große Sessel sieht aus, als sei ein gewaltiges Gewicht auf hin hinabgestürzt … die Seitenlehnen abgebrochen, das Rückteil zerquetscht und die Beine in den Fußboden gerammt. Splitter und herausgebrochene Bretter liegen um das Möbelstück verteilt. Und in einer der Wände – ich glaube es erst nicht, beuge mich zum Monitor – steckt ein großer, völlig verbogener Kochtopf. Er steckt tatsächlich in der Wand, wie von gewaltigen Kräften ins Mauerwerk gedrückt.

„Ich will vermeiden, dass Sie noch mehr Angst bekommen", sagt Erdmann. „Deshalb wollte ich nicht, dass Sie diese Verwüstungen sehen." Nach kurzem Schweigen fügt er hinzu: „Meines Wissens ist niemand verletzt worden."

„Wissen Sie es oder behaupten Sie es nur?"

Der Film endet mit einer Großaufnahme des in die Wand gerammten Topfes. Erdmann klappt den Laptop zu.

„Soweit ich weiß, lebt dieses Mädchen noch, sie müsste heute Mitte zwanzig sein. Gefilmt wurde das Video vom Vater des Mädchens. Was aber wichtiger ist: Den Ereignissen, die Sie gerade beobachten durften, ging der Tod einer vierzigjährigen Frau voraus, der Tante des Mädchens. Diese Frau lebte allein und galt als gefährlich ... als vom Teufel besessen. Man versorgte sie mit allem Nötigen, hielt ansonsten aber Abstand zu ihr. Bemerken Sie die Parallelen, Bieler? Jedenfalls war diese Tante stark auf die Tochter ihres Bruders fixiert und rund eine Woche nach ihrem Tod – woran sie starb, das weiß ich leider nicht – begann der Spuk: Vorhänge zerrissen, Familienangehörige berichteten darüber, aus dem Nichts heraus berührt oder gar geschlagen worden zu sein, die Katzen der Nachbarschaft schleppten hunderte tote Mäuse und Vögel ins Haus ... die ganze Sache dauerte rund vier Monate und erregte sogar die Aufmerksamkeit der örtlichen Presse. Die Familie zog in dieser Zeit dreimal um, allerdings wurde sie den Spuk nicht los.

„Und wie wurde sie ihn schließlich los?"

Er zuckt mit den Schultern.

„Tut mir leid, mehr weiß ich nicht. Aber lassen Sie uns-"

„Könnten wir nicht irgendwie Kontakt zu dieser Familie aufnehmen? Ich meine, zwanzig Jahre, die leben doch noch. Wenn wir die fragen könnten-"

„Bieler! Ich-"

„Ich meine, die könnten uns doch helfen! Wenn die das schon durchgemacht haben, dann-"

„BIELER!"

Wütend sieht Erdmann plötzlich aus, wie ein gereiztes Tier kurz vor dem Angriff.

„Quatschen Sie mir nicht ständig dazwischen! Ich bin noch nicht fertig! Und nein, wir können keinen Kontakt mit der Familie aufnehmen, ich habe weder Namen noch sonst etwas. Ich habe rein gar nichts! Lassen Sie uns Ruhe bewahren und die Parallelen betrachten. Jemand, der sich verrückt benimmt, zu dem man Abstand hält, stirbt. Und anschließend ist ein anderer Jemand, eine Person, die dem Verstorbenen sehr wichtig war, von paranormalen Phänomenen betroffen. Das ist genau Ihr Fall, Bieler, genau Ihr Fall! Und damit kommen wir zu Emmi, Ihrer ehemaligen Ersatzmutter. Haben Sie Ihren Teil der Briefe gelesen?"

„Noch nicht ganz, ich-"

„Egal, hören Sie mir zu. Ich habe meinen Teil gelesen und das meiste davon ist Mist, absolute Zeitverschwendung, der gleiche Käse wie in den Briefen, die Sie von Monika bekommen haben. Emmi erzählt von ihrem Alltag, was sie gegessen hat, wie sie geschlafen hat, mit wem sie sich herumgestritten hat … alles nicht so wichtig. Aber in ihren späteren Briefen spricht sie immer wieder davon, bei Ihnen einzuziehen. Sie hat irgendwie erfahren, dass Sie ein Hotel aufgemacht haben. Und sie schreibt, dass sie Geld spart, dass sie zu Ihnen will, ins Haupthaus, dass sie als Putzfrau und als Zimmermädchen arbeiten will, dass dann alles wieder so schön wie früher wird. Und sie schreibt auch, dass sie Ihnen schon einmal ihre Sachen geschickt hat."

„Die Pakete", murmele ich.

„Ja, die Pakete. Aber Sie haben nichts bekommen, oder?"

„Nein, das wüsste ich."

„Aber Emmi wusste, dass Sie ins Hotelgewerbe gegangen sind!" Erdmann spricht schnell, ich verstehe ihn fast nicht mehr. „Und wenn sie wusste, dass Sie ein Hotel aufgemacht haben, dann hatte sie höchstwahrscheinlich auch die Hoteladresse. Was ist mit der stinkenden Kleidung? Mit dem Zeug, das Sie in diesem alten Schornstein gefunden haben? Könnte die von Emmi sein?"

„Ich weiß es nicht. Ja … natürlich. Aber wie sollte die-"

„Haben Sie das mit den Spielen gelesen?"

Ich weiß nicht, wovon er spricht. Welche Spiele denn?

„Mein Gott, Bieler, wie viele Briefe haben Sie eigentlich durchgesehen? Zwei?"

„Zwanzig, ich habe zwanzig von diesen scheiß Briefen durchgelesen! Ich muss mich auch noch um das Hotel kümmern."

„Ich habe 73 gelesen!", blafft Erdmann mich an. „Was würden Sie nur ohne mich machen? Emmi hat Videospiele gespielt, sie hat jeden verdammten Tag diese alten Videospiele gespielt! Damit hat sie die Zeit totgeschlagen in diesem … in diesem komischen Heim, in das ihre Tochter sie gesteckt hat. Das mit den Videospielen, das war nicht nur etwas zwischen Ihnen und dieser Monika, das war Emmis Hauptbeschäftigung in diesem Heim. Haben Sie das denn nicht gelesen, Bieler? Die Frau hatte panische Angst, dass man ihr die Videospiele wegnimmt!"

Nein, das habe ich nicht gelesen.

„Reden Sie nicht mit mir wie mit einem Idioten, Erdmann! Von Spielen stand nichts in den Briefen. Nicht ein Wort."

„Okay, wie auch immer … dann hatten Sie eben die falschen Briefe. Kein Grund zur Aufregung!“ Er hält mir ein Foto hin. „Hier, schauen Sie sich das an.“

„Das ist … das ist Monika, oder?“

Lachend klatscht er sich die Hand auf den Schenkel.

„Nein, eben nicht! Das ist Emmi als junge Frau. Das Foto war in einem der Briefe. Und Sie, Bieler, Sie haben in dieser Nacht eben nicht Monika gesehen, Sie haben Emmi gesehen. *Sie* hat Ihnen dieses Videospiel gegeben. Und weil Sie bis zum Scheitel voll mit Rotwein waren, dachten Sie, vor Ihnen würde Monika stehen.“

…

„Aber das zweite Mal … also mit diesem Kind im Arm, dann war sie das auch, dann …“

„Bieler, eines nach dem anderen. Halten wir fest: Das Spiel, das Oscar gefunden hat, stammt von Emmi … und die Klamotten, die stammen höchstwahrscheinlich auch von ihr“

„Und sie ist jetzt hier im Hotel … in meiner Nähe. Sie hat ihre Sachen vorausgeschickt und ist nachgekommen.“

„Ja“, sagt Erdmann. „Sie ist zu Ihnen zurückgekehrt … oder zumindest ist sie dabei, zu Ihnen zurückzukehren. Anscheinend will Emmi, oder zumindest das, was von ihr übrig ist, ihren Jungen wiederhaben, ihren kleinen Robert. Sie will mit Ihnen zusammen sein, Bieler! Freuen Sie sich, Sie werden geliebt!“

—

Kurz nach zwölf. Erdmann sitzt in der Lobby und arbeitet Emmis Briefe durch. Auf jeden gelesenen Brief schmiert er mit Textmarker ein großes F, ihm relevant erscheinende Stellen schreibt er heraus. Ich wiederum habe ausführlich mit Amy gesprochen, dann mit Rita, unserem unzerstörbaren Zimmermädchen. Wir wüssten nicht, was wir ohne sie machen sollten.

Beide haben nichts von irgendwelchen Paketen mitbekommen. Was immer Emmi auch losgeschickt hat, offenbar ist es verloren gegangen. Vielleicht hat dieser Typ, denke ich, dieser Junge, den sie bestochen hat, einfach das Geld kassiert und Emmis Pakete irgendwo abgeladen. Und wenn die Klamotten, die ich im Kamin gefunden habe, wirklich von Emmi wären, müssten dann nicht Namensschildchen eingestickt sein? Ich habe meinen Zivildienst in einem Altenheim gemacht, dort waren in den Klamotten Schildchen, ich bin mir sicher.

Nach dem Mittagessen gehe ich ein weiteres Mal zu der Öffnung, hinter der ich die nach Moder stinkenden Klamotten fand. Nervös leuchte ich in den alten Kamin. Ganz unten, im Keller, da müssten noch ein paar dieser Fetzen liegen. ... ich glaube sogar, sie zu riechen, wenn ich mich nahe an die Öffnung beuge. Aber wie herankommen? Sollte dort unten eine Öffnung gewesen sein, dann wurde sie zugemauert.

Nachdem ich die Klappe verriegelt und die Abstellkammer abgeschlossen habe, nehme ich die Treppe nach oben. Auf dem Dachboden ist eine weitere Öffnung zum Kamin, das weiß ich. Und vielleicht erkenne ich von dort ja mehr.

Als ich die krumme, schlecht gezimmerte Holztür aufziehe, als ich es vor mir sehe, da taumle ich nicht zurück, mir stockt auch nicht der Atem. Was mich wie eine Lawine unter sich begräbt, was mich fast umdrehen und weglaufen lässt, ist eine Mischung aus kalter Verzweiflung und dumpfer Wut. Die Umzugskartons und vollgestopften Plastiksäcke, die wir vor rund einem Jahr hier oben eingelagert haben, sind zerdrückt und zerfetzt, der Haufen hat sich in die Breite verteilt und sieht aus, als sei darin ein Sprengsatz explodiert.

Mit gesenktem Kopf betrete ich den düsteren, hallenartigen Raum. Hektisches Flügelschlagen direkt über mir, schrilles Vogelgezwitscher ertönt und verstummt wieder. Von dem Haufen zerrissener Kartons bis zum Kamin zieht sich eine Spur aus Kleidungsstücken ... als seien sie über den Boden in Richtung der Luke gekrochen. Und das sind sie ja auch, denke ich, sie sind gekrochen ... über den staubigen Bretterboden und in den feuchten Steinschacht hinein ... hinunter sind sie gekrochen, näher zu mir und zu Oscar und zu Amy. Sie sind gekrochen ... und mit ihnen Emmi oder was immer sie jetzt ist.

Ich atme durch und mache mich über den Unrat her, über die zerfetzten Säcke und Kartons. Ich räume alte Bücher, nutzlos gewordene Kleidung und Elektroschrott beiseite ... und dann, nach halbstündigem Wüten, als mir schon die Arme schmerzen und der Staub meine Kehle reizt, habe ich die drei Pakete zusammen, die von ihr stammen ... die von ihr stammen *müssen*.

Darin: Schmutzige Kleidung und dünn gewordene Handtücher, löchrige Bettbezüge und verblasste Stofftaschentücher, ausgetretene Schuhe und billige Handtaschen. Aber auch: Medikamentenpackungen, mehrere Stücke Lavendelseife und benutzte Lockenwickler. Wahllos hat sie alles, was sie finden konnte, in diese Pakete gepackt. Ich finde zwei Radiowecker, einen winzigen, tragbaren Fernseher, zerbrochene Blumentöpfe und ausgelaufene Batterien, leere Haarspray-Dosen und ein noch eingeschweißtes Mensch ärgere dich nicht-Spiel. Dazu Modeschmuck, stehengebliebene Armbanduhren und diverse Schlüssel. Emmi hat ihren Hausrat vorausgeschickt ... und jetzt ist auch sie da. In einem der Pakete liegen – fast muss ich lachen – fünf alte, von einem rissigen Gummiband zusammengehaltene Videospiel-Kassetten.

Ich hocke mich auf den kalten, schmutzigen Boden.

Ich hole tief Luft.

„Emmi", sage ich. „Wenn du mich hören kannst … ich bin nicht dein Sohn. Lass mich bitte in Ruhe, Emmi, lass mich in Ruhe leben. Ich bin nicht dein Sohn, ich gehöre nicht zu dir. Ich habe eine Familie, bitte lass uns in Ruhe."

Keine Antwort.

Nicht das leiseste Geräusch.

Ich komme mir lächerlich vor, zweifle zum wievielten Male an meinem Verstand … reiße mich zusammen und gehe penibel die Ereignisse der letzten Wochen durch, schiebe den Zweifel beiseite. Nein, verrückt bin ich nicht.

„Emmi!", rufe ich. „Was willst du? Was zum Teufel willst du von mir?"

Stille. Nicht einmal Knacken im Gebälk.

Ich stehe auf und sammle die über den Dachboden verstreute Kleidung ein. Jedes Mal, wenn ich mich aufrichte, wenn ich den Kopf hebe, erwarte ich, sie vor mir zu sehen.

Wie vermutet, genau wie vermutet! Erdmann verlangt, dass ich alles zurücklege. Er behauptet, es könne sich als schwerwiegender Fehler entpuppen, Emmis Habseligkeiten aus dem Haus zu schaffen oder gar zu verbrennen. Wir könnten uns, sagt er, nicht sicher sein, wie die Reaktion ausfalle. Und als ich ihn daran erinnere, dass er ihre Briefe in Fetzen riss, um eine Reaktion zu provozieren, wird er wütend und verzieht sich auf sein Zimmer. Der Mann ist wie ein bockiges Kind, ich ärgere mich maßlos über ihn … und zugleich kann ich nicht auf seinen Beistand verzichten. Es stimmt ja! Verdammt noch mal, es stimmt ja: Ohne Erdmann wüsste ich nicht, dass Monika lebt und dass Emmi tot ist. Ich wüsste nichts von Emmis Fixierung auf mich, von ihrem Willen, zu mir zurückzukehren. Ich würde immer noch glauben, ich sei in der Nacht unserer Jubiläumsfeier nicht ihr, sondern ihrer Tochter begegnet. Auch wenn mich Erdmann wie einen Trottel behandelt, auch wenn ich nicht weiß, was seine Pläne sind – ich kann nicht auf ihn verzichten.

Widerwillig stopfe ich Emmis Sachen in zwei Plastiksäcke. Ich schleppe sie in den hinteren Teil des Dachbodens, weit weg von der Tür und vom Kamin.

Anschließend – ich wollte es nicht und doch passiert es – streite ich mich mit Amy: Warum sie mir denn nichts von den Paketen gesagt habe, will ich wissen. „Meine Güte, weil ich nichts von Ihnen wusste!" „Aber wie kann das sein? Sie sind mit der Post an unsere Adresse gekommen! Da steht unsere verdammte Adresse drauf" „Dann sind sie eben gekommen, als wir eingezogen sind … und bei dem ganzen Chaos haben wir sie mit den anderen Paketen nach oben geräumt. Ich kann mich doch nicht um alles kümmern! Ich kann doch nicht jede Kleinigkeit im Blick haben!" „Aber das ist keine Kleinigkeit! Ich habe dich zehnmal gefragt, verdammte Scheiße! Und du hast jedes Mal …"

Und dann, als es gerade unappetitlich zu werden droht, platzt Oscar ins Wohnzimmer. Der Junge strahlt über beide Wangen. Er wirkt dermaßen glücklich, dass ich mich fast vor ihm erschrecke.

„Es wird alles wieder gut!", ruft er. „Es wird alles wieder wie vorher!" Die Worte platzen nur so aus ihm heraus.

„Oscar, ist alles in Ordnung?", fragt Amy. Er hat einen ganz roten Kopf, der Junge. Sie geht zu ihm und berührt seine Stirn. „Was meinst du damit, dass alles wieder gut wird?"

„Ich bin fertig!", ruft Oscar. „Ich bin fertig mit dem Spiel. Ich habe sie gerettet."

„Wen?", frage ich, „wen hast du gerettet?"

Und er, immer noch ganz begeistert:

„Es ist fertig, das Spiel hat aufgehört … es, es kommt nicht mehr, es kommt nicht mehr in meinen Kopf und, und auch sonst nicht mehr. Ich habe sie gerettet, die Frau, ich habe sie hergebracht."

„Wohin", frage ich, „wohin hast du die Frau gebracht?"

„Zu uns! Ins Hotel! Ich habe sie den ganzen Weg zurückgeführt, ins Hotel, durch den Wald und durch die Schule. Ich habe die Frau hergebracht und jetzt hilft sie uns."

„Emmi", sage ich leise. „Sprichst du von Emmi?"

Oscar nickt.

„Was hast du nur angerichtet, Oscar? Verdammte Scheiße, was hast du angerichtet?"

Erschrocken sieht er mich an.

„Du blödes kleines Arschloch, ich habe dir hundertmal gesagt-"

Und da schreit er los.

„ICH HABE ÜBERHAUPT NICHTS ANGERICHTET! DU HAST DOCH KEINE AHNUNG! SIE IST JETZT DA UND JETZT HILFT SIE UNS!"

Ich mache einen Schritt auf ihn zu.

„Emmi hilft uns nicht, Oscar, sie … sie ist hinter mir her. Sie ist verrückt, sie denkt-"

„NEIN! SIE IST NICHT VERRÜCKT! DU BIST VERRÜCKT!"

Ich will es nicht. Es passiert einfach. Im allerletzten Moment packt Amy mich am Oberarm und reißt mich zurück. Meine Faust fliegt knapp an Oscars Kopf vorbei und Amy brüllt irgendwas. Taumelnd weicht der Junge zurück, völlige Fassungslosigkeit im blassen Kindergesicht. Fassungslosigkeit, die im Bruchteil einer Sekunde in Wut umschlägt.

„DU BIST SO DUMM!", brüllt er. „DU HAST ÜBERHAUPT KEINE AHNUNG, WER SIE IST!"

Mit diesen Worten stürmt er aus dem Zimmer.

Zu zweit

Dienstag, 20. Dezember

Natürlich habe ich Amy angeboten, das Hotel zu verlassen, vorübergehend bei Uwe zu schlafen. Aber sie wollte nicht einmal mehr mit mir sprechen, packte stumm das Nötigste zusammen und fuhr mit dem Jungen davon. Die Nacht haben die beiden bei „einem Bekannten" verbracht. Den Namen dieses „Bekannten" wollte Amy mir nicht sagen … und beinahe hätte ich sie gefragt, ob sie ihn auch ficke, diesen Bekannten.

Ich habe letzte Nacht kein Auge zugemacht, tigerte zwischen Bad, Schlafzimmer und Küche umher, glotzte in den dunklen Flur, strich mit den Fingern über die Wandfliesen und rief nach unserer ehemaligen Haushälterin.

Zwischen vier und fünf glaubte ich, vollends den Verstand zu verlieren, schlug fast eine Minute auf das Wohnzimmersofa ein, zertrat einen Schirmständer und war kurz davor, das Hotel zu verlassen und mich irgendwo zu besaufen. Zum Glück ließen mich die Gäste in Ruhe, ich hätte ihre Fressen nicht ertragen können.

Kurz nach sieben ist Amy wieder da, kümmert sich um das Frühstück und richtet gemeinsam mit Rita die Zimmer her. Sie will nicht, dass ich ihr helfe, will nicht einmal mit mir sprechen. Nur so viel: Sie und Oscar schlafen ab sofort nicht mehr im Haupthaus, der Junge wird sich auch tagsüber woanders aufhalten.

„Wenn du ihn nur hättest ohrfeigen wollen", meint Amy, „das wäre etwas anderes. Aber du hast mit voller Wucht zugeschlagen. Du wiegst fast doppelt so viel wie Oscar, du hättest ihn umbringen können."

„Ich wollte es nicht", antworte ich. „Es war ein Impuls, den ich nicht-"

„Umso schlimmer", sagt sie. Und ich denke: Ja, umso schlimmer.

Während ich meiner Arbeit nachgehe – eigentlich suche ich eher nach Arbeit, nach irgendetwas Sinnvollem, das mich auf andere Gedanken bringt –, spuken mir Oscars Worte im Kopf herum: Ich habe sie hergebracht … ich habe sie zurückgeführt, ins Hotel. Tatsächlich glaube ich eine Veränderung zu spüren … in den Gängen und Hallen und Zimmern und Kammern des Haupthauses. Eine Verdichtung der Atmosphäre, eine warme, klebrige Nähe, ein ständiges Begafft-werden. Ich habe sie hergebracht, sagt Oscar. Und ja, exakt das glaube ich zu fühlen. Etwas ist in meiner Nähe, *sie* ist in meiner Nähe. Emmi ist nun vollends hier.

Und dann sehe ich sie.

Ich sehe sie um 16.32 Uhr von der Tür unserer Wohnung aus. Emmi steht in der großen leeren Lobby, dicht beim Eingang, etwa zwölf Meter von mir entfernt. Sie sieht in Richtung Treppe. Als würde sie etwas oder jemanden beobachten, denke ich, als würde sich dort irgendetwas ereignen.

Diesmal erscheint mir Emmi als exakt die Person, die ich aus meiner Kindheit und Jugend kenne, als kräftige, sich leicht gebückt haltende Frau in billiger, unauffälliger Kleidung: schwerer, schlaff an ihr hängender Wollpullover, braune Leggins und graue Schuhe. Nichts an dieser Erscheinung wirkt einschüchternd oder feindselig, nichts aggressiv … sie steht einfach nur da und starrt in Richtung der pompös breiten, zu den leeren Zimmern führenden Treppe.

Als ich nach vielleicht zehn, zwölf Sekunden einen ersten, winzigen Schritt mache, als ich zu ihr will, da dreht sie ihren Kopf, lächelt mich an und ist verschwunden.

Ich laufe zu der Stelle, an der sie gerade noch stand. Dann hinüber zur Treppe … und schließlich hinauf in den ersten Stock. Der breite Flur ist menschenleer, wir haben kaum noch Gäste, machen Verlust. Aus einem der Zimmer dringt von Musik unterbrochenes Fernseh-Geplapper, in einer der Lampen stößt sich eine Motte am Glas tot.

Ich klopfe bei Erdmann.

…

Noch ein Versuch. Langsam öffnet sich die Tür, sie war nur angelehnt. Und dahinter: Kein Mensch, nur ein sauberes, aufgeräumtes Zimmer. Es liegt weder Papier noch Müll auf dem Boden, die Bettdecke ist glattgestrichen und auf den Kissen warten zwei in Goldpapier gewickelte Schokoladentäfelchen auf neue Gäste, auf … auf Frischfleisch. Hat Amy das gesagt, Frischfleisch? Hat sie diesen Ausdruck benutzt?

Ich trete einen Schritt zurück und … ja, es ist Erdmanns Zimmer, die Nummer stimmt. Es ist Erdmanns Zimmer und ist es doch nicht, es … und warum hat das Zimmer kein Fenster? Und warum ist es trotzdem hell hier drin?

„Bieler." Ruckartig drehe ich mich um. Vor mir steht Erdmann. Steht da mit seinem dicken Hals und seinem Kanisterkopf. „Alles in Ordnung mit Ihnen? Suchen Sie mich?"

Er drängt sich an mir vorbei und betritt sein vermülltes Zimmer. Papier bedeckt den Teppichboden, die Decken sind zusammengeknüllt und eines der Kopfkissen ragt halb aus dem Bezug. Ich kann es nicht fassen, schließe die Augen, reiße sie wieder auf und … Blätter, Unrat, Chaos, der graue Himmel hinter verschmiertem Glas, Dächer schneiden ins Grau, Wolken und Flugzeuge …

„Meine Güte, Bieler, Sie sehen völlig übermüdet aus, bekommen Sie denn genug Schlaf?"

Ich starre auf das Fenster.

„Haben Sie letzte Nacht geschlafen?"

„Was?"

Er wiederholt seine Frage.

„Nein, ich … Amy und Oscar sind ausgezogen. Er … er sagt, dass er dieses Spiel zu Ende gespielt hat, dass er Emmi hergebracht hat, ins Hotel. Und gerade habe ich sie gesehen, mitten am Tag … vor nicht einmal zehn Minuten. Ich kann nicht mehr, Erdmann, ich bin am Ende."

„Papperlapapp!" Er äfft mich nach: „Ich bin am Ende, ich bin am Ende". Dann hat er plötzlich seinen Block in der Hand und will Details, will wissen, wie genau sie aussah. Ich nehme mich zusammen und beschreibe sie ihm.

„Okay, gut. Kommen Sie endlich rein … und jetzt setzen Sie sich aufs Bett. Nicht, dass Sie mir umkippen."

Ich setze mich.

„Okay, konzentrieren Sie sich. Sie müssen mir exakt beschreiben, wie sie sich verhalten hat?"

„Nicht feindselig … sie ist still dagestanden und hat in Richtung Treppe gesehen. Keine Geräusche, keine Bewegungen. Als ich zu ihr wollte, hat sie ihren Kopf gedreht und mich angelächelt … aber nicht böse, überhaupt nicht feind- … feindselig oder aggressiv. Dann war sie verschwunden. Alles ging zehn Sekunden, vielleicht zwölf, ich weiß nicht genau."

„Was war oben auf der Treppe?"

„Da war nichts und niemand. Ich weiß nicht, was sie dort gesehen hat. Hören Sie, Erdmann, Oscar hat gesagt, dass sie nicht böse ist, dass sie mir helfen will. Aber sie war es doch auch, die mir dieses tote Kind-"

„Das wissen wir nicht", sagt Erdmann leise. „Kam sie Ihnen in dieser Nacht denn nicht wie eine Fälschung vor? Das haben Sie doch so ausgedrückt, oder? Sie war zu groß, ihre Zähne waren irgendwie … irgendwie falsch. Sie-"

„Ja, sie war wie eine Art … wie eine Fälschung. Verdreht und grotesk und-"

„Genau. Und Sie haben auch diesen toten Mann gesehen, und auch der war falsch, auch der hatte nur entfernte

Ähnlichkeit mit dem Mann, der tatsächlich damals ertrunken ist. Korrigieren Sie mich, wenn ich-"

„Ja, Sie haben Recht. Die ganze Szene war falsch ... und dann dieser Traum. Als Oscar nackt auf dem Tisch lag und ich so wütend war ... das, das war alles irgendwie falsch und feindselig, ganz anders als die Begegnung heute."

Plötzlich springt Erdmann vom Bett auf, geht im Zimmer umher, rennt fast, tritt Papier beiseite. Sein Gesicht ist ein einziges Strahlen.

„Bieler, mein Gott, Bieler! Ich glaube, wir haben es! Ich ... ich habe eine starke Vermutung, eine ganz starke Vermutung! Wenn wir nur noch ein klein wenig mehr herausfinden, dann ..." Er beendet den Satz nicht. „Kommen Sie, Bieler, wir fahren zu dem Heim, in dem Emmi lebte. Wir brauchen Geld, wir scheißen die mit Geld zu, bis sie uns etwas sagen! Oder ... nein, Moment, wie hieß die Frau, mit der Sie gesprochen haben?"

„Ich habe mit versch-"

„Ganz zum Schluss, als Sie schon gehen wollten. Die Frau, die Ihnen gesagt hat, dass Emmi nicht verrückt war, wie heißt die? Verdammt noch mal, Bieler, denken Sie nach! Hier ... trinken Sie das."

Er gibt mir eine Dose Pepsi, nimmt sie mir wieder weg und reißt sie auf.

„Sie brauchen Zucker."

Ich trinke einen Schluck, habe den Mund voller Schaum.

„Wie hieß die Frau? Denken Sie nach!"

„Ich glaube, sie hieß ... Barbara. Ja, Schwester Barbara."

Und Erdmann, schier berstend vor Tatendrang:

„Bieler, greifen Sie sich ein paar der Briefe ... ich brauche sofort die Nummer dieser Pflegeheims! Suchen Sie, machen Sie schon! Mein Gott, wieso bin ich nicht früher drauf gekommen? Sie hat es Ihnen doch praktisch gesagt! Diese Frau hat es Ihnen doch gesagt! Wo ist mein Telefon? "

Erdmann ist überzeugend, das muss ich anerkennen, er kann schauspielern und er ist völlig frei von Skrupeln. Nach viel hin und her, nachdem er sich als katholischer Priester ausgegeben und sogar den Namen einer Kirchengemeinde erfunden hat, bekommt er tatsächlich die Nummer von Schwester Barbara. Eigentlich dürfe man ja keine Telefonnummern herausgeben, wird ihm gesagt, eigentlich sei das ja nicht … er sieht mich an und verdreht die Augen.

Eine halbe Minute später hat Erdmann Schwester Barbara am Apparat. Wieder gibt er sich als Pfarrer aus und ich kann dabei zuhören, wie er seine Rolle perfektioniert. Ein Herr Bieler habe seine Hilfe gesucht, so Erdmann, ob sie sich vielleicht an diesen Mann erinnere … er sei … ach ja? Genau, ganz genau, der Sohn von Frau Menke. Und dem Herrn Bieler gehe es leider sehr schlecht und … im Vertrauen gesagt, man müsse sich Sorgen um den Herrn Bieler machen, ganz verzweifelt und unglücklich sei er schon. Und vielleicht, vielleicht könne Sie, Schwester Barbara, dem Mann helfen, vielleicht … sie glaube doch an das Böse, nicht? An das leibhaftige Böse, das in der Welt sei, das immer noch in der Welt sei, auch wenn die Menschen nicht mehr daran glauben wollen.

Die Worte, die Erdmann benutzt, erscheinen mir albern. Aber wie er es sagt – Respekt! Der Mann ist der geborene Schwindler. Nach gut zehn Minuten hat er die Frau so weit, dass sie ihm vertrauensselig von Emmi erzählt.

…

„Ja."

…

„Ja … ach so."

…

„Gott steh uns bei."

…

„Danke, Schwester Barbara, ich danke Ihnen von ganzem Herzen.“

…

„Und Sie sind sicher, dass Sie es gesehen haben?“

…

„Ja, Schwester Barbara, ich danke Ihnen, Sie helfen mir, diesen armen Mann zu retten … ich danke Ihnen. Und bleiben Sie stark im Glauben. Alles Gute, Schwester Barbara.“

…

„Danke, das wünsche ich Ihnen auch.“

Er legt auf, wirft das Telefon aufs Bett, wirbelt herum und packt mich an den Schultern.

„Bieler … wir haben es! Ich weiß, was vor sich geht. Emmi war nicht verrückt, Sie … also zumindest in dieser Beziehung war sie nicht verrückt! Sie glaubte sich verfolgt und sie wurde verfolgt! Schwester Barbara ist sich absolut sicher … und wissen Sie was? Sie hat es gesehen! Sie hat das Ding gesehen und gespürt und gerochen!“

Was, frage ich, was hat sie gesehen? Und da lässt mich Erdmann los. Er setzt sich mir gegenüber und erzählt.

—

Dass Schwester Barbara und Emmi zusammen beteten, dass sich die beiden Frauen nahe waren, das wusste ich. Nicht aber, dass Emmi versuchte, Schwester Barbara, dazu zu überreden, die Nächte bei ihr zu verbringen. Sogar Bestechungsversuche unternahm sie: Geld, Essen, Kleidung, sie bot an, was sie hatte. Und sie versuchte es nicht nur bei Schwester Barbara, auch anderen Mitarbeitern und Bewohnern bot sie wieder und wieder ihre Habseligkeiten an.

Emmi schlief allein. Niemand wollte von ihr geweckt

und wachgehalten werden. Und sie hatte furchtbare Angst vor den Nächten, vor dem „schwarzen Mann", wie sie das nannte, was sie Schwester Barbara zufolge heimsuchte. Zum Ärger des Personals verbrachte Emmi ihre Nächte zuweilen auf den Fluren oder in den Aufenthaltsräumen.

Nach den Nächten, in denen sie so grässlich schrie, habe Emmi häufig, so Schwester Barbara, Blutergüsse gehabt, einmal sei ihr Fuß gebrochen gewesen. Dazu immer wieder das verwüstete Zimmer, die ausgerissenen Haare, das furchtbar laute Gezeter und der plötzliche, unerklärliche Gestank. Die Ärzte glaubten an Selbstverletzung, an Selbstmordgefahr, zeitweise wurde Emmi gar im Bett fixiert, über Monate mit Medikamenten ruhiggestellt.

Und eines Abends, so Schwester Barbara, als Emmi sie wieder anflehte, doch bitte bitte bei ihr zu bleiben, habe sie es erst gerochen und dann gesehen. Neben Emmis Bett sei sie gestanden, diese grässlich große, unförmige Gestalt. Und sie sei geflüchtet, so die Schwester, erschrocken weggerannt. Sie habe die Tür zugeworfen und Emmi mit dem „schwarzen Mann", mit dem „Dämon" allein gelassen. Solange sie lebe werde diese Schande auf ihr lasten.

Erdmann hat zu Ende erzählt. „Der Kopf eines Tieres und die Arme bis zum Boden?", frage ich.

„So hat sie die Erscheinung beschrieben. Kommt Ihnen etwas bekannt vor?"

„Ja, ich … in der Nacht von Sonntag auf Montag. Ich dachte, ich bilde mir etwas ein, ich lag fast die ganze Nacht wach, ich war völlig fertig. Vorher habe ich noch andere Sachen gesehen … irgendwelche Gesichter auf den Wänden und Schemen. Und dann eben diese große schwarze Gestalt mit Armen bis zum Boden."

„Und was hat sie getan, diese Gestalt?"

„Sie hat mich nur angesehen. Das war nur der Bruchteil einer Sekunde."

Mir wird schwarz vor Augen. Ich stütze mich mit den Händen ab und mache mich gerade.

„Dann ist nicht Emmi mein Problem", sage ich. „Dann ist etwas von Emmi auf mich übergegangen. Etwas hat sie heimgesucht und jetzt sucht es mich heim."

Ein paar Sekunden sieht Erdmann mich nur an. Auch er wirkt plötzlich müde.

„Sie sind der Mensch, der Emmi am nächsten war. Auch wenn die Beziehung ein wenig, nun ja", leise lacht er auf, „einseitig war ... auch wenn die eine Seite überhaupt nichts von dieser Beziehung wusste. Hat Emmi nicht sogar davon geschrieben, ein wenig zu viel an Sie zu denken ... dass es vielleicht nicht gut ist, wenn sie so viel an Sie denkt."

„Ja, das hat sie."

„Sie befürchtete, dass es zu Ihnen kommt. Und nach ihrem gewaltsamen Tod, nachdem sie erstickt wurde-"

„Sie wurde nicht erstickt, sie hat sich gewehrt und erlitt einen Herzinfarkt. Glauben Sie, dass Emmi mich beschützen will? Dass sie auf meiner Seite ist? Das ist es doch, was Oscar mir die ganze Zeit sagen wollte."

Erdmann zuckt mit den Schultern, reibt sich den dicken, von Stoppeln übersäten Hals.

„Was können wir tun?", frage ich. „Ich meine, kennen Sie dieses Wesen? Wissen Sie, was es will?"

Er schüttelt den Kopf. Mit dem rechten Fuß schiebt er Papier über den Boden.

„Aber Sie haben doch Kollegen, Sie kennen doch bestimmt jemanden, den wir ..."

„Ein Raubtierkopf", sagt Erdmann leise. „Die Arme bis zum Boden ... dies scheint die bevorzugte Gestalt zu sein. Aber von so etwas habe ich nie gehört." Er räuspert sich. „Natürlich werde ich nachforschen."

„Nachforschen, nachforschen. Und was sollen wir machen, bis Sie mehr wissen? Wie sollen wir uns verhalten?"

„Vielleicht müssen wir überhaupt nichts mehr machen. Vielleicht sind Sie in Sicherheit, jetzt wo Emmi bei Ihnen ist … vielleicht beschützt sie ihren kleinen Robert vor diesem Hundskopf. Lassen Sie uns hoffen und abwarten."

Ich richte mich auf und sehe mich im Raum um. Einen Parasiten, hat er es genannt, „Es lernt Sie besser und besser kennen", hat er gesagt.

„Und was genau hoffen Sie, Erdmann? Raus mit der Sprache. Hoffen Sie, dass nicht mehr passiert … oder warten Sie nur darauf, dass es mich attackiert wie diesen, wie diesen Köter in Ihrem Video? Dann können Sie wieder Ihre scheiß Fotos machen."

Ein leises, abgehacktes Lachen.

„Immer mit der Ruhe, Bieler. Lassen Sie uns abwarten. Und holen Sie ein wenig Schlaf nach. Sie erschrecken ja die Gäste."

„Wir haben sowieso kaum noch welche. Das Hotel geht vor die Hunde."

Erdmann schweigt. Aber als ich aus dem Zimmer gehe, sagt er doch noch etwas.:

„Haben Sie keine Angst, Bieler … denken Sie an die Fehler, die es gemacht hat. Denken Sie an die falsche Monika mit den schiefen Zähnen, an den Ertrunkenen, der nicht so aussah, wie er hätte aussehen müssen. Wahrscheinlich ist es nicht so stark und so gefährlich, wie Sie meinen, Bieler. Zeigen Sie keine Angst!"

Freitag, 23. Dezember

Drei Tage sind vergangen. Keine Vorkommnisse, nur gespannte Erwartung. Ich weiß nicht, was Erdmann im Schilde führt, anscheinend planlos streunt er durchs Hotel, taucht mal hier und mal dort auf, spricht mit den verbliebenen Gästen, fotografiert mit seinem Handy die Flure, die Türen, das Mobiliar. Er hat Zugang zu jedem Zimmer, ebenso zum Dachboden, zum Keller und zur Fabrikhalle ... und ich weiß nie, wo er sich gerade aufhält.

Mittlerweile haben wir Emmis Briefe durchgearbeitet, nicht in einem einzigen schreibt sie davon, bedroht oder gar angegriffen worden zu sein. Allerdings erwähnt sie immer wieder ihre Angst vor den Nächten und den Wunsch, das Zimmer zu wechseln. Auch äußert sie in insgesamt fünfzehn Briefen die Sorge, vielleicht zu viel an mich, an ihren „lieben und guten Robert" zu denken. In einem ihrer Briefe, nur fünf Monate ist er alt, schreibt sie: „Man weiß ja nicht wer das mitbekommen kann wenn man viel an jemand denkt und so oft an ihn schreibt. Vielleicht ist es ja gefährlich."

—

Seit Donnerstag schläft Amy wieder im Hotel ... allerdings nicht mit mir in einem Bett. Weihnachten habe sie sich anders vorgestellt, sagt sie. „Ja, ich auch", antworte ich. „Aber vielleicht wird ja wieder alles gut."

Wenn wir uns umarmen, dann fühlt es sich anders an. Irgendwie umständlich, als würden unsere Körper nicht mehr zueinander passen, als wären da plötzlich dutzende Ecken und Kanten.

Ich will losgehen und einen Weihnachtsbaum kaufen. Ich hoffe, es gibt noch welche. Ob Oscar zurück kommt, will Amy mir nicht sagen. Egal, ich will diesen verdammten Baum.

Samstag, 24. Dezember

25 schöne Zimmer und lausige sechs Gäste. Auch Amy weiß nicht, woran es liegt. Über die Festtage würden die Leute doch zu ihren Familien fahren, die Eltern und Großeltern besuchen …

Aber das Haupthaus steht fast leer.

Und weil das so ist, weil sechs Gäste nicht viel Arbeit machen, werde ich Heiligabend allein verbringen. Es ist zum Kotzen.

—

Um zehn ruft die Werkstatt an. Ich soll endlich meinen Wagen abholen, sonst erst wieder im Januar.

Eine Stunde später – ich bin zurück im Haupthaus und um 160 Euro ärmer –, verabschiedet sich Amy. Ich weiß nicht, was ich zu ihr sagen soll. Am liebsten würde ich sie bitten, zu bleiben. Doch damit würde ich mich nur nutzlos erniedrigen, Amy wird den Abend mit ihrem Sohn und mit Freunden verbringen … ich werde entweder fernsehen oder durchs Haus laufen.

Der Abschied ist trostlos, wieder dieses kantige, umständliche Umarmen. Sie klopft mir sogar auf den Rücken, wie einem guten Freund … oder einem Pferd. Gut gemacht, alter Junge, bis dann, alter Junge. Und ich frage, was das soll, dieses bescheuerte Klopfen.

Als Amy gegangen ist, trage ich den Baum in den Keller, lehne ihn im größten der Lagerräume an die Rutschbahn und sehe zu, wie er langsam umfällt. Im Nebenraum, in diesem provisorischen Sexkino, das irgendein Wichser vor Jahrzehnten hier unten eingerichtet hat, muss ich mich beherrschen, um nicht den Projektor vom Podest zu stoßen. Ich möchte das Ding auseinanderbrechen sehen, will die fleckige Leinwand herunterreißen, die dünnen Stühle an den Wänden zerschlagen, die Filmrollen anzünden … ich möchte das ganze verdammte Haus in die Luft jagen.

Doch dann sitze ich nur im Glühlampenlicht und bade in Selbstmitleid. Wenn wenigstens Erdmann hier wäre, denke ich, dann könnten wir arbeiten, spekulieren, Emmis Briefe besprechen. Aber er ist zu irgendeiner Bekannten gefahren, morgen will er zurück sein. Er hat mich tatsächlich allein gelassen.

—

Der Abend kommt, ich sitze vor meinem Computer und esse Frühstücksreste. Bin ich schon allein im Haus? Und wird etwas passieren, wenn ich allein bin? Ist Erdmann deshalb gegangen … weil er hofft, dass es nur darauf wartet, dass ich allein bin? Drei unserer sechs Gäste sind aus dem Haus, zu ihren Familien oder Freunden gefahren, das habe ich von der Rezeption aus mitbekommen. Frohes Fest, haben wir uns gewünscht, frohes Fest und einen schönen Abend. Ein Herr Seematter, Geschäftsmann aus Zürich, meinte, er finde es „ausgesprochen angenehm", dass das Haupthaus auf Weihnachtsdekoration verzichte. Man werde ja „erschlagen von dem ganzen Krempel". Dann fischte er einen Zehner aus seiner Hosentasche, beugte sich über die Theke und drückte mir den körperwarmen Schein in die Hand. Wo man denn in der Nähe „ein bisschen Spaß" haben könne, wollte er wissen.

—

Zehn nach sieben, als ich von belegten Brötchen zu Kartoffelchips übergegangen bin, läutet mein Telefon. Der Anruf kommt aus einem der Zimmer. Einatmen, ausatmen, freundlich sein. Ich dachte, ich sei allein im Haus.

„Bieler, wie kann ich Ihnen helfen?“

Eine Männerstimme. Ich soll hinaufkommen. Sofort! Was denn passiert sei, frage ich, und der Mann sagt irgendetwas von „Badezimmer“ und „Schlüssel“ Ich weiß nicht, wovon er spricht.

„Bin sofort bei Ihnen. Sie haben Zimmer sieben, wenn ich das richtig-“

„Ja-ja, sieben! Jetzt kommen Sie schon!“

Raus aus der Wohnung und hinauf in den ersten Stock. Das laute Weinen höre ich, noch bevor ich bei dem Zimmer bin. Als ich anklopfen will, wird die Tür aufgerissen. „Na endlich!“, ruft der Mann, mit dem ich telefoniert habe. Er knirscht mit den Zähnen, er ist völlig verschwitzt. Seine Frau – ich kenne sie, sie hat eingecheckt. Ich habe ihr mit den Koffern geholfen – drückt ihr Gesicht an die geschlossene Badezimmertür und spricht laut ins Schlüsselloch.

Ich brauche einen Moment, bis ich die Situation begreife. Ein Kind hat sich im Bad eingeschlossen und schafft es nicht, die Tür wieder aufzuschließen. Deshalb all das Geschrei. Aber gut, das ist kein Problem, das hatten wir schon einmal vor ein paar Monaten. Alles kein Problem.

Ich frage, wie alt das Kind ist.

„Sie ist fünf“, sagt der Vater.

„Und wie heißt sie?“

„Mia. Sie heißt Mia.“

„Okay, bitte lassen Sie mich mit ihr sprechen. Sie sind zu aufgeregt, Sie machen ihr nur noch mehr Angst.“

Widerwillig tritt die Frau beiseite. Ich bücke mich zum Schlüsselloch und höre Wasser rauschen. Die Dusche läuft.

„Hallo, hier ist der Hotel-Direktor. Spreche ich mit Mia?“

…

Keine Antwort. Aber das Kind beruhigt sich, das laute Weinen geht in ein Schluchzen über.

„Mia, bist du da drin? Hier ist der Hotel-Direktor."

…

„Die Tür geht nicht auf", kommt es aus dem Schlüsselloch.

„Oh, das ist blöd. Hast du abgeschlossen?"

„Ja, ich … ich will raus."

Die Stimme der Kleinen bebt, gleich wird das Mädchen wieder zu weinen beginnen.

„Alles in Ordnung, Mia. Kannst du mir sagen, wo der Schlüssel ist?"

Ein lautes Schluchzen, aber sie antwortet.

„Der ist …der ist hier."

Ich bücke mich und sehe durchs Loch. Stimmt, der Schlüssel steckt.

„Gut, Mia, das ist sehr gut. Niemand ist böse auf dich, du musst keine Angst haben. Jetzt drehst du einfach den Schlüssel nach links … weißt du, wo links ist? Links ist dort, wo das Waschbecken ist. Du musst den Schlüssel einfach in die Richtung drehen, in der das Wachbecken ist."

Wieder ihr Schluchzen. Ich glaube, warme Luft zu spüren, die vom Schlüsselloch aufsteigt.

„Ich ha- habe schon … schon versucht", stammelt das Mädchen. „Es geht nicht."

„Kein Problem, Mia. Manchmal geht es nicht beim ersten Mal. Dann muss man eben noch mal probieren. So, jetzt dreh bitte den Schlüssel nach links … zum Waschbecken."

Wieder sehe ich durch das Loch. Sie kriegt es nicht hin.

„Okay, Mia, alles in Ordnung. Zusammen machen wir das schon. Jetzt drücke ich ein bisschen gegen die Tür und du versuchst es noch einmal. Ich sage dir, wann du den Schlüssel drehen sollst. Okay … eins, zwei und los."

Wieder kein Erfolg. Aber sie hält sich gut, die Kleine. Von ihren Eltern kommt kein Ton.

„So, jetzt probieren wir noch etwas. Ich ziehe ein bisschen an der Tür und du drehst wieder den Schlüssel. Manchmal sind sie Schlösser ein bisschen blöd, dann muss man ziehen oder drücken. Okay? Eins, zwei-"

„Mir ist heiß!"

Ich lege die Hand ans Schlüsselloch. Das Metall fühlt sich warm an.

„Mia, läuft die Dusche?"

Das Mädchen weint wieder. „Mir ist heiß!"

„Okay, Mia, hör mir zu. Du musst die Dusche abstellen. Du drückst einfach den Hebel nach unten, der-"

„Aber es geht nicht! Es geht nicht!"

„Gibt es keinen anderen Schlüssel?", fragt der Vater. Ich sehe mich zu ihm um. Erst jetzt fällt mir der kleine, nur hüfthohe Weihnachtsbaum auf, der zwischen Bett und Sofa steht. Bunt verpackte Geschenke unter fröhlichem Plastikgrün.

„Nein, tut mir leid." Und wieder in das Schlüsselloch: „Mia! Hörst du mich? Du musst den Hebel nach unten drücken. Der Hebel ist in der Dusche, der ist so silberfarben. Du legst deine rechte Hand auf den Hebel und-"

„ABER ES GEHT NICHT!", schreit das Mädchen. Und die Mutter sagt, dass ich doch irgendetwas tun soll. Und der Vater plärrt irgendetwas von einem Generalschlüssel.

„Nein, tut mir … Mia! Hör mir zu, du musst einfa-"

„HIER IST JEMAND!"

„Mia, was-"

„HIER IST JEMAND! JEMAND KOMMT!"

Wieder versucht die Kleine, den Schlüssel umzudrehen, ruckelt hektisch damit im Schloss. Es geht nicht. Und mir bricht der Schweiß aus. Durch die Tür das Weinen des völlig verängstigten Kindes und hinter mir das „Machen Sie doch was!“ und „Sie müssen doch …“ der panischen Eltern.

„HIER IST JEMAND!“, schreit Mia wieder. Mit sich überschlagender Stimme ruft sie nach ihrer Mama.

„GEH WEG!“, brülle ich. „GEH VON DER TÜR WEG, MIA!“

Mit meinem ganzen Gewicht werfe ich mich gegen das dicke Holz. Nicht die geringste Wirkung.

„HELFEN SIE MIR!“

Zu zweit, ich und der Vater, rennen wir gegen die schwere Tür an. Nicht einen beschissenen Millimeter gibt sie nach, eher brechen wir uns die Knochen. Ich dränge die Mutter beiseite, stürze hinaus auf den Flur, reiße einen der großen Feuerlöscher aus seiner Verankerung und renne zurück ins Zimmer.

„WEG DA!“, blaffe ich die Mutter an. „MACHEN SIE ENDLICH PLATZ!“

Fast eine Minute schlage ich auf das Schloss ein. Bevor die Tür endlich nachgibt, bricht die Klinke ab, fliegt ins Zimmer … und die ganze Zeit frage ich mich, mit was diese Feuerlöscher eigentlich gefüllt sind, ob mir das Ding nicht jeden Moment um die Ohren fliegt.

Als ich die Tür aufdrücke, kommt mir eine Wand aus Dampf entgegen. Aus Dusche und Wasserhahn strömt heißes Wasser, Die Kleine – Gott sei Dank, da ist sie! – kauert unter dem Waschbecken und heult in ihre Hände.

„MIA! KOMM!“

Ich greife nach ihrem Arm, lehne mich zu ihr … und im selben Moment sehe ich, durch den Dampf hindurch, dass das Badezimmer – aber sie sind doch alle gleich, denke ich blöde – sich nach hinten zu einer gewaltigen, hell erleuchteten Halle auswächst.

Wie durch Watte kommen Worte, kommt Geschrei. Ich halte mich am Türrahmen und starre – zwischen Toilette und Duschwanne hindurch, es ist ja alles noch da – in diese gewaltige weiße Halle, in dieses Schlachthaus. Grob drängt mich jemand beiseite, packt das Kind, zieht es aus dem Badezimmer. Seltsam verlangsamt erscheinen mir die Bewegungen. Wieder wird etwas gesagt und das Gesagte löst sich im Dampf auf.

Ich schließe die Augen und öffne sie wieder. Immer noch, immer noch da, immer noch dieses Schlachthaus. Stricke und Haken und Spieße. Blutige Kadaver. Ich erkenne Emmi, mit einem Haken durch den Schädel, in ihren braunen Leggins … dann meine Mutter, ausgemergelt, mit gelbem Totengesicht, die Haut dünn wie Pergament, in der cremeweißen Bluse, in der wir sie beerdigt, verscharrt, allein gelassen haben … und dort ist Uwe, aufgespießt wie ein Insekt, ein dicker rostbrauner Stab geht ihm durch den gewölbten, seltsam spitzen Brustkorb … und hinter ihm, an Fleischerhaken: Amy und Oscar, nebeneinander, zwei Meter über dem weißen, musterlosen Boden. Die Hand des Jungen steckt in Amys Hose, zwischen ihren Schenkeln. Sie bewegt sich und …

Jemand sagt etwas … ich … ich … WEG VON MIR! WEG VON MIR! Ich schlage in die Luft.

Und da! Monika als kleines Mädchen … der Länge nach aufgespießt. Unter ihr das rote Kinderfahrrad mit den blauen Stützrädern, das meine Eltern ihr … und die Nadel geht durch Monikas Scheitel, tritt zwischen ihren mageren Beinen wieder aus, sie … warum rutscht sie nicht … und da ist meine kleine Tochter, mein Gott, ihr Gesicht, es … als würde sie mich immer noch anschauen können. Aufgespießt, ausgeblutet.

Jemand zerrt an meinem Hemd. „WEG! WEG VON MIR!"Ich kralle mich an den Türrahmen, grabe meine Nägel ins Holz. Es sind hunderte Menschen, es sind alle, die ich jemals … und der Boden, plötzlich ist der Boden mit

Fleisch und Blut und Knochen bedeckt. Und zwischen den Kadavern geht etwas umher, ich sehe es nur verschwommen, es …

Jemand zerrt an mir, redet auf mich ein.

Und bringt mich zu Fall.

Ich stürze ins Zimmer, schlage mit dem Kopf auf, winde mich auf dem Boden. Eine Tür wird geschlossen.

Das Geschrei einer Frau.

Jemand greift mir unter die Schulter, will mir aufhelfen. Blut läuft mir in die Augen und die Welt färbt sich rot.

—

Ich habe erst Amy und dann meinen Vater angerufen, beiden geht es gut. Und beide waren entsetzt über meinen Anruf, über meine Stimme, über meine irren Fragen. Als ich mich beruhigt hatte, rief ich Erdmann an. Er soll verdammt noch mal herkommen!

Als er aus seinem Auto steigt, ist es 22.44 Uhr.

„Mein Gott, Bieler." Er wirft die Tür zu und läuft auf mich zu. „Zeigen Sie mal her. Ist denn … meine Güte, Bieler … ist denn noch jemand im Hotel?"

„Nein, das Haus ist leer. Ich lasse niemanden hinein, ich passe auf."

Meine Stimme kommt mir fremd und erbärmlich vor. Die Stimme eines Mannes, der am Ende ist, der abgewirtschaftet hat, der dabei ist, zu Stein zu erstarren. „Ich habe schon abgeschlossen", höre ich mich undeutlich sagen. „Wir müssen weg. Es kann niemand mehr hinein. Ich wollte einen Zettel aufhängen, aber …"

Erdmann tritt dicht an mich heran. Er fährt sich mit der Zunge über die Lippen und legt die Stirn in Falten. Ich ekle mich vor seinem Anblick, ich ekle mich vor dem Geruch des Blutes. Es klebt mir in den Wimpern, im Haar, in den Augenwinkeln, ich …

„Das muss versorgt werden", flüstert Erdmann. Er ist ganz nahe, kneift die Augen zusammen. „Warum haben Sie sich denn nicht gewaschen? Und wie lange stehen Sie schon hier draußen in der Kälte? Sie zittern ja, Sie sind unterkühlt."

Und als ich nicht antworte, als ich mich keinen Millimeter rühre:

„Sie steigen jetzt in meinen Wagen und dann erzählen Sie mir, was passiert ist! Sie steigen ins Auto oder ich rufe den Notarzt … haben Sie mich verstanden?"

„Ja … bitte helfen Sie mir. Ich muss mich vielleicht übergeben. Ich weiß nicht … vielleicht kommt Amy. Ich habe mit ihr telefoniert, vielleicht kommt sie, ich weiß es nicht, vielleicht …"

„Vielleicht, vielleicht, vielleicht!" Erdmann packt mich am Arm, führt mich zur Beifahrerseite.

„Wir rufen Amy an", sagt er. „Gleich rufen wir Ihre Amy an. Aber jetzt steigen Sie in den Wagen. Ich fahre Sie ins Krankenhaus."

Sonntag, 25. Dezember

Ich habe es geschafft, mich nicht in Erdmanns Auto zu erbrechen … zumindest nicht zu sehr, der Großteil der Soße landete im Ärmel meines Anoraks. Während sich eine junge Ärztin flink und schweigsam an meinem Gesicht zu schaffen machte, wusch Erdmann auf der Krankenhaustoilette das Innenfutter meiner Jacke aus.

Ich befürchte, ich habe die Ärztin mehrmals nach ihrem Namen gefragt. Sogar ob sie „echt" sei, wollte ich wissen. Sie ignorierte mein Gerede und meinte, ich solle stillhalten. Und ich dachte nur: Okay, bei all den Besoffenen, mit denen die es hier rund um Weihnachten zu tun bekommen … da kann man nicht mit jedem diskutieren, da kann man nicht auf jeden Schwachsinn antworten.

Dabei wusste ich durchaus, dass ich wirr daherredete, dass man niemanden fragen sollte, ob er „echt" sei. Aber ich konnte nichts gegen mein Geschwätz tun, es floss aus mir heraus wie Blut aus einer Wunde.

Zwei gerade, wie mit Lineal und Skalpell gesetzte Schnitte habe ich im Gesicht, einer auf der Stirn, einer nur zwei Zentimeter unter meinem linken Auge – dieser hat so heftig geblutet, der andere ist kaum mehr als ein Kratzer. Dazu Abschürfungen und Verbrennungen ersten Grades auf Wangen und Stirn. „Reversibel", sagte die Ärztin. Soll wohl heißen, dass nichts bleibt. Ich habe keinen Schmerz gespürt, als es mich verletzte, ich habe wirklich nicht das Geringste gespürt.

Mias Vater war es, der mich aus dem Badezimmer zerrte, weg von … was auch immer. Die Schlachthalle, angefüllt mit all den Menschen, die mir in meinem Leben etwas bedeutet haben, die hat er nicht gesehen.

Die war nur für mich.

Als meine Wunden versorgt waren, führte mich Erdmann in ein weiß gekacheltes, grässlich überheiztes Krankenhausbad. Er brachte Waschlappen und Handtuch und sagte, ich solle mich sauber machen. Er würde draußen warten.

Vorsichtig rieb ich mir das geronnene Blut aus den Wimpern und Augenbrauen, dann wusch ich mir den Hals und den Nacken, lehnte mich schließlich ans Waschbecken und tupfte mein Gesicht trocken. Schmerzen hatte ich immer noch nicht, nur ein leichtes Ziehen und Kribbeln spürte ich.

Und dann, als ich das Handtuch herunternahm und die Augen öffnete, sah ich es wieder. Es stand am anderen Ende des Raumes, zwischen den zusammengeklappten Rollstühlen: Ein raumhohes, pechschwarzes Wesen, mit Armen bis zum Boden und länglichem Schädel. Ich sah dieses Wesen nur den winzigen Bruchteil einer Sekunde, als ich es wahrnahm, war es schon wieder verschwunden. Und nein, ich erschrak mich nicht … ich wusste ja, dass es bei mir war, dass ich nicht vor ihm fliehen konnte. Was nach Emmis Tod zu mir gekommen war, was mich angegriffen und verletzt hatte, es blieb nicht zurück, wenn ich das Hotel verließ. Nein, natürlich nicht … auch, wenn ich ebendies immer noch hoffte.

—

Natürlich wurden Fragen gestellt: Was denn los sei? Ob das Hotel schließe? Ein älterer Herr – er war schon dreimal bei uns, dieser stets nach Sonderbehandlung gierende Kotzbrocken – drohte uns mit Klage. Das sei ihm ja noch nie passiert, nachts vor verschlossenen Türen zu stehen und nicht aufs Zimmer zu können! Er sei auf seine Medikamente angewiesen, das sei unverantwortlich, dass man ihm … und so weiter und so fort.

Ich verwies auf mein mit Pflastern beklebtes Gesicht und erzählte etwas von einem Überfall. Nahm er mir den Bullshit ab? Egal, völlig egal. Soll mich die dumme Sau eben anzeigen.

Erdmann bläut mir weiterhin ein, dass ich keine Angst haben darf, dass alles nur Lüge ist, nur „Show", dass ich es damit nur stärker mache: „Wenn es gekonnt hätte, hätte es Sie viel schwerwiegender verletzt! Aber es konnte nicht, Bieler, das muss in Ihren Schädel. Es konnte nicht! Und diese Leichenhalle, die sie gesehen haben … mein Gott, Bieler, nichts als bescheuerte Horrorshow! Alles nur ein Haufen Schwachsinn!"

Nun ist es also so weit, nun sind Erdmann und ich allein in dem großen Haus. Keine Amy und kein Oscar, keine Gäste. Wir bräuchten mindestens acht Gäste, um die laufenden Kosten zu decken, so steht es in unserem Business-Plan. Alles schon lange her, alles nicht mehr wichtig.

—

Wütend muss ich sein. Es sei gut, sagt Erdmann, wenn ich wütend sei. Angst lähme, Wut treibe an.

Aber vor allem bin ich wütend auf ihn. Ich halte es nicht mehr aus, sein „wir müssen beobachten", „wir müssen nachforschen" und „wir müssen sehen, was passiert", sein ewiges „Sie dürfen keine Angst haben". Ich will nicht beobachten! Ich will auch nicht warten, bis es mir wieder das Gesicht zerschneidet! Ich will es loswerden, es vernichten, ich will endlich wieder ein normales Leben führen, mit Amy zusammen das Hotel am Laufen halten und mich halbwegs mit Oscar verstehen … es muss doch etwas geben, was wir tun können! Ich bin kein böser Mensch. Warum … warum passiert das alles ausgerechnet mir?

Idiotische Frage, ich weiß.

Den Nachmittag verbringe ich vor dem Computer, durchforste das Internet, diese gewaltige, weiter und weiter wachsende Anhäufung von Stumpfsinn und Lügen. Ich finde und finde nichts, was dem entspricht, was ich gesehen habe. Suche ich unter dem Stichwort „Dämon“, präsentieren mir die Suchmaschinen abertausende Bilder aus irgendwelchen bescheuerten Computerspielen. Die Videos und Fotografien, die ich finde, sind mehr oder weniger offensichtlicher Betrug. Und ansonsten: Die lächerlichen Angebote der Geschäftemacher. Reinigungs-CDs für 49,99, Heilsteine für nur 10,49 das Stück, telefonische Teufelsaustreibung und Reliquienhandel, ein Stück vom Leichentuch Christi für 299 Euro – mit Echtheitszertifikat, nur Vorabüberweisung, kein PayPal. Es ist zum Verzweifeln.

Um 17 Uhr ein weiterer Rundgang durchs Haus, zusammen mit Erdmann. Am liebsten würde ich ihn die Treppe hinunterstoßen.

—

Und dann das:

Wenn ich die Wohnung verlasse und durch die Lobby zur Treppe gehe, dann den ersten und den zweiten Stock ablaufe und schließlich hinauf zur Dachbodentür steige, dann mache ich rund 240 Schritte. Ich weiß das, ich habe vor einigen Monaten nachgezählt.

Aber eben brauchte ich für denselben Weg über 300 Schritte. Entweder ich bin kleiner geworden oder das Haus wächst.

Erdmann will nach unten ziehen, zu mir in die Wohnung. Er sagt, er müsse in meiner Nähe sein … falls wieder etwas geschehen sollte. Was soll ich davon halten?

Erdmann hat sich im Wohnzimmer eingerichtet, die meisten seiner Sachen sind aber noch oben. Zumindest kann ich jetzt auf den beiden oberen Stockwerken die Heizung abstellen.

Erdmann will, dass ich ihm aufzeichne, was ich gesehen habe ... die Gestalt mit den langen Armen und dem Raubtierschädel. Ich schmiere etwas hin, das wie eine Kinderzeichnung aussieht ... wie eine Fledermaus, der man die Ohren abgeschnitten und die Flughäute entfernt hat. Erdmann schaut sich meine Zeichnung an und legt wortlos das Blatt weg.

Kurz nach acht ruft Amy an. Wie es mir geht, will sie wissen, ob ich Schmerzen habe. Und ich lüge sie an: Alles gut, alles gut, mein Schatz. Aber sie kennt mich, sie spürt meine Unsicherheit, meine Erschöpfung. Nur mit Mühe kann ich sie davon abhalten, zu mir zu kommen.

Ein paar Sekunden nachdem ich aufgelegt habe ruft sie mich erneut an. Was das eben gewesen sei? Was das für ein Geräusch gewesen sei? Ob ich das gemacht habe? Was, frage ich, was soll ich gemacht haben? Und sie erklärt mir, sie habe, gleich nach dem „Tschüss" und dem „Ich hab dich lieb", ein Geräusch gehört, eine Art Knurren oder Ächzen. Ob ich das gemacht habe?

Nein, das war ich nicht. Und ich habe dieses Geräusch auch nicht gehört. Amy soll wegbleiben, sie soll um Himmels willen von mir wegbleiben. Und sie darf auch nicht mehr anrufen.

---

320 Schritte. Warum jetzt 320 Schritte? Ich bin noch einmal durchs Haus gegangen und auf den Dachboden gestiegen. Ich habe die Türen gezählt, ich bin sogar hinaus gegangen und habe die Fenster gezählt – alles völlig korrekt. Mir

kommen weder die Flure noch die Treppen länger vor, warum zum Teufel brauche ich 320 Schritte durchs Haus? Und was hatte noch einmal dieser Mann gesagt, dieser Bauingenieur? Dass einige der Zimmer keine Fenster hätten? Ich muss in meinen Aufzeichnungen nachsehen, ich habe mir das doch alles notiert.

Halb neun, ein weiterer Rundgang. Im ersten Stock stehen zwei Türen offen, Zimmer 7 und Zimmer 9. Ich ziehe die Türen zu, aber sie lassen sich nicht abschließen. Ich wage es nicht, die Zimmer zu betreten.

Kurz nach neun rufe ich Erdmann an. Ich weiß nicht, wo er steckt, bin furchtbar wütend auf ihn. Wir haben verdammt noch mal ausgemacht, Bescheid zu sagen, wenn wir die Wohnung verlassen. Erdmann meint, ich solle mich abregen, er sei im Wohnzimmer … er arbeite.

Aber das kann nicht sein, im Wohnzimmer war ich doch gerade! Da habe ich ihn doch gerade gesucht.

Als ich die Tür öffne, sitzt er auf dem Sofa.

Montag, 26. Dezember

Ich habe tatsächlich ein paar Stunden geschlafen, wenn auch unruhig. Obwohl es im Schlafzimmer nur 15 Grad hatte, waren die Laken nassgeschwitzt.

Kurz nach acht ein Anruf von Amy, sie lässt es zehnmal klingeln aber ich gehe nicht ran. Ich habe ihr verdammt noch mal gesagt, dass sie nicht mehr anrufen soll! Wieso hört sie nicht auf mich?

Nur drei Minuten später ruft Uwe an und will wissen, ob mit mir alles in Ordnung sei.

„Hat Amy dir gesagt, dass du mit mir reden sollst?"

Er versucht, das Thema zu wechseln, will nicht heraus mit der Sprache. Ich stelle meinen Teller in die Spüle, gehe zurück ins Schlafzimmer und bilde mir ein, meinen Nachtschweiß zu riechen.

„Okay, Uwe, wie auch immer. Tu mir bitte einen Gefallen. Sag Amy, dass sie mich nicht mehr anrufen soll. Es muss Abstand zwischen uns sein, es ist zu ihrer eigenen Sicherheit. Und sie soll auf gar keinen Fall herkommen. Sag ihr bitte, dass ich mich bei ihr melde, wenn alles vorbei ist."

Uwe muss mich für verrückt halten … wie auch nicht? Aber seltsamerweise will er nicht wissen, was denn los sei, was ich denn mit „Sicherheit" meine. Ich frage mich, was Amy ihm alles erzählt hat.

„Uwe, hör mal … ich wollte noch etwas ansprechen. Ich habe mich mit Monika unterhalten, mit Monika Menke … und sie hat gesagt, also sie meinte, wir hätten sie damals sexuell missbraucht oder vergewaltigt oder etwas in der Art. Aber ich kann mich an nichts erinnern, ich meine, das ist doch alles Schwachsinn, oder?"

Seine Antwort kommt zögerlich.

„Natürlich ist das Schwachsinn. Robert, wenn ich vorbeikommen soll …“

„Nein, schon gut. Ich komme zurecht. Monika sagte etwas vom Geräteraum in der Turnhalle, dass dort etwas … passiert sei.“

„Mensch, Robert …“ Laut stöhnt Uwe auf.

„Gab es da irgendetwas? Erinnerst du dich an etwas?“

Zehn Sekunden Schweigen. Als Uwe spricht, ist seine Stimme verändert. Tonlos und dumpf kommen die Worte, unterdrückte Aggressivität schwingt in ihnen.

„Sie hat doch mitgemacht.“

Ich atme durch, sehe mich im halbdunklen Schlafzimmer um.

„Bei was hat sie mitgemacht?“

Keine Antwort, ich höre ihn atmen.

„Dann gab es also doch etwas?“

„Ja, Robert …“ Gleich wird sie ausbrechen, die Aggressivität. „Es gab etwas.“

„Aber ich erinnere mich an überhaupt nichts.“

Plötzlich lacht Uwe hart auf.

„Scheiße, Robert, das ist so typisch für dich! Du erinnerst dich an nichts, immer erinnerst du dich an nichts. Genau wie bei dem ertrunkenen Penner damals, bei dem Typen, den du unbedingt ins Wasser werfen wolltest. Wenn du besoffen bist, dann wirst du zum Arsch, Robert, dann baust du Scheiße. Und nachher weißt du angeblich von nichts. Das war schon immer so bei dir!“

„Moment, Uwe, Moment mal. Den Mann wolltest *du* ins Wasser werfen, *du* hast gesagt, dass man dem einen Tritt geben sollte, dass wir mal sehen wollen, ob der-“

Hier unterbricht er mich.

„Klar, ich war's! Immer einer von den anderen! Du warst das, Robert, du wolltest ein bisschen Spaß haben und schauen, ob der schwimmen kann. Wir konnten dich nur mit Mühe davon abhalten, mein Lieber. Und das mit Monika in dem verdammten Geräteraum, da warst du dabei! Höchstpersönlich! Und jetzt glaubst du, dass wir anderen das allein waren … das ist so scheiße typisch für dich! Mist bauen und nachher nichts davon wissen!"

Mir ist, als hätte ich plötzlich Gewichte auf den Schultern. Ich gehe in die Knie, ziehe den Kopf ein.

„Ich weiß wirklich nichts davon. Und … habe ich irgendetwas mit Monika gemacht?"

„Ja klar, das ist es doch gerade! Bei dir läuft irgendetwas falsch, Robert! Du weißt es wirklich nicht. Und nein, du hast Monika nicht gefickt, du warst zu besoffen und zu bekifft an dem Nachmittag. Du bist auf deinem Arsch gesessen und hast zugeschaut … und irgendwann, als sie nicht mehr wollte, hat Monika nach dir gerufen. Aber du warst zu besoffen, du hast einfach nur geglotzt."

„Dann habt ihr sie vergewaltigt?"

„NEIN VERDAMMT! SIE HAT DOCH MITGEMACHT!"

Ich höre ihn atmen … und im Hintergrund das Toben der Kinder. Leise spricht Uwe weiter. „Es hat sich doch sonst keiner für sie interessiert, es hat ja nie jemand mit ihr gesprochen. Da hat sie eben mitgemacht, damit sie überhaupt mal irgendwie … Aufmerksamkeit bekommt. Und als sie nicht mehr wollte, haben wir ja auch aufgehört. Sie ist doch freiwillig mitgegangen. Sie wurde auch nicht geschlagen oder so was."

„Und wann soll das gewesen sein?"

„Keine Ahnung, wir waren 15 oder 16 … denkst du, ich merke mir das? Denkst du, ich bin stolz drauf? Aber wir haben sie nicht vergewaltigt! Sie ist freiwillig mitgegangen und sie hat die ganze Scheiße freiwillig mitgemacht. Und als sie geweint hat, haben wir aufgehört."

„Und was genau habt ihr mir ihr gemacht?"

„Robert, hör auf mit dem Scheiß! Wir waren blöde kleine

Teenager, das ist über zwanzig Jahre her. Und frag nicht so blöd, was *wir* gemacht haben, du warst mit dabei, Robert. Und nur, weil du mal wieder deinen berühmten Robert Bieler-Filmriss hattest-"

Das reicht. Ich habe genug.

„Okay, Uwe, das war's. Ich kann nicht mehr. Danke, dass du meine Frage beantwortet hast."

...

„Ja und?", fragt er. „Was jetzt? Willst du jetzt zur Polizei gehen oder was?"

„Quatsch. Ich werde Monika mein Leben lang nicht wiedersehen, sie ist mittlerweile verheiratet und hat Kinder. Die Sache-"

„Oder sollen wir nen Entschuldigungsbrief schreiben? Mann, Robert, was ist los mit dir? Was läuft überhaupt falsch bei euch im Hotel? Dreht ihr alle durch?"

„Nicht jetzt, Uwe. Ich erkläre dir alles später. Ich melde mich wieder."

„Willst du jetzt auflegen oder was? Du bist so ein Idiot, Robert."

„Tut mir leid, ich melde mich wieder."

„Ja-ja, fick dich, Alter."

„Ja-ja, ich fick mich. Das war's. Bis dann."

„Okay, Robert ... eins noch. Wenn's dir schlecht geht, oder wenn du irgendwie Hilfe brauchst, dann bin ich in einer Stunde da. Okay? Und mach ja nicht Selbstmord oder so nen Scheiß."

„Hör ich mich so an, als wäre ich lebensmüde?"

„Ja, tust du! Aber ich will irgendwann mit dir im Altersheim am selben Tisch sitzen, okay?"

„Ich bring mich nicht um ... verlass dich drauf."

„Okay, und wenn doch, dann verprügele ich höchstpersönlich deinen hässlichen, stinkenden Leichnam ... Robert, eins noch, du kannst mich jederzeit anrufen. Auch nachts um vier, ist völlig egal. Ruf an, wenn ich dir irgendwie helfen kann."

„Ja, alles klar."

„Wirklich, nachts um vier, ganz egal."

Ich bedanke mich bei ihm und lege auf. Trotz allem hat es mir gut getan, mit Uwe zu sprechen. Gerne hätte ich ihn hier.

—

Als ich kurz nach zwölf Mittagessen koche – Kochen ist zu viel gesagt, ich mache Dosenfraß warm –, steht plötzlich Erdmann hinter mir. Ob er in den Fluren und im Schlafzimmer Kameras installieren dürfe, will er wissen.

„Hoffen Sie, dass mir etwas Ähnliches passiert wie diesem Hund, den Sie gefilmt haben?"

Müde sieht er mich an.

„Wenn es mir darum ginge, dann würde ich Sie in Ihrer Angst bestärken, Sie Idiot. Aber ich versuche Ihnen zu erklären, dass dieses Wesen, mit dem Sie es zu tun haben, dass dieses Wesen längst nicht so stark ist, wie Sie vielleicht glauben. Verstehen Sie doch, Bieler, es hat Sie angegriffen, konnte Sie aber nicht ernsthaft verletzen. Es konnte nicht! Wie oft soll ich Ihnen das noch erklären?"

„Es hat Emmi den Fuß gebrochen", sage ich. „Es hat zwölf Schrauben durch massives Mauerwerk gedrückt. Es hat einen alten Mann dazu gebracht, sich durch ein Fenster zu zwängen, durch das er gar nicht durch passte, und halbnackt in die Kälte zu laufen. Und wenn mich dieser Mann nicht aus dem Badezimmer gezogen hätte ..."

„Mensch, Bieler, ich weiß es doch auch nicht. Darf ich jetzt meine verdammten Kameras aufhängen?"

„Ja, ist okay."

13 Uhr: Erdmann hat Kameras aufgehängt, zwei auf jedem Stockwerk, zu beiden Enden der Flure, dazu eine im Schlafzimmer, eine im Wohnzimmer und jeweils eine in der Lobby, im größten der Kellerräume und auf dem Dachboden.

Ich stelle ihn zur Rede, will wissen, warum er mich nicht um Erlaubnis gebeten hat. Und er behaupte stur, er habe eben dies getan, habe vor weniger als einer Stunde deswegen mit mir gesprochen.

Als er abgezogen ist, sehe ich in meinen Notizen nach. Ja, tatsächlich, er hat gefragt. Ich kann das doch nicht vergessen haben!

—

Drei der elf Kameras versagen schon nach weniger als zehn Minuten, Dachboden und erster Stock sind wieder ohne Überwachung. Erdmann sitzt vor seinem Laptop, sieht sich mit zusammengekniffenen Augen die nachtschwarzen Bilder an und behauptet, die Kameras seien technisch in Ordnung und würden aufnehmen.

Ansonsten: nervöses Warten, Untätigkeit, Zweifel an meinem Verstand. Ein halbstündiger Mittagsschlaf voller vergifteter Träume.

—

Um 18. 34 Uhr, als ich in der leeren, ausgekühlten Lobby sitze und in mein Notizheft schreibe, nehme ich eine Bewegung wahr … vorne, bei der Eingangstür. Langsam drehe ich den Kopf.

Ein grotesk zerklüftetes Gesicht drückt sich ans dicke Glas, ein Gedränge aus tiefen Falten, Runzeln und sich unter lederartiger Haut spannender Sehnen – zu viel Haut auf zu wenig Fleisch und Knochen, darin zwei wässrige Augen. Ich erkenne den Mann sofort, ich weiß sofort, wer er ist. Drei Wochen? Einen Monat schon? Wie lange ist es her, dass er auf dem brachliegenden Grundstück gegenüber des Haupthauses herumstolperte, immer wieder diesen Brocken Stahlbeton vom Boden wuchtete und sich dabei den nackten Oberkörper zerschrammte? Ich weiß es nicht mehr, ich verliere den Überblick. Aber ich weiß noch genau – langsam, ganz langsam erhebe ich mich aus dem Sessel –, was er zu mir hinauf brüllte: „Ich habe dich gesehen da oben mit deiner Frau. Mit dir stimmt doch was nicht."

Gebückt, wie zum Sprung bereit, stehe ich in der Lobby, halte mich mit einer Hand an der Sessellehne. Ich bin nur rund sieben Meter von dem Mann entfernt. Jetzt drückt er die Hände aufs Glas. Große Hände mit dicken braunen Fingern hat der Mann, Hände die in groteskem Missverhältnis zum fleischlosen Rest seines Körpers stehen.

Loslassen, auf eigenen Beinen stehen, jetzt ein Schritt in seine Richtung. Und schon ruckt sein Kopf herum. Mein Gott, denke ich, dieses schiefe Gesicht … wie eine der Gruselmasken, auf die ich als Kind so wild war, wie eine der Masken aus diesem Bastelgeschäft, in das mich Emmi …

Noch ein Schritt, vielleicht …

Hart stößt sich der Mann von der Tür ab, wirbelt herum und ist so schnell die Steintreppe hinunter, dass ich meine, er sei gefallen. Ich laufe zum Eingang und sehe noch wie er mit rudernden Armen, mehr stürzend als rennend, in der Dunkelheit verschwindet. Erst nachdem ich rund eine Minute in die Dunkelheit gestarrt habe, kommt mir der Gedanke, der Mann sei vielleicht nicht vor mir weggerannt. Wieso sollte er auch? Wieso sollte jemand vor einem Würstchen wie mir davonlaufen?

Durchatmen und nachdenken, nicht den Faden verlieren.

Ich lehne mich an die Tür und starre in die Lobby, lasse meinen Blick zwischen den wuchtigen Möbeln wandern und glaube nach einer Weile, dass die Sessel eben noch anders standen, dass die Tische verrückt wurden, sogar der schwere Rezeptionstresen scheint – oder bin ich überreizt und bilde mir etwas ein? Und wie löchrig ist sie schon, die Grenze zwischen Realität und Einbildung? – gewandert zu sein, als ich ihn aus den Augen ließ. Das ist es nämlich, ich darf nicht wegschauen, ich muss die Dinge beobachten, damit sie an ihrem Ort bleiben, ich muss mich in eine Ecke setzen, mit dem Rücken zur Wand, und genau beobachten, damit … damit ich den Überblick … aber kann ich den Wänden noch vertrauen? Und wenn die Wände …

Ich atme durch, mache sieben Schritte – warum zähle ich schon wieder meine Schritte? Was will ich mit all den Zahlen? – und gehe auf die Knie. Aber als ich mich zur Unterkante des Tresens bücke, als mein rechtes Ohr die bleigrauen Fliesen berührt, erkenne ich den feinen Staub, der sich unter diesem massiven, mehr als drei Meter langen Brocken Handwerkskunst gesammelt hat … und eben dort, wo das dunkelbraune, fast schwarze Holz endet, endet auch der Schmutz. Das Monstrum steht dort, wo es schon seit über einem Jahr steht.

—

Um exakt 19 Uhr – auf die Sekunde genau, bilde ich mir ein – zeigen zwei weitere Kameras nur noch makelloses Schwarz – nun ist auch der zweite Stock ohne Überwachung. Erdmann geht nach oben und sieht nach, ob das Licht brennt und – meine Augen schmerzen. Mein Gehirn greift meine Augen an, denke ich – die Kameras noch vor Ort sind. Ich soll weiter auf den Bildschirm schauen. Und während ich schaue, denke ich wieder: Raus hier und irgendwo hinfahren und schlafen. Raus hier, so lange es noch geht.

Als Erdmann nach fünf Minuten wiederkommt, als er die Wohnzimmertür öffnet – hatte er sie überhaupt geschlossen? Ich muss auf so etwas doch achten! –, wirkt er abwesend, in Gedanken versunken. Er kommt ins Zimmer, als würde er geschoben. Was los sei, will ich von ihm wissen, ob er etwas gesehen habe.

„Sie haben doch noch etwas Geld, oder?"

„Geld? Was …"

„Sie sind nicht bankrott, oder? Sie haben noch Geld."

„Ja, warum?"

„Und die Einrichtung … das gehört doch alles der Stadt, oder?"

„Nein, nicht alles.Worauf wollen Sie hinaus?"

„Nun ja, es …" Ein schiefes Grinsen erscheint auf Erdmanns Gesicht. „Es demoliert die Zimmer. Es will uns zeigen, wie stark es ist, jetzt zerstört es die Einrichtung. Ihm fällt nichts mehr ein, Bieler, es versucht verzweifelt, Ihnen Angst zu machen … aber es kommt an seine Grenzen."

Zusammen gehen wir in den zweiten Stock. Ausnahmslos alle Zimmertüren – ich habe sie abgeschlossen, ich bin mir sicher – stehen weit offen. Und drei der Zimmer, 16, 17 und 24, sind völlig verwüstet: zerbrochene Möbel, in Fetzen gerissene Bettwäsche, Tapeten, die sich in Fladen von den Wänden schälen, zertrümmerte Waschbecken, abgestürzte Deckenlampen und ausgeweidete Matratzen. In Zimmer 17 wurden Heizungsrohre und Stromleitungen aus den Wänden gerissen, die Innenscheibe des Doppelfensters ist gebrochen, die äußere noch intakt. Auf Zimmer 24 – einer unserer Suiten – wurde die Wanne aus ihrer Verankerung gerissen und eingedrückt. Aufrecht steht sie im Badezimmer, zwischen den Resten des Waschbeckens und der umgerissenen Toilette. An ihrer schmalsten Stelle ist die gequetschte Wanne nur noch rund 30 Zentimeter breit.

„Bleiben Sie weg davon", sage ich, als Erdmann die Zerstörung mit seinem Handy fotografiert. Erstaunlicherweise gehorcht er mir.

—

19.30 Uhr: Ein klein wenig Kraft habe ich noch. Sie reicht, um Fragen zu stellen: Warum zum Teufel haben wir nichts gehört? Diese Zerstörungen müssen gewaltigen Lärm verursacht haben. Zumindest das Herausreißen der Heizungsrohre aus den Wänden hätten wir doch mitbekommen müssen.

Aber Erdmann weiß keine Antwort ... natürlich nicht. Wieder kommt er mir mit seinem „Sie hängen an Ihrer Logik wie der Säugling am Schnuller". Ich spiele mit dem Gedanken, ihn rauszuwerfen, ihn zurück zu seiner Tankstelle zu schicken. Aber allein will ich nicht sein.

Von dem Mann an der Tür habe ich nichts erzählt. Wieso auch?

Plötzlich panische Angst, der Strom könne ausfallen, die Lichter könnten ausgehen. Wir hocken herum wie zwei Mäuse, die auf die Katze warten.

—

20. 09 Uhr. Nun stehen auch im ersten Stock alle Türen weit offen, durch die grünen Wandfliesen zieht sich ein fünf Meter langer Riss und drei der schweren Opalglas-Lampen sind zerstört – die Messingfassungen hängen verbogen und verdreht an der Decke, das Glas liegt in feinen Splittern über den Flur verteilt. Wie grob zermahlen sieht es aus. Stimmt es, dass man sich umbringen kann, in-

dem man zermahlenes Glas isst?

—

20.38 Uhr: Zimmer 5 und 7 sind verwüstet: zerbrochenes Mobiliar, zerfetzte Laken und Vorhänge, zertrümmerte Badezimmereinrichtung. Auf Zimmer 5 ist die Wand zwischen Badezimmer und Schlafbereich um rund fünf Zentimeter eingedrückt, die Toilette liegt auf dem Doppelbett und es riecht nach Fäkalien.

Auf 7 Zimmer bedecken Stücke violett eingefärbten Leders den Boden. Ich kenne diese rund einen Quadratmeter großen Planen von alten Fotos, in den 70ern waren die Wände eines der Vorstandsbüros mit violettem Leder bespannt. Aber ich wusste nicht, dass die Planen noch im Haus sind.

Stur – aber in zunehmender Ratlosigkeit, das sehe ich an seinen fahrigen Bewegungen, an seinem unsteten Blick – bläut mir Erdmann ein, dass ich im Haus bleiben muss, mein Territorium behaupten muss, nicht zurückweichen darf. Wie ein listiges Raubtier sei der Dämon, erst umschleiche er seinen Kontrahenten, spähe ihn aus, wolle ihn kennenlernen. Dann folgten, so Erdmann, die Versuche der Einschüchterung, die Machtdemonstrationen … und schließlich, wenn ihm sein Opfer verängstigt und geschwächt genug erscheine, die Angriffe.

„Sie haben es gerade zum ersten Mal Dämon genannt", sage ich. Wir stehen in Zimmer 5, vor dem zerschmetterten, mit weißen und gelben Fetzen bedeckten Bett. Erdmann fotografiert die herausgerissene Kloschüssel.

„Geben Sie nichts auf Begriffe, Bieler. Dämon heißt nichts weiter nur ‚böser Geist'. Ich hätte auch andere Bezeichnungen wählen können … dann würden Sie jetzt nicht an irgendwas mit Hörnern und Pferdefuß denken.

Sind Sie religiös erzogen worden?"

„Nein, bin ich nicht. Und ich weiß, wie dieses Ding aussieht. Ich habe es gesehen, zweimal habe ich dieses ekelhafte Ding gesehen ... und falls Sie es vergessen haben, ich habe es Ihnen sogar aufgezeich-"

„Schwachsinn! Sie haben es nicht gesehen. Es gibt kein *es*. Lediglich verschiedene Erscheinungsformen existieren. Mag sein, dass diese schwarze Gestalt mit den langen Armen die bevorzugte Erscheinungsform ist ... aber nicht einmal das wissen wir sicher. Nur bei einem, Bieler ..." Er sieht mir in die Augen, ballt die Fäuste und hält sie sich vor die Brust. Wie ein sturer kleiner Diktator sieht diese Witzfigur aus. „Nur bei einem können wir uns sicher sein: Es ist nicht so mächtig, wie es erscheinen möchte!"

Ich schüttle den Kopf.

„Immer dasselbe ... Sie sagen immer nur dasselbe, Erdmann, aber Sie wissen auch nicht-"

Und dann geschieht etwas, mit dem ich nie und nimmer gerechnet hätte. Ansatzlos schlägt Erdmann mir mit der Faust gegen die Brust. Ein dumpfes, hohles Geräusch. Ich bin zu überrascht, um zu reagieren, mir bleibt die Luft weg. Und schon brüllt Erdmann los.

„ICH SAGE IMMER DASSELBE, WEIL ES DIE VERDAMMTE WAHRHEIT IST! UND WEIL DIESE WAHRHEIT NICHT IN IHREN VERBOHRTEN UND VERBLÖDETEN SCHÄDEL GEHT!"

Und ich brülle zurück. Lust habe ich, Lust darauf! Als wären tausend Dämme gebrochen. In Grund und Boden will ich ihn brüllen.

„ABER WIR KOMMEN NICHT VORAN! WIR SITZEN HERUM UND WARTEN, DAS ETWAS PASSIERT. UND ICH SEHE MIT AN, WIE MEIN TRAUM VOR DIE HUNDE GEHT!" So ruckartig schnellt mein Arm herum, dass meine Schulter schmerzt. Zitternd vor Wut zeige ich auf das zerstörte Bett. „WER SOLL DIESE SCHEISSE BEZAHLEN? WIR HABEN FÜNF ZERSTÖRTE ZIMMER, WER SOLL-"

„SEIEN SIE STILL!"

Aber ich brülle weiter, ich brülle mich gerade erst warm! Und Erdmann presst mir tatsächlich die Hand auf den Mund, drückt mir dabei die Nase Richtung Stirn, drückt so fest zu, dass ich ein widerwärtiges Knirschen höre, drückt mir den Kopf in den Nacken.

„Seien Sie endlich still, Bieler!"

Ich stoße ihn weg und fasse mir ins Gesicht, betaste panisch meine Verbände. Erdmann stolpert, landet auf dem Bett und springt sofort wieder auf.

„WENN SIE MICH NOCH EINMAL ANFASSEN-" brülle ich. WENN SIE MICH NOCH EIN EINZIGES MAL-"

Er weicht vor mir zurück. Sieht mich mit großen Augen an. Blutiger Speichel läuft ihm aus dem Mund.

„Raus hier!", sagt er.

„HALT DEIN MAUL, ERDMANN!"

„Bitte, Herr Bieler, wir müssen raus hier. Ich bitte Sie."

Er dreht sich um und blickt Richtung Tür. „Mein Gott", flüstert er.

Während ich einen der Nachttische zertrete, läuft er aus dem Zimmer. „RAUS DA!", brüllt er vom Flur aus. „RAUS AUS DEM ZIMMER!"

20.55 Uhr: Wir sitzen uns gegenüber, trinken starken Kaffee und besprechen das Geschehene. „Slapstick" nennt Erdmann das, was oben geschehen ist, „gottverdammten Slapstick". Beinahe hätte es uns dazu gebracht, wie Idioten aufeinander loszugehen.

Wieder habe ich den Eindruck, die Sessel und Tische seien verrückt worden. Auf einem der Tische, drei Meter von uns entfernt, sitzt eine große Spinnenassel, das Tier ist so lang wie mein Zeigefinger und beobachtet uns. Ich bin mir absolut sicher: Es beobachtet uns. Und vorhin, als ich nach unten lief, glaubte ich einen Moment, der Boden sei voller kleiner grauer Krebse.

—

21.45 Uhr: Wir werden das Haus verlassen, es ist beschlossen. Ich weiß, dass ich nicht davonlaufen kann. Aber darum geht es ja auch nicht.

Nun ist auch Zimmer 3 verwüstet. Erdmanns Kleidung liegt zerfetzt über den Boden verteilt, das Bett steht aufrecht an der Wand und der Fernseher ist nur noch ein nach verbrannter Elektronik stinkender Klumpen aus gebrochenem Plastik und verdrehtem Metall. Wir müssen weg hier.

—

22 Uhr. Aber wir können nicht. Die Schlüssel lassen sich drehen, aber die Eingangstür öffnet sich nicht einen Zentimeter. Dasselbe bei der Tür zur Fabrikhalle.

Wir versuchen, Hilfe zu holen, aber weder unsere Mobiltelefone noch der Festnetzanschluss funktionieren. Als auch der Versuch fehlschlägt, eines der Fenster im Erdgeschoss einzuschlagen – es ist, als würden wir mit Kissen auf Panzerstahl einprügeln –, bekomme ich einen Lachanfall. Erdmann wartet, bis ich mich beruhigt habe, dann lässt er mich einfach stehen.

Kurz vor elf meint Erdmann, Geräusche aus dem Keller zur hören. Als ich die Tür öffne und den Lichtschalter drücke, weiß ich zunächst nicht, was ich vor mir habe.

Dann erkenne ich die metallene Rutschbahn, die eigentlich im größten der Kellerräume stehen sollte. Sie hat sich auf der Kellertreppe verkeilt, völlig verdreht und verbogen ist sie. Zwischen Rutschfläche und Gerüst steckt eine ebenfalls verbogene Trittleiter.

Erdmann blutet wieder aus dem Mund. Er behauptet, er habe sich auf die Zunge gebissen.

—

23.30 Uhr. Bin zu müde, um weiter Notizen zu machen. Kann meine eigene Schrift nicht mehr lesen. Will einfach nur schlafen.

Dienstag, 27. Dezember

Kurz nach drei – haben sie mich geweckt? War ich schon wach? – höre ich Schritte und Stimmen. Ich steige aus dem Bett, wundere mich einen Moment, dass ich angezogen bin … und weigere mich, das Zimmer zu verlassen. Was immer es ist, ich will es nicht sehen.

Anstatt auf den Flur zu gehen, versuche ich, das Schlafzimmerfenster zu öffnen. Vergebens, wir sind gefangen.

Und dann, als ich gerade mit einem der schweren Holzstühle gegen das Glas schlage, öffnet sich die Tür und Amy tritt ins Schlafzimmer. Hinter ihr geht Uwe und noch ein wenig weiter hinten … Oscar. Die beiden Erwachsenen – gut sehen sie aus! Uwe stattlich und Amy jung, das blühende Leben – unterhalten sich laut über neue Möbel, darüber, was man aus diesem Zimmer alles machen könnte. Wieder und wieder fasst mein bester Freund sie an, die Frau, die ich liebe, die doch mir gehört, legt ihr die Hand auf die Hüfte, streichelt ihren Rücken. Und ich verstehe: Er ist der „Bekannte“, bei dem sie schläft. Und wenn ich endlich tot bin, wenn ich tot oder verschwunden oder gänzlich irre bin, dann werden sie gemeinsam das Hotel führen, dann werden sie die Zimmer in Ordnung bringen und zusammen hier einziehen. Wieder eine Berührung, seine Hand streichelt ihren Nacken. Es interessiert sie gar nicht, dass ich noch da bin – aber bin ich überhaupt noch da? – und ihnen zusehe, sie küssen sich sogar! Nur Oscar grinst mich an mit seiner blöden, unfertigen, fettigen Teenagerfresse, dieses kleine Arschloch, dieser …

Die Tür ist zu, Amy, Oscar und Uwe sind verschwunden. Wie aus dem Zimmer gesogen, denke ich, so schnell kann doch niemand laufen. Und statt ihnen steht Emmi vor mir … in einer grauen Jeans, in einem ihrer unförmigen Wollpullis.

„Es tut mir leid, Robert." Mein Gott, diese Stimme. Genau wie damals. „Ich wollte nicht, dass es zu dir kommt."

Alt sieht sie aus, alt und müde.

„Ich weiß, Emmi, ich habe deine Briefe bekommen. Kannst du mir sagen, was es von mir will?"

Sie schüttelt den Kopf. Geronnenes Blut klebt in ihren Nasenlöchern und ich frage mich, ob sie so zum Zeitpunkt ihres Todes aussah. „Du darfst ihm nicht glauben, Robert. Es lügt immer, es kann nicht anders."

„Ja, ich weiß … ich glaube nichts davon. Kannst du mir helfen, Emmi?"

Sie nickt. „Ich helfe dir doch schon die ganze Zeit, Robert. Ich bin immer in deiner Nähe."

Stille. Wir sehen uns an.

„Du weißt, dass ich nicht dein Sohn bin, Emmi?"

Ein Lächeln erscheint auf ihrem breiten, schlaff gewordenen Gesicht. Sie nickt.

„Bist du böse auf mich?", frage ich. Wieder spielt ein feines, bittersüßes Lächeln auf ihrem Gesicht.

„Aber mein Junge, ich habe dich doch von ganzem Herzen lieb. Weißt du das denn nicht? Ich habe dich doch großgezogen. Du bist doch mein Junge."

…

Ich höre Schritte.

Stille. Innehalten.

Jetzt wieder Schritte.

„Was soll ich tun, Emmi?"

Aber da krümmt sie sich, senkt den Kopf, so dass ich den blassen Streifen sehe, an dem sich ihr graues Haar teilt. Emmi presst sich keuchend die blassen, faltigen Hände auf den Bauch … und ist verschwunden.

Zwei Sekunden, drei Sekunden. Die Tür fliegt auf und ein verklebter und verschwitzter Erdmann fragt mich, mit wem ich rede, ob ich denn mit jemandem rede. Er hält sein großes Smartphone umklammert, als hänge sein Leben davon ab. Und ich begreife: Er hat gehofft, ich hätte irgendwie Kontakt nach draußen aufgenommen. Es ist das erste Mal, dass ich ihn so nervös erlebe.

„Emmi war hier", sage ich.

—

Kurz nach sechs frühstücken wir zusammen. Erdmann starrt in seine langsam aufquellenden Cornflakes, er will mir nicht sagen, was er letzte Nacht gesehen oder erlebt hat – aber ich bin mir sicher, *dass* er etwas erlebt hat. Nun wirkt er nicht mehr nur müde und nervös, der Mann hat ernsthaft Angst.

Um 6.30 Uhr sichten wir die nächtlichen Videoaufnahmen. Es ist, wie ich vermutet habe: Kurz nach drei stehe ich mehrere Minuten im Schlafzimmer, weitere Personen sind auf dem Video nicht zu erkennen. Dann fliegt die Tür auf und Erdmann kommt herein. Wir reden, dann verlässt er wieder den Raum. Keine Amy und kein Uwe, kein Oscar und auch keine Emmi.

Kurz nach sieben ruft Amy an, aber als ich ran gehe, höre ich nur Schaben und Kratzen. Nichts funktioniert mehr: Kein Fernseher, kein Internet, kein Telefon. Zumindest haben wir noch Licht.

Noch fünfmal ruft Amy an. Jedes Mal gehe ich ran … und jedes Mal nur diese Geräusche.

—

Kurz nach acht: Wir gehen von Fenster zu Fenster, hämmern mit den Fäusten gegen die Scheiben und versuchen so, auf uns aufmerksam zu machen. Es gehen Leute vorbei aber niemand bemerkt uns. Wieder zwei Anrufe von

Amy, dann einer von Uwe – nichts, wir sind abgeschnitten.

9.35 Uhr. Erdmann setzt sich zu mir in die Lobby. Er wirkt stabiler als noch vor einer Stunde, hat sich offensichtlich erholt. Er meint, wir würden Zeit verschwenden, wir müssten uns dieser Präsenz stellen, anstatt verzweifelt zu versuchen, aus dem Haus zu kommen.

Vielleicht hat er Recht. Gemeinsam gehen wir die Zimmer ab, steigen auch auf den Dachboden. Seit gestern hat sich nichts verändert, kein weiteres Zimmer ist verwüstet worden. Nur Gestank fällt uns beiden auf: Im zweiten Stock riecht es nach Verwesung. Umso näher wir dem Ende des Flurs kommen, umso penetranter wird der Gestank, eine Geruchsquelle finden wir nicht.

Kurz nach zehn sind alle elf Kameras ausgefallen.

Wieder zwei Anrufe von Amy. Dann einer von Oscar und drei Anrufe von Nummern, die ich nicht kenne. Immer gehe ich sofort ran, und jedes Mal höre ich nur Schaben und Kratzen. Sie kommen mir bekannt vor, diese Geräusche.

Und dann – es ist 11.50 Uhr –, als ich wieder in der ruhigen, nur wenig mehr als zehn Grad warmen Lobby sitze und ins Nichts starre, begegnet mir der Ertrunkene. Er kommt aus Richtung der Wohnung und schlurft einmal quer durch den Raum … am Rezeptionstresen vorbei und auf die Treppe zu. Er passiert mich in nur zwei Metern Entfernung und ich bin mir sicher, dass er exakt so aussieht wie damals: Unregelmäßig kurz geschorene Haare und verschwollenes Gesicht, zerrissener Anorak und fleckige Hose. Wasser tropft auf die Fliesen und ich nehme seinen Modergeruch wahr.

„Erdmann“, flüstere ich. Und denke im selben Moment: So hört er mich doch nicht, ich muss laut rufen. Wo zum Teufel ist er?

Speichel schlucken und durchatmen. „ERDMANN!“

Der Ertrunkene bleibt stehen und dreht sich zu mir um. Einen Moment sehen wir uns in die Augen. Dann geht er weiter in Richtung Treppe und zieht dabei ... was ist das? Ein Pullover? Der braune Pullover, den Emmi so oft trug? Was schleift er über den Boden?

„ERDMANN!“

„Seien Sie still, ich bin ja da.“

Tatsächlich. Da ist er. Steht in der Wohnungstür und filmt mit seinem Handy. Er sieht ihn also auch, denke ich, er sieht den Ertrunkenen. Oder er sieht irgendetwas anderes.

„Das ist der Mann aus dem Kanal“, sage ich. „Jetzt stimmt alles, jetzt sieht er exakt so aus wie damals.“

Erdmann flüstert nur „ja“, setzt sich in Bewegung und folgt dem durchnässten Mann. Er geht direkt hinter ihm, nähert sich der Erscheinung, ist nur noch fünf, vier, drei Meter von ihm entfernt.

Und auf einmal brüllt er los:

„BLEIB STEHEN! DREH DICH UM!“

Ich zucke zusammen, klammere mich an die Armlehnen. Und dann – es passiert tatsächlich, das Ding gehorcht! – dreht sich die Erscheinung langsam zu uns um.

Einen Moment scheint die Zeit stehengeblieben zu sein. Kein Laut und keine Bewegung. Dann macht Erdmann einen weiteren Schritt, nur noch ein Meter ist zwischen ihm und der Erscheinung. „Wer bist du?“, fragt Erdmann mit fester Stimme.

Keine Antwort. Stattdessen verzieht sich das zerschlagene Gesicht des Ertrunkenen zu einem schiefen, spöttischen Grinsen. Die Gestalt streckt den Arm aus, scheint nach

Erdmanns Smartphone greifen zu wollen. Ich stemme mich aus dem Sessel hoch.

„WER BIST DU?“, brüllt Erdmann. „ANTWORTE!“

Und dann, nach ein paar Sekunden, zu mir:

„Bieler, sprechen Sie mit ihm!“

Ich richte mich auf und gehe auf die Erscheinung zu. „Wer bist du?“, frage ich. „Was willst du von mir?“

Ich spreche leise, klinge aber nicht ängstlich. Eher liegt Verachtung in meiner Stimme, ein Hauch von Angriffslust. Und auf einmal verschwindet das Grinsen aus dem zerschlagenen Gesicht. Und an seine Stelle tritt ein Ausdruck bitterer, kalter Wut. Wieder greift der Ertrunkene nach Erdmanns Smartphone ... und dieser zieht es zurück, filmt schwer atmend die durchnässte Gestalt.

„Mach dein Maul auf und antworte mir“, sage ich laut. „Wer bist du?“

Der Ertrunkene sieht mich an. Wut und Hass liegen in diesem Blick. Und im nächsten Moment ist die Erscheinung verschwunden, wir stehen allein in der Lobby.

„Haben Sie es aufge-“ Ich komme nicht dazu, die Frage zu beenden. Mit einem dumpfen Krachen sackt einer der massiven Tische in sich zusammen, nur zwei Meter von uns entfernt. Die Beine brechen und schlittern über den Boden. Dann ein lauter Knall, ein Schlag gegen das Treppengeländer. Es zittert und summt wie eine abgeschlagene Stimmgabel. Und Erdmann sagt, wir müssen nach oben, wir müssen hinterher, es hat Angst vor uns.

Wieder dieser Totengeruch. Er füllt den zweiten Stock und wir laufen in ihn hinein wie in eine Nebelbank. Am Ende des fensterlosen Flurs – jetzt ist er fensterlos, vor einer Stunde war da noch ein Fenster, ein Fenster, das ich hundertmal geöffnet, dutzende Male geputzt habe – steht der Ertrunkene, steht da und grinst. Es hat auf uns gewartet.

„Kommen Sie mit!", befielt Erdmann. Aber tatsächlich bin ich derjenige, der voraus geht. Schritt für Schritt, vorbei an den geöffneten Türen, nähern wir uns der Erscheinung. Obwohl es Tag ist, dringt kein Licht aus den Zimmern – keine Fenster mehr, nur noch Stein, Mörtel und Farbe.

Erdmann sagt etwas, aber ich verstehe kein Wort. Er hält sich schräg hinter mir und filmt mit seinem Smartphone.

Näher heran, wir passieren Zimmer 13 und 4, 12 und 5, nur noch sieben Meter zwischen uns und …

„Wer bist du?"

Wieder dieser verachtende Ton in meiner Stimme. Ich bekomme keine Antwort. Aber statt dem Ertrunkenen steht da plötzlich Willy, der Arbeitskollege meines Vaters. Eindeutig ist er es … die Pomadenfrisur, das bunte Hemd und die spitzen Schuhe. Sein großer bräunlicher Penis hängt aus der Hose und er pinkelt auf den Boden des Flurs.

„Das bist du nicht!", sage ich laut. „Das ist alles nur Schwachsinn."

Ich mache einen Schritt und die Erscheinung dreht sich zur Seite, dreht sich zu einer der offenen Türen.

„Bleib hier!", sage ich.

Willy verschwindet im Zimmer. Wir folgen ihm.

—

Als ich vor Zimmer 8 stehe, ist mir, als gingen Gegenwart, Vergangenheit und Zukunft durcheinander. Mein Verstand schafft es nicht, aus den Eindrücken eine zeitliche Reihenfolge zu konstruieren. Ich weiß, dass Erdmann etwas zu mir sagt … und dass im Gesagten das Wort „Falle" vorkommt. Ich weiß auch, dass er mich packt und zurückhält, dass ich nicht ins Zimmer treten soll. Und zeitgleich – oder ein wenig davor? Oder doch danach? – sage ich etwas zu Erdmann, schleudere ihm wütende Worte entgegen. Und dabei weiß ich, dass ich nicht auf ihn wütend bin ... und er weiß es auch, er spricht und schweigt gleichzeitig und filmt mit seinem Handy und hat es weggesteckt und hält mich mit beiden Armen an den Schultern fest. Ich soll ja nicht ins Zimmer. Und bin doch schon drin. Und werde zurückgezogen. Und laufe hinein. Der Fluss der Zeit, auf dem ich Zeit meines Lebens trieb, immer schön von der Vergangenheit in die Zukunft, fließt brodelnd rückwärts, kocht über und verteilt sich tosend in alle Richtungen.

Und dann, in einem Moment unnatürlicher, schmerzhafter Klarheit, blicke ich ins Zimmer. Die Möbel wirken seltsam verkleinert, sind teils in den Boden eingesunken und nur noch schemenhaft zu erkennen. Das Fußende des Bettes ist wie geschmolzen, das Kopfende ragt schräg Richtung Decke und die Außenwand des Raumes ist einfach nicht mehr da. Das Zimmer streckt sind ins Unendliche und in dieser Unendlichkeit – ist das Ding nahe bei uns oder Kilometer entfernt, ist es zwei Meter oder tausend Meter hoch? – steht die pechschwarze Gestalt.

Dumpfe Worte von der Seite. Erdmann redet auf mich ein. Es muss Erdmann sein.

Und ich gehe doch ins Zimmer. Und ich wiederhole meine Frage, spucke der Erscheinung mein „Wer bist du?" entgegen.

Ein böses, zähnefletschendes Grinsen. Und da ist die schwarze Gestalt verschwunden und wie auf einer Bühne entfalten sich vor mir all diese grauenhaften Szenen: Nackte, zu Skeletten abgemagerte Männer und Frauen hinter Stacheldraht. Die Brüste der Frauen sind nur noch leere

Hautlappen, die Körper dieser kaum mehr lebendigen Menschen sind mit Ekzemen und Wunden bedeckt. Dann das Kind aus dem Video, das Erdmann mir gezeigt hat, das Video mit dem schaukelnden Schuhlöffel und den wandernden Bildern. Mit verdrehtem Genick liegt es auf dem Boden eines leeren Zimmers. Schneller und schneller wechseln die Szenen: Ein nacktes, an einen Tisch gefesseltes Mädchen, höchstens 13 Jahre alt, das von einem kaum älteren Jungen vergewaltigt wird, während eine ganze Schar Kinder dabei zusieht … ein kleiner Junge in Mädchenkleidung, auf einer rosafarbenen, verdreckten Matratze in einem fensterlosen Raum. Blutflecke auf dem Boden, zerfledderte Pornohefte liegen … und … und ein Soldat mit zerfetztem Unterleib, an eine zerschossene Betonmauer gelehnt, der panisch nach seinem herausfallenden Gedärm greift … jetzt ein irre gewordener Häftling, der sich in einer weniger als einen Kubikmeter großen Zelle krümmt. Sein Mund steht offen, seine Haut ist blutig gescheuert, er wälzt sich in seinen eigenen Exkrementen, er beißt sich in den Unterarm, kaut auf seinem Fleisch …

Erdmann brüllt etwas. Ich verstehe nur das Wort „nicht“. Jetzt ein Mann im grauen Anzug, der den Kopf einer Frau in eine Küchenspüle drückt. Ein kleiner Junge hängt schreiend an seinem Hosenbein, er versucht, seinen Vater von der … Essen ist über den Küchenboden geschmiert, gebrochenes Geschirr und … eine Reihe junger, auf Stühle gefesselter Männer. Ein Soldat geht herum, schneidet Ohren und Nasen ab … eine alte Frau, die dünne bräunliche Nadeln in einen schreienden Säugling steckt … ein nacktes, von blutigen Striemen bedecktes Kind, ein Mann mit akkurat geschnittenem Haar und Schnauzbart, seine Kleidung hat sich in die Haut gebrannt, sein rechter Arm ist in Fetzen, nur noch durch ein wenig Haut mit dem Körper verbunden. Er kreischt etwas in einer Sprache, die ich nicht kenne, und …

Ein Schlag. Jemand ohrfeigt mich. Ich werde zurück gerissen. Und da höre ich Erdmanns Stimme.

„DAS BIST DU NICHT!“, brüllt er. „DU BIST NICHT SO GROSS!“

Ich drehe den Kopf und sehe, wie Erdmann blutigen Speichel spuckt. „BETRÜGER!“, brüllt er, „SO GROSS BIST DU NICHT! DAS SIND ALLES NUR LÜGEN!“

Und ich weiß, das Erdmann Recht hat … und ich brülle mit ihm. „Lügner“ brülle ich in den Raum, immer und immer wieder dieses Wort. Schneller und schneller wechseln die Szenen: Eine alte Frau in einem Krankenhausbett, zwei Ärzte zerschneiden ihr lachend den Oberkörper, ein blutverschmierter, viehisch brüllender Mann, an dessen Genitalien eine Autobatterie angeschlossen ist, ein schwerer Geländewagen, der in eine Menschenmenge rast. Schneller und schneller, schon sind die Szenen nicht mehr zu unterscheiden. Und dann herrscht plötzlich Stille, ich schnappe nach Luft. Vor mir liegt ein leeres, ordentliches Zimmer und durch das Fenster dringt trübes Tageslicht. Dann ein dumpfes Geräusch, das mich aus meiner Erstarrung reißt, etwas Weiches, das auf etwas Hartes trifft. Seltsam unecht hört es sich an, dieses Geräusch, wie ein lustiger Soundeffekt in einem alten Cartoon.

—

Ich weiß nicht, wie ich es fertiggebracht habe, mir den schlaffen, doch mindestens neunzig Kilogramm schweren Leib auf die rechte Schulter zu hieven. Ich weiß auch nicht, was genau Erdmann passiert ist, aber als ich endlich den Blick von dem Zimmer abwenden konnte, lag er rücklings auf dem Boden des Flurs, mit geschlossenen Augen und blutverschmierten Lippen.

Nachdem ich ihn nach unten getragen und im Schlafzimmer aufs Bett gelegt habe, überlege ich, was zu tun sei. Stabile Seitenlage? Ihn ohrfeigen? Er hat leise gestöhnt, als er über meiner Schulter hing, also ist er am Leben. Und als ich ihn gerade an der rechten Schulter gepackt habe, als ich ihn auf die Seite drehen will, reißt er die Augen auf, murmelt Unverständliches und drückt meinen Arm weg. Im nächsten Moment tatscht er panisch an sich herum. Wo sein Handy sei, fragt er mit zitternder Stimme, ob ich das Handy habe.

Nein, ich habe es nicht. Ich habe es auch nicht gesehen.

„Wo bin ich?", fragt Erdmann.

„Im Schlafzimmer, ich habe Sie-"

Er lässt mich nicht ausreden.

„Helfen Sie mir. Wir müssen es holen. Ich habe alles gefilmt."

Tatsächlich versuche ich, ihm hoch zu helfen. Aber Erdmann kann nicht einmal stabil auf der Bettkante sitzen. Wieder läuft ihm Blut aus dem Mund.

„Glotzen Sie nicht so", nuschelt er. „Ich habe mir auf die Zunge gebissen. Gehen Sie nach oben, holen Sie das Handy."

Aber Erdmann ist mit dem Kopf aufgeschlagen, durch sein lichtes Haar schimmert Blut. Ein wenig hat der Flurteppich den Aufprall gedämpft.

„Ich will Sie nicht allein lassen. Sie-"

Er packt mich am Arm, zieht mich zu sich hinab.

„Gehen Sie, bitte gehen Sie. Ich flehe Sie an, holen Sie mein Handy!"

—

Als ich nach oben laufe, habe ich wieder diesen Geruch in der Nase. Ich habe ihn gerade eben schon bemerkt, als ich, den verkrampften rechten Arm um Erdmanns Körper geschlungen, mich mit links am Geländer haltend, die Treppen hinunter trampelte. Seife, ich rieche parfümierte Seife. Ich kenne den Geruch von früher, es ist Emmis Geruch. Und ich weiß: In irgendeiner Form ist sie bei mir, beschützt mich, sorgt sich um mich.

Ich finde Erdmanns Smartphone dort, wo er gestürzt ist. Ich hebe es auf, zwänge es mir in die Jackentasche, ziehe den Reißverschluss zu und laufe nach unten. Neben mir Emmi, ich rieche sie ganz deutlich, ich weiß, dass sie mich begleitet. Und solange sie bei mir ist, bin ich in Sicherheit.

Als ich das Foyer betrete, sehe ich, dass die Wohnungstür geschlossen ist. Und sofort weiß ich, dass ich sie nicht werde öffnen können. Es hat uns getrennt.

Mittwoch, 28. Dezember

Zwischen 15 und 20 Uhr habe ich immer wieder versucht, durch die Wohnungstür hindurch mit Erdmann zu sprechen. Wir haben gebrüllt und doch kaum etwas verstanden. Mindestens zwanzigmal bin ich gegen die Tür angerannt, habe mit einem der Feuerlöscher auf sie eingeschlagen – alles vergebens. Das Holz hat nicht einen Millimeter nachgegeben, als wäre da eine massive Steinwand. Und das Video auf Erdmanns Smartphone – ich habe ihm nichts davon gesagt, ich weiß nicht, in welchem psychischen Zustand er ist – zeigt nichts weiter als die leere Lobby, die Treppen nach oben, dann den weiten Flur und schließlich ein sauberes, aufgeräumtes Zimmer. Wie nennt man das, was wir erlebten? Eine kollektive Sinnestäuschung? Ich weiß nicht einmal, ob wir dasselbe gesehen haben.

Ich vermute, Erdmann hat es geschafft, eines der Fenster zu öffnen. Ich habe ihn ja kaum verstanden.

Aber wieso ist er nicht nach draußen geklettert? Wieso taucht er nicht vor dem Haus auf? Ich verstehe einfach nicht, was er sagt. Und auf dem Zettel, den er unter der Tür durchgeschoben hat, steht nicht ein einziges Wort.

—

Gegen 23 Uhr fallen mir die Augen zu. Zum Glück habe ich meine Winterjacke, ich wage es nicht, nach oben zu gehen und mich in eines der großen, weichen Betten zu legen. Kurz der Gedanke: Was ist mit Rita? Hat Amy ihr gesagt, dass sie nicht mehr kommen soll? Was, wenn sie plötzlich im Hotel auftaucht … was, wenn es sie hineinlässt.

Ein Traum: Sophie ist noch am Leben und schon ein kleines Mädchen. Aber sie ist missgestaltet, schwachsinnig und aggressiv. Ständig zerbricht sie Gläser und versucht dann, aus diesen Gläsern zu trinken. Sie zerschneidet sich das Gesicht dabei, ihre Lippen hängen in Fetzen. Und ich bin nur damit beschäftigt, ihr die zerbrochenen Gläser zu entreißen. Wir leben zu zweit in einer winzigen, mit beigefarbenem Teppichboden ausgelegten Kammer und ich versuche, meine Tochter vor ihrem eigenen Schwachsinn zu beschützen. Es ist furchtbar, einfach nur furchtbar: Sophie schreit wie am Spieß, wenn ich ihr die Gläser wegnehme, sie ist ein grässlicher Anblick, ihre Zähne fallen aus und ihr Haar wächst überall am Schädel, an den unmöglichsten Stellen. Sie schreit und schreit und ich weiß nicht, was aus uns werden soll. Wie soll ich arbeiten gehen, wie soll ich Geld verdienen, wenn ich rund um die Uhr auf sie aufpassen muss? Wovon sollen wir denn leben?

Kurz nach zwölf bin ich wieder wach, gleichzeitig verschwitzt und ausgekühlt. Es ist dunkel in der Lobby, die Lichter sind aus und lassen sich nicht mehr einschalten. Der Akku meines Handys ist bei 43 Prozent und Erdmanns Smartphone ist auf Standby, das Passwort kenne ich nicht.

Hinter der Rezeption finde ich fünf Teelichter, ein Feuerzeug und zwei von Amys Müsliriegeln, allerdings kein Wasser. Ich habe grässlichen Durst, die Riegel bleiben mir im Hals stecken und ihre klebrige Süße widert mich an. Als würde ich mit Sirup verrührten Sand schlucken.

Um halb eins stehe ich am Fuß der breiten Treppe und rufe nach Emmi. Ich will, dass sie erscheint, dass sie mit mir spricht und mir sagt, was ich tun kann. Ich glaube, ihre Seife und ihren Schweiß zu riechen.

1 Uhr: Nutzloses Herumprobieren an den Türen und Fenstern. Dann gehe ich wieder zur Treppe und trete nach

einigem Zögern auf die erste Stufe. Frischer, unverhoffter Mut und rasende Gedanken: Nein, ich werde mich nicht einschüchtern lassen! Nicht von irgendwelchen beschissenen Horror-Shows. All dieses Leid, all diese Gewalt … nichts als ein Trick! Nur ein Versuch, mich in Angst zu versetzen. Dieses Ding ist nicht der Teufel, es ist nicht das Böse, es ist nichts weiter als ein Parasit, der sich an mich geheftet hat und von meiner Angst zehrt. Pah! Diese Szenen. Der Soldat, der Nasen und Ohren abschneidet, davon habe ich irgendwann einmal gehört. Jugoslawien? Zweiter Weltkrieg? Ich weiß es nicht mehr, bin mir aber sicher, davon gehört zu haben. Das gefesselte Mädchen, das von einem Jungen vergewaltigt wird, während Kinder dabei zusehen – eine Szene aus einem Roman. Ich weiß, dass ich schon einmal solch eine Szene gelesen habe … in einem Roman oder in einer Reportage, scheißegal! Und die alte Frau, die Nadeln in einen Säugling steckt: Davon hat mir ein ehemaliger Arbeitskollege erzählt. Das haben sie angeblich in China gemacht … wenn das Kind ein Mädchen war und eigentlich ein Junge hätte sein sollen. Sie brachten das Neugeborene um, indem sie dünne Nadeln in seinen Körper steckten. Die Wunden waren so winzig, dass es aussah, als sei das Kind keines gewaltsamen Todes gestorben.

Die ersten zehn Stufen sind geschafft. Ich verharre auf dem Treppenabsatz und leuchte nach oben. Die Zimmertüren stehen offen, alle in exakt demselben Winkel. Wenn ich es schaffe, eine der Türen aus den Angeln zu heben, überlege ich, dann kann es mich nicht einschließen. Was wiegen zwei Quadratmeter Massivholz? Zwanzig Kilo? Fünfzig Kilo?

Ich steige nach oben, meine Augen haben sich an das Halbdunkel gewöhnt. Außer meinen Schritten und meinem Atem nicht das geringste Geräusch. Zimmer 3 sieht völlig normal aus: Bett, Schrank, Schreibtisch mit Lampe, links die geschlossenen Badezimmertüren. Dasselbe bei Zimmer 4, 5 und 6 … und dabei waren Zimmer 3 und Zimmer 5 gestern noch völlig verwüstet. Erdmann hat doch Fotos gemacht! Ich bin mir sicher, dass es diese Zimmer waren.

Weiter. Das ist mein Haus! Der schwere Teppich ist verschoben, hat Falten geworfen. Sie sind so groß, dass ich über sie steigen muss. Hinter der Tür von Zimmer 7 steht der Ertrunkene. Aber er ist nicht vollständig, sein Gesicht eine breiige, konturlose Masse, seine rechte Hälfte seltsam ausgedünnt, wie zusammengeschnürter Reisig. Ich kann durch ihn hindurchsehen, durch den Stoff seiner Jacke, durch sein Fleisch.

„Du machst mir keine Angst."

Er ist verschwunden. Zähne aufeinander gebissen und aufrecht weiter. Zimmer 8 und Zimmer 9 sehen wieder normal aus … und ich brauche einen Moment, um zu realisieren, dass Zimmer 9 eigentlich nicht auf dieser Seite des Flurs sein dürfte. Nein, ganz sicher nicht! Und als ich mich umdrehe hat es schon die Seiten gewechselt.

Weiter. Dies ist mein Haus. Zimmer 10, 11, 12 und 13, alle sauber und ordentlich.

In Zimmer 13 trinke ich aus dem Wasserhahn, die Türen habe ich mit einem Sessel und einer schweren Kommode blockiert. Ich zittere vor Anspannung, verschlucke mich am Wasser und flüchte hustend aus dem Zimmer.

Als ich zurück bei der Treppe bin, mich an der Brüstung halte und in den 2. Stock leuchte, ist mir, als höre ich Emmis Stimme. Sie flüstert etwas, ich kann sie nicht verstehen. Vielleicht, denke ich, muss sie so leise reden … vielleicht will es sie daran hindern, mit mir zu sprechen.

Es kostet mich körperliche Überwindung, nach oben zu steigen, mir ist, als schiebe ich nassen Sand vor mir her. Jeder Schritt eine Anstrengung, jeder Atemzug ein Schmerz, mit beiden Händen halte ich mich am Geländer und auf meinen Schultern scheinen Zentner zu lasten. Endlich oben angekommen empfängt mich kalter, giftiger Verwesungsatem, vermischt mit durchdringendem Erdgeruch und dem bitteren Duft quellender Pflanzensäfte. Aber noch etwas anderes ist darin: Lavendel, Emmis Lavendelseife, tausendmal gerochen. Wie im Stockwerk darunter stehen alle Zimmertüren offen.

Vollendete Stille. Als würde das Haupthaus weit draußen im All schweben. „Bist du bei mir?", frage ich ins Halbdunkel.

„Ja", flüstert die vertraute Stimme. Ich sehe Emmi nicht, weiß nun aber, dass sie mich begleitet.

Zimmer 17, Zimmer 18, Zimmer 19 – sauber und aufgeräumt, alles dort, wo es hingehört. Glatte Flächen und exakte Kanten im fahlen Licht des abnehmenden Mondes.

Und dann, als ich den Blick von Zimmer 19 abwende, als ich wieder in den Flur sehe, ist es plötzlich da. Am Ende des hallenartigen Ganges wartet es auf mich, hoch wie zwei Mann, sich mir entgegen krümmend. Schwarze Zähne im länglichen Raubtierschädel, knotige, unförmige Arme mit krallenbewährten Händen, die aus einem nun nicht mehr mageren, stattdessen fetten und schmierig glänzenden Leib ragen. Das Ding hockt auf einem Berg aus Fleisch und Knochen, Blut sickert in den Teppich und färbt ihn schwarz.

„Ich habe keine Angst mehr vor dir!", sage ich leise.

Ein tiefes Knurren, das in ein helles Schnattern übergeht. Es krümmt sich weiter in meine Richtung, stellt die Arme auf den Boden und streckt mir seinen schwarz glänzenden Schädel entgegen.

„Es sind alles nur Lügen", sage ich. „Was willst du noch von mir?" Der Gestank ist so intensiv, dass ich die Luft anhalte.

Noch weiter streckt es seinen Schädel in meine Richtung. Der Totenberg, auf dem es hockt, gerät ins Rutschen, das Bild verschwimmt, die Gestalt löst sich auf. Und dann, wie ein abgeschossener Pfeil, rast dieses Etwas auf mich zu.

—

Ich weiß nicht, in welcher Gestalt es mich angriff, ich kann es kaum in Worte fassen. Es rast auf mich zu, ergreift mich und drückt mich zu Boden ... einen Moment sehe ich in das Totengesicht meiner Mutter, dann schwebt über mir der zerfressene, von Ungeziefer bedeckte Schädel des Tieres, das uns Willy gezeigt hatte ... damals, vor bald dreißig Jahren. Die Bilder wechseln so schnell, dass sie ineinander verschwimmen, es sind hunderte. Ich glaube, Monika zu sehen, bin mir aber nicht sicher, dann meinen Vater, mit hochrotem, zur Fratze verzerrtem Gesicht, meine tote Tochter, Herrn Heinze, den Selbstmörder, jetzt wieder diesen länglichen schwarzen Raubtierschädel. Und der dumpfe Schmerz, den ich fühle, hat keinen Ort. Er ist überall, er umgibt mich, ich bin ein Leib, der sich in einem Meer aus Schmerz auflöst, der selbst zu Schmerz wird.

Aber zugleich weiß ich, wo ich bin und was mit mir geschieht. Und ich brülle diesem mich niederdrückenden Etwas meine Wut entgegen, schlage um mich, schaffe es, mich aufzusetzen und flüchte hinter eine der Türen.

Und dann herrscht wieder Stille. Ich blicke in das Zimmer und sehe Emmi. Sie winkt mir. Und das Zimmer, in dem sie steht – welche Nummer hat es? Ich kann die Zahlen nicht lesen, zu steil ist der Winkel – ist kein Hotelzimmer mehr. Ich erkenne das alte, mit Kissen bedeckte Sofa, den grauen Fernseher, die schmalen Türen und den nicht sauber verlegten Teppich. Auf allen Vieren flüchte ich mich in Emmis Wohnung, hinter mir schlägt die Tür zu.

Zuflucht?

Mittwoch, 28. Dezember

Ich muss mehrmals an mir herabsehen, muss meine Hände und Arme betrachten, um zu realisieren, dass ich immer noch ein Mann Mitte dreißig bin. Als ich mich aufgerichtet habe, als ich den ersten Schritt in Emmis winzige Wohnung gemacht habe, näher zu dem unter Kissen und Decken vergrabenen Sofa, zu dem tonlos laufenden Fernseher, fühle ich mich in meine Kindheit zurückgeworfen. Und dabei, denke ich, ist doch die Perspektive eine völlig andere, ich bin doch viel größer als damals, ein erwachsener Mann.

Links hinter dem Fernseher geht es in Monikas Zimmer, diese rund drei mal drei Meter große Kammer, die bis zu Monikas Einschulung Emmis Schlafzimmer war. Geradeaus ist die Küche, ich sehe die grünen Hängeschränke und den beigefarbenen Kühlschrank mit dem rissigen Aktion Sorgenkind-Aufkleber. Alles bekannt, alles wie damals.

Weiter, noch ein Schritt auf dem alten, hartgetretenen Teppich, tiefer hinein, dann noch einer. Die Lampe im Wohnzimmer hängt so tief an der ohnehin niedrigen Decke, dass ich mich unter ihr hindurch bücken muss, die Kordeln des Stoffschirms streifen meinen Scheitel und ich fahre mir mit der Hand über den Kopf, als müsste ich ein beißendes Insekt verjagen.

„Emmi?" Ich flüstere ihren Namen und muss gleichzeitig schlucken. „Emmi, bist du hier?" Ein schneller Blick über meine Schulter, die Tür ist geschlossen und ... ja, alles an seinem Platz: Die grauen und violetten Jacken hängen schlaff und unförmig an ihren Kunststoffhaken, an der Wand neben der Tür sitzt die große eckige Sprechanlage, darüber das Schlüsselbrett mit den bunten, schief aufgeklebten Holzblumen – schon ein wenig verblasste Kindergarten-Bastelei, auch im Keller meines Vaters liegt noch solch ein Brett.

Ich mache zwei Schritte zum Sofa und lege vorsichtig einige der Kissen und gefalteten Decken beiseite. Darunter: Kein klaffender Abgrund, nur über Schaumstoff gespannter Stoff, der, wenn man über ihn streicht, wenn sich die Fasern in die eine oder andere Richtung legen, ein klein wenig seine Farbe ändert. Mein Gott, ich bin tatsächlich in Emmis Wohnung, jedes Detail stimmt. Nur der Blick aus dem Fenster ist ganz falsch. Ich müsste die Kante des benachbarten Wohnblocks und in einiger Entfernung den Funkturm mit seinem Antennengewirr sehen. Aber da ist nur gleichförmiges Grau ... als würde ich auf eine Betonwand schauen.

„Emmi, bist du hier?"

...

Ich ordne die Kissen, lasse mich vorsichtig auf das Sofa nieder und warte. Keine Antwort. Auf dem eckigen Fernseher – ja, es ist ihrer. Ich erinnere mich – läuft Nachtprogramm: Eine Eisenbahnfahrt aus Lokführerperspektive, nichts als Gleise, Landschaft und ein wenig blauer Himmel. Unter dem Fernseher, nach hinten gerückt, steht die graue Nintendo-Konsole, mit der Monika und ich Stunden um Stunden verbrachten. Die Kabel der beiden Controller sind sorgsam aufgewickelt, neben der Konsole sind die Spiele aufgereiht, die wir ... plötzlich dieser eigentlich banale Gedanke: Nein, ich kann nicht in Emmis Wohnung sein, ihre Wohnung existiert längst nicht mehr, der Block wurde abgerissen als ich noch studierte, da stehen jetzt Eigenheime, ich muss, muss, muss mich in einem unserer Hotelzimmer befinden. Und trotzdem, trotzdem ist es Emmis Wohnung, sie hat mich zu sich geholt, weil ich bei ihr in Sicherheit bin, weil sie mich hier beschützen kann. Nur, wo ist sie? Und ... und wird sie mich wieder gehen lassen?

Gläserklirren und rauschendes Wasser – Küchengeräusche. Ich zucke zusammen, halte den Atem an, stemme mich schließlich hoch und gehe zur Küchentür. Ich ducke mich unter dem Rahmen hindurch und blicke in den rund vier Meter langen und kaum zwei Meter breiten Raum. Es ist verrückt, fast muss ich lachen, alles genau wie damals: An der Wand steht das Bügelbrett und über den Kochplatten ist mit Reißzwecken gelbe Plastikfolie befestigt. „Wegen dem Fett" hat Emmi mir damals erklärt, „damit das Fett nicht in die Tapete geht." Zwei Töpfe stehen auf dem Herd und direkt neben mir, links neben der Tür, hängt dieser Knüppel von einer Schöpfkelle, der mich als Kind so beeindruckte. Schon damals fragte ich mich: Warum so großes Werkzeug in so einer winzigen Küche?

Niemand zu sehen ... und auch die Geräusche sind verschwunden. Nur der alte Kühlschrank gurgelt vor sich hin. Hinter dem schmalen Fenster: gleichförmiges Grau. Und auf der Fensterbank: Töpfe mir hängendem Schnittlauch und gelb gewordener Petersilie. An der Wand, gleich neben den Schöpfkellen, klebt ein Apothekenkalender von 1985, daneben ein vergilbter Zettel, auf dem Adressen und ärztliche Sprechzeiten notiert sind: Dr. Halscheid, der war auch unser Hausarzt, längst tot, der Mann. Und Dr. Fuchs, der Zahnarzt, bei dem man im Wartezimmer Zeichentrickfilme gucken konnte.

Ich verlasse die Küche, trete auf den Wohnzimmerteppich, bleibe abrupt stehen und gehe doch noch einmal zurück. Etwas hat nicht gestimmt, irgendein Detail, irgendeine Kleinigkeit. Nach weniger als einer Minute weiß ich, was mich so irritiert hat: Dem Fensterrahmen fehlt die Klinke, außerdem ist etwas mit einem der Töpfe ... er sieht merkwürdig aus. Ich nehme ihn in die Hand und betrachte ihn. Okay, das ist es, die beiden Kunststoffgriffe sitzen verkehrt herum am Metall, die Unterseiten zeigen nach oben und man erkennt die Schrauben, die das Plastik am

Topf halten. Braunes Fett klebt in den Schraubenköpfen.

Ich sehe mich weiter um, öffne vorsichtig Schränke und Schubladen. Alles normal: Teller, Tassen, Besteck und Vorräte … doch dann, als ich den Kühlschrank aufziehe: Bis zur Decke gestapelte Schalen voller Pudding … orangegelber, kaltgestellter Pudding in hellbraunen Kunststoff-Schälchen. Hat uns Emmi in ihrer Wohnung jemals Pudding gekocht?

Als ich zurück ins Wohnzimmer gehe, liegen die Kissen und Decken wieder exakt so, wie ich sie beim Betreten der Wohnung vorgefunden habe. Die Lücke, die ich mir freigeräumt habe, ist wieder geschlossen.

—

Wie lange bin ich schon in Emmis Reich? Mein Handy zeigt 2.22 Uhr, ich umklammere es wie einen Schatz. Was verdammt soll ich tun? Weiter die Wohnung erkunden? Einfach warten? Die Nintendo-Konsole anschließen und spielen? Und sind das nicht die Spiele, die ich auf dem Dachboden gefunden habe?"

„Emmi?" Angst liegt in meiner Stimme, ich muss mich zusammennehmen. Auch das Wohnzimmerfenster hat keine Klinke … und warum läuft auf dem Fernseher diese bescheuerte Eisenbahnfahrt? Ich setze mich und warte.

3 Uhr morgens: Weitere Fehler entdeckt: Keine der Lampen brennt und hinter den Fenstern ist nur schmieriges Grau, trotzdem sind die winzigen Zimmer taghell erleuchtet. Auch sind alle Türen zu klein, zwischen 170 und 180 Zentimeter hoch, schätze ich. Nie wurde so gebaut, keine noch so billige Wohnung hat dermaßen kleine Türen. Erste Zweifel daran, ob ich hier wirklich in Sicherheit bin.

Halb vier: In einem Anfall von Panik versuche ich, Amy anzurufen, dann Uwe, Oscar, meinen Vater, die 110 …

nichts. Noch 33 Prozent Akkustand, Schluss mit den nutzlosen Versuchen. Wieso zeigt sich Emmi nicht? Und was, wenn ich hier überhaupt nicht mehr herauskomme? Langsam aufsteigende Panik. Soll ich den verdammten Pudding fressen und Leitungswasser saufen? Aus irgendeinem Grund scheue ich mich davor, Monikas Zimmer und das winzige Bad zu betreten. Wie sagte Oscar? Wenn die Türen zu sind, kann er nicht herein? Und von wem sprach er damals, von dem Ertrunkenen in diesem Spiel? Ich werde einfach auf der Couch sitzen bleiben und warten.

Und dann klopft es plötzlich an der Wohnungstür. Und ich, ganz verdutzt, sage „Ja?"

„Erdmann hier. Sind Sie da drin, Bieler?"

…

„Ja, ich … Erdmann, sind Sie das?"

Wieder das Klopfen, diesmal härter, hohler, knochiger. Woher weiß er, wo ich bin? Vielleicht, denke ich, weil die anderen Türen offen stehen. Aber wie ist er aus der Wohnung gekommen, hat er doch ein Fenster …

„Würden Sie mich hereinbitten, Bieler?"

„Ja", sage ich. Und dann, immer noch ganz verwirrt: „Herein."

Die Tür öffnet sich und Erdmann tritt ins Zimmer. Er bleibt vor dem Sofa stehen, grinst breit und starr auf mich herab.

„Woher wussten Sie …", beginne ich. Aber da fällt mir der Schulranzen auf, den Erdmann trägt. Er ist meiner, eindeutig, den hatte ich bis zur vierten Klasse, dann warfen meine Eltern ihn weg.

„Wo haben Sie den her?"

„Gefunden", sagt Erdmann. „In Ihren Sachen." Er stellt den Ranzen auf den Boden, öffnet ihn und zieht eine seiner Videokameras heraus.

„Ich möchte Sie jetzt filmen, Bieler."

Noch eine Kamera, dann noch eine … dann eine Rolle Klebeband. Ich weiß nicht, was ich sagen soll, bin wie gelähmt.

„Ich möchte Sie jetzt filmen", wiederholt Erdmann. Er nimmt eine der Kameras, reißt geschickt einen Streifen Klebeband ab, macht zwei schnelle Schritte zu der kleinen Kommode, die neben der Wohnungstür steht, und klebt das Gerät ans Holz.

„Wie sind Sie aus der Wohnung gekommen?", frage ich. Und dann, als keine Antwort kommt: „Sind Sie in Ordnung, Erdmann?"

Laut lacht er auf. „Ja-ja, alles in Ordnung. Bleiben Sie nur sitzen, Bieler."

„Ist wirklich alles in Ordnung mit Ihnen?"

Er antwortet mir nicht, platziert die beiden anderen Kamera … und plötzlich weiß ich es: Das ist nicht Erdmann, er ist gar nicht hier.

„Hör auf damit", sage ich leise. „Ich weiß, dass du nicht Erdmann bist."

„Doch-doch!", plärrt die Erscheinung. „Erdmann mein Name, ich habe fünfzehn Doktortitel. Wusstest du denn nicht, dass ich verrückt bin? Und jetzt, jetzt machen wir einen Film von dir, kleiner Robert! Wir reißen dich in Stücke, kleiner Robert!"

Ich will aufstehen, stemme mich hoch … und in diesem Moment zerrt etwas an meinem rechten Bein, bringt mich aus dem Gleichgewicht. Ich sehe an mir herab und da hängt tatsächlich eine kleinere, grotesk verwachsene Version Rainer Erdmanns an meinem Bein, zerrt mich grinsend von der Couch. Ich nehme die Arme nach hinten, schütze meinen Kopf und schlage mit beiden Ellenbogen auf dem Teppichboden auf. Mit dem linken Bein trete ich - „WEG! WEG VON MIR!" – nach der feixenden, sabbernden Gestalt und treffe sie krachend am unförmigen Schädel. Mit einem gellenden Aufschrei lässt das Ding von mir ab, stürzt zur Wohnungstür, reißt vergeblich an der Klinke, flüchtet kreischend ins Badezimmer und zieht die Tür zu. Auch der andere, der größere Erdmann ist verschwunden, ebenso mein Schulranzen und die Kameras.

Ich setze mich wieder auf die Couch, spanne meine Muskeln und versuche, zur Ruhe zu kommen. Ich bin stark genug, sage ich mir, ich kann es vertreiben, es hat Angst vor mir, ich …

„Das hast du gut gemacht, mein Junge."

Mein Atem stockt, ich presse die Fäuste ins Polster. Emmi sitzt neben mir auf dem Sofa und sieht Richtung Badezimmertür.

„Ist es weg?", frage ich nach einer Weile.

Sie lächelt mich an. Und ich denke: Sie ist auf meiner Seite, sie will mir nichts Böses.

„Mein Gott, Emmi … was passiert hier? Was will es von uns?"

Sie sieht wieder in Richtung Badezimmertür und ich nehme ihren Lavendelgeruch wahr. Emmi ist alt geworden, eine müde, vom Leben verbrauchte Frau, wenn auch immer noch kräftig. Sie ist es, eindeutig. Blut klebt in ihren Nasenlöchern und ihr Haar ist licht geworden. Deshalb die Perücken.

„Darüber habe ich nur am Anfang nachgedacht", antwortet sie. „Dann habe ich gedacht, dass es einfach so ist … dass es das einfach tun muss … weil es seine Art ist."

„Aber was ist es?"

„Ich weiß nicht, Robert, es tut mir so fürchterlich leid. Bei mir war es fast sechs Jahre … und davor war es bei einem Herrn, der mir immer Blumen geschenkt hat, einem Mann aus dem Haus, in dem ich gelebt habe. Er hat mich sehr gemocht, er war sehr freundlich zu mir … er hat sich etwas angetan und dann ist es zu mir gekommen und am

Anfang war es noch ganz still und zutraulich und hat mich nur angeschaut. Aber ich habe mir nichts angetan, Robert, und ich wollte auch nicht, dass es zu dir kommt. Ich weiß, dass nur ich schuld bin. Ich …" Sie spricht schnell, abgehakt. „Als ich dir meine Sachen geschickt habe, da habe ich hinterher auch gedacht, dass es vielleicht ganz falsch war. Und der Mann, der mir immer Blumen geschenkt hat, er hat gesagt … der hat gesagt, das es wie ein Kind ist, wie ein böses Kind, das immer spielen will und immer lügt."

„Aber es hat mich verletzt", sage ich. „Und dich auch, Emmi, es hat dir den Fuß gebrochen. Es will nicht nur spielen."

„Nein", sagt sie, „das war ich doch selbst, das habe ich am Bett gemacht, an den Stangen. Damit ich weg kann aus dem Zimmer … aber es kommt einem nach, Robert, man kann nicht flüchten. Egal, was ich gemacht habe, es ist immer wiedergekommen … und manchmal sah es aus wie du, Robert, als du noch klein warst und ich dir die Schuhe gebunden habe … und dann habe ich gedacht, dass dir vielleicht etwas zugestoßen ist. Aber ich habe mich ja informiert und ich habe gewusst, dass du lebst und dass es dir gut geht, mein Junge."

Schweigend sehen wir in Richtung Badezimmertür.

„Wieso wolltest du mir dieses Spiel schenken?", frage ich nach einer Weile. Emmi sieht mich an und ich bemerke, dass ihr rechtes Auge ein wenig trüb ist. Ich kenne den Anblick, auch meine Großmutter hatte Grauen Star, zum Schluss war sie fast blind.

„Ach, mein Junge", sagt Emmi ganz leise, ganz zärtlich, „ich wollte es dir schon so lange geben. Ich habe es zu deinem 15. Geburtstag gekauft. Aber deine Eltern haben verboten, dass wir kommen … und da habe ich es all die Jahre für dich aufgehoben … und gar nicht daran gedacht, dass du vielleicht überhaupt nicht mehr spielst. Aber für deinen Jungen war es genau richtig, er hat mir sehr geholfen … er ist sehr klug, dein Junge."

Ich sehe Richtung Badezimmertür, sie steht einen Spalt offen. Und durch den Spalt, nur rund drei Meter von uns entfernt, grinst mich zähnefletschend Oscars blasses Gesicht an. Schmale Finger krallen sich an die Kante des Türrahmens.

„Es hört uns zu", sagt Emmi. „Es hört uns ganz genau zu."

Ich schließe für einen winzigen Moment die Augen, kaum länger als ein Blinzeln. Und plötzlich ist da nicht mehr Oscar, durch den Türspalt sehe ich das eingefallene Gesicht meiner toten Mutter.

„Komm", sagt Emmi. „Gehen wir zu ihm. Es ist nicht mehr stark und es kann nicht fort."

Ich hatte Emmi als großgewachsene Frau in Erinnerung, aber als wir uns vom Sofa erheben, bemerke ich erstaunt, dass sie mir kaum bis zur Schulter reicht. Sie ist bucklig geworden und ihr Oberkörper neigt dich deutlich nach links.

„Willst du die Tür öffnen?", fragt Emmi.

„Ja", antworte ich. „Aber was soll ich dann tun?"

„Es ansehen", sagt sie.

Ich gehe zu der Badezimmertür, Emmi ist dicht neben mir. Immer noch steht die Tür eine Handbreit offen … aber nichts und niemand starrt mich an. Nur Dunkelheit die von wenigen weißen Flecken und Strichen durchbrochen wird – die Fliesen reflektieren das Licht aus dem Zimmer, das Licht, das überhaupt nicht da sein dürfte. Ebenso wenig wie diese Wohnung voller 70er Jahre-Möbel, ebenso wenig wie die Frau, die neben mir steht, die doch vor sechs Wochen schreiend an einem Herzanfall starb.

Ich drücke die lächerlich dünne Tür auf und finde auf Anhieb den kleinen Lichtschalter. Noch bevor ich ihn umlege, flutet kaltes weißes Licht den zellenhaften, fensterlosen Raum.

„Ist es hier?“, frage ich Emmi, während ich langsam meine Hand zurückziehe.

Sie bejaht meine Frage und ich mache einen Schritt in das Badezimmer. Alles ist da, alles vertraut: die schief einbetonierte Duschwanne, der zu lange, unten schwarz gewordene Plastikvorhang, das an die Wand schräg über dem Waschbecken gehängte Medizinschränkchen und die beiden Zahnputzbecher. Zwischen den Bechern: Lavendelseife auf Porzellan. Der schmale Spiegel ist angelaufen und wird von kleinen, rostigen Metallklammern gehalten, der Toilettendeckel ist mit dickem rotem Stoff bezogen.

„Es ist nicht mehr hier“, sage ich zu Emmi.

Und sie sagt: „Doch, ich spüre es. Es versteckt sich vor uns.“

Noch ein Schritt in den nur rund fünf Quadratmeter großen Raum, vorsichtig schiebe ich den Duschvorhang beiseite.

Und dann, als ich mich zu Emmi umdrehe, tropft etwas auf meine Stirn und rinnt daran herab. Ich lege den Kopf in den Nacken, sehe nach oben ... und blicke in schwarze Leere, die Wände laufen ins Nichts. Noch eine Flocke, dann noch eine, Schnee fällt. Und dann, als sich meine Augen ein wenig an die Düsternis gewöhnt haben, sehe ich es: Wie ein ertrinkendes Tier zappelt es in der Leere, ist rund zehn Meter von mir entfernt. Es dreht sich, streckt und krümmt seinen Körper ... und ich denke: Habe ich dieses Bild nicht schon einmal geträumt? Habe ich nicht irgendwann einmal von einem Tier geträumt, das sich in der Leere windet?

„Hol es“, sagt eine Stimme neben mir, die nur noch entfernt nach Emmi klingt. Und ich brülle noch oben, dass es zurückkommen soll, ich befehle ihm, zu mir zurückzukommen. Und da – ich weiß nicht, warum es funktioniert, ich weiß nicht, welchen Anteil ich dran habe – stürzt es kreischend und sich im Flug windend hinab, landet als verdrehtes, zuckendes Ungeziefer direkt vor mir auf dem Badezimmerboden. Es ist nicht größer als eine Katze, dieses pechschwarze Ding mit dem Raubtierschädel. Ich will es zertreten … und trete ins Leere. Und da steht plötzlich Monika vor mir, größer als ich, breit wie ein Schrank, reißt den Mund auf, stößt ihren Kopf nach vorne, kriegt mit den Zähnen meine Nase und Oberlippe zu fassen … und verletzt mich doch nicht. Ich spüre den Schmerz und das Reißen meines Fleisches, und weiß doch, dass ich nicht verletzt bin. Erdmanns Worte kommen mir in den Sinn: Es sind alles nur Tricks.

Monika ist verschwunden und im Spiegel sehe ich mein mit zwei großen Pflastern beklebtes, ansonsten völlig unversehrtes Gesicht.

—

Emmi bleibt verschwunden. Aber ich nehme ihren Geruch wahr und weiß, dass sie in meiner Nähe ist. Nachdem ich das Badezimmer verlassen habe, ein weiteres Mal durch die Küche und schließlich auch durch Monikas Zimmer gegangen bin, setze ich mich wieder zwischen die Sofakissen. Komm nur, denke ich, zeig dich nur, ich habe die Kraft, dir zu begegnen.

Und ja, nach einer Weile kommt es, greift mich an. Zweimal rast es aus dem Nichts auf mich zu, streckt mir sein geiferndes Maul entgegen. Und ich schlage und trete nach ihm, brülle es an … und lache darüber, wie es auf die Wohnungstür zurast und doch nicht hinaus kann. Emmis Falle, denke ich, das ist ihre Falle, ich musste es nur noch hineinbitten. Und als es mir wieder als Ertrunkener erscheint, lache ich es nur an. Nein, so machst du mir keine Angst mehr, du hast mich kennengelernt, hast meine Träume heimgesucht, dich an meiner Angst und meiner Schuld gemästet … aber jetzt kenne ich dich, jetzt weiß ich, dass du nicht so stark bist, wie du deine Opfer glauben machst.

Ich springe auf, laufe auf die Erscheinung zu, nehme wieder Emmis Lavendelduft wahr. Und der Ertrunkene, diese Karikatur, dieser Abklatsch eines toten, von aller Welt längst vergessenen Mannes, löst sich auf, schlüpft an mir vorbei in Richtung Küchentür, windet sich stöhnend und schnatternd, wie unter bestialischen Schmerzen … stärker und stärker wird Emmis Duft, sie ist bei mir, sie ist bei ihm, sie … und in exakt dem Moment, in dem ich mir sicher bin, dass wir es gemeinsam vernichten werden, packt mich jemand von hinten an der Schulter.

Schweißgeruch und Rasierwasser, mehrere Hände an meinen Armen, meinen Schultern, sie drehen mich um, greifen hart zu, ein breites Gesicht mit einem dunklen Schnurrbart, aufgeregte Worte in einer Sprache, die ich nicht verstehe.

„LASST MICH!", brülle ich. LASST MICH IN RUHE! ES IST NOCH NICHT TOT!"

Ich will mich noch losreißen, habe aber keine Chance. Ich werde aus dem Hotelzimmer geschleift. Hinter mir brüllt und keucht der Parasit.

Sechs Uhr morgens. Sie haben mich die Treppe hinunter geführt und in einen der Sessel gesetzt. Eine alte Frau will, dass ich etwas trinke, immer wieder hält sie mir ein Wasserglas vors Gesicht und nickt mir aufmunternd zu. Da, trink doch endlich, trink ein wenig Wasser.

Aber ich will nicht. Ich bin mir sicher, dass sie mich zu früh aus dem Zimmer geholt haben ... diese sieben Menschen. Amy ist da, sie spricht mit einer jungen Frau, die einen grauen Jogginganzug trägt. Ein wenig weiter steht der Mann mit dem zerfurchten Gesicht, der Verrückte. Und die Frau, die mich zum Trinken nötigt, ist diejenige, die mir am Fenster Zeichen machte. Sie ist von drüben, aus dem Asylantenheim, genau wie die drei Männer, die mich packten, aus dem Zimmer zerrten und die Treppe hinunterführten.

Ich müsste mich bedanken, ich weiß. Ich müsste irgendetwas sagen ... dass ich in Ordnung bin, dass es mir gut geht, dass das Blut von den alten Wunden stammt, die wieder aufgegangen sind. Aber ich denke nur: Es war zu früh, ein klein wenig zu früh, Emmi ist ganz allein dort oben und ich weiß nicht, ob sie es allein vernichten kann.

Und dann, nachdem ich einen Schluck getrunken habe, bringe ich doch ein paar Worte heraus. „In der Wohnung", sage ich, „da ist noch ein Mann ... er ... "

Amy kommt zu mir. Sie beugt sich über mich und befühlt meine Stirn.

„Erdmann ist schon weggefahren", sagt sie. „Es geht ihm gut."

Donnerstag, 29. Dezember

Ich habe fast zehn Stunden geschlafen. Als Amy mich kurz nach 17 Uhr weckt, sehe ich sie nur an … und sie fragt mich, ob alles in Ordnung ist. Sorge liegt in ihrem Blick, vielleicht hält sie mich für verrückt, denke ich.

Aber ich spreche ganz klar und vernünftig, mache ein paar Witze und Amys Gesichtszüge entspannen sich. Nein, verrückt bin ich nicht … ich weiß bloß nicht, ob wir gewonnen haben, ob es fort ist.

Wir befinden uns in einer kleinen Pension, rund 20 Kilometer vom Hotel entfernt. Das Zimmer ist hell und freundlich, an den Wänden hängen Aquarelle und auf der Tapete tollen Hundewelpen – alles ganz anders als bei uns. Amy erzählt mir, sie sei kurz nach Mitternacht zum Haupthaus gefahren und habe gegen ein Uhr an das Glas der Eingangstüren gehämmert. Daraufhin sei ich in der Lobby erschienen und habe ihr Zeichen gemacht, draußen zu bleiben.

Daran erinnere ich mich nicht.

Anschließend sei sie, so Amy, um das Haus herumgegangen und habe versucht, durch die Fenster etwas zu erkennen. Weder ich, noch Erdmann seien zu sehen gewesen … „und als ich wieder zurück zum Eingang gegangen bin, da stehst wieder du da und schüttelst den Kopf und hebst die Hände, damit ich bloß nicht reinkommen soll. Ich habe dann versucht, dich anzurufen, aber das hat auch nicht funktioniert."

Nein, keine Erinnerung. Ich stand nicht in der Lobby. Aber ich nicke zu allem, was sie sagt.

Gegen zwei habe sie dann mehrmals versucht, so Amy, ins Haus zu kommen, allerdings sei die Tür „irgendwie verklemmt" gewesen. Und dann, etwa um halb drei, sei „wie eine kleine Armee" der Trupp aus der alten Frau, ihrer Enkelin, den drei Männern aus dem Heim und dem Obdachlosen aufgetaucht. Große Aufregung, viel hin und her … man müsse den Mann retten, erklärte die Enkelin in gebrochenem Deutsch, man müsse schnell-schnell ins Haus und den Mann retten.

Ja, diesen Obdachlosen habe ich vor dem Eingang gesehen, an ihn erinnere ich mich. Und als er mich sah, lief er davon. Vermutlich war er es, der die Leute im Heim alarmierte, der ihnen sagte, ich sei in Gefahr, ich … obwohl, nein, sie wussten es ja, ich war der „unglückliche Mann“, so nannte mich die alte Frau, ich stand doch sowieso unter Beobachtung.

Die Männer hätten dann, so Amy, die Eingangstür aufgedrückt und man habe gemeinsam das Haus abgesucht, Zimmer für Zimmer, Stockwerk um Stockwerk.

In der 21 habe man mich schließlich gefunden, zwischen Bett und Kommode auf und ab laufend, blutend, mit den Händen ins Nichts fuchtelnd. Dabei habe ich unverständliche Worte gerufen, „… und das hat sich fast wie Latein angehört.“

—

Laut Amy ist nichts zerstört. Ich habe sie mehrmals gefragt, ob sie die zersplitterten Deckenlampen, die verbogene Rutschbahn auf der Kellertreppe und die zerschmetterten Tische gesehen habe. Nein, hat sie nicht, es seien lediglich in einigen der Zimmer die Laken von den Betten gezogen und Möbel verschoben gewesen. Nein, wirklich nicht, keine eingedrückten Wände und keine zerschlagenen Möbel. Sogar die Teppiche seien ganz flach gelegen, so Amy. Und dabei erinnere ich mich so verdammt genau daran, wie ich die Beine hob und über diese großen, harten Falten stieg.

Ich finde mich nur widerwillig damit ab, dass alles nur Einbildung gewesen sein soll ... und nein, Einbildung war es ja auch nicht. Es war Theater, Gaukelei, eine Vorstellung für mich und ein wenig auch für Erdmann.

Er würde wieder sagen: sie hängen an der Logik wie der Säugling am Schnuller. Aber wie sollte es denn auch anders sein? Welchen Halt habe ich denn, wenn die Gesetze der Logik nicht gelten?

—

Aber die Kanäle in den Wänden, die Kanäle, die die wandernden Schrauben hinterlassen haben, die sind da. Ich habe Fotos, Erdmann und Amy habe sie gesehen, ebenso unser Zimmermädchen. Und meine Verletzungen sind auch real: die Schnitte im Gesicht, die Verbrennungen. Ich stehe vor dem Badezimmerspiegel und fotografiere sie.

Wo zum Teufel steckt Erdmann? Will er sein Smartphone nicht zurück? Wieso ruft er nicht an?

Freitag, 30. Dezember

Ich habe lange mit meinem Vater und mit Uwe telefoniert. Sie machen sich Sorgen um mich – natürlich, wie denn auch nicht? Aber mir geht es gut, ich glaube wirklich, dass es fort ist.

Heute Nachmittag hat sich endlich Erdmann gemeldet, aber das Gespräch dauerte weniger als fünf Minuten. Ich soll ihm sein Smartphone im Paket schicken, versichert, mit Nachweis, er hat mir seine Adresse durchgegeben. Keine drei Sätze darüber, was mir oben in dem Zimmer passiert ist … oder ihm unten in der Wohnung. Ich habe mit dem Thema angefangen und er ist sofort dazwischengefahren. Auch nach seiner im Hotel verbliebenen Kleidung hat er nicht gefragt. Ich verstehe ihn einfach nicht, diesen Mann.

Amy kümmert sich rührend um mich. Ich sage ihr immer und immer wieder, dass sie sich keine Sorgen machen soll. Selbst Oscar ist freundlich zu mir. Als seine Mutter beim Einkaufen ist, flüstert er mir zu, dass es vorbei sei. Ich frage nicht weiter nach, nehme ihn einfach nur in den Arm.

Und eine halbe Stunde später – fast muss ich lachen – sagt Amy dasselbe. Sie habe das Gefühl, dass es überstanden sei. „Gelöst“ komme ich ihr vor, als sei eine grässliche Last von mir abgefallen. Es stimmt: Mir geht es so gut wie seit Wochen nicht mehr.

Freitag, 6. Januar

Seit Dienstag sind wir zurück im Haupthaus ... und stecken schultertief im Hotelbetrieb. Amy wollte eine kleine Wiedereröffnungs-Feier machen, aber aus irgendeinem Grund, ich weiß selbst nicht warum, hatte ich etwas dagegen. Einfach weitermachen, als wäre nichts gewesen, dachte ich mir, einfach weiter Koffer schleppen, nach dem Rechten sehen und Fragen zum Haus beantworten. Habe ich Angst, ich könnte etwas wecken, sollte ich allzu offensichtlich unsere Rückkehr feiern?

Seltsam: Niemand scheint die unterschiedlich hoch hängenden Bilder im ersten Stock zu bemerken ... zumindest hat uns noch niemand darauf angesprochen. Ich werde die Kanäle mit Spachtelmasse füllen und die Bilder wieder richtig hängen.

—

Nur nach und nach fühle ich mich wieder zuhause. Wenn ich in die Flure trete oder Zimmertüren öffne, erwarte ich immer noch, Zerstörung zu sehen: zerrissene Laken, eingedrückte Wände, herausgerissene Waschbecken und zerschmetterte Lampen. Heute Morgen bildete ich mir ein, auf einem der Zimmer sei der Teppich durchweicht. Aber der Stoff war völlig trocken, als ich mich bückte und einen Finger hineindrückte. Die Einrichtung ist in Ordnung, alles ist in Ordnung. Und langsam, ganz langsam, wächst in mir die Überzeugung, dass es tatsächlich fort ist.

Emmis Sachen sind noch im Haus, die dürfen bleiben. Auch ihre Briefe werde ich aufheben.

Donnerstag, 19. Januar

Mehr als zwei Wochen seit unserer Rückkehr. Und vor drei Tagen geschah es zum ersten Mal: Kurz nach Mitternacht weckte mich eine Berührung. Sachte legte sich eine kühle Hand in meinen Nacken, wanderte nach oben und streichelte zweimal über meinen Haaransatz. Das alles dauerte etwa drei Sekunden und obwohl ich mich erschrak, lag ich nur da, starrte in die Dunkelheit unseres großen Schlafzimmers und ließ die Berührung über mich ergehen.

Gestern Nacht das gleiche, es war kurz nach drei und völlig still im Haupthaus: Eine Hand, die sich auf meinen Nacken senkt, dann ein sanftes Streichen über mein Haar. Keine Aggressivität, keine Wut. Und gestern Nacht meinte ich auch, Emmis Lavendelduft wahrzunehmen.

Soll ich ihre Sachen einsammeln und aus dem Haus schaffen?

Nein, ich werde nicht versuchen, sie zu vertreiben … soll Emmi noch eine Weile bei ihrem Jungen bleiben. Ich bin mir sicher, dass sie es ist, die mich besucht.

Schlusswort

Eigentlich sollten an dieser Stelle einige Worte Rainer Erdmanns folgen. Er hatte zugesagt, das Schlusswort zu meinem Roman zu schreiben, überlegte es sich im letzten Moment aber anders. Über die genauen Gründe für seinen Rückzieher kann ich nur spekulieren. Vielleicht ist er ja um seinen Ruf als seriöser Wissenschaftler besorgt, vielleicht hat er einfach mit dieser Episode seines Lebens abgeschlossen. Wie gesagt: Alles nur Spekulation. Mittlerweile unterrichtet Erdmann an einer deutschen Hochschule Statistik und Mathematik, meines Wissens führt er seine Forschungen im Bereich des Paranormalen nicht fort.

Deshalb an dieser Stelle ein paar Worte des Autors: Wie erwähnt habe ich alle Namen der im Buch auftauchenden Personen geändert, ebenso den Namen des Hotels. Robert Bieler bestand außerdem darauf, Zeiten und Orte zu ändern, so habe ich die Handlung von „Heimsuchung" Ende 2016 und Anfang 2017 angesiedelt, tatsächliche ereignete sich das, was ich in diesem Buch schildere, einige Jahre (aber nicht viele Jahre) zuvor.

Leider hat das Hotel Haupthaus nur rund zwei Jahre durchgehalten. Von der Stadt zugesagte Subventionen wurden zurückgezogen und der Hotelbetrieb rechnete sich nicht mehr. Mittlerweile betreiben Robert Bieler und seine Lebensgefährtin – ja, sie sind noch zusammen – eine kleine, rentable Pension sowie ein Café an der Ostsee, Oscar besucht das Gymnasium und will nach dem Abitur Gamedesign studieren. Haben die drei Sehnsucht nach dem Haupthaus? Ja, das schon, aber man sei auch froh, so Amy, diesen „Kasten" endlich los zu sein – kein Wunder bei monatlich fast 1000 Euro Verlust.

Momentan (Anfang 2017) wird das alte Gebäude von einer kirchlichen Einrichtung als Tagungs- und Bürogebäude genutzt, die angrenzende Fabrikhalle wurde vor einigen Monaten abgerissen. Das zweite Verwaltungsgebäude wiederum, der Zwilling des Haupthauses, der als Asylantenheim diente, steht seit über einem Jahr leer. Was aus den Leuten wurde, die Robert Bieler aus dem Haus holten, konnte ich leider nicht in Erfahrung bringen.

Robert Bieler ist seit den in „Heimsuchung" geschilderten Ereignissen nichts Unerklärliches mehr passiert – zumindest sagte er dies in einem der wenigen Gespräche, die wir führten. Lediglich zweimal habe er nachts diese Berührung an seinem Hinterkopf gespürt, dieses sanfte, fast schüchterne Streicheln. Weitere Begegnungen mit Emmi, mit Gestalten aus seiner Vergangenheit oder dem Wesen, dessen Schädel er als raubtierartig beschreibt? Nein, nichts dergleichen.

Aber was genau war es nun, das Bieler heimsuchte, das von Emmi auf ihn überging? Er selbst konnte mir keine befriedigende Antwort auf diese Frage geben. Erdmann wiederum äußerte sich mir gegenüber folgendermaßen: Was Robert Bieler heimgesucht habe, sei eine Präsenz, „die intelligent und strategisch vorgeht, die ihr Opfer zunächst ausspäht, es besser und besser kennenlernt, die seine Reaktionen beobachtet und ihr Verhalten an diese anpasst".

So weit so gut, aber was wollte diese Präsenz? „Existieren", sagte Erdmann. „Stellen Sie es sich als einen Parasiten vor, der von der Angst und Unsicherheit seines Wirtes lebt. Und wenn der eine Wirt stirbt, ist die Präsenz gezwungen, sich einen neuen zu suchen."

„Und wenn der Wirt keine Angst mehr hat?", fragte ich weiter. „Dann wird der Parasit entweder absterben oder den Wirt verlassen", antwortete Erdmann.

Ich wollte von Erdmann auch wissen, wie Emmi zu Robert Bieler habe gelangen können. Und er sagte, Bieler sei für diese Frau ein „Hauptbezugspunkt" gewesen, sie sei die letzten Jahre ihres Lebens extrem auf ihn fixiert gewesen. Eine Rolle hätten auch diverse „Medien" gespielt, also Mittler, Bindeglieder. Da sei zum einen dieses Videospiel gewesen, das Emmi Jahrzehnte vor ihrem Tod gekauft und für ihren „Jungen" aufbewahrt habe, dann natürlich die diversen persönlichen Gegenstände, die sie ins Hotel geschickt habe: Kleidung, Haushaltsartikel, ihre Perücken …

Letztlich bestätigte mir Erdmann nur das, was ich aufgrund der Lektüre von Bielers Tagebüchern schon vermutete: Über materielle Dinge kam eine Beziehung zustande, über die es Emmi – oder wie auch immer man das nennen will, was nach ihrem Tod von ihr blieb – gelang, zu ihrem Jungen zurückzukehren und ihm beizustehen. Dass sie Angst um Robert Bieler hatte, dass sie meinte, „es" werde nach ihrem Tod zu ihm kommen, das geht aus Emmis Briefen hervor.

In der Einleitung zu diesem Buch habe ich meine anfänglichem Zweifel am Wahrheitsgehalt dieser Geschichte geschildert. Auch nachdem ich „Heimsuchung" abgeschlossen habe, sind diese nicht völlig verflogen. Immer wieder bin ich geneigt, Bielers teils chaotische, teils sogar widersprüchliche Tagebuch-Einträge als Dokument des Abgleitens eines psychisch angeschlagenen Mannes in den Wahnsinn zu betrachten.

Aber dann müsste auch Erdmann wahnsinnig sein, er hat mir die Ereignisse bestätigt, die Bieler beschreibt. Gleiches gilt für Bielers Lebensgefährtin, die Frau, die ich Heike Amy Parson genannt habe. Und dann sind da noch die Kanäle in den Steinwänden, die ich mit eigenen Augen gesehen habe. Zweimal habe ich das „Haupthaus" bisher besucht, und ich kann einfach keine rationale Erklärung für dieses Phänomen finden. Gerne hätte ich einige Fotos dieser mal gewundenen, mal geraden Kanäle in mein Buch aufgenommen, aber aus mir unverständlichen Gründen ist Robert Bieler strikt dagegen: Keine Bilder des Hauses, auch keine Detailaufnahmen.

Abschließend noch ein paar Worte an meine Leser: Ich hoffe, dass „Heimsuchung" Sie unterhalten und vielleicht sogar ein wenig zum Nachdenken anregen konnte. Natürlich können Sie all dies, was ich in meinem Buch schildere, für Humbug halten … und mich für einen Narren, der auf offensichtliche Lügen hereinfällt und daraus auch noch einen Roman zimmert. Dieses Urteil bleibt Ihnen überlassen.

Falls Sie aber zu denen gehören, die für möglich halten, dass mehr zwischen Himmel und Erde existiert, als wir uns gemeinhin vorstellen, die vielleicht selbst schon Erlebnisse hatten, die für Sie unerklärlich sind, können Sie mir gerne schreiben. Ich kann nicht garantieren, dass ich jede Zuschrift ausführlich beantworte, aber ich werde jede mit großem Interesse lesen.

Eine Bitte habe ich allerdings: Sehen Sie von Nachfragen bzgl. den in „Heimsuchung" auftauchenden Personen sowie des „Haupthauses" ab. Dieses Buch konnte – ebenso wie zuvor „S3" und „Vierter Stock Herbsthaus" – nur unter der Zusicherung absoluter Anonymität entstehen und ich werde meine einmal gegebenen Versprechen nicht brechen. Vielen Dank für Ihr Verständnis!

Oliver Susami

Weitere Werke des Autors:

S3, Eine Annäherung an das Unheimliche

Leserkommentare:

„Subtile Wissenschaftsspukgeschichte"
„Schaurig schön"
„Ein realitätsnaher Hybrid-Roman"
„Der Gruselfaktor ist enorm"
„Für Geisterjäger und Anhänger des Paranormalen"
„Endlich mal was anderes"

Vierter Stock Herbsthaus

Leserkommentare:

„Als wäre man einfach mit dabei"
„Leicht und flüssig geschrieben aber dabei so spannend, dass man immer weiter lesen muss"
„Ein intelligent geschriebenes Buch mit Suchtpotential!"
„Reichhaltig, irgendwie zitternd und voller Zwischentöne."
„Für Liebhaber des feinen Horrors ohne Blut und Kettensäge"
„Ich musste mich geradezu zum Aufhören zwingen"

Die Knochenfrau

Leserkommentare:

„Fesselnder Grusel-Thriller mit Realitätsbezug"
„Nicht eine einzige Zeile Langeweile"
„Gut ausgearbeitet und glaubwürdig"
„Absolut spannend"
„Super Schreibstil und tolles Buch"
„Konnte es kaum aus der Hand legen"
„Freue mich schon auf das nächste Werk des Autors"

Tonicland

Leserkommentare:

„Sehr schöne, gruselige und nachdenkliche Dystopie"
„Spannend und flüssig zu lesen"
„Endlich mal was anderes als Atomkrieg oder Zombies"
„Susami schreibt ohne jeglichen Kitsch"
„Unbedingte Kaufempfehlung von mir!"

Bleib bei uns, denn der Abend kommt

Leserkommentare:

„leicht und flüssig, melancholisch und fein, ohne dabei die Spannung zu vernachlässigen"
„eine spannende, mitreißende Familiengeschichte, deren Quintessenz eigentlich das Thema Schuld und Sühne ist"
„Sprachgewandt und stilsicher sowie spannend geschrieben von der ersten bis zur letzten Zeile"
„Vielen Dank für ein paar Stunden lachen, grübeln und mitfiebern"

Alle Bücher von Oliver Susami sind als eBook und als Taschenbuch bei amazon.de erhältlich.

9855517R00249

Printed in Germany
by Amazon Distribution
GmbH, Leipzig